KB048083

신외숙 소설

멜로 스릴러 드라마

도서출판 한글

목 차

멜로 스릴러 드라마

호숫가 주변에 있는 산은 온통 꽃밭 축제장이었다.

새 하양 샛노랑 진분홍이 군데군데 초록과 함께 자연의 향취를 흩뿌리고 있었다.

흙바닥 위에 떨어진 벚꽃송이는 흰 눈밭으로 변해 봄과 겨울이 합치된 느낌이었다. 발걸음을 옮길 때마다 바람결에 흩날리는 흰 꽃송이와 음악처럼 물결치는 강물은 그야말로 봄의 환상곡이었다.

강 건너편에는 이름도 알 수 없는 붉은 꽃잎이 하늘을 향해 꼿꼿이 치솟고 있었다. 하늘과 강을 사이에 두고 각양 색채가 경쟁하듯 사람들의 마음을 터치했다. 호숫가를 지나자 좁은 차로가 나타났다. 차로 양 옆으로 만개한 벚꽃이 일직선으로 내달리고 있었다.

와! 멋있다.

여기저기서 탄성이 터져 나왔다.

한참을 걸어가자 편의점과 모텔 건물이 보였고 노인요양원도 보였다. 요양원은 숲 쪽으로 길이 나있어 공연히 울적한 기분이 들었다. 요양원 팻말 위로 은폐라는 단어가 떠올랐다 사라졌다. 이곳에도 투기 바람이 불었는지 땅 투기를 암시하는 현수막이 곳곳에 눈에 띄었다.

눈을 왼쪽으로 돌려보니 세상에…… 산 전체가 샛노란 개나리로 물들어 있었다. 그 화려함에 그저 입이 딱 벌어질 뿐이었다.

근처에 빈 공터가 많은 걸로 보아 머지않아 대규모의 위락 타운이 들어설 것 같았다.

사시사철 거대한 물줄기가 흐르는 북한강과 가까이서 보이는 산야는 천혜의 자연조건을 돈벌이로 하려는 투기꾼들을 잡아끌 게 분명했다. 좁은 차로 위로 승용차가 먼지를 휘날리며 질주했다. 매연이 자연의 바람을 타고 길게 아득히 내뻗쳤다. 군데군데 음식점이 보였는데 대부분 폐쇄된 것들이었다.

한참을 걷는데 자갈길이 나타났다. 눈부시게 핀 벚꽃무리와 함께 화랑 팻말이 보였다.

남자가 화살을 쏘는 듯한 자세로 서 있는 흰 조각물이 마당 한가운데 보였다. 3층짜리 화랑 아래에는 개나리와 진달래가 무리지어 피었는데 그것은 곳곳에 서 있는 조각물과 묘한 대비를 이루었다. 개울 건너편은 우거진 숲으로 까치와 꿩이 특유의 소리를 내며 날아다녔다.

사방천지가 수채화 물감을 펼쳐놓은 듯 원색 계통으로 하모니를 이루고 있었다. 마음을 잔잔하게 터치하며 감성이 최고조로 달했다. 특히 개울물 소리가 마음을 찰랑이며 흥분시켰다. 화랑은 3층으로 그 또한 예술작품이었다. 계단으로 오르는 대리석은 휘영청 늘어진 꽃나무를 옆에 끼고서 봄의 환희를 속삭이는 것 같았다.

내부로 들어서자, 국내에서 가장 유명하다는 한국화가의 그림이 단번에 시선을 장악했다. 선과 색상의 조화가 그야말로 절묘했다. 가격대도 천차만별이었다. 적게는 10만 원대부터 수백만 원을 호가하는 것도 있었다. 출입구 옆으로 커피머신과 안내대가 보였다. 50대 초반으로 보이는 중년 여자가 미소 띤 얼굴로 반가이 맞았다.

"어서 오십시오."

"네, 화랑이 아늑하면서도 운치가 있네요."

"네, 천천히 둘러보면서 감상하세요, 커피하고 따듯한 모과차도 있습니다."

창밖으로 벚꽃 잎이 흰 눈처럼 펄펄 날리고 있었다. 낭만이 가슴 가득 차오르며 탄성이 나왔다.

"세상에 저 흰 꽃잎 좀 봐 꼭 눈이 내리는 것 같다."

"그러게 너무 멋있죠? 꼭 멜로드라마를 보는 것 같아요."

"이런 풍경이면 멜로드라마 찍으면 딱인데 말이죠."

먼저 온 관람객들 사이에서 계속 탄성이 터져 나왔다. 발코니를 나서자 곧바로 뜰이 나왔다. 거대한 벚꽃나무가 하늘을 다 차지하고 바닥에까지 흰 꽃잎으로 눈밭을 이루고 있었다. 개울가 파라솔 아래 중년 남녀가 모여 찻잔을 기울이며 한참 담소하고 있는 모습이 보였다. 언뜻 보아도 그들은 지식인이거나 예술가 같았다. 차림새로 보나 대화 내용으로 보아 식자(識者) 계층이 틀림없었다.

그러나 간혹 언성이 높아질 때면 머리끝이 쭈뼛해지면서 긴장이 흘렀다. 언뜻 들리는 대화 내용은 보수와 진보의 이념 갈등과 그에 따른 가치관의 몰락이었다. 선거철이 가깝다 보니 어딜 가나 정치에 관한 비관론이 난무했다. 그 대표적인 것이 누가 정치를 해도 다 똑같다는 것이었다.

민심은 천심이라지만 그 또한 믿을 수 없었다. 온갖 욕을 다 뒤집어쓰던 전직 대통령이 자살로 생을 마감하자 영웅적 인물로 둔갑하는가 하면 나라의 경제를 말아먹었다고 원흉처럼 취급받던 전직 대통령도 죽자마자 민주화의 거목으로 다시 한 번 칭송과 명예를 회복했다. 뿐만 아니라 조문정치라는 신조어까지 만들어냈다.

전 현직 정치인들이 조문을 통해 자신의 존재감을 부각시키려

했기 때문이다. 선거 때마다 판세가 달라지고 몰표가 발생할 때마다 여야는 세력판도가 바뀌었고 정세는 날마다 반전을 거듭했다. 파라솔 아래 중년 남녀는 찻잔을 들었다 놨다를 반복하더니 모두 자리에서 일어났다.

"좌빨들이 말야, 지금은 저렇게 큰소리쳐도 전쟁만 나봐라, 제일 먼저 죽는다."

"어째서요?"

"원래 공산주의 이념이 그래. 구 소련이나 중국, 북한에서도 전쟁이 나면 제일 먼저 자기들한테 충성했던 세력을 가장 먼저 치는 거야, 바로 역사가 증명하지. 남로당 사건이 바로 그 증거잖아."

"난 제일 궁금하고 이해 안 가는 게 있어. 그렇게 북한 체제가 좋으면 북한으로 가서 살든가 해야지. 왜 안 가느냐 그거야."

"그건 남쪽을 적화시키기 위해 끝까지 남아서 투쟁하겠다는 거 아닐까요?"

"그런 놈들이 밤낮 미군철수 외치면서 자식들은 미국으로 유학시키는 거 있지."

"요즘은 어디 가서 이런 얘기하기도 힘들어요. 진보 색채 내세우는 것들이 보수라면 죽일 듯이 달려드니까요."

그들은 아무래도 특정한 보수단체 인사들 같았다. 편향적인 사고가 그러했고 양비론적인 측면은 전혀 존재하지 않았으니까. 그리고 무엇보다 기득권층이 틀림없었다. 이것도 어디까지나 다 내 짐작일 뿐이다. 그들은 주변을 맴돌며 산책하는 나를 보았는지 갑자기 말을 아끼는 눈치였다.

붉은 꽃잎이 벚꽃나무 그늘 아래에서 한껏 그 자태를 뽐내고 있었다. 꿩 한 마리가 건너편 숲속에서 날아와 버드나무 꼭대기를 아슬아슬 하게 돌아 내려앉았다. 중년 남녀들은 화랑 입구에 주차해 놓은 자동차로 걸어가고 있었다. 배가 나오고 머리가 벗겨진 남자는 어디선가 많이 본 듯한 인상이었다.

누구였더라?

TV에서 보았나? 아님 신문 잡지?

그러다 아! 하고 생각이 났다. 그렇지, 그렇지 바로 거기였어.

모 방송 프로그램 정치토론장에서였다. 보수를 자처하는 그의 말은 어느 정도 신빙성이 있었지만 편향적이고 타협점을 찾을 수 없는 극단적인 측면이 많았다. 그는 말끝마다 최후 극단이라는 표현을 자주 사용했다. 그럼에도 논객들은 그의 말에 정면으로 반박하거나 또 다른 주장을 제기하지 못했다.

진보측 인사들도 마찬가지였다. 그들은 정부의 실책만을 부각시키며 나라가 곧 파국을 맞을 것처럼 떠들어댔다. 그러다가 종북과 좌파라는 단어만 나오면 흥분하여 막말을 내쏟다가 경고를 듣기도 했다. 그들의 논리는 질서정연한 듯 보였지만 논객들의 반응은 시원찮았다. 사람들은 이념의 갈등 앞에 대체로 침묵한다.

각자 살아온 환경이 다르듯 생각의 틀이 다르기 때문이다. 특히 사상 면에 있어서는 더욱 그렇다. 한번 뿌리 내린 사상은 아무리 상황이 변해도 바뀌지 않는 특성이 있다. 그래서 사상 교육은 어려서부터 이루어져야 한다. 획일화 정형화 된 사고(思考)도 마찬가지다. 어떤 환경이나 사건으로 인해 굳어진 사고는 고정관념으로 자리 잡아 일평생을 따라 다닌다.

편견이나 선입견도 마찬가지다. 사고(思考)의 틀은 그만큼 무섭고 집요한 것이다. 그래서 요즘 유행하는 것이 심리상담이다. 중년남녀들이 탄 자동차가 화랑 입구를 빠져나가는데 자세히 보니 차종이 에쿠우스였다.

어딘가 모르게 그들의 대화에서 가진 자의 오만이 느껴졌었다. 이것도 나의 잘못된 편견일까? 아님 상대적 박탈감? 갑자기 스마트폰이 요란하게 울려댔다. 승혜가 틀림없었다. 그녀가 길을 잘못 들었거나 필시 다른 사정이 생겨 늦거나 둘 중의 하나일 것이다.

"선생님, 저 전철역에서 마을버스를 탔는데 전혀 엉뚱한 곳으로 가지 뭐예요?"

"거기가 어딘데?"

"카페도 보이고 갈수록 산만 나와요."

"반대편에서 탄 모양이군. 그럼 그곳에서 다시 전철역으로 와서 이쪽 문호리로 오는 버스로 타, 마지막 종점에서 내리면 내가 데리러 갈게."

"네 그렇게 할게요."

그러면 그렇지. 평소 그녀는 길치로 유명했다. 몇 번이나 갔던 길도 방향을 못 잡아서 전혀 엉뚱한 곳으로 가기를 반복하는 그녀였다. 모처럼 바깥나들이를 하고 싶다기에 그림도 구경할 겸 찾아오라고 했더니 길을 잘못 접어든 모양이다. 나는 도로 화랑으로 올라가 그림 구경을 하다가 밖으로 나왔다.

좀 전에 중년남녀들이 앉았던 파라솔 아래 자리를 잡고 앉았다. 참으로 화창한 날씨였다. 극심한 가뭄을 몰아내고 흐르는 개울물 소리가 정겹게 들려왔다. 나는 자연의 소리 중에서 물소리를 가장 좋아한다. 성경에 보면 물소리를 신의 음성으로 비유한 곳이 있다. 물소리는 혼탁한 마음을 평안하게 하고 순수하게 하는 힘이 있다.

세파에 찌든 마음을 정화하고 창조적인 영감력을 증대시킨다.

흐르는 물소리와 함께 혼의 여행을 떠나기도 한다. 신비한 꿈의 여행, 과거와 미래를 향한 소설 여행이다. 까치와 꿩이 우르르 날아오더니 갑자기 사라졌다. 어디로 숨어든 걸까? 그때였다. 화랑 입구에 자동차 소리가 나더니 흰색 원피스를 입은 여자가 내리는 게 보였다.

천상에서 내려온 천사 같았다. 매끈한 다리가 차 문 밖으로 보이더니 눈부시게 흰 레이스가 달린 원피스 자락이 나풀나풀 내게로 걸어오는 것이었다. 핸드폰을 머리 위로 올리더니 배시시 웃었다. 잘록한 허리가……. S라인 V라인이라고 노래하던 유행가 가사가 생각났다.

"어떻게 된 거야?"

"오는 길에 태워 달라고 했죠 뭐."

"뭐야? 여자가 겁도 없이."

"나쁜 사람 같아 보이지 않더라고요. 여기 아느냐고 하니까 잘 안다고 하면서 타라고 했어요."

그녀는 제가 먼저 성큼성큼 걸어 화랑 안으로 들어갔다.

"그림 몇 점 좀 볼까 하는데요?"

"네, 어서 오세요. 천천히 구경하시고 마음에 드시는 게 있으면 말씀하세요."

"네, 그런데 전부 구상뿐이네요. 추상화는 없나 봐요?"

"네, 저희가 고객분들 취향에 맞추다 보니까요."

"하긴 추상을 이해할 만한 수준의 사람들이 많진 않겠죠?"

그녀는 그림을 이리저리 둘러보더니 2층으로 올라갔다. 계단으로 올라서는 그녀의 다리가 조각처럼 예뻤다. 하얗고 매끈한 다리가 얼마나 탐스러운지 저절로 손길이 갈 뻔했다.

"왜요? 만지고 싶죠?"

그녀가 뒤돌아보며 말했다. 생긴 모습은 청초하고 순진무구한데 행동은 전혀 딴판이다. 대담한 걸까? 도무지 부끄러움도 체면도 없다. 그녀는 그림 앞에서 한참을 망설이더니 이윽고 결심을 한 모양이다. 스마트폰을 꺼내 카톡을 하더니 내게 묻는다.

"이백만 원이면 비싼 건 아니겠죠?"

싸다는 건지 비싸다는 건지…….

"당장 현찰이 없으니까 카드로 긁어야지."

창밖으로 벚꽃 이파리가 바람결에 날아가고 있었다. 펄펄 눈이 내리는 것만 같다.

"사기로 결정한 거야?"

"조금 전에 카톡 보냈으니까 좀 기다려 보구요."

누구한테? 물으려다 참았다. 그녀의 사생활까지 캐묻고 싶지 않았다. 그녀의 핸드폰에서 계속 카톡이 울렸다. 그녀가 확인하더니 그림을 가슴에 안았다. 조심스럽게 계단을 내려가 카운터 앞에 섰다. 그림을 확인한 여주인이 환하게 웃었다.

"이 그림을 그린 화가가 국내에서 아주 유명해요. 돈이 급하다 하기에 아주 저렴하게 내놓은 것인데 잘 고르셨네요. 훗날 값어치가 있을 겁니다."

"카드 계산 되죠?"

"그럼요. 그림 직접 가지고 가실 건가요?"

"네, 그래야죠."

그녀는 카드를 내밀며 나를 바라보더니 배시시 웃었다. 그 웃음의 의미가 갑자기 기분이 나빠지려고 했다. 마치 나보고 대신 내주면 좋겠는데 하는 의미로 보였다. 이렇게 기분이 나쁠 것 같았으면 이쪽으로 오지 말았어야 하는데. 계산을 끝낸 그녀가 그림을 포장해 달라며 모과차를 시켰다.

"밖에 나가서 마시지."

"그럴까요?"

여주인이 말했다.

"제가 파라솔 밑으로 갖다 드릴게요, 먼저 나가 계세요."

우리 둘은 발코니를 통해 뜰로 나왔다. 흰 꽃잎이 바람결에 흩날리고 있었다. 그녀가 날아가는 꽃잎을 낚아채더니 말했다.

"선생님, 이곳에서 촬영하면 좋겠어요. 분위기가 멜로드라마 찍기에 딱이에요."

"나도 방금 그 생각했어."

"얼마 전에 끝난 드라마 생각나세요? 제목이 스릴러였던가? 있잖아요? 어느 유력한 집안에 들어온 젊은 여자애가 주인 여자를 내쫓고 안방을 차지하려다……."

"아! 그거?"

"네, 전 극 중간쯤에 봤는데요, 그 젊은 여자애가 끝내 주인 남자와 엮어질 줄 알았는데 그 남자의 친구와 결혼해 버리더군요, 싱겁기도 하고 아무튼 결말이 궁금해서 끝까지 봤어요."

"결국 그 두 불륜 남녀는 죽음으로 끝나지 않았나? 통쾌 짜릿하더군."

"어머! 선생님도 그러셨어요? 저는 보는 내내 얼마나 마음을 졸였는지 몰라요. 여주인공이 그 불륜남녀를 용서해 버리는 건 아닌가, 복수가 실패로 끝나는 건 아닌가."

그녀가 상기된 표정으로 말했다.

"예전의 드라마들은 대체로 바람난 남편을 용서하면서 아내의

희생을 강요하는 식이었잖아요. 가정의 평화를 위한다면서 해피엔
딩 식으로 처리했는데 요즘은 바람난 커플들이 서로의 배우자를
바꿔치기 하면서 새로운 가정으로 엮어지는 막장 드라마가 유행이
에요. 마치 불륜을 정당화하고 시청자를 우롱하는 듯한 심지어 동
성 커플마저 등장시키는데 어이가 없더라고요. 공영방송에서 과연
그래도 되는 건지 윤리위원회에 따지고 싶었어요."

"그러게 말야. 요즘은 막장 드라마가 대세라는군."

"그런데 그 스릴러는 그렇지 않았어요. 처음에는 남편의 외도에
충격을 받은 여주인공이 공황장애를 일으키며 나락으로 떨어지는
가 싶더니 차츰 제 정신을 찾으면서 복수의 계획을 차근차근 진행
시켜 나가는데 참 흥미진진했어요. 이전의 드라마와는 확실하게
차이가 났어요."

"꽤 열심히 본 모양이군."

"처음에는 심약했던 여자가 남편의 배신 앞에서 철저하게 속아
주는 척하더니 결국엔 복수를 완성하고 나서는 모든 것을 다 차지
하고 말았어요. 그 치밀함에 박수를 보내고 싶더라고요."

배신의 상처가 있는 사람은 언제나 복수의 화신이 된다. 그녀
역시 복수하고 싶었던 연적이 있었음에 틀림없다.

"승혜도 복수하고 싶은 사람이 있었나 보군."

"선생님은 그런 경우 없었나요?"

"……."

나는 대답 대신 날아가는 흰 꽃잎을 주시했다.

"복수가 그리 쉬운 건 아냐."

"그러니까 드라마를 통해 대리충족을 하잖아요."

"승혜의 마음속에 복수를 심어준 사람은 어떤 스타일이었지?"

"칼."

"칼이라구?"

"매일 밤 마음속으로 칼을 갈았어요. 꿈속에라도 나타나면 찔러 버리려고."

순간 그녀의 눈빛에서 섬광과 함께 살의가 느껴졌다. 생긴 모습은 청초한데 내뱉는 말은 섬뜩하다. 나는 작가다운 상상력으로 그녀의 과거를 추리했다. 저렇게 아름다운 여자의 마음을 소유했던 남자는 어떤 류의 사람이었을까?

짐작컨대 사회적 지위와 경제적 능력도 상당했을 것이다. 외모 또한 특출 나지 않았을까? 집안은? 마음은 물론 몸도 소유했겠지. 둘 다 자유로운 영혼의 소유자였을 테니까. 저런 미인을 품에 안은 그 남자는 분명 복 받은 한량(?)이었을 것이다.

순간 질투가 나려 했다. 그런데 어쩌다 헤어진 걸까? 무슨 스토리가 있었던 걸까? 나는 얼마 전 내가 썼던 시나리오의 한 장면을 떠올리며 속으로 웃었다. 순간의 감정에 충실했던 그렇고 그런 썸남썸녀의 이야기. 그러나 예상은 언제나 빗겨간다.

"헤어진 지 일 년도 안 됐는데 결혼해 버렸지 뭐예요!"

엉? 이건 무슨 시추에이션? 그렇담 이건 이별 스토리? 머릿속에서 환하게 상상드라마가 펼쳐지고 있었다. 그동안 썼던 수많은 대사와 지문이 한꺼번에 떠오르는 순간이었다.

"그게 죽일 만한 이유가 되나? 자식 낳고 살다가도 헤어지는 마당에."

말을 해놓고 보니 나는 갑자기 아내에 대한 분노로 갑자기 숨이 턱 막히는 것 같다. 아내는 완벽주의 성격으로 예외나 실수를 인정하지 않았다. 융통성이라곤 전혀 찾아볼 수 없는 철벽녀였다.

방안에 먼지 하나 없이 쓸고 닦는데 강박증도 그런 강박증이 없었다. 겉으로는 완벽한 척해도 속내는 따로 있었다.

그것을 나는 이혼하고 나서야 알았다. 아들을 끔찍이 여겨 마마보이를 만들더니 이혼할 때는 필요 없다며 냉정하게 돌아서는 것이었다. 자신의 미래를 위해서가 그 이유였다. 나나 되니까 저런 독종을 데리고 살았지 어떤 정신 나간 남자가 데리고 살았을까 했는데 이혼한 지 육 개월 만에 새 남자를 꿰어 차고 웨딩마치를 올렸다.

마치 나 보란 듯이.

어쩌면 그 두 남녀는 미리부터 재혼을 염두에 두고 있었는지 모른다. 그리고 짜놓은 각본처럼 모든 상황을 몰고 갔는지도 모른다. 아내의 깔끔한 성격은 나를 질리게 하기 위한 일종의 속임수였고 이혼 과정에서 너무도 차분하게 각본처럼 움직였던 것도 의심스럽다. 얼마나 냉정하고 표독한지 간담이 서늘할 정도였다.

그녀는 재산 분할 과정에서도 미리 변호사를 선정해 모든 준비를 마쳤고 내 모든 기(氣)를 다 빼앗아 버렸다. 그나마 아들을 포기한 게 내겐 천만다행이었다. 나는 아들을 맡는다는 조건으로 재산 분할에서 많은 것을 차지했다. 그녀는 그악을 떨었지만 별수 없이 물러났다. 그런데 그 표독하고 완벽주의 스타일인 그녀가 재혼을 한 것이다.

내 상상을 벗어난 너무나 어처구니없는 일이었다. 하지만 새 남편도 얼마 안 가 이혼 도장을 찍고 말 걸. 그런 나의 기대는 벌써 5년을 벗어나 있었다. 승혜는 분노로 파르르 떨다가 내 처지를 생각했는지 잠시 멈칫하는 눈치였다.

"그렇게 쉽게 다른 여자한테 가버릴 줄 몰랐어요."

그건 나도 마찬가지다. 그 독한 여자한테 그런 이중성이 있어서 그렇게 애지중지하던 아들도 팽개친 채 가버릴 줄 누가 알았겠나?

"그런 인간은 반드시 죽어야 해요."

"죽다니? 그럼 그 남자가 승혜만 생각하고 평생 독신으로 살아야 했단 말인가? 그건 너무 이기적이고 독선이야."

"난 헤어진 뒤에도 매일 눈물을 폭포수처럼 흘리면서 수도 없이 자살 유혹에 시달렸는데 딴 여자를 꿰어 차고 결혼식을 올리다니 너무 괘씸하잖아요?"

"승혜도 좋은 남자 만났으면 결혼했을 것 아닌가?"

"전 그럴 것 같지 않아요. 어떻게 그렇게 마음이 쉽게 바뀌냐고요."

아! 승혜에게 이런 지고지순한 면이 있었다니. 헤어진 남자를 두고 미련을 가질 만큼 순정이 있으리라곤 상상하지 못했다. 내가 아는 승혜는 요즘 젊은 세대들과 일반으로 감정에 쿨한 그런 스타일이었다.

"그게 바로 여자와 남자의 차이야."

나는 말해 놓고 나서 아차 싶었다.

"그런 인간을 두고 목숨 걸었던 내가 미쳤지."

"옛말에 이런 말이 있어, 열 계집 싫다는 남자 없다고."

순간 승혜는 몸을 부르르 떨더니 나를 쏘아보며 말했다.

"그럼 그 열 명 중에 제가 포함돼 있었다는 말인가요?"

"그런 게 아니고 승혜와 헤어지고 나서 마음이 허전하니까 에라 모르겠다 하는 식으로 결혼해 버린 건 아닐까, 내 말은 그럴지도 모른다는 거지."

"그저 남자란."

갑자기 궁금증이 일어 물었다.

"그런데 승혜가 좋아할 정도면 대단한 사람이었을 것 같은데 뭐 하는 사람이었어?"

"아티스트였어요."

"아티스트? 연예인?"

"아뇨."

"그럼 순수예술 하는 사람이었나?"

"네, 화가였어요."

어쩐지, 그제야 실마리가 풀리는 느낌이었다. 이곳에서 만나자고 했을 때 기다렸단 듯이 응낙한 것과 그림 보는 눈이 남다른 것도 다 하나로 연결되는 느낌이었다. 승혜는 지방에 있는 사립대를 다니다 중퇴해 열등감과 콤플렉스가 심했다. 원래부터 공부에는 관심이 없었고 현실인식이 잘 안 되는 이상론자였다.

미대를 가고 싶었지만 집안의 반대로 꿈을 이루지 못했다. 그러나 그건 그녀가 꾸며댄 핑계 같다. 내가 보기에 그녀는 미술계통이 아닌 차라리 연극무대가 더 낫지 않았을까. 왜냐하면 가끔씩 허무맹랑한 소리를 잘 하고 엉뚱한 상상력을 발휘해 오버 센스할 때가 더 많았으니까.

연극을 했다면 외모와 연기가 뒷받침돼 성공했을지도 모른다. 그녀의 표정과 몸동작 하나하나가 신들린 듯 연기자론 최상이었으니까. 그런데 어느새 화가를 만나 사랑에 빠졌던 걸까. 그녀는 내 독자이자 지인의 절친이었다. 그래서 더 조심스러웠고 함부로 내 놓고 말을 하기가 껄끄러웠다.

가장 부담되는 건 그녀가 나를 너무 믿어준다는 사실이었다. 그건 나를 전혀 남자로 대하지 않고 사생활까지 거침없이 까발리는

데 있다. 하긴 나이 차이가 십년도 다 나니 그럴 만도 하다.

"선생님 시나리오는 언제 크랭크인(crank in) 되나요?"

"아직 투자자가 정해지지 않았어."

"혹시 저를 배우로 쓰실 생각은 없으세요?"

"뭐야?"

나는 너무도 놀라 기절할 뻔했다. 설마 승혜가 그런 생각을 가질 거라곤 생상도 하지 못했다.

"왜 그렇게 놀라세요? 전 그냥 농담으로 해 본 말인데."

표정을 보니 전혀 농담 같지 않다. 또다시 상상력이 승혜를 처음 만났던 적으로 회귀하며 출몰을 거듭했다. 영화 쪽에서 오래전부터 알아 온 지인이 절친이라며 그녀를 소개했을 때 청초한 인상에 빼어난 미인이라 생각했었다. 대담한 듯 보였고 목표의식이 확실해 식견도 있어 보였다. 그러나 깊은 대화를 나누지 못해 속내를 알 수는 없었다.

그런데 별다른 히트작 없이 시나리오 몇 편 써서 영화계를 기웃거리는 내게 그녀가 그런 말을 할 거라곤 상상도 못했다. 내가 쓴 시나리오는 몇 번의 윤문 과정을 거쳐 상영되긴 했지만 흥행에는 미치지 못했다. 요즘은 영화감독들이 직접 시나리오를 쓰고 전 스태프가 모여 한 컷 한 컷을 완성하는 추세다. 그녀의 말은 놀랍기도 하고 은연중 나를 인정해 주는 것 같아 내심 고맙기도 했다.

"내 시나리오가 크랭크인 되면 감독한테 말은 해 보지? 재능 있어 보이는 신예가 있으니 한번 고려해 보라고."

"너무 고마워요. 꼭 크랭크인 되길 저도 기도할게요."

그래 꿈에서라도 그런 일이 일어났으면 좋겠다.

"전 영화중에서도 스릴러물을 좋아해요."

난 이제야 승혜의 본심을 조금 알 것 같다.

"영화는 무엇보다 처음부터 끝까지 긴박감이 있어야 해요. 짜릿한 전율감이 있어야 영화에 집중할 수 있거든요, 거기에 약간의 멜로 분위기를 띄우면 최상이죠, 사랑이 빠진다면 그건 영화라고 할 수가 없어요. 손에 땀을 쥐게 하는 스릴도 있어야 하고 무엇보다 배경이 좋아야 해요, 배우들의 연기도 중요하지만 촬영기술도 뛰어나야 해요."

그래, 니가 전문가 해라. 나는 멍한 표정으로 그녀를 바라봤다. 그런데 그녀의 눈가에서 소리 없이 눈물이 흐르고 있었다. 너무 황당한 순간이었다. 영화 이야기하다 말고 눈물이라니? 이건 또 무슨 시추에이션인가.

"한동안 영화에 심취했던 적이 있었어요. 영화는 가상의 세계를 그린 영상물이지만 현실을 잊게 하는 데는 그것만큼 강력한 마취제도 없었어요. 현실을 부정하고 영상이라는 상상물속에 자신을 가둬놓고 나면 모든 게 꿈같고 있잖아요, 일장춘몽이라고."

"영화나 소설은 대리만족이고 꿈이고 허상이야. 카타르시스 그거면 만족해."

"예전에는 소설이나 영화를 보면 선과 악의 대결 양상으로 펼쳐졌는데 요즘은 그 구분이 없어지고 악과 악의 전쟁뿐이에요. 그나마 다행인 건 해피엔딩이라는 사실이죠."

"승혜가 그렇게 영화 매니아인 줄 몰랐는데."

"일본이나 외국에선 아동포르노 영상을 제작했다가 개망신 당한 일도 있대요. 이제 동성애 영화도 나오는 게 아닐까 심히 우려돼요."

"대중의 구미에 꿰어 맞추려는 일부 몰지각한 사람들 때문에 대

중문화가 병들어 가고 있다는 표시야. 문화는 곧 공기(公器)라는
걸 알아야 하는데 말야."

"민주주의가 다수의 의견을 존중하는 다수결의 원칙을 채택하잖
아요? 하지만 역사적으로 봤을 때 꼭 그게 올바른 방법은 아니라
고 봐요, 그 대표적인 예가 그리스도께서 십자가에 못 박혔잖아
요."

"세상은 다수의 힘으로 움직이는 것 같지만 오히려 소수의 의인
이 펼치는 힘으로 유지된다고 봐. 바로 선과 정의를 지망하는 소
수의 힘에 의해서."

말해 놓고 보니 내가 무슨 정의의 사도가 된 것 같다. 우리들의
이야기는 영화에서 민주화와 사회 정의로 이어지다가 끝이 났다.
건너편 숲에서 날아온 꿩과 까치가 꽃나무 위를 한참 맴돌더니 강
쪽으로 날아갔다.

"요즘은 인터넷의 범람과 스마트폰으로 순수예술은 종말이 온
거 같아, 도무지 책을 안 읽으니 창작할 기운이 안 나."

"그래서 영화 쪽으로 눈길을 돌리신 건가요?"

"원래 나는 영상학과 출신이야, 감독 공부도 했고 시나리오가
내 꿈이었어. 소설은 그 다음이었어. 하긴 요즘은 둘 다 사망선고
받은 거나 마찬가지지만."

"세상엔 기적이라는 게 있잖아요."

"어릴 적 꿈은 다 어디로 갔나?"

언젠가 모 수필가 쓴 글이 생각난다.

〈세상은 갈수록 종말론이 힘이 받는 것 같다. 하긴 창세 이래로
말세 아닌 적이 있었던가? 혼탁한 세상에서 비정상이 정상으로 둔
갑하는가 하면 불의가 의를 핍박하고 비난한다. 소수라는 이름으

로 인권이라는 이름으로 정의를 짓밟고 조롱한다. 대지진이 일어나 수천 명이 매몰당하고 핵전쟁의 암운 속에서도 불의는 득세한다. 한 발 더 나아가 악법을 통과시키기 위해 편승하기까지 한다. 그리스도는 상한 갈대도 꺾지 않고 꺼져가는 촛불도 끄지 말라고 했지만 약자는 언제나 피해당사자가 된다. 몇 년 전 유명한 베스트셀러 작가의 글을 읽은 적이 있다. 그는 세 번째 이혼을 했는데 그걸 두고 인터넷 상에서 별별 욕을 다 들은 모양이다.

그녀가 말했다. 나는 이혼으로 인해 상처를 입었는데 내 상처가 왜 비방거리가 되어야 하는가. 유명한 연예인일수록 안티 팬으로 인해 곤욕을 치른다고 한다. 심지어 어린아이에게도 안티카페가 생겨 소동이 난 적도 있다. 사람들이 분개하며 사랑의 편지 쓰기 운동을 벌여 맞 대항한 일도 있었다.

몇 년 전 신문에 칼럼을 연재했다가 기막힌 일을 당한 적이 있었다. 일제에 충성한 친일파를 비난한 글을 썼다 해서 엄청난 비난과 함께 악성 댓글이 달린 것이다. 우파의 입장에서 좌파를 경계하는 글을 썼다가 곤욕(?)을 치른 적도 있다. 몇 년 전 총선에선 좌파의 세상이라고 내놓고 현수막에 써진 걸 본 적도 있다. 성소수자들이 합법화를 서두르고 있고 좌파가 큰소리치는 세상이다.

선거 때만 되면 정치인들도 우클릭! 좌클릭! 하면서 이념의 혼란화가 인다. 일제를 찬양하는 글을 쓴 작가는 죽어서도 명성을 떨치고 있다. 어떤 작가는 김일성을 나라의 해방자라고 찬양하는 글을 버젓이 올려놓고는 신좌파를 자처하고 있다. 때에 따라 정의와 선의 개념도 달라지는 세상이다.

대표적인 것이 흥부와 놀부 이야기다.

세상은 피해자를 욕보이고 가해자를 두둔한다. 수많은 사건 앞에 달리는 악성댓글이 그 예다. 표현의 자유라는 이름으로 악성댓글을 방치한다. 세상에서 나를 힘들게 하는 건 상처 주는 당사자보다 그들을 편들며 부아를 돋우는 사람들이다.

그러나 어둠이 짙을수록 새벽은 밝아오듯이 선과 정의는 더 아름다운 감동과 영원한 빛을 우리들의 가슴속에 심어놓을 것이다.

선과 정의를 지망하는 소수의 힘에 의해서.

일제치하 36년 동안 우리 민족 대다수가 일제에 복종 협력했다면 일제와 목숨 걸고 맞서 싸운 독립투사는 극소수일 것이다. 그러나 그들의 희생은 영원히 빛나고 교훈 정신으로 남아 후세를 가르치고 있다. 세상은 다수의 힘에 의해 떠밀려가는 것 같지만 그래도 멸망하지 않는 것은 소수의 의인들의 힘이 작용하기 때문이다.〉

그 글을 읽는 동안 나는 묘한 기분에 휩싸였다. 글의 내용이 편향적인 면이 없지 않았고 스스로를 의인으로 자처하고 있는 건 아닌가 의구심이 들었기 때문이었다. 그러나 마지막 부분은 참으로 의미심장하게 와 닿았다.

어둠이 짙을수록 새벽은 밝아오듯이 선과 정의는 더 아름다운 감동과 영원한 빛을 우리들의 가슴속에 심어 놓을 것이다.

선과 정의를 지망하는 소수의 힘에 의해서.

승혜와 헤어진 뒤 일주일쯤 지난 뒤였다. 영화사에서 연락이 왔다. 곧 영화 촬영이 시작될 건데 참한 신예 여배우가 있으면 추천하라는 거였다. 단번에 승혜가 떠올랐지만 망설여졌다. 연기 경험이 전혀 없는 데다 추천했다가 연기력에 문제가 생기면 뒷감당이 안 될 것 같았다. 이렇게 될 줄 알았더라면 차라리 약속이나 하지 말 것을.

후회감으로 머리가 어지러운데 승혜에게 카톡 전화가 왔다.

"선생님 영화 크랭크인하신다면서요?"

그녀는 좋아 어쩔 줄 모르는 듯 잔뜩 기대 섞인 목소리로 물었다.

"응, 곧 시작할 거 같아."

"저하고 하신 약속 잊진 않으셨겠죠?"

오 마이 갓.

"저도 벌써 들어 알고 있다고요. 이번에 신예 여배우 뽑는다는 거."

이건 옴짝달싹 못하고 말겠군.

"내가 감독한테 추천은 해보지. 그런데 승혜 연기 경험은 있는 거야?"

"저 동숭로 연극무대에서 쌓은 경험 있잖아요?"

"그래? 그런 적이 있었던가."

나는 뜨듯 미지근하게 대답하고는 전화를 끊었다. 그녀가 연극무대에 섰다는 말은 금시초문이다. 내가 알기론 그녀는 완전 백수로 지내다가 연극 무대 몇 번 기웃거려 본 게 고작이다. 그걸 연기라곤 할 순 없다. 그런 초보를 배우로 추천했다가 낭패라도 보게 되면 내 이미지는 어떻게 될 것인가.

사실 내가 생각해 둔 여배우는 따로 있었다. 최상의 연기 수준과 외모 또한 단연 으뜸인, 그런데 생각해 보니 내 시나리오가 스릴러물로 승혜와도 어울릴 것 같았다. 생각해 보니 승혜는 내 지인을 통해 벌써 손을 써 두었는지 모른다. 영화계의 소식통은 승혜가 나보다 빠르니까.

사람은 알게 모르게 문화의 영향을 받는다. 특히 현대에 있어 영상물의 영향력은 막강하다. 영상물에서 뿜어내는 장면과 대사는 뇌 속에 잠재의식으로 남아 가치관의 형성에도 영향을 미친다. 대표적인 것이 게임 속에서 벌어지는 잔인한 살해 장면이다. 어린 영혼들이 그것을 가감 없이 받아들여 실제로 살인 행각을 벌여 사회적 이슈가 된 적도 있다.

그럼에도 잔혹한 장면은 가일층 발전해 영상물을 마구 휘젓고 다닌다. 제목도 섬뜩하게 살인과 관련된 것들이 많다. 인명경시 사상에 요즘엔 스마트폰까지 가세하고 있다. 여과되지 않은 잔혹하고 음란한 영상물까지 마구 흩으려 놓으니까. 그런데 내가 쓴 스릴러는 과연 그 범주에 속하지 않는다고 할 수 있을까.

앞으로 촬영이 진행됨에 따라 어떻게 변할지는 나도 모를 일이다. 어쨌든 영화는 흥행에 성공해야 하고 그러다 보면 대중의 구미에 맞아야 할 테니까. 또 영화계의 흐름을 전혀 외면할 수는 없으니까. 영화가 크랭크인되면서 내 발걸음은 바빠지기 시작했다.

액션 감독이 투입됐고 광고물 제작에 들어가면서 인터넷 쪽에서도 많은 제의가 들어왔다.

승혜는 여배우로 추천했지만 당연히 미끄러졌다. 인지도에서 떨어졌고 연기 경험이 없다는 게 주된 이유였다. 여배우로 캐스팅하는데 나는 아무 힘도 발휘하지 못했다. 그리고 내가 썼던 대사나 장면도 스텝들에 의해 삭감되거나 변형됐다.

말이 멜로 스릴러지 잔혹하고 공포 장면이 더 많이 들어갔다. 나중에 종합해 보니 치정사건에 얽힌 미스터리 물과 흡사했다. 처음의 의도와 전혀 빗나간 그러나 내 의견은 전혀 먹히지 않았다.

승혜는 자신이 캐스팅되지 않은 이유에 대해서 실망 대신 당연하다는 반응을 보였다. 캐스팅된 여배우가 워낙 유명세를 타고 있었기 때문이다. 나는 영화촬영이 진행되는 동안 잠시 서울을 떠나 있기로 했다. 지방 여행 하면서 다른 시나리오를 구상할 작정이었다.

시놉시스부터 완성해 놓고 각본을 쓸 요량이었다. 거리는 봄 언덕을 지나 여름을 훌쩍 지났고 가을 초입에 들어서고 있었다. 날씨는 여전히 더웠고 경제가 곤두박질치면서 인심은 흉흉했다. 인터넷마다 오염된 사상은 극을 치달았고 음란스팸과 함께 악법의 통과를 위해 악의 연대는 더욱 굳어졌다.

정신이 혼탁하고 영감력이 고갈될 무렵 나는 문득 물소리가 그리워졌다. 신의 음성을 들려주는 듯한 물소리는 마음의 진정 효과를 가져 온다. 그 물소리를 듣기 위해 나는 자동차의 엑셀을 힘껏 밟았다. 자동차는 고속도로를 지나 국도로 접어들었고 개울물 가를 지나 거대한 물줄기를 만났다.

그리고 여러 조각물이 서 있는 공원 안으로 들어섰다. 온통 초록물결이 물소리와 함께 나를 반기고 있었다.

수채화 물감을 펼쳐놓은 듯 원색 계통의 하모니가 가을을 앞두고 마지막 초록을 발하고 있었다. 새소리가 시끄럽게 귓가에 머물다 사라졌다. 벚나무와 개나리 진달래가 향취를 내뿜던……. 그런데 어찌된 일인지 화랑이 보이지 않았다.

분명 이 길이 맞는데.

개울물을 따라 올라가며 몇 번이나 확인했다. 분명 봄에 왔던 그 화랑이 있던 곳이 맞았다. 그렇다고 건물이 부서졌거나 사라진 흔적도 없었다. 나는 혼란한 정신을 가다듬고 물가로 다가갔다. 찌든 마음을 정화하고 영감력을 증대시키기 위해서였다. 물은 암반을 타고 남쪽으로 흐르고 있었다.

거대한 돌덩어리를 옮겨다 놓은 듯 암반은 개울물 전체를 차지하고 있었다. 이상했다. 전에는 잔잔한 모래흙이 더 많았던 것 같은데. 나는 주차해 놓은 자동차로 발걸음을 옮겼다. 그런데 걸음이 떨어지지 않았다. 바닥에 자석을 붙여놓은 듯 아무리 움직이려 해도 발걸음이 떨어지지 않았다.

문득 하늘에 바람이 폭풍처럼 일기 시작했다. 몸이 점점 굳어지는 것 같았다. 이대로 죽음을 맞이하는 것인가. 가슴이 동강나는 통증이 일었다. 그때 누군가 내 등을 떠밀며 세미한 음성으로 말했다.

일어나 걸으라.

순간 다리에 힘이 느껴지면서 몸이 공중에 붕 뜨는 느낌이 들었다. 동시에 건너편 숲속에서 새소리가 시끄럽게 들려왔다. 까치와 꿩 소리였다.

운전석에 앉아 기어에 힘을 주는 순간 카톡이 왔다.

선생님, 방금 인터넷에 그 사람에 대한 기사가 떴어요. 어젯밤에 그가 죽었대요.

승혜가 보낸 카톡이었다. 순간 내 발에 힘이 주어지면서 액셀을 힘껏 밟았다. 자동차가 전 속력으로 달리기 시작했다. 그리고 어떤 영감력이 마음속에 휘몰아치면서 강한 암시가 들려왔다. 그건 내가 미처 상상도 하지 못한 미래에 대한 상상력이었다.

자동차가 좁은 도로를 지나 거대한 물줄기가 흐르는 강변도로를 향해 접어들고 있었다. 강변을 끼고 거대한 아파트 군락과 위락시설이 한눈에 들어왔다. 영화 촬영하기에 딱 좋은 조건이었다. 나는 잠시 심호흡을 하고 몰래 웃었다.

(2018년 한국소설)

신 보헤미안

　청량리를 출발한 버스가 어느덧 중랑교를 지나 공릉동에 닿았다.

　상가가 밀집된 거리를 지나자 개천가를 끼고서 화랑대역이 보였다. 왼쪽이 여자대학 오른쪽이 육사(陸士)였다. 갑자기 내 소설 속 주인공들이 여기저기서 튀어나오면서 아는 체를 하는 것 같았다.

　이 근처에서 둥지를 틀었던 사람들을 대상으로 쓴 내 소설 속 주인공들이었다. 드라마 같은 현실 속에서 내가 직접 취재해서 소설로 재구성한 것들이었다. 그 중에는 꽤 쓸 만한 소설도 있고 가십거리도 안 되는 허섭쓰레기 같은 것들도 있다.

　어쨌든 이곳은 오래 전부터 와보고 싶은 곳이었다. 그중 중편으로 썼던 줄거리가 생각난다. 척박한 환경에서 성실 하나로 버티던 여자가 공릉동 근처에서 알바를 하며 겪는 복잡한 인생 여정. 그녀는 대학 동기인 남자를 만나 잠시 감정의 소용돌이 속에 휘말리다 어느날 사기(詐欺)라는 걸 깨닫고 방황하고 좌절한다.

　흔한 말로 돈에 속고 사랑에 우는…….

　그러나 여자는 당황하지 않고 씩씩하게 삶을 개척한다. 당당하고 꿋꿋하게 그리고 마침내 새로운 사랑을 쟁취한다. 또 하나는 유복한 가정에서 자라나 평탄한 삶을 살아가는 여자 이야기다. 주인공은 대학시절 육사 생도와 그룹 미팅을 한다. 모두들 의기투합해 가까운 불암산으로 단체 산행을 간다. 그런데 그날따라 파트너가 몹시도 마음에 들었던 친구는 하이힐 뒤축이 부러지는 바람에 일행에서 제외된다.

집에 왔는데 오빠가 부아를 돋운다.

"너 오늘 미팅 나갔다 퇴짜 맞았지?"

"안 그래도 화가 나 죽겠는데, 오빠! 너 죽을래?"

"한강에서 뺨 맞고 종로에서 눈 흘긴다더니 왜 나한테 성질이냐? 누가 너더러 퇴짜 맞으래?"

"나 퇴짜 맞은 거 아니거든, 구두 뒤축이 부러졌단 말이야, 산에 올라가다가."

"뭐? 산에는 왜 갔는데?"

"오늘 육사생도랑 미팅했거든, 불암산 올라가다가 그만."

친구는 그 이야기를 하며 그때 만난 육사 생도가 너무 근사해 마음에 들었다며 두고두고 아쉬워했다. 다음은 불암산 근처를 둘러싸고 벌어지는 보헤미안의 이야기다. 운동권 출신의 남자는 공안사범으로 몰려 혹독한 고문 끝에 정신병을 얻는다.

그는 겉보기엔 자유로운 영혼을 꿈꾸는 보헤미안이지만 기실은 극심한 공황장애와 불안장애를 겪는 환자다. 준수한 외모와 해박한 지식은 강한 카리스마를 풍기지만 여자에겐 고통을 안겨줄 뿐이다. 그러나 여자는 그걸 사랑이라고 착각한다.

낯섦과 방황의 함수관계가 둘 사이에 펼쳐진다. 둘은 불암산 자락에 근거를 마련한 채 사랑에 빠진다. 사랑과 문학을 두고 많은 대화가 오간다. 간간히 찰나적인 기쁨이 두 사람 사이를 오가며 가교 역할을 한다.

그러나 사랑은 운명처럼 오래 가지 못한다. 남자의 정신병이 재발한 것이다. 그는 공안사범으로 잡히기 전 오랫동안 도피생활을 했다. 잠시도 한군데 머물지 못하고 늘 떠나야만 했던…… 낯선 곳만을 찾아 방황을 거듭하던 그는 그것을 예술적 감각에 의한 보헤미안 기질로 치부한다.

낯섦과 방황은 거듭된다. 이별 후 그들은 근거지인 불암산 자락을 떠나 각기 다른 환경 속에 살아간다. 그러다 어느 날 여주인공은 신문기사에 난 그의 소식을 접한다. 신혼여행 중 정신병이 재발해 벌어진 보헤미안의 실종.

여주인공은 또다시 감정의 소용돌이에 휘말린다. 그리고 숙원인 문학을 향해 도전한다. 그 소설을 쓰고 나서 20년이 흘렀다. 나는 지금 두 보헤미안의 근거지였던 불암산을 향해 가고 있는 중이다.

버스가 담터를 지났다. 그런데 예전에 못 보던 광경이 나타났다. 사통팔달(四通八達) 새로 난 도로를 따라 거대한 아파트 군단이 형성돼 있었다. 불암산을 중심으로 미니슈퍼와 군부대, 수녀원 개울물 작은 동리 그리고 45번 버스 종점을 제외하고는 모든 게 하나의 평면처럼 변해 있었다.

배밭 사이로 들어선 대형 고기 음식점들이 럭셔리하게 시선을 이끌었다. 불암산은 저만큼 물러난 채 제지공장과 촬영소, 그리고 수녀원 뒷길에 난 울창한 숲길만이 겨우 옛모습을 유지하고 있었다. 신축된 아파트 군락은 아늑하고 조형미도 뛰어났다. 잘려져 나간 불암산 자락이 신도시를 둘러싸고 조경 역할을 하고 있었다.

세태보다 더 빠르게 변하는 게 신도시 같다. 버스는 천지개벽한 주변 풍광을 담고서 경기도 남양주군 별내면을 지나 퇴계원으로 접어들었다. 신축도로를 따라 달리던 버스는 흰 눈 천지로 변해버린 산야를 그대로 담아냈다. 내 소설 보헤미안의 고장이 뒤로 물러나면서 차창은 새로운 풍경을 나타냈다. 낡고 퇴락한 거리의 읍내 도시였다.

상가는 어두침침한 겨울의 민낯을 그대로 드러냈고 옛 풍광을 그대로 재현했다. 버스는 오밀조밀한 상가를 지나 낯선 곳을 향해 계속 질주했다. 핸드폰 기기를 파는 상가와 의류상가, 음식점들 사이로 인파가 보였다. 낯선 기운이 이질감이 가슴에 전해 오면서 소설 속의 문장이 떠올랐다.

소설 보헤미안 속의 두 주인공 민희와 이현수의 대화였다.

"전 일정하게 고정된 틀이 싫어요. 그러한 틀 속에 내가 갇혀 있다는 느낌이 들 때면 난 무작정 이 도시를 탈출하고 싶어져요. 우선 아쉬운 대로 서울만 벗어나도 해방감이 느껴져요. 낯설다는 건 일종의 자유예요. 어쩌면 방종의 의미로도 해석할 수 있어요. 낯선 곳에서는 혼자 있어도 들킬 염려가 없어 안심이 돼요. 나를 알아 볼 이가 없다는 데서 은밀한 기쁨이 느껴져요. 보세요. 이 도시 이 거리들 온통 처음 보는 것뿐이에요. 분위기도 전혀 새롭구요. 난 이제 더욱 안심이 돼요"

"맞아 낯설다는 건 완벽한 자유야. 온갖 수모와 고통으로부터의 탈출구지. 그런 의미에서 우리는 서로 통하는 보헤미안이지."

거리에 어느덧 어둠이 내리고 있었다. 칙칙한 겨울하늘이 음습한 공기와 함께 처음 대하는 낯선 객지에 흐르고 있었다. 버스는 한 떼의 청소년이 내렸다 타고는 계속 목적지를 향해 질주했다. 2차선 도로를 달려 상가와 산야를 끼고서 강줄기를 타고서 낯선 동리도 수없이 지났다. 낡고 퇴락한 촌락을 지났을 때 나도 모르게 말했다.

그래 바로 그거였어.

나는 버스에서 내려 불 켜진 곳을 향해 걸어갔다. 십자가 네온이 켜진 천주교회였다. 동리에서도 한참 떨어진 산기슭에 자리한 수양원 같은 곳이었다. 성모 마리아상이 높게 서서 오는 사람들을 미소로 맞이하고 있었다. 저녁 미사가 끝났는지 교인들이 성당 문을 나서는 모습이 보였다.

그때 나는 환시를 보았던 걸까? 성의를 입은 신부가 보헤미안의 남자 주인공과 흡사했기 때문이다. 항상 변화를 꿈꾸며 이상(理想)의 세계에 살고 싶어 하던 이현수. 그는 시인이기도 했지만 집안대대로 가톨릭 신자이기도 했다. 도피시절 시골의 성당에 숨었다가 들키는 바람에 담당신부가 곤욕을 치렀다는 이야기가 생각났다.

그렇다면 여기가 바로 그곳?

기억 속에서 상상이 출몰을 거듭했다. 세월의 간극을 두고 사실인지 내가 꾸며댄 소설의 한 대목인지 영 헷갈렸다. 어둠과 달빛이 내 소설적 상상력을 부추기고 있었다. 그럴수록 나는 놀란 토끼눈이 되어 신부를 뚫어지게 쳐다봤다. 신부는 의아한 눈빛으로 나를 한참 바라보더니 사제관 쪽으로 걸어갔다.

사십 후반쯤 됐을까. 신부치고 체격과 외모가 준수했다. 하긴 내 소설 속 인물 이현수가 살았다면 아마도 저와 비슷했으리라. 내가 또 소설을 쓴 것일까.

나는 가끔 소설과 현실을 착각할 때가 많다. 현실감각이 둔해지고 상상력과 영감이 물줄기처럼 차오를 때다. 그때는 내 주변이 온통 소설 소재감이 되면서 시나리오 무대가 된다. 닥친 현실 문제를 놓고 엉뚱하게 상상력을 갖다 붙이다 낭패를 보기도 한다.

주변사람들을 시나리오의 등장인물로 착각하며 대사를 쓴 적도 수
없이 많이 있다.

상상력도 지나치면 해악이 된다는 사실을 미리 깨달았어야 했
다. 사제관으로 걸어가는 신부의 뒷모습을 보며 나는 또다시 소설
문장을 떠올렸다. 그때 남자 주인공 이현수는 분명 괌으로 신혼여
행을 떠났고 첫날 밤 정신병이 재발해 실종되었다. 여주인공 민희
는 직장에 근무하던 중 그 소식을 접했다.

그 소설을 쓴 지가 20년이 지났으니 그들의 나이도 중년으로
접어들었으리라. 나는 손가락으로 20이란 숫자를 허공에 그리고는
성당 내부를 구경하기 시작했다. 시골 성당이라 그런지 규모는 작
아도 아늑한 분위기가 느껴졌다. 걸음을 옮기는데 발밑이 미끌했
다. 쌓인 눈이 녹지 않아 빙판을 이루고 있었다.

성당 문을 나서는데 사방이 온통 눈 천지였다. 올라갈 땐 잘 몰
랐는데 언제 이렇게 눈이 쌓였던 걸까. 그러고 보니 발길이 계속
미끄럼을 타고 있었다. 두 팔이 허공에서 몇 번인가 춤을 추는가
싶더니 어느 샌가 버스정류장 근처로 가고 있었다. 문득 배가 고
팠다. 시간을 보니 저녁 일곱 시가 지나 있었다.

주변에 음식점이 보였다. 비닐포장이 쳐진 간이음식점이었다.
음식점이라기보다 포장마차에 가까웠다. 청소년들이 입을 호호 불
며 어묵 꼬치를 먹고 있었다. 맞은편에 청기와라는 상호 아래 한
식전문점이 보였다. 시골 음식점 치고 규모가 꽤 커 보였다. 윈도
우 안에는 불판이 놓인 탁자가 여럿 있었다.

말이 한식이지 고기전문점이었다. 문을 열고 들어서니 앞치마를
두른 중년여자가 주방 쪽에서 나왔다. 내게는 눈길도 돌리지 않더
니 한쪽 테이블에서 식사 중인 커플에게 다가가 더 필요한 게 없

냐고 묻는 눈치였다. 그들이 없다고 하자 비로소 내게로 발길을
돌리며 물었다.

"뭘로 해드릴까요?"

그때 내 가슴 속에서 활활 타오르는 불길이 있었다. 분노. 그리
움. 낯섦. 방황의 거센 불길이 목을 태울 듯이 달려들었다.
나는 턱끝으로 메뉴판을 가리키며 말했다.

"냉면 돼요?"

"네? 이 추운 겨울에 무슨 냉면?"

여자가 주문을 받으러 왔다가 무슨 황당한 일을 당한 것처럼 되
물었다.

"겨울이라서 대신 칼국수는 어떨까요?"

여자의 입가에 비웃음이 감돌았다. 표정도 여간 얄미운 게 아니
었다. 이 엄동설한에 냉면을 시키다니 어떻게 된 거 아닌가 여자
의 눈빛이 말하고 있었다. 기분 나빠 그냥 나오려는데 커플들이
하는 이야기가 귓가에 들려왔다.

"그러니까 오빠는 여기까지 온 이유가 겨우 옛 여자를 찾겠다
그거였어?"

"누가 그렇대, 그냥 소식이나 알 수 있을까 해서지."

"알아서 뭘 할 건데? 오빠 지금 소설 써?"

"너 어떻게 알았냐? 내 본업이 소설이란 걸."

"지금 농담이 나와? 제정신이야?"

"너 좀 심한 거 아냐? 옛 소식을 물었기로 이게 막 사람을 무슨
또라이 취급하고 있어."

"아니 이제 와서 이십 년 전 소식을 물으니까 그렇지, 그렇게
궁금하면 직접 찾아가 보시던가."

"그럴 것 같으면 내가 왜 너한테 말하겠냐, 지금 거기는 신도시로 변했잖아."

"그럼 거기가 불암산 동네구나."

"응 그래."

그들의 대화를 듣고 보니 둘은 커플이 아닌 남매거나 절친 사이 같았다. 그런데 들을수록 내용에 호기심이 당겼다. 20년 전이란 숫자도 그렇고 소설가라는 말도 그랬다. 두 남녀는 술잔을 주거니 받거니 하다가 내 쪽을 바라보고는 고개를 갸웃했다.

그때서야 나는 두 남녀의 얼굴을 확인할 수 있었다. 말투로 보아서는 30대 초반 같았는데 얼굴을 보니 40대를 훨씬 상회했다. 나는 주방으로 가 직접 음식을 주문했다.

"삼겹살 정식 주세요."

음식이 나오려면 시간이 좀 걸릴 것이다. 남녀의 대화를 좀 더 들을 필요가 있었다. 어쩌면 오늘 내가 길을 떠난 목적을 이룰 수 있을 것 같았다. 이야기를 자세히 들어보니 남녀는 오래된 지인관계였다. 튀어나오는 말마다 20년 전과 오늘이었다. 그런데 이상한 점이 발견되었다.

여자가 하는 말은 현실적이고 진지한데 비해 남자가 하는 말은 허무맹랑하고 농담조가 많았다. 그에겐 도무지 현실감각이 없어 보였다. 이윽고 주문한 음식이 나왔다. 나는 고기 한점을 집어 입어 넣고는 여전히 그들의 말에 귀를 기울였다. 이제 두 남녀는 취해 혀 꼬부라진 소릴 하고 있었다.

"그러니까 오빠, 니는 제정신이 아니라니까 왜 또 정신병이 도진 거가?"

여자는 술잔을 흔들더니 남자의 머리를 쥐어박았다. 그 말에 남자가 자리에서 벌떡 일어나며 말했다.

"너 그 소리 한번만 더하면 니 죽고 나 죽는다."

"그래 죽여라, 죽여 어디 한번 그래 봐라."

여자도 지지 않고 대들었다. 남자가 주먹을 들었는가 싶었는데 이내 풀이 죽었다.

"오빠, 니는 내 맘을 그렇게 모리나 와 와 그러는 건데."

여자의 말투가 사투리로 변하면서 사정조로 나왔다. 아! 그러고 보니 둘 사이는 남매는 아니고 그렇다고 썸을 타고 것도 아닌 묘한 사이였다. 여자가 일방적으로 남자에게 대시하는 것인지도 모른다. 여자는 왜 정신상태도 불안한 남자를 좋아하는 걸까.

잃어버린 옛 사랑이나 추억하는 남자에게. 밥그릇이 거의 비워질 무렵 나는 자리에서 일어났다. 계산을 하는데 두 남녀가 내 등 뒤에 서 있었다. 여자가 남자의 어깨에 기댄 채 지갑에서 돈을 꺼내고 있었다. 저런 한심한……. 나는 속으로 욕했다. 저런 등신. 어디 남자가 없어서.

버스 정류장 앞에 섰다. 거리도 도로도 한산했다. 시골 버스는 자주 오지 않는다. 눈이 녹지 않은 거리는 빙판이 져 미끄러웠다. 두 남녀는 서로 부둥켜안은 채 저만큼 가고 있었다. 그들 뒤에서 소설의 실마리가 보이다 사라졌다.

찬바람이 목과 귓속으로 마구 들어왔다. 버스정류장에 사람들이 하나 둘 모여들기 시작했다. 벌써 불 꺼진 상가도 몇 보였다.

서울까지 가는 버스노선은 많았다. 광역버스가 아닌 시내버스였다. 장거리 운행 치곤 노선도 경비도 괜찮았다. 어둔 하늘에 눈발이 날리기 시작했다. 사람들은 종종걸음을 치며 연신 사거리 쪽을 바라봤다. 아무래도 버스가 연착될 모양이었다. 핸드폰 전원을 켜

보니 8시였다. 문자메시지가 와 있었다. 모 문예지에서 보낸 원고
청탁이었다.

등단 초기에는 우편으로 원고청탁이 오더니 다음엔 이메일과 쪽
지를 통해서 왔다. 그러더니 언젠가부터 핸드폰 문자메시지로 오
기 시작했다. 참 편리한 세상이다. 답 문자를 보낼까 말까 망설이
는 사이 버스가 도착했다. 사람들이 우르르 몰려가 승차했다. 뒷
자리에 앉아 창밖을 보니 눈은 함박눈으로 변해 있었다.

온 세상을 눈으로 덮으려는지 천지가 하얗게 변해가고 있었다.
낭만과 행복이란 단어가 공중에 붕붕 떠다니는 것 같았다. 이보다
더 아름답고 행복한 정경은 없으리라. 사람들은 모두 행복한 눈빛
으로 쏟아지는 눈을 감상했다. 영화의 한 장면을 바라보듯. 이런
날은 소설보다는 시나리오가 더 제격이다. 훨씬 더 잘 떠오를 테
니까.

그림 같은 풍경들이 차창 밖으로 휙휙 지나갔다. 어둔 들녘을
걸으며 데이트 하는 젊은 연인들이 포옹하는 장면도 눈에 띠었다.
길가에 차를 세워 놓고 핸드폰으로 통화하는 장면도 여러 번 지나
갔다. 산야는 점점 눈발에 쌓여가고 있었다. 길가의 가로수도 상
가도 인가도 점점 눈속에 침식돼 갔다.

정말이지 아름다운 시골밤 풍경이었다. 사람들은 버스에 설치된
영상화면을 보거나 잠에 떨어져 있었다. 봇짐을 안은 시골 노인들
도 흔들리는 버스에 몸에 맡긴 채 곤히 잠들어 있었다. 이제 버스
는 별내면 경계선을 넘고 있었다. 지하 굴다리를 나온 버스가 좁
다란 이면도로로 접어들었다.

이제껏 조용했는데 뒷자리에서 통화를 하는지 말소리가 들려왔
다.

"민희, 나 현수야 혹시 나 기억할 수 있겠어?"

남자의 목소리는 아주 절실했고 뭔가 잔뜩 기대감을 갖고 있었다. 못 알아들었는지 저쪽에선 반응이 없는 것 같았다. 잔뜩 귀를 기울이고 있다가 나는 화들짝 놀랐다. 민희? 현수? 가슴 속에서 쾅! 하고 거대한 울림이 들려왔다. 내 소설 보헤미안에 나오는 두 주인공 이름이 아니던가.

고개를 돌려 남자의 얼굴을 확인하고 싶었지만 차마 그럴 수 없었다. 목이 경직된 채 움직이지 않았다. 혹시 아니면 어쩌나 하는 두려움 때문인지도 몰랐다. 그보다도 그가 나를 알아보게 될까봐 두려움으로 가슴이 타들어가는 것 같았다. 나는 벗었던 모자를 깊게 눌러 썼다. 청각은 여전히 통화 내용에 가 닿았다.

"대답 안 해도 돼. 벌써 이십 년이란 세월이 흘렀으니까 기억 못한다 해도 할 말이 없어, 그동안 민희를 찾기 위해 여러 번 불암동을 갔었어, 이미 떠나고 없더군, 사실 몇 년 전만 해도 혹시나 하고 찾아가 보았는데 역시나…."

남자의 목소리가 울먹거리는가 싶더니 짧은 신음이 들렸다.

"난 당신과 헤어진 뒤 주로 바닷가 지역을 떠돌며 살았지. 불안한 마음을 달래기 위해서 어쩔 수가 없었어. 쫓기는 심정으로 늘 새로운 곳을 찾아다녔지. 어딘가엔 내 안식처가 있을 것 같았어. 내가 안심하고 숨을만한 곳, 피난처 요새 같은 곳 말야. 끊임없이 방황하면서 문학에 심취하고 여러 직업도 전전했지. 그러던 어느 날 남쪽 바닷가에서 필이 꽂히는 한 여자를 만났지, 직감했어 운명이구나."

순간 속에서 천불이 나는 것 같았다.

저런 망할 ×××…….

욕설이 생각나면서 분노가 머리를 태울 듯이 달려들었다. 신문 기사에서 읽었던 그녀에 대한 기사가 눈앞에 쫙 펼쳐져 보이는 것 같았다.

"그 여자가 가진 부와 힘이 그동안 힘들었던 나를 편안하게 해 줄 거라 믿었지, 새로운 환경이 나를 다른 모습으로 변화시켜 주지 않을까 기대감도 있었어. 내게도 변화라는 센서 기능이 작동해 주지 않을까, 그래서 결혼을 강행했던 거야. 그런데 그게 그게 사단이 날 줄 누가 알았겠어. 사실 말이지 그 여자는 내게 평안을 준 적이 한번도 없었어, 그런데 왜 나는 그런 그릇된 판단을 했던 걸까."

그러면 그렇지.

"난 한동안 용인에 있는 정신과 신세도 졌고 그리고 잠적 또 잠적 죽을까도 여러 번 고심했지, 그렇게 어둠속을 헤매다 어느날 한 빛줄기를 발견했지."

나는 순간 심호흡을 멈추었다. 빛줄기라니? 지금 소설을 쓰려는 것인가.

"내 맘에 평안과 만족을 주시는 분, 그분을 만난 거야. 지존하신 그분은 내게 가장 안전한 피난처와 산성이 되어주셨고 유일한 안식처가 되셨지. 그분을 만나고 난 치유를 경험했지. 그후론 다시 용인에 가지 않았어, 진정한 자유를 찾았거든."

자유? 나는 조금 전에 갔던 천주교회 십자가 불빛을 생각했고 신부의 얼굴을 떠올렸다.

"민희, 나는 지금 우리가 함께 기거했던 그곳으로 가고 있는 중이야. 그런데 불암산 말고는 다 변해 버렸더군. 불암산도 반이나 잘려나가고 신도시가 들어섰어, 우리가 즐겨 걷던 수녀원 뒷길의 울창한 숲길도 개천가 따라 걷던 산책로도 제지공장도 군부대도 다 사라졌군, 이런 천지개벽도 또 없지 싶어, 촬영소 주변의 미니 슈퍼도 중국음식점도 우리가 가끔 가서 기도하던 교회도 다 없어 졌더군, 내가 얼마나 그리워하던 곳인데. 이곳이야말로 우리의 꿈과 사랑이 있던 유일한 장소인데, 민희 내 말 듣고 있지, 전화 끊지 마, 이거 음성녹음으로 말하는 거야. 날보고 뻔뻔하다 말해도 어쩔 수 없어. 난 살면서 당신을 잊은 적이 한번도 없었어, 잘못된 선택으로 결혼예식을 치렀던 그 순간마저도. 나 참 뻔뻔하지."

그래 너 첨 뻔뻔하고 가증스럽다. 너 혹시 다중인격자 아니냐? 하마터면 욕설이 튀어나올 뻔했다. 또다시 소설 속 문장이 떠올랐다.

"민희 이제 나를 떠나도 좋다."

그렇게 나를 밀어놓고 새 여자를 만나 안정을 꿈꾸다니, 이런 적반하장도 숨이 막히는 것 같았다.

"지난 세월동안 난 끊임없이 내재된 불안과 싸웠지, 매번 그 전쟁에서 넘어졌는데 이젠 달라, 이길 수 있는 힘이 생긴 거야. 내 안에 힘과 능력을 공급해 주시는 그분이 내게 창조의 힘과 함께 참된 만족과 기쁨도 주셨지. 나는 그분 한분만으로 만족하기에 더 이상 새것을 찾아 방황하지 않아, 그리고 죽음에 대해서도 담대할 수 있어. 내세에 대한 확신이 생겼거든."

아! 그 순간 나는 뒤통수를 세게 얻어맞는 기분이었다. 전혀 상상하지 못한 의외의 결과였다.

"사람들은 상황이 좋을 때는 서로 잘 지내다가도 사업이 부도가 나거나 실직을 하는 등, 어려운 닥치면 등 돌리고 외면하기 일쑤지. 내 친구들 중 사업하는 중견실업가가 있었는데 어느날 IMF라는 태풍을 만난 거야. 친구 일가친척은 물론 가족들도 싹 외면하고 돌아서더래, 핸드폰까지 수신거부로 해놓고, 친구는 충격으로 자살기도까지 했었지. 그때 나는 친구를 내가 하는 출판사로 끌어들여 영업사원으로 채용했지. 친구 빚 문제는 파산선고로 해결했고. 사람들은 필요하면 이용하고 망하면 외면하고 멸시해, 그러나 사람은 우리를 외면해도 끝끝내 나를 도와주시는 분은 오직 전능주뿐이야."

나는 그즈음 숨을 내리쉬었다. 아! 저 사람이 또 소설을 쓰는구나. 역시나 직업은 못 속이는구나. 버스 안 승객들은 모두 스마트폰에 빠져 있거나 잠들어 있었다. 그런데 이상했다. 조금 전에 분명히 별내면에 들어섰는데 아직도 불암산이 보이지 않았다.

그 주변만 맴돌뿐이었다. 여전히 눈은 폭풍 같은 기세로 내리고 있고 산야는 하얗게 색칠을 당하고 있었다. 남자는 여전히 핸드폰에 대고 음성녹음 중이었다. 내가 듣든지 말든지, 심지어 내가 소설 속 여주인공이 되어 자신을 비난하고 있는 줄도 모른 채.

생각 같아선 남자의 얼굴을 똑바로 보고 심한 대거리라도 해주고 싶은 심정이었다. 너 때문에 민희가 얼마나 많은 마음 고생을 했는지 아느냐고. 그런데 이제 와서 그리움이라니, 이십 년이란 세월이 너한텐 장난이었냐고.

"내가 용인병동 속에 갇혀 있을 때였지, 그날따라 어둠 깊숙이 침몰돼 있는데 내 귓가에 음악이 들려왔어 누군가 내 마음을 열고 들어오는데 그건 아주 환한 빛이었지. 나중에야 알았어. 정신병동에 전도대가 찾아왔는데 인근 교회에 있는 봉사자들이었어, 그들이 찬양을 부르는데 가슴속에 있는 어둠이 싹 빠져나가면서 빛이 내 마음을 한가득 차지하는 거였어.

「어두운 후에 햇빛 오며 바람 분 후에
잔잔하고 소나기 후에 햇빛 나며
수고한 후에 쉼이 있네,
고통한 후에 기쁨 있고 십자가 후에
면류관과 숨이 진 후에 영생하며
이러한 도는 진리로다.」

순간이었지, 빛은 어둠을 몰아내는 가장 강력한 무기라는 사실을 그때 처음 알았지. 그건 바로 신의 사랑, 신적 의지였어, 그가 내게 의지를 준 거야. 사랑과 용서라는 의지를. 그후에도 어둠은 나를 여러번 찾아왔었어. 하지만 난 이전처럼 당하지는 않았어. 왜냐하면 그걸 이길 수 있는 힘이 생겼거든. 한마디로 난 담대해진 셈이지, 그리고 사랑은 두려움을 이기는 또다른 무기가 되더군. 사랑이야말로 두려움을 이기고 평안을 갖다 주는 가장 큰 힘이야, 그분은 그렇게 초월적인 힘을 공급해 주시는 분이야, 진즉 그분을 알았더라면 그렇게까지 헤매고 다니지 않았을 것을. 민희, 난 이제 자유해, 더 이상 방황은 없어, 내가 이곳에 온 것은 당신이 생각나서야. 나를 만나준 그분을 당신도 만나길 바래."

나는 그 순간 새로운 대사를 썼다.

"사람이 살다보면 옛일은 잊게 마련이라고 하지만 그렇지 않아, 기억은 그리움은 없어지지 않아, 난 그동안 안정된 평화를 찾아 헤매고 다녔지, 이 세상 어딘가에 숨 쉬고 살고 있을 당신을 만나 내 마음을 꼭 전하고 싶었어, 당신은 내게 주신 신의 선물이었어."

그러나 내 귓가에 들려온 건 전혀 의외의 말이었다.

"민희, 이제 나는 진정으로 당신을 내 맘속에서 떠나보낼 수 있을 것 같애. 그래서 오늘 마지막으로 이곳을 찾아온 거야. 더 이

상 과거에 묶여 있다간 미래로 나갈 수가 없어. 미래는 현재의 선
택과 직결돼 있거든."

넌 나를 또 한번 죽이는구나. 이십 년 전에도 그런 식으로 나를
죽이더니 왜 또 말장난이 하고 싶어진 거냐? 그리고 또 의심했다.
저 사람은 아직도 완치되지 않았다. 신의 사랑, 신적 의지 운운하
면서 하고 싶은 말은 따로 있다. 새 여자를 만나 다른 삶을 꿈꾸
기 위해 이별을 선언하고는 방황 운운했던 것처럼.

도대체 너의 진실과 속셈은 무엇이냐? 제 맘대로 떠났다가 다
른 여자와의 삶을 계획했다가 실패하니까 이제 와서, 그것도 20년
이나 지난 지금 와서 사랑 그리움 운운하더니 결국엔 또다시 떠나
겠다? 슬금슬금 부아가 나기 시작했다.

참 편리한 사고방식을 가진 남자이다. 사랑도 이별도 배반도 재
회도 모두 일방통행식이다. 그런 그의 방식에 놀아난 여주인공 민
희는 더욱 한심하다.

무책임한 남자에게 사랑이라는 기대를 걸어 놓고 상처와 방황을
거듭하는 민희는 소설 초반에 나오는 버림받은 시골 여자의 모습
과 똑같은 양상이다. 허무맹랑한 보헤미안의 논리에 함께 휘말리
는, 나는 또 소설 속의 문장을 떠올렸다.

'우리는 자신의 진짜 모습과 가짜 모습이 전혀 분별되지 않는
아주 낯설고 외진 곳을 좋아한다. 혼자 있어도 외롭지 않은 곳.
정체를 들킬 염려가 없어 더욱 안심이 되는 곳. 창작열이 불꽃처
럼 활활 타오르는 곳이어야 한다. 우리는 끊임없이 여행을 떠나며
보헤미안의 꿈을 재현할 것이다.'

차창 밖을 내다보았다. 밖은 칠흑 같은 어둠속에 쌓이는 눈으로
시간이 정지된 것 같았다. 버스는 아무리 달려도 이정표 하나 보

이지 않았고 어둠과 공존한 공간만이 보일 뿐이었다. 하늘과 맞닿은 공간은 시간과 함께 정착지도 모른 채 계속 달려가고 있었다. 이제 버스는 막다른 골목을 향해 가속페달을 밟고 있었다.

그런데 이상했다. 남자의 목소리가 들리지 않았다. 대사가 끊긴 걸 보니 남자는 잠들었거나 이미 내렸는지도 모른다는 생각이 들었다. 뒤를 돌아보려는데 역시나 고개가 뻣뻣이 굳어 움직이지 않았다. 주변을 둘러보니 승객들은 모두 잠들어 있었다. 스마트폰을 켠 채 잠이 든 젊은이도 있었고 아기를 업은 채 잠든 여자도 있었다.

모두 꿈나라로 직행한 모양이군. 그런데 왜 이 버스는 중간에 한번도 쉬지 않고 계속 달리기만 하는 걸까? 그리고 왜 내 몸은 움직이지 않고 생각만 하는 걸까? 도대체 이 버스는 어디로 가고 있는 걸까? 그때였다. 내 뒤에서 요란한 전화벨 소리가 들렸다. 벨소리는 버스 안을 통째로 흔들듯이 엄청나게 컸다.

그런데 그건 사이렌 소리 같기도 하고 엠뷸런스 소리 같기도 했다. 전화벨 소리 하나 특이하게 해놨네. 그런데 왜 전화를 받지 않는 거지 시끄러워 견딜 수가 없군. 당장이라도 남자를 흔들어 깨우고 싶었다. 이봐요 빨리 전화 받지 않고 뭐하는 거예요? 다른 사람들한테 방해된다고 생각하지 않나요?

벨소리는 여전히 울려대고 있었다. 도저히 참을 수가 없군. 나는 드디어 자리에서 일어났다. 그런데 몸이 차꼬에 묶인 듯 꼼짝 않는 것이었다. 도대체 이게 어떻게 된 거지? 내가 지금 꿈을 꾸고 있는 걸까? 그런데 자세히 보니 승객들도 운전기사도 몸이 굳어 있는 것 같았다. 모두 잠든 채 미동도 않는 걸 보면.

그러고 보니 버스는 달리는 게 아니고 그대로 정지돼 있었다.

도대체 이게 어떻게 된 것일까. 정신을 똑바로 차리고 상황을 인식해야지. 그런데 정신을 차리면 차릴수록 자꾸만 혼미해져 갔다. 그때였다. 내 손에 미끈하게 잡히는 게 있었다. 새빨간 핏덩어리였다.

그 피가 내 옆구리에서 자꾸만 새어 나오고 있었다. 얼굴에서도 손에서도 피가 뚝뚝 떨어지고 있었다.

아악!

내 입에서 비명이 터지고 말았다. 그러나 소리는 공중에 흡수된 채 들리지 않았다. 아니 내 입안에서만 감돌뿐이었다. 도대체 이 상황이 어떻게 발생한 걸까? 나는 무엇보다 뒤에 앉은 남자가 궁금했다. 방금 전까지 내 소설 줄거리를 외우며 그리움을 하소연하던, 그런데 눈앞이 자꾸만 뿌옇게 변하면서 의식이 가물거렸다.

나는 이내 혼곤한 잠속으로 추락했다. 꿈속에 많은 길들이 보였다. 아스팔트 직선도로로 뚫린 광활한 빛이 보이는 길과 비포장도로 울퉁불퉁한 자갈길과 가시덤불 숲길 속에 구름이 보이는 산길도 있었다. 험한 등산로 끝에 찬란한 햇빛이 보이는 길도 보였고 가파른 오솔길 너머 아슬아슬한 벼랑이 보이는 십자로도 있었다.

그런가 하면 해안도로를 따라 여러 사람들이 한꺼번에 달려가는 길도 있었고 혼자서 무거운 짐을 진 채 끙끙대며 올라가는 시지프스 같은 험한 길도 있었다. 그러나 길은 모두 한곳으로 나 있었다. 영원이라는 길이었다. 사람들은 모두 그 길을 향해 자신도 모르게 끌려가고 있었다.

그 길 끝에서 민희와 현수가 나를 향해 손짓하고 있는 모습이 보였다. 그들 뒤로 햇빛과 구름이 산 아래 세상을 비추고 있었다.

언젠가 기차 레일을 바라보며 길이란 제목으로 글을 쓴 기억이

났다. 수없이 갈라진 레일은 인생행로와 같이 선택과 책임이라는 의미를 엄숙히 묻는 거라며 경고성 메시지를 날린 적이 있다. 그때 영원이라는 단어도 함께 썼던 것 같다. 그런데 그 다음은 무엇이라 썼는지 통 기억이 안 난다.

민희와 현수를 향해 나가는데 주변에서 웅성거리는 소리가 들렸다. 비명 같기도 하고 싸우는 소리 같기도 하고 걱정과 근심이 잔뜩 서린 말소리 같기도 했다. 내 몸이 누군가에 의해 거칠게 흔들리고 있었다. 정신 차리라고 일어날 수 있겠느냐고 누군가 내 귓가에 대고 계속 이야기하고 있었다.

그때였다. 눈앞이 환해지면서 사물이 보이기 시작한 것은. 제일 먼저 눈에 들어온 건 침대 위에 누워 있는 내 모습이었다. 다음은 내 앞에서 왔다 갔다 하는 의료진과 나와 동승했던 승객들이 내 침대 옆에 누워있는 모습이었다.

부상 정도가 경미한 걸로 보아 대형사고는 아닌 것 같았다. 그러니까 버스가 퇴계원을 막 벗어났을 때였다. 갑자기 차량이 왼쪽으로 쏠리는가 싶더니 쾅! 소리가 났다. 커브 길에서 마주 오던 차량과 버스가 맞부딪친 것이다.

간단한 접촉사고였지만 피해는 만만치 않았다. 사고 차량이 거의 반파되다시피 했는데 부상자가 적어 그나마 다행이었다. 다친 승객들은 시골에서 농사지으며 힘들게 살아가는 촌로들이었는데 그들은 내게 걱정스런 눈길을 보내고 있었다.

그 관심어린 눈길에 저절로 눈물이 났다. 그런데 내 옆자리에 누운 남녀는 유난히 많은 앓는 소리를 냈다. 다리를 다쳤는지 붕대를 친친 감고서 거푸 의사와 간호사를 불러댔다. 그러면서도 여전히 상대를 걱정하는데 잉꼬부부도 그런 잉꼬부부가 없었다.

다음 순간 나는 내 뒷자리에서 음성녹음으로 통화를 하던 남자를 떠올렸다. 그는 틀림없이 내 소설 속 주인공 이현수였다. 민희를 향한 그 애저린 호소가 한서린 사랑고백이 생각났다. 옆 침대에 누운 환자에게 물었다.

"혹시 제 뒷자리에 앉아 계시던 분은 어떻게 되었나요?"

"아줌씨 뒤에 앉은 사람이냐뇨? 아무도 없지 않았나?"

"아니요, 분명히 있었어요. 제 뒤에서 길게 음성녹음으로 통화했었어요."

"혹 꿈을 꾼 건 아니슈? 버스 안에 승객이라곤 아줌씨랑 나 그리고 노인네 몇 명뿐이었는데 기억 안 나슈?"

그는 옆자리로 돌아누우며 귀찮은 듯 말했다. 시덥잖게 별 걸 다 묻고 있네 하는 표정이었다. 그러자 그 옆 침대에 누운 젊은 남자가 말했다.

"아줌마 생각났어요, 아줌마 뒷자리에서 계속 전화통화 하던 아저씨 말이죠? 방금 전에 퇴원했어요, 자기는 다친 데가 없다면서 어떤 아줌마가 오더니 같이 나가던데요."

남자는 아무리 봐도 멀쩡해 보였다. 다친 척 연기하는 건 아닌지 의심될 정도였다.

"그런데 그 아저씨는 왜 찾는 건데요? 혹시 아는 사이세요?"

혹시라는 말에 나는 잔뜩 긴장했다.

"아니, 그게 아니고 뒤에서 통화하는데 자꾸 눈물이 나서."

"그 아저씨가 통화 하는데 왜 아줌마가 눈물이 나요?"

"통화 내용이 그랬거든요."

당황한 나는 링거병에 달린 주사바늘을 빼고 침대에서 일어났다. 옷을 갈아입고 나자 나는 듯이 병원을 빠져 나왔다. 사방에서 객지의 바람이 불어오고 있었다. 난생 처음 보는 곳이었다. 시골 읍내 치고 병원 규모가 꽤 컸다. 요즘은 웬만한 소읍에만 가도 문화시설이 대도시 못지않다.

거리마다 각종 브랜드 의류상가와 음식점을 비롯한 위락시설과 병원이 들어서 전혀 불편함이 없다. 각 동리마다 교통편이 발달돼 있고 은행 전자대리점 대형마트 학원 등이 주거민들의 편의를 도와준다. 점점 갈수록 도시와 농촌의 간격이 좁혀지고 있는 걸 실감한다.

버스와 전철도 연이어 도착하고 상가의 불빛도 대도시의 그것과 똑같다. 나는 읍내 거리를 걸으며 누군가를 급히 찾고 있었다. 시멘트 담벼락이 있는 골목길까지 찾아 헤매며 급하게 발걸음을 옮겼다. 처음 보는 거리 풍경은 옛 정취를 일깨우고 있었다.

나는 길을 헤매며 소설적 상상력에 집중했다. 그러다 미친 발걸음으로 전철 역사를 향해 무한 속도로 달려갔다. 달려가는데 객지의 성난 바람이 내 갈기를 물고 늘어졌다. 역사(驛舍)는 가파른 계단 위에서 승객들을 맞이하고 있었다.

웬일인지 에스컬레이터는 멈춘 채 작동이 되지 않고 있었다. 나는 사람들 사이를 비집고 계단을 단숨에 뛰어 올랐다. 카드를 판독기에 대는데 전광판에 불빛이 보였다. 전동차가 막 역내로 진입하고 있었다. 발걸음을 전동차 안으로 드미는 순간 나는 보았다.

지난 밤 꿈속에서 보았던 수많은 길들을. 그리고 내 뒷자리에 앉아 음성녹음으로 길게 이야기하던 남자의 실체를. 전동차는 출발하자마자 전속력으로 달리기 시작했다.

인생여정에 지친 발걸음들을 **빠르게 빠르게** 대도시로 옮겨주고 있었다. (2016년 한국소설)

힐링 클럽

힐링 클럽은 남산의 모처에 있다. 건물 지하에 있는 그곳은 일종의 힐링 센터로 비전문가들로 구성돼 있는 게 특성이다. 모든 회원들은 컴퓨터로 관리되며 인적사항 및 활동 내용은 철저히 비밀로 처리된다. 회원 자격은 일반 어떤 단체와 달리 엄격하다. 학력과 출신지, 남녀노유 빈부귀천이 그곳에선 통용되지 않는다.

힐링 클럽은 마음을 치유하는 곳이다. 그곳에선 모든 게 평등의 원칙으로 통한다. 진실 어린 대화와 사랑의 논리를 통한 초월적인 힘에 의해 치유가 진행되는데 거기에는 여러 가지 법칙이 있다. 우선 대화 내용이 한 치의 오차도 없이 정확하고 진실해야 한다.

거짓이 단 일 프로라도 섞이면 안 된다. 진실 여부는 천장에 장착된 카메라의 센서 기능에 의해 결정된다. 카메라는 사람의 마음을 비추는 기능을 하는데 3번 이상 거짓말을 할 시는 자동적으로 퇴장 당한다.

숙지해야 할 사항은 치유는 절대자의 몫임을 인정하고 순복해야 한다. 자기 고집을 내세워 치유방법을 고집해서도 안 된다. 또 어떤 과거의 상처가 있든지 용서를 전제로 해야 한다. 용서가 힘들 경우는 따로 치료를 받아야 한다. 그것도 초월적인 힘으로만 가능하다.

다음은 사랑과 긍휼이다.

힐링 클럽 회원들은 최소한의 영혼 사랑과 긍휼의 힘을 소유해
야 한다. 인간 본성의 악을 포기하고 선을 추구하는 마음도 있어
야 한다. 그러할 때 치유가 가능하다. 그렇다면 독자(讀者)들은
생각할 것이다. 아하~ 그러니까 힐링 클럽이란 일종의 상담센터
구나 하고.

힐링 클럽에서는 상담자와 내담자라는 표현 대신 청자(聽者)와
화자(話者)라는 표현을 쓴다. 모든 치유 과정은 대화를 통해 이루
어진다. 화자(話者)가 먼저 이야기를 꺼내면 청자는 잠자코 들어
주면서 꼭 필요한 순간 결정적인 말을 함으로써 치유를 돕는 역할
을 한다. 그때 화자는 스스로 자신의 문제점을 말하고 회개와 용
서를 함으로써 자연스럽게 치유 과정에 도달하는 것이다. 그것이
어떻게 가능한가 혹자는 물을 것이다.

그러나 일단 대화방에 들어가면 그 문제는 자연스럽게 해결된
다. 대화가 진행되는 동안 바로 옆방에선 초월적인 힘이 화자의
마음을 움직이기 때문이다. 그곳에서의 치유방법이 모두 성공하는
것은 아니다. 왜냐하면 그곳에서조차 거짓과 위선의 탈을 벗어놓
지 않는 사람이 있기 때문이다.

그들은 양심이 오염되었거나 아직 세상의 잠에서 덜 깨어난 경
우다. 또 강력한 초월적인 힘에 의해서도 사랑을 느끼지 못하는
경우도 있다. 이럴 경우 치유가 매우 힘들거나 더디다. 그런 몇몇
경우를 제외하고는 대부분 치유과정이 순탄하게 이루어진다.

대화 시, 청자(聽者)는 화자(話者)에게 꼭 필요한 질문 외에는
그 어떤 질문도 해서는 안 된다. 화자의 질문에 되도록 짧게 답해
야 한다. 대신 신적(神的)인 사랑의 힘을 보여 주어야 한다. 상대
의 과거에 호기심을 가지고 질문을 하거나 현재의 위치에 대해 알

려고 해서도 안 된다.

또 상대를 판단하거나 정죄하는 말을 해서도 안 된다. 그러할 때 청자의 주머니에서는 부저음이 울린다. 그것이 세 번 이상 반복될 때면 저절로 퇴장 당한다. 그곳에서의 대화 내용은 천차만별이다. 상처를 감추기 위해 자기 자랑에 몰두하는 사람이 있는가 하면 자신의 찬란한 미래 비전을 말하는 사람도 있다.

그러나 사람들은 미래보다는 주로 과거의 이야기에 치중한다. 그것도 주로 상처 이야기다. 중년 여자들은 어릴 때 가정에서 받은 차별대우와 여자이기 때문에 겪어야 했던 가슴 아픈 사연들을 이야기한다. 이럴 때 청자는 대부분 비슷한 나이의 남자가 된다.

그럴 때 화자는 참담한 과거 이야기를 쏟아놓다가 분노를 청자에게 돌리는 경우도 발생한다. 심할 때는 자기 상처를 합리화하다 거짓말을 섞는 바람에 퇴장 당하는 경우도 나타난다. 그러기에 일단 대화방에 들어서면 알리는 멘트가 있다.

먼저 천장에 장착된 카메라를 바라볼 것. 이는 마음을 비추는 작용을 하는데 거짓말 탐지기 역할을 한다. 또한 대화 중 내용 부풀리기 금지, 흥분과 분노 금지, 상대방에 대한 관심 금지, 어떠한 종류든 약속 금지 등이다.

만일 그것을 어길 시에는 경고음이 울린다. 특히 자기의 신분을 노골적으로 알리거나 불순한 목적을 가지고 대화를 할 때도 마찬가지다. 경고음이 세 번 이상 울리면 그대로 퇴장 당한다. 또 대화방에 들어설 때면 모두 검은 복면을 착용해야 한다.

목소리도 변조되어 들리기 때문에 혹여 상대를 알아볼 기회를 철저히 미리 차단하는 것이다.

대화 상대도 컴퓨터가 알아서 맺어주기 때문에 또다시 만나는 경우는 발생하지 않는다. 힐링 클럽 내부는 12개의 방이 서로 미로처럼 연결돼 있는데 복도에 cctv가 있어 모든 행동을 제한하고 있다. 폭력이나 언쟁, 외부로부터의 어떤 침입도 방지하기 위해서다.

또 사람들은 클럽을 나서는 순간 상담 내용을 잊어버리기 때문에 신분노출에 대해서는 염려할 필요가 없다. 힐링 클럽은 여름보다는 겨울에 겨울보다는 봄에 붐빈다. 봄은 화약고처럼 감정이 분출되는 계절이기 때문이다.

정신병과 우울증의 빈도가 높고 묵혀 두었던 상처가 봄을 맞이함과 동시에 일제히 소리를 치며 나타난다. 왜 사람들은 그토록 봄만 되면 자기 감정에 예민해지는 걸까. 남자 건 여자 건 봄은 괴로운 계절이다.

3월의 찬바람이 남산 언덕을 휘몰아칠 때였다. 9번 번호표를 받아든 여자가 대화방으로 들어섰다. 그녀는 들어서자마자 청자의 얼굴을 확인했다. 기대했던 대로 복면을 쓴 남자가 앉아 있었다. 둘 사이는 얇은 유리 막으로 가로막혀 있었다.

그 가운데 작은 구멍이 뚫려 있는데 그곳으로 대화가 가능했다. 둘은 천장에 매달린 카메라 조명을 보면서 대화를 시작했다. 먼저 9번은 심호흡을 했다. 그녀는 잠시 긴장하는 눈치였다. 클럽회원으로 등록해 오늘 처음 이용하는 것이기 때문이었다.

"어서 오십시오, 오시느라 수고하셨습니다."

청자는 정중하게 그녀를 맞이했다. 9번은 곧바로 본론으로 진입했다. 그녀는 뜸을 들이거나 우회적인 표현을 쓰거나 하는 것은 딱 질색이었다. 뭐든지 직선적으로 말하고 행동하는 게 그녀의 철칙이었다.

"전 남해 바닷가에서 태어나 살다 서울로 올라온 주부입니다. 전 가난한 농가에서 태어나 열여덟이란 나이에 결혼했죠, 남편은 저보다 열 살이나 많아요. 제 부모님은 제 한 입 덜기 위해 절 시집이란 걸 보냈는데 막상 시집이란 걸 와 보니 기가 막히더라구요, 남편에 시부모에 농사일은 끝도 없이 많지, 시동생은 없는 살림에 대학 가겠다고 난리지 이건 완전 노예예요."

그녀는 복면이 갑갑한지 손으로 몇 번인가 만지작거리며 말을 이어갔다.

"제가요, 원래 어릴 때부터 창조적인 능력이 뛰어났거든요, 비록 초등학교밖에 못 나와서 그렇지 공부만 많이 했더라면 꼭 소설가가 될 수 있었을 텐데, 그래 난 항상 높아지는 상상을 하며 살았는데 현실은 생지옥인 거예요, 네? 그런데 어떻게 시집갔느냐고요? 그야 속아서 갔죠, 결혼하면 통신학교로 공부시켜준다 도회지로 나가 살 거다 그런 식으로 꼬시는 바람에…… . 제가 그 나이에 뭘 알았겠어요 겨우 열여덟이었는데요."

말투로 보아 그녀는 아직 오십은 안 된 듯했다.

"그러니까 제 말뜻의 요지는 이거예요, 전 그 지옥 같은 환경을 도저히 받아들일 수 없었어요, 그래서 탈출을 결심한 거예요 어디로 튀었냐고요, 그야 서울로 튀었죠 그 다음은 묻지 마세요, 과정이야 어쨌든 전 좋은 남자를 만났고 대학공부도 했고 성공도 했어요, 그런데 아직도 호적상의 제 남편은 시골에 있는 그 사람예요, 무슨 말인지 아시죠, 그 남자가 아직도 절 기다리고 있대요, 죽어도 이혼 안 해주겠다고 하면서, 하긴 그때도 그랬지만 요즘 같은 세상에 누가 농촌에서 살아주겠어요."

9번은 말하다 말고 품에서 담배를 꺼내 물었다. 그녀가 라이터를 꺼내기도 전 스피커에서 경고음이 울렸다.

"실내에선 금연입니다."

그녀는 황급히 담배를 핸드백에 넣었다.

"말씀 계속하시죠."

청자(聽者)가 말했다.

"그런데 세월이 갈수록 본남편이 생각나는 겁니다. 그는 시골 우리 동네에서 처음 만난 내 친정오빠의 친구이자 내 첫사랑이었습니다. 처음에는 그의 집이 부자라는 바람에 결혼했다가 속아서 그만……. 아이가 생기기 전에 도망쳐버리자 결심하고 집을 나왔는데 막상 서울로 올라와 보니 아는 사람도 없고, 그래서 남의집살이에다 파출부에다 공장 여공에다."

그녀는 말이 횡설수설했다. 앞뒤 말이 맞지 않았다.

"전 동네서 소문난 재간꾼이었어요. 제가 시골 고등학교에서 소문난 미인이란 것도 알 만한 사람은 다 알지요. 그러니까 저는 누구에게나 인정받는 그런 여자였죠, 적어도 결혼하기 전까진."

드디어 경고음이 울렸다.

"한번만 더 거짓말하면 강제 퇴장입니다."

9번은 당황했다. 그녀는 핸드백에서 손수건을 꺼내 이마에 흐르는 땀을 닦았다. 그러나 다음 순간 또다시 거짓말을 내뱉는 바람에 강제 퇴장 당하고 말았다.

그녀는 본래 호기심이 강한 데다 거짓말을 반복하는 습관이 있었다. 그 버릇이 힐링 클럽에서도 재연되었던 것이다.

7번 번호표를 받아든 여자가 대화방에 들어섰다. 그녀는 한동안 침묵을 지켰다. 감정이 북받치는지 가슴을 쥐어뜯으며 울었다. 이 곳 대화방에서는 이런 일이 가끔씩 발생한다. 모두가 안타까운 사연의 주인공들이기 때문이다.

울음을 그친 7번은 천장의 카메라를 응시했다. 아무래도 신경이 거슬리는 모양이었다. 두려움의 빛이 그녀의 얼굴에 떠올랐다. 이윽고 결심한 듯 말문을 열었다.

"사람들은 왜 사랑을 하죠? 도대체 사랑이 뭐길래. 왜 사람들은 사랑 때문에 울고 웃는 걸까요."

그녀는 청자(聽者)를 향해 질문을 던졌다.

"전 지금까지 사랑의 의미를 모르고 살아왔어요, 아무도 아무도 나를 사랑해 주지 않았어요, 대신 상처만 받고 핍박당하고……. 짐승처럼 내쫓기면서 살았어요, 쫓기다가 얼음구덩이에 빠져 죽을 뻔한 적도 있었어요, 쉽게 말해 사랑받아 보지 못해서 남도 사랑할 줄도 몰라요, 제 말이 거짓말같이 느껴지시나요? 하지만 사실인 걸요."

여자는 떨리는 음성으로 말했다. 경고음이 들리지 않는 걸로 보아 그녀의 말은 사실이었다. 복면을 쓴 청자(聽者)의 눈빛이 슬픔으로 변했다. 그는 벌써 여러 해째 청자(聽者)의 입장에서 들어왔지만 이런 식의 말은 처음이었다.

"전 어딜 가나 미움과 분노의 대상이었어요, 어릴 때부터 모두 나를 비웃었어요, 내 눈이 내 눈이 사팔뜨기라고 싫어했어요, 가족은 물론 초등학교 시절부터 어린아이들의 놀림감이 되었죠, 교정수술이 필요했지만 내 아버진 돈이 아까워 해주지 않았어요, 대신 나보고 집을 나가라고 했어요, 그때 내 나이 겨우 열두 살이었어요, 그 어린 나이에……. 상상이 가세요? 그 어린 나이에 동네북이 되어 놀림감이 된 것도 모자라 집을 나가란 말을 들은 제 어린 심정을."

청자(聽者)의 눈에 눈물이 고이기 시작했다.

"난 어릴 때부터 힘이 없었어요. 겨우 밥을 얻어먹고 집 안팎으로 쫓겨다녀야 했으니까요. 사람이 얼마나 무섭던지…… 두려움에 사로잡힌 난 갈 데가 없었어요. 아무도 날 반기는 데가 없었어요. 정신이 하나도 없어서 너무 산만해서 도저히 집중할 수가 없었어요. 학교 공부도 제대로 할 수가 없었어요. 내용이 머리에 하나도 들어오지 않는 거예요. 한번은 학교가 끝나고 집에 갔는데 집안 친척이 와 있었어요. 가족들이 빙 둘러앉아 이야기하다가 절 보더니 비웃는 거예요. 쟤 눈을 보라고 저게 사람 눈이냐고."

드디어 청자(聽者)의 입가에서 울음이 새나오기 시작했다.

"전 길거리에 나서면 얼굴을 들고 다닐 수가 없었어요. 모두가 내 눈을 보고 놀리는 것 같아서요. 심지어 어린 아기들도 내 눈을 가리키며 놀리고 웃었어요. 그 비참한 기분 아세요? 일곱 살 땐가 달려오는 자동차에 뛰어들 뻔한 적이 있었어요. 그때 죽지 못한 걸 평생 얼마나 후회하며 살았는지 몰라요. 고등학교 다닐 때는 실제로 달려오는 전철 속에 뛰어든 적도 있었어요. 그런데 누군가 제 손을 강제로 잡아서 이끌어 주는 것이었어요. 그가 누군지 아직도 잘 몰라요."

청자(聽者)는 입을 틀어막으며 울기 시작했다.

"전 자라면서 제일 궁금한 게 있었어요. 도대체 사랑이 뭔가 그 감정의 빛깔이 뭔가 너무나 궁금했어요. 전 태어나서 한 번도 남자를 만나보지 못했어요. 눈빛도 한번 못 맞춰본 걸요. 외로움요, 그것도 잘 몰라요. 늘 혼자였으니까요. 전 차라리 혼자가 편해요. 아무도 괴롭히는 사람이 없으니까요. 한번은 배가 너무 고파 전철 의자에 쓰러져 자는데 누군가 제게 쪽지를 건네주고 갔어요. 그곳에 사랑이라는 글자가 보였어요. 무작정 찾아갔죠."

7번은 이야기를 하면서 전혀 감정의 동요가 없었다.

"저는 눈물이 없어요, 매일 비참하고 허기지고 그렇게 똑같은 감정 상태로 살다보니까 그런가 봐요. 웃음 그건 있어요. 억지 웃음요, 그렇지 않으면 난 살아남지 못했을 거예요. 아참 아까 무작정 찾아갔다 그랬죠, 찾아가 보니까 종교단체더라구요. 사랑, 소망, 기쁨, 평강, 용서. 이해, 생명이란 단어가 들려오더군요, 전 그게 무슨 소린지 하나도 알아들을 수가 없었어요. 친절과 배려라는 단어도 이해할 수 없었어요. 살면서 한번도 경험해 보지 못했거든요."

한번도 경고음이 들리지 않는 걸로 보아 그녀의 말은 모두 사실인 모양이었다. 세상에……. 어떻게 저런 인생이 있을 수 있단 말인가. 청자(聽者)는 자꾸만 눈물이 흘렀다.

"사실 그 날은 제가 이 세상과 마지막 작별을 하려던 날이었어요, 그런데 그곳에서 들리는 말이 너무 신기한 거예요, 학교에서 배운 지식과는 너무나 차이가 나는 생소한 것들이었어요, 다른 말도 이해가 안 가는데 더 이해가 안 가는 건 신(神)의 사랑을 경험하라는 것이었어요. 너무 이해가 안 갔어요. 그런데 그 날 그곳을 나오는데 죽고 싶은 마음이 싹 사라진 거 있죠. 희한하게도."

7번은 가방에서 무언가를 꺼냈다. 종이 쪽지였다.

"그런데 더 기막힌 소리를 들었지 뭐예요, 사람을 믿지 마라, 사람에게 위로 받으려 하지 마라. 신의 위로와 사랑을 경험하라."

이제 7번의 목소리는 점점 활기를 띠어 갔다.

"신(神)의 위로와 사랑이라니, 살다 별 기막힌 소릴 다 듣는구나 싶었어요, 그건 생전 처음 들어보는 말이었어요."

"맞습니다. 그 분의 사랑과 위로밖에 기댈 데가 없답니다."

청자의 눈에서 눈물이 흘렀다. 눈물이 복면을 타고 흘렀다. 7번은 당황했다.

"지금 우시는 건가요?"

청자는 복면 속으로 손을 집어넣어 눈물을 닦았다. 바로 그 순간이었다. 7번의 마음이 어떤 초월적인 힘에 의해 움직이기 시작했다. 그녀는 방금 전 보았던 눈물의 의미를 깨달았다. 그건 무한한 힘에 의한 감정의 작용이었다. 이윽고 7번의 눈에서도 눈물이 고이기 시작했다.

황급히 3번 방으로 들어서는 남자가 있었다. 무슨 행사가 있었는지 그는 연미복 차림이었다. 그런데 너무도 급히 들어서는 바람에 복면 착용하는 것을 잊었다. 그가 대화방으로 들어서자마자 경고음이 울렸다.

"가운과 복면을 착용하십시오.

3번은 급히 방을 나와 복도 끝에 있는 탈의실로 갔다. 그곳에서 연미복을 가운으로 갈아입고 복면을 착용했다. 신발도 실내화용으로 바꿔 신었다. 3번 방으로 들어선 그는 청자를 향해 머리를 숙여 인사했다.

"안녕하십니까?"

태도로 보아 그는 힐링 클럽의 단골 손님인 모양이었다. 탁자 뒤로 의자를 빼고 앉더니 잠시 심호흡을 했다.

"오늘 연주회가 성황리에 끝났습니다. 그런데 끝내 아내는 나타나지 않았습니다."

그는 천장에 매달린 카메라 앵글을 향해 말했다.

"전 이제 모든 기대를 다 접어버리기로 했습니다. 이젠 정말 음악만 위해 살 겁니다. 인생이란 말이죠. 광활한 고속도로를 혼자 달려가는 것 같아요. 어두운 골목길과 같은 인생들도 언젠가는 고속도로 같은 길이 나타나 혼자서 그 길을 가는 겁니다."

3번은 항상 비유적으로 말하는 걸 좋아한다. 사실을 직접적으로 표현하기보다 우회적으로 표현함으로써 진실여부를 판단하기가 모호할 때도 있다. 그러나 그의 말투나 표정은 여느 못지않게 진지하다.

"전 어릴 때부터 혼자 생각하고 계획하고 일을 추진하면서 살았어요. 내겐 전혀 도우미가 없었거든요. 그렇다고 제게 지혜가 있거나 능력이 많은 건 아니었어요. 제 현실이 스스로 하지 않으면 안 되었기 때문이죠."

무슨 말을 하려고 이렇게 서두가 긴 걸까. 청자의 미간이 약간 꿈틀거렸다. 그는 다른 청자에 비해 인내심이 부족한 편이었다. 그러나 화를 낸다거나 말을 재촉하는 건 금물이다.

"전 오늘 중요한 고백을 하려고 해요. 제 어린 날 이야기를요. 제 어머니는 제가 초등학교 다닐 때 하늘나라로 가셨답니다. 오랜 병고로 인한 약물 중독사였어요. 제 어머니가 숨을 거두기도 전 제 집안은 악마의 돌풍이 휘몰아치고 있었어요. 제 위로 대학 다니는 형이 있었는데 전날 저녁 나이트클럽에서 밤새 춤추며 노느라 집에 들어오지 않았어요. 그 형 별명이 뭔지 아세요? 카사노바."

3번은 잠시 울먹였다.

"그 밑으로 저보다 6살 많은 누나가 있었는데 여고 1학년 때 가출해버렸어요. 남자와 눈이 맞아서……. 지금까지도 소식을 몰라요. 카바레나 술집을 전전하는지 아님 폭력배에게 끌려가 칼 맞아

죽었는지. 제 어머닌 그 누나의 가출에 충격을 받아 더 병이 위중
해진 거라구요. 그런데 그 미친년은 남자에게 정신이 나가서 어머
니 따윈 안중에도 없었던 거예요. 제 어머니의 남편이란 작자는
어땠는지 아세요?"

그는 분노에 찬 음성으로 천장을 응시했다.

"병든 아내를 놔두고 새 여자에게 가버렸어요. 치료비 대주는
게 아까웠던지 아예 예금통장이니 금붙이니 돈 될만한 것들은 몽
땅 싸들고 나가버린 거예요. 악마가 따로 없죠. 그 재산은 모두
내 어머니가 피땀 흘려 벌어놓은 것들이었어요. 그 피 같은 돈을
그 두 년놈이 하루아침에……."

3번은 격앙된 목소리로 말했다.

"제 어머닌 저 하나 붙잡고 통곡하다가 세상을 등진 겁니다. 어
린 저 하나 놔두고 가는 게 몹시 걱정이 되었던지 눈물만 펑펑 흘
리더라구요. 그러다 운명한 겁니다."

3번은 아예 소리를 내 엉엉 울었다.

"제 아낸 제 어머니와 같은 여자였어요. 제 아픈 마음을 잘 이
해해 주고 다독여주고 모성애를 느끼게 한 여자였어요. 고마운 여
자였어요. 전 아내 덕분에 원하던 음악 공부도 하고 모교에서 강
사로 후진을 가르치게 되었어요. 아내는 정말 헌신적인 여자였어
요. 오직 저 하나만 바라보고 내조하면서 불평 한 마디 없었거든
요. 그런데 어느날 갑자기 사라져버린 겁니다. 그날 집에 걸려온
전화 한 통 받고서. 저는 그 내용이 뭔지 몰라요. 그런데 아내는
그 전화를 받자마자 밖으로 쏜살같이 나가는 거예요. 그리고 지금
까지 소식이 없어요."

청자는 의문에 가득 찬 표정을 지었다.

"두 분 사이에 아이는 없었나요?"

청자의 질문에 3번은 고개를 저었다. 뭔가 알 것 같다는 표정이 청자의 눈빛에 떠올랐다.

"전 연주회를 열 때마다 생각했어요. 이번에는 아내가 찾아와 주겠지. 이번만은 이번만은 하면서. 그러나 매번 기대는 빗나갔 죠."

3번은 긴장된 표정으로 말했다.

"전 지난날의 아픔을 잊기 위해 항상 현실에 최선을 다했어요. 서로 관심 가져주고 무엇보다 열심히 사랑하자. 아내에게도 늘 그 런 식으로 말했어요. 왜냐하면 내 어머니의 그 마지막 모습이 제 맘속에 늘 자리 잡고 있었기 때문이에요. 그런 식으로 인생의 마 지막을 보내고 싶지 않아서요."

청자는 이해가 간다는 듯 고개를 끄덕였다.

"제 형과 누나는 지금까지 소식을 몰라요. 아버지는 모든 재산 을 새 여자에게 남겨 주었죠. 그 여잔 사창가 포주였답니다. 생각 해 보세요. 그녀가 그 돈 갖고 무슨 짓을 했겠는가. 이 기막힌 이 야길 누굴 붙잡고 하겠습니까, 하늘이 부끄럽고 원망스러워 그 생 각만 하면 피가 거꾸로 솟는 것만 같습니다."

3번은 완전히 지친 모습이었다. 그는 감성이 여려 작은 일에도 상처받고 괴로워하는 스타일이었다.

"아내는 제가 어머니 다음으로 사랑한 여자예요. 제 아내가 다 시 제 곁으로 돌아올 수 있을까요? 전 아내가 미치도록 그리워요 보고 싶어 미칠 지경이라구요."

말이 바뀌고 있었다. 처음에는 모든 기대를 저버리고 음악만 위 해 살겠다고 하더니 이젠 아내가 그리워 미치겠단다. 청자는 클럽

내의 규칙에도 불구하고 신분을 밝힌 화자에 대해 경고 대신 침묵을 지켰다. 그리고 메아리와 같은 말 한 마디를 남기고는 자리에서 일어나 통곡의 방으로 들어갔다. 마음 놓고 울기 위해서였다.

"우리에게 영원한 안식과 기쁨을 주시는 그 분을 의지하세요. 그 방법밖엔 없을 것 같군요."

겨울비가 음산하게 흩뿌리는 날이었다. 비는 곧 진눈깨비로 변해 거리와 도로를 덮었다. 남산으로 오르는 차량들은 모두 거북이 걸음을 했다. 겨울바람이 남산 전체를 뒤흔들었다. 야외 음악당을 지나 한남동으로 빠지는 도로는 염화칼슘을 뿌리는데도 여전히 빙판이었다. 이런 날은 힐링 클럽도 별수 없이 문을 닫아야 한다.

누가 이 눈길을 뚫고 와 주겠는가. 화자나 청자나 다 마찬가지일 것이다. 그러나 이런 날도 눈길을 뚫고 달려오는 발걸음이 있었다. 그들은 어젯밤부터 계속 고속도로를 달려 이제야 도착한 것이다. 해가 남산 언덕을 비껴갈 무렵이었다.

눈발이 어느 정도 그치고 있는데 급히 1번 방으로 들어가는 남자가 있었다. 그는 옷에 묻은 눈을 털면서 탈의실로 들어갔다. 신발을 갈아 신고 가운을 입고서 그는 안도의 한숨을 쉬었다.

"어서 오십시오, 눈길을 뚫고 오시느라 수고하셨습니다."

청자는 반가운 목소리로 말했다. 1번은 온몸을 떨면서 말했다.

"전, 이곳이 난생 처음입니다."

"안심하십시오, 이곳에서의 내용은 모두 기밀사항으로 처리됩니다. 외부로 노출되는 일은 결코 없습니다. 말하는 즉시 공중에서 사라지니까요."

청자는 안심시키려는 듯 힘을 주어 말했다. 1번은 이내 평정을 되찾고 본론으로 진입했다.

"제 아내는 과대망상증 환자였습니다. 저는 아내와 사는 10년 세월 동안 말할 수 없는 고통을 당했습니다. 그녀가 하는 말은 늘 한가지였습니다. 자긴 어딜 가나 남자가 따라붙는다는 겁니다. 어릴 때부터 그랬답니다. 이유가 뭔지 압니까? 자기 얼굴과 몸매가 너무 뛰어나기 때문이랍니다. 그게 어디 아내가 남편에게 할 말입니까? 요는 자기는 너무 남자들에게 인기가 많아서 제가 실증이 난다는 겁니다."

청자는 기막힌 표정으로 물었다.

"부인께서 꽤 미인이셨던 모양입니다."

그는 말하고 나서 아차! 하고 후회했다. 청자의 의무를 저버리고 쓸데없이 말참견을 한 것이다.

"사실 아내의 몸매는 한마디로 끝내줍니다. 완전 육체파예요. 사실 저도 그것에 반해서 죽어라 쫓아다닌 끝에 결혼한 겁니다. 얼굴도 반반하고요. 그러나 그게 다가 아니지 않습니까. 아내는 완전 과대망상이었다니까요. 저랑 같이 길을 가다가도 자꾸 뒤를 돌아보면서 그러는 겁니다. 저기 뒤에 오는 남자가 아까부터 자꾸 자기를 따라온다는 거예요. 처녀 때는 길거리를 제대로 지나다니지도 못했다고 하더군요. 남자들이 눈이 뒤집어져 침을 질질 흘리며 따라붙어서요."

1번은 복면이 갑갑한지 손으로 자꾸 얼굴을 만졌다.

"그년은 완전 색광 미치광이 천부적인 요부 스타일이에요, 가장 근원적인 화냥년이라고 할까. 천하에 죽일년."

그의 말이 끝나기도 전에 경고음이 울렸다.

"욕설을 금지합니다. 또다시 반복하면 강제 퇴장입니다."

1번은 손으로 입을 막았다. 밤새도록 고속도로를 달려왔는데 강제퇴장이라니 그는 정신을 바짝 차렸다.

"한 달이 멀다 하고 새 남자를 만나는 겁니다. 세상에 그런 여편네랑 살면서 미치지 않을 남자 있음 나와 보라 그러세요, 그런데 사람들은 그런 여편네는 제쳐두고 모두 내게 손가락질을 하는 겁니다. 저런 병신, 오죽하면 여편네가 다른 놈과 놀아나. 사내구실을 제대로 못했거나 뭔가 하자가 있지."

속에서 열불이 나는지 1번은 자기 가슴을 주먹으로 탁탁 쳤다.

"친구들은 제게 왜 이혼을 안 하느냐고 너는 아직도 그런 여자가 좋냐고 성화를 해대지 아이들은 허구헌 날 집나간 제 엄마 찾느라 징징대고, 그 상황 속에서 미치지 않을 사람 아무도 없을 거예요, 그런데 제 마음은 요지부동인 겁니다. 아내를 놓치고 싶지 않더라구요, 여전히 아내의 육체가 그리운 겁니다. 이런 팔푼이가 어디 있습니까?"

과대망상은 아내뿐 아니라 1번도 마찬가지로 걸려 있었다. 1번은 참담한 표정으로 말했다.

"결국 이혼했습니다. 아내가 원해서, 전 그녀가 원하는 거면 뭐든 해줄 수 있습니다. 아내는 저와 헤어진 뒤 곧바로 애인에게로 달려가더군요."

1번은 기가 막힌지 천장을 바라보고 허허 웃었다.

"전 아내를 아이들 때문에라도 꼭 되찾고 싶습니다."

"지금은 아내가 아니지 않습니까?"

청자는 또 실수를 저지르고 말았다. 이런 식의 말은 청자에겐 금물이다. 그의 주머니에서 부저음이 울렸다. 청자에게만 들리는 경고음이었다. 1번은 수긍의 표시로 고개를 끄덕였다.

"그렇지만 아이들의 엄마이기도 하지요. 그녀는 다른 남자와 살다 헤어져 지금은 혼자입니다. 언제까지 갈는지 모르겠지만요. 전아내를 꼭 되찾을 작정입니다."

과대망상은 이혼한 전처가 아니라 바로 1번이었다. 그는 성격적으로 집착이 강한 편집증적 증세를 보이고 있었다. 이는 가장 치유 받기 힘든 케이스다.

"사람들은 제게 집착하지 말라고 하더군요. 하지만 저는 이미제 자신을 통제할 힘을 잃었습니다. 완전 절망입니다."

"거룩한 영을 사모하십시오. 그리고 미래에 집착하세요. 집착의방향을 바꾸세요."

청자는 낮은 음성으로 말했다. 그러나 속마음은 달랐다. 당신의아내는 결코 돌아오지 않는다. 일찌감치 냉수 마시고 속 차려라.

"나쁜 년."

1번은 또다시 욕설을 내뱉고 말았다. 애증이 뒤엉켜 그는 이미제정신이 아니었다. 그는 아내를 향한 자신의 감정을 사랑으로 위장하고 있었지만 실제 그의 감정은 복수와 집착이었다. 또다시 경고음이 울리면서 1번은 자동적으로 퇴장 당했다.

밤새도록 고속도로를 달리면서 그렇게도 다짐하고 또 다짐했건만. 1번은 참담한 기분으로 힐링 클럽을 빠져나갔다.

이듬해, 전국에 장맛비가 기승을 부리던 날이었다. 남산 인터체인지를 돌아 힐링 클럽 앞에 자동차를 주차하는 여자가 있었다. 차종은 에쿠우스 신종이었다. 긴 머리에 선글라스를 낀 그녀는 황급히 자동차에서 내려 클럽 안으로 들어섰다. 그녀의 방은 4번이었다. 복면을 쓰고도 선글라스를 벗지 않은 그녀는 표정이 굳어있었다. 연신 사방을 휘둘러보면서 긴장하는 표정이었다.

"이곳에서는 선글라스를 벗으셔도 됩니다."

청자는 여자였다. 안정된 여자 목소리가 4번의 귓가에 전해지자 금세 어둠이 사라졌다. 그녀는 벽에 써진 성구(聖句)를 보았다.

"하나님이여 내 속에 정한 마음을 창조하시고 내 안에 정직한 영을 새롭게 하소서"

그 성구(聖句)를 바라보면서 그녀는 초조한 눈빛으로 말했다.

"전 색마예요. 그것도 본능적으로 타고난 색광녀."

그녀는 자조하듯 말했다. 얼굴에 패배감과 절망이 가득했다.

"저희 집안은 대대로 기생이었대요. 고조할머니도 증조할머니 제 외할머니 제 엄마까지 모두 다요. 심지어 제 딸도 벌써 그런 기미가 보여요."

청자는 긴장으로 얼굴이 굳어지는 것 같았다. 도대체 어떤 집안 이기에…….

"저는 고멜이었어요, 집 나간 창녀 고멜, 결혼 전부터 그랬어요, 전 제 집안 내력과 제 몸 상태를 잘 알기에 고쳐보려고 많이 노력 했어요. 성당에 나가 백일기도도 했고 유명하다는 기도원도 찾아 다녔어요. 하지만 몸 안에 있는 악마는 쫓아내지 못했어요."

"남편과 자식도 그 사실을 압니까?"

청자는 아차! 하고 후회했다. 상대에 대한 어떤 호기심도 금지, 규칙을 어긴 것이다. 그의 주머니 안에서 부저음이 울렸다.

"제가 고멜이라면 제 남편은 호세아 선지자였어요, 저를 기다려 주고 보듬어 주고 감싸주는, 어쩌면 남편은 저의 고통을 가장 잘 이해해주는 사람이었는지 몰라요."

4번의 얼굴에 자책의 눈물이 흐르고 있었다.

"제 시댁은 대대로 내려오는 독실한 가톨릭 집안입니다. 저 같은 탕녀에겐 너무나 과분한 집안이죠. 제 남편의 사촌형이 신부(神父)인데 저를 보자마자 대뜸 그랬대요. 결혼하면 파멸이라고. 저는 그분 눈 밖에 나지 않으려고 더 열심히 살림하고 아이들 교육도 신경 쓰고 했지만 타고난 천성은 어쩔 수 없었습니다. 또다시 사고(事故)를 치고 말았습니다. 세상에는 노력해서 될 일이 있고 해도 안 되는 일이 있는가 봅니다. 본능 그건 제게 마약 같은 것이에요, 어쩔 수가 없더라구요."

동조를 구하듯 4번은 청자의 눈빛을 응시했다.

"마음은 원이로되 육신이 약하도다 하는 성경말씀이 있죠, 제가 바로 그 짝입니다."

4번은 그럴 듯하게 핑계를 둘러댔다.

"어릴 때 아주 어릴 때 가까운 친척 중에 근친상간 당한 여자애가 있었어요. 나중에 정신병이 발발 용인에 있는 정신병원에 입원했죠. 어릴 때 충격은 평생을 가는 모양이에요. 정신병이 발발할 때마다 그 애는 집안에 있는 남자들에게 엄청나게 두들겨 맞았어요, 차라리 자살하라는 말까지 나왔어요. 너무나 끔찍한 고통이었어요, 사람들은 참 이상해요. 뭔가 사건이 벌어지면 꼭 가해자 편을 드는 거예요. 피해자는 고통 때문에 울부짖어도 어디 한 군데 하소연할 곳도 없어요."

"세상이 악해서 악해서……."

청자는 말을 잇지 못하고 울먹였다.

"그 애는 아직도 치유 받지 못한 채 병동에 갇혀 살아요, 전 한때 그 애를 보면서 생각했어요. 그 애를 상처 입힌 그 놈을 갈가리 찢어 죽이고 싶다. 하지만 제가 무슨 자격으로다……."

"그분의 영혼조차 하느님은 온전히 사랑하신답니다."

"그걸 어떻게 믿죠? 하느님이 살아 계신다면 어떻게 그런 악마를 살려주시는 걸까요?"

4번은 제 처지도 잊은 채 항변했다.

"인간은 누구나 똑같은 죄인입니다."

"죄인?"

4번은 잠시 생각에 잠기는 눈치였다.

"죄인은 자유가 없다죠? 그런데 전 자유롭고 싶어요. 전 더이상 고멜의 인생을 살고 싶지 않아요. 호세아 선지자처럼 거룩한 영에 사로잡히고 싶어요. 그래서 이 죄로부터 자유롭고 싶어요. 그리고 상처받은 그 여동생을 돕고 싶어요. 여전히 악한 영에 묶여 있는 그 애를 사랑으로 돌보고 싶어요."

그러자 청자의 입가에서 생각지도 않은 말이 튀어 나왔다.

"당신은 벌써 치유 받았습니다."

4번의 귓가에 거룩한 영의 음성이 들려왔다.

"죄로부터 멀어지고 싶은 마음, 거룩해지고자 하는 욕망이 당신을 죄로부터 자유케 할 것입니다."

청자는 선포하듯 말하고는 자리에서 일어났다. 스피커에서 천사들의 합창소리가 들려왔다. 정결의 영이 4번의 심령 가운데 부어지고 있었다. 어둠이 물러가고 빛과 생명이 그녀의 온 몸을 감싸고 있었다. 오늘 대화는 성공이었다. 청자는 만족한 미소를 지었다.

11번 방에서는 벌써 몇 시간째 대화가 진행되고 있었다. 화자와 청자 모두 진지한 표정으로 상대를 주시하고 있었다.

"혹시 학대의 영이란 말을 들어본 적 있으신가요?"

화자의 질문에 청자는 고개를 끄덕였다. 어떤 말이 나올지 이미 예상하는 눈치였다.

"전 어릴 때부터 동생들에게 두들겨 맞으며 자랐어요. 제 주변엔 저를 편들어주는 사람은 아무도 없었어요. 늘 정신이 혼미한 상태에서 살았어요. 늘 긴장하고 두려움에 떨다 보니 판단력과 분별력을 상실하고 말았어요. 늘 정신이 산만해서 집중할 수가 없었어요, 눈만 뜨면 사방에서 주먹과 발길질이 날아왔어요. 학교에서도 마찬가지였어요. 어떻게 눈치 챘는지 아이들은 제 처지를 간파하고는 돌아가면서 괴롭히는 거예요. 제가 자살을 처음으로 시도한 건 열 살 때였어요. 엄마 심부름 가다가 달려오는 자동차에 뛰어들었어요, 불행히도 죽지 않고 살아났죠. 두 번째는 자전거에 친 사건이었어요. 짐을 잔뜩 실은 자전거가 횡단보도를 건너는데 무작정 달려갔죠. 제발 나를 치고 달아나 주길 기대하면서. 가벼운 상처를 입긴 했지만 그때도 그냥 무사히 지나가고 말았어요, 세 번째는 아이들이 하도 괴롭히는 바람에 학교 옥상으로 뛰어 올라갔어요. 그런데 문이 잠겨 있는 바람에…… 초등학교 6학년 때인가 일부러 물에 빠진 적도 있어요. 물에 빠져 허우적대는데 동네에서 수영 잘 하기로 소문난 사람이 뛰어들어 살려주었어요."

"가족들이 왜 그렇게 괴롭혔다고 생각하십니까?"

"제 성격이 우유부단하고 눈치도 없는 데다 원래 아둔해 옆에서 보는 사람이 속 터져 죽는다고 그러더군요. 그래 더 많이 맞았던 것 같아요."

11번은 참담한 표정으로 말을 이어갔다.

"죽음밖에 희망이 없었어요, 집에서는 차라리 나가서 죽으라고 하더군요, 전 집안의 애물단지였어요, 그렇게 학대의 영은 절 떠나지 않고 지금까지 절 괴롭히고 있어요, 작은 고통도 견디지 못하는 제게 끊임없이 상처의 불화살을 쏘아대면서."

청자는 마음이 복잡해 종잡을 수가 없었다. 정신이 산란해지면서 판단력이 흐릿해졌다. 벌써 여러 해째 청자의 역할을 하고 있지만 이런 류의 이야기는 처음이었다. 그는 마음의 허리를 동이고 집중하려 애썼지만 자꾸 실패하고 있었다.

화자의 감정이 청자인 자신에게 전이된 것이다. 이럴 땐 대화를 포기하고 자리에서 일어서야 한다. 그가 대화 종료를 알리는 부저를 누르려는 찰나 11번의 입가에서 울음이 새어 나왔다.

"선생님, 선생님께서는 세상에 신(神)이 존재한다고 믿으시나요?"

갑자기 튀어나온 황당한 질문에 청자는 자신의 귀를 의심했다.

"악마의 존재도 믿으시나요?"

화자는 연거푸 질문을 던졌다. 도대체 무슨 끔찍한 사건이 있었기에……. 청자는 가슴이 찢어지는 듯 아파 왔다.

"세상에 악마는 분명 있습니다. 사람들 마음속에도 악마와 천사는 동일하게 존재하듯이."

청자는 간신히 말을 마치고 화자의 입을 바라보았다. 또 무슨 말이 튀어나올까 긴장하는 눈치였다.

"악마를 이기는 방법을 가르쳐 주세요. 전 악마를 꼭 이기고 싶어요."

"눈에 보이는 악마입니까 아님 마음속에 있는 악마입니까?"

"둘 다예요."

청자는 당황했다. 청자 생활 수년 만에 이런 질문은 처음이었다.

"눈에 보이는 악마는 대항하지 말고 피해 버리세요, 또 마음속에 있는 악마는……. 어린양의 피가 그 해답입니다."

청자는 가슴속에서 피가 나는 것 같았다. 청자의 대답을 들은 화자는 잠잠했다. 이윽고 자리에서 일어나면서 말했다.

"감사합니다. 전 이제 제 자신을 이기는 방법을 알았습니다."

청자는 주머니에서 부저가 울리지 않은 것에 감사했다. 분명 부저가 울릴 줄 알았는데 이상한 일이었다. 청자는 마음이 평안했다. 오늘 대화는 어느 정도 성공한 셈이었다. 다음날 11번은 9번 방으로 들어갔다. 또 다른 청자가 그를 기다리고 있었다.

"어서 오십시오, 오늘은 시간이 1시간밖에 없습니다. 대기자가 많기 때문입니다."

"어제도 왔기에 오늘은 저도 간단하게 하고 가려고 합니다. 우선 한 가지 질문만 할게요. 어떻게 해야만 과거의 고리에서 벗어날 수 있을까요. 전 현재가 과거고 과거가 현재 같아요."

어려운 질문이었다. 그의 다음 질문이 이어졌다.

"미래를 가르쳐 주세요, 그래야만 이 지긋지긋한 고통에서 벗어날 수 있을 것 같아요."

"미래는 하느님만 아십니다. 하느님 앞에 나가세요."

"그래서요?"

"그 분께 모든 걸 아뢰고 자유 하세요."

11번은 알겠다는 듯 고개를 끄덕였다.

"과거의 제 원한과 아픔도 그 분이 다 아신다 그 말이죠."

"머리가 좋으십니다. 당신은 누구보다 더 빨리 치유될 것 같은 예감이 드는군요. 이렇게 센스와 감각이 뛰어난 분은 처음입니다."

"정말입니까?"

11번은 믿기지 않는 듯 되물었다. 살면서 이런 칭찬은 처음이었다.

"이곳에서의 법칙 아시죠? 거짓말이나 부풀리기 금지."

"네, 알아요. 알고말고요."

그날 대화 역시 성공이었다. 힐링 클럽을 나간 11번은 다시 그곳을 찾지 않았다. 그는 과거의 상처에서 벗어나 새로운 길로 들어서고 있었다. 미래가 그의 발걸음을 향해 다가오고 있었다.

6번 방에서는 벌써 삼십 분째 침묵을 지키는 화자가 있었다. 그는 30대 초반으로 귀공자 타입으로 잘생긴 남자였다. 별명이 의심왕인 그는 청자가 못 미더운지 자꾸만 망설이고 있었다. 그는 그러면서 복면을 벗고 싶어 안달을 했다.

아무래도 자기 얼굴을 보여주어야만 대화가 될 것 같아서였다. 그러나 그건 규칙에 어긋난 것이란 걸 그 자신도 잘 알고 있었다. 청자는 그런 화자를 끈질기게 기다리고 있었다. 이윽고 화자가 먼저 말을 꺼냈다.

"전 별명이 의심왕이에요."

그럴 줄 알았어요. 그러나 청자는 속으로만 말했다.

"잠깐만 이 복면을 벗으면 안 될까요? 확인시켜 드릴 게 있어서요."

"규칙상 그건 불가입니다."

"할 수 없군요, 그럼 본론으로 들어가겠습니다. 전 어릴 때부터 미남자였습니다. 이 복면을 벗으면 아마 깜짝 놀라실 겁니다. 제 얼굴이 궁금하지 않으세요?"

"글쎄요."

"왜요? 제가 거짓말하는 것 같이 보이세요?"

"그게 아니라 무슨 말씀이 하시고 싶은 건지."

"전 무녀 독남 외아들로 자랐습니다. 어릴 때부터 영화배우 해보라는 소리도 숱하게 듣고 자랐습니다. 공부도 잘해서 한번도 무시당하거나 상처받은 일조차 없었습니다. 어딜 가나 사람들이 따랐습니다. 어떤 잘못을 해도 전 무사통과였습니다. 잘생긴 얼굴 때문에 군대도 면제받았죠. 그런데 문제는 직장생활을 못하겠는 겁니다. 누군가에게 지시당하거나 꿀리는 말을 들으면 머리꼭지가 확 도는 겁니다."

오죽하면 여북하겠는가. 청자는 자신도 모르게 미소가 나왔다.

"지금 저를 비웃는 겁니까?"

"아 아닙니다."

청자는 당황한 나머지 소리를 높이고 말았다.

"게다가 제 잘생긴 외모를 두고 이용해 먹는 작자까지 생겨나는 겁니다. 잘생긴 것도 죄라면 죄지요."

청자는 화자의 외모가 궁금해 미칠 지경이었다. 그러나 호기심은 금물이었다. 당장 그것을 나타냈다간 둘 다 퇴장이었다.

"저는 아무래도 직장생활 하는 것 포기하고 영화배우로 나서야 할 것 같습니다."

"실례지만 연세가 어떻게……."

말이 끝나기도 전 부저음과 함께 스피커에서 경고음이 들렸다.

"클럽 내의 규칙을 잊었습니까? 한번만 더 하면 청자 자격 박탈입니다."

청자는 너무도 놀라 자리에서 벌떡 일어나고 말았다. 느닷없이 화자에 대한 미움이 들었다. 그러나 이것도 클럽 내에서는 금지사항이었다. 그는 손을 부들부들 떨면서 자세를 가다듬었다.

"역시 전 어딜 가나 사고라니까요, 너무 잘생긴 것도 죄라니까요."

6번은 손으로 복면을 만지작거리며 말했다. 그런데 그렇게 잘생긴 얼굴에 왜 의심병 환자가 되었을까 청자는 또다시 궁금해 미칠 지경이었다. 그는 이제 막 훈련을 끝마치고 최초로 청자로 임명받은 사람이었다. 그러나 규칙은 어디까지 규칙이었다.

"앞서서 말씀 드렸지만 전 일생을 사람들로부터 사랑받고 인정받고 살다 보니 그게 몸에 습관이 밴 겁니다. 그냥 무턱대고 사람을 믿은 겁니다. 그러다 엄청난 사기 사건에 휘말리고 그것도 제 얼굴을 놓고 말입니다. 누군가 제 얼굴을 놓고 내기를 한 겁니다."

청자는 얼른 이해가 가지 않았다. 그렇다면 저 사람의 얼굴을 놓고 누군가 사기 사건을 벌이기라도 한 것인가.

"여자들이, 여자들이 벌떼같이 달려드는 겁니다. 여난(女難)이었습니다. 아마 소설 분량으로 치면 열 권 분량쯤 될 겁니다."

사람들은 왜 툭하면 사건을 소설로 비유하려 드는가. 청자는 불만이 컸다. 그의 직업은 소설가였기 때문이다. 그러나 클럽에 입소할 때 그는 그것을 철저히 비밀에 붙였다. 아니 클럽 내에서는 신분 노출이 금지이기도 했다.

"여자들이 모여서 누가 먼저 저를 유혹하나 내기를 건 겁니다. 그 작업이 얼마나 집요한지 그 바람에 전 아내와 이혼까지 했답니다. 속 모르는 사람은 저를 부러워할는지 모르지만 전 속이 타 죽을 지경입니다. 아무래도 몸이……."

몸이? 청자는 언뜻 에이즈란 단어를 떠올렸다. 순간 온몸이 공포로 굳어지는 것 같았다. 차라리 못 생긴 게 낫지. 그러면서 청자는 이 남자의 이야기를 소설로 써먹어야겠다고 생각했다. 호기심이 또 발생한 것이다. 그러자 주머니 안에서 부저음이 울리면서 스피커에서 메시지가 흘러 나왔다.

"청자, 당장 자리에서 일어나시오, 청자 자격 박탈입니다."

그와 동시에 11번 방은 저절로 문이 열렸다.

"11번 화자 청자 동시 퇴장하십시오."

화자는 깜짝 놀라며 물었다.

"제가 왜요?"

"방금 전 복면을 벗지 않았습니까. 규칙 위반입니다."

11번은 깜짝 놀라 자신의 손을 내려다보았다. 복면이 흐느적거리며 그의 손에 매달려 있었다. 그의 얼굴은 과연 영화배우감이었다. 청자는 복면을 벗은 화자의 얼굴을 바라보면서 자신도 모르게 외마디 소리를 질렀다. 오! 오! 과연 과연……

이튿날 2번 방으로 황급히 뛰어 들어가는 사람이 있었다. 그는 장발에 찢어진 청바지를 입은 혐오스런 인상을 한 남자였다. 그가 방에 들어가자마자 요란한 경고음이 울렸다.

"2번은 당장 퇴장해 주십시오, 먼저 탈의실에 가 옷과 신발을 갈아 신고 복면을 착용하시기 바랍니다."

다급한 목소리였다. 2번은 놀라서 복도 끝에 있는 탈의실로 뛰어갔다. 이윽고 복면을 착용한 그는 다시 대화방으로 돌아왔다. 그는 냉수로 정신을 가다듬은 뒤 청자의 얼굴을 응시했다. 예상과는 달리 청자는 여자였다.

눈빛이 날카롭고 손가락이 하얗고 기다란 젊은 여자였다. 그러나 2번은 곧 눈길을 천장에 있는 카메라에 집중했다. 마음이 카메라에 정확히 투영되고 있었다.

"전 사탄의 자식이었습니다. 성경에 나오는 갖가지 죄악을 다 지은 추악한 인간이었습니다."

과거형을 지칭하는 말투로 보아 현재는 다른 상태에 있는 모양이었다.

"전 악마의 하수인이 되어 많은 사람들을 괴롭히며 살았습니다. 남에게 상처주고 해코지하고 배신하고 때리고 상해(傷害)입히고 온갖 못된 짓은 다하고 살았습니다."

그는 마치 고해성사라도 할 모양이었다. 과연 복면에 비치는 그의 눈빛은 완전 범죄형이었다.

"과거는 과거일 뿐입니다. 현재가 더 중요합니다."

"그렇다고 과거가 없어지는 건 아니지 않습니까?"

"과거보다는 현재가 현재보다는 미래가 더 중요합니다."

"그렇긴 하지만, 그렇다고 과거의 죄가 씻어지는 건 아니지 않습니까?"

그는 반복되는 질문에 또 말꼬리를 달았다.

"죄가 더한 곳에 은혜가 넘친다고 했습니다."

2번은 잠시 울먹였다.

"전, 전 아주 나쁜 놈입니다. 어릴 때 친누나를 폭행하고 못살게 군 아주 질 나쁜 놈입니다."

청자는 하마터면 폭행을 성폭행으로 잘못 알아들을 뻔했다. 그러나 화자는 이미 회개를 함으로 치유 단계로 접어들고 있었다. 치유의 가장 급선무는 회개인 것이다. 그러나 대부분의 화자는 회개보다는 상처에 더 집착하고 분노를 나타낸다.

"누나는 저 때문에 너무 괴로워한 나머지 나중에 정신병이 발발집을 뛰쳐나가고 말았습니다. 지금까지 소식을 모릅니다. 세상에 저처럼 나쁜 놈은 없을 겁니다."

2번은 자기의 머리를 쥐어뜯으며 괴로움에 몸부림쳤다.

"전 얼마 전부터 속죄의 뜻으로 가출 여성들을 위한 쉼터를 운영하고 있습니다. 그리고 누나를 찾기 위해 백방으로 노력하고 있습니다. 혹시 이곳에 오지 않았던가요?"

호기심 금지.

스피커에서 경고음이 울렸다. 그러나 그는 아랑곳없이 말했다.

"키는 적당하고요, 얼굴은 그다지 밉상은 아닙니다. 혹시 찾아오거들랑 동생이 애타게 찾고 있다고 전해주십시오."

그는 말도 안 되는 부탁을 하고는 자리에서 일어났다. 일어나기 전, 카메라에 다시 한번 자기 얼굴을 비추며 말했다.

"제 마음을 똑바로 읽어주십시오. 밝은 미래를 위해 속죄하는 심정으로 살겠습니다."

"당신은 삭개오와 같은 사람이군요, 앞으로 그 마음 변치 말고 정직하게 사십시오."

처음으로 스피커에서 격려의 말이 흘러 나왔다. 요즘은 이런 격려의 말이 흔치 않은 세상이다. 모두가 바쁘다는 핑계로 남의 상처를 철저히 외면하기 때문이다. 또 자신의 과오에 대해 인정하거나 회개하는 심령이 없기 때문이기도 하다.

2번은 그후에 몇 번인가 힐링 클럽을 찾긴 했지만 대화를 신청하진 않았다. 다만 누이의 소식을 들을 수 있을까 해서 들른 것뿐이었다. 그러다 아주 우연히 그는 힐링 클럽 앞을 지나다 그토록 보고 싶어 하던 얼굴을 만났다.

4월의 봄기운이 남산 자락을 진노랑과 진분홍으로 물들어 가던 날이었다. 그는 그날도 힐링 클럽을 찾았다가 낙심 끝에 뒤돌아선 날이었다. 50대 초반으로 보이는 여자가 지친 모습으로 클럽 가까이 다가오고 있었다.

여자는 헝클어진 머리칼에 다 떨어진 슬리퍼에 헐렁한 스웨터를 입고 있었다. 그녀는 클럽 안으로 들어설까 말까를 수십 번도 더 망설이는 눈치였다. 낙심과 절망, 애통함이 그녀의 어깨를 짓누르는 것 같았다. 2번은 서서히 다가가 여인을 확인했다.

설령 맞는다 해도 자기를 알아본다면 놀라서 줄행랑을 칠지 모른다. 여인이 놀란 눈빛으로 그를 바라보았다. 그러다 둘의 입가에서 외마디 소리가 터져 나왔다.

"이게 누구야? 설마, 설마……!"

"너, 너!"

감격인지 분노인지 웃음인지 울음인지 온통 뒤엉킨 감정이 둘 사이에 오갔다. 벌써 삼십 년이란 세월이 두 사람 앞을 강물처럼 흘러가 버리고 만 것이다. 세월은 감동을 불러일으키는가. 용서의 힘을 키우는가. 둘은 남산 케이블이 보이는 곳으로 천천히 걸어 올라갔다.

"어쩌다 힐링 클럽까지 오게 되었수, 난 그동안 누나 찾으러 이곳을 수없이 왔어."

"날 찾으러 왜?"

약간 격앙된 목소리였다.

"왜긴 사죄하려고 그랬지."

그러면서 그는 누이의 정신상태를 살피는 중이었다. 겉모습으로 보아 누이는 힘든 세월을 살아왔음이 틀림없다. 집에서 새는 바가지 밖에서도 새지. 그는 죄책감으로 가슴이 저려왔다. 누이는 동생의 말에는 대답도 없이 엉뚱한 말을 했다.

"그동안 기도원에서 일해 주면서 살았다. 갈 곳이 그곳밖에 없어서……. 기도원에 식당이 있었는데 일해주고 예배드리고 혼란했던 정신이 어느 샌가 돌아오더라."

"다행이야, 난 그동안 누이에게 지은 죄 때문에 한 시도 편할 날이 없었다우."

"왜?"

"어릴 때 하도 못되게 굴어서."

"너만 그랬냐, 다 나 하나 못 잡아먹어서 안달이었지."

"내 속죄하는 심정으로 앞으로 누이 잘 모실게."

"일 없다, 너나 잘 살아라."

그는 서운한 마음을 감춘 채 말했다.

"그런데 클럽엔 무슨 일 때문에 오게 되었수."

"내 신세타령 하려구. 누구 하나 내 말 들어주는 사람이 있었어 야지."

그 말을 듣는데 가슴이 나락으로 떨어지는 것 같았다.

"그동안 기도원에 쭉 있었으면서 이야기 하나 들어주는 사람이 없었단 말야."

그는, 약간 분노에 찬 음성으로 말했다.

"누구한테 내 기막힌 사정을 이야기하겠니?"

기막힌 사정……. 그 말 한 마디에 또 억장이 무너져 내렸다.

"집 나가 사는데 맨 정신으로도 살기 힘든 세상에 내 이 혼란한 정신으로 어떻게 살았겠니? 그래도 하느님의 은총으로다 기도원 에서 생활하다 보니까 좀 나아지긴 했지만."

누이는 마치 지난날의 일들을 드라마의 한 장면을 이야기하듯 말했다. 그럴지라도 누이의 얼굴에는 상흔이 가득했다. 그들은 자 리를 근처의 음식점으로 옮겨 이야기를 계속했다. 누이는 그야말 로 파란만장한 삶을 살았다. 다행인 것은 그나마 정신을 놓지 않고 살았다는 사실이었다.

"내가 힘들고 괴로울 때마다 누군가 내 마음을 붙잡고 있다는
것을 알았다. 그동안 죽을 결심도 수없이 했지만 그분 덕분에 이
렇게 살고 있단다."

누이는 기도원에서 만났다는 그 분에 대해 열심히 설명하려 들
었다. 그는 인간이 아닌 힐링 클럽 안에서도 역사했던 초월적인
힘을 지닌 존재였다. 그러나 2번은 여전히 마음이 답답했다. 지금
껏 속죄의 삶을 산다고 했지만 자신은 아직도 죄책감에 시달리고
있었다.

"지난번 클럽에 갔을 때 나에게 그랬수, 당신은 삭개오와 같은
사람이라고, 그래서 한동안 마음이 편했는데 또다시……. 난 여전
히 과거의 죄책감에 시달려요."

"그 아들 예수의 피가 우리를 모든 죄에서 깨끗케 할 것이라 했
다. 어린양의 피를 의지해라."

누이는 이야기가 채 끝나지도 않았는데 자리에서 일어났다.

"난 이제 그만 가봐야겠다. 오늘 너를 만남으로 해서 내 오랜
아픔이 해소된 것 같다. 고맙구나."

그는 누이의 고맙다는 말에 눈물이 핑 돌았다.

"고마워해야 할 사람은 바로 나요, 그런데 어디로 갈 건데?"

"왜 갈 곳이 없을까봐 걱정이냐."

"또 기도원으로 올라갈 거요?"

"왜 그곳이 어때서?"

"내가 하는 쉼터에 가서 지내요, 마음 아픈 사람들을 보듬어주
면서."

누이는 잠시 망설이는 눈치였다.

"내 생각이 바뀌면 그리 하마."

그제야 2번은 안심하고 자리에서 일어났다. 자리에서 일어서는 데 마음을 묶고 있던 끈이 툭 떨어져 나가는 걸 느꼈다. 순간 자유가 마음을 차지하면서 평안이 넘쳐났다.

따스한 봄바람이 남산 산자락을 휘감고 있었다. 진노랑과 진분홍의 꽃들은 마음을 부드럽게 했고 파릇한 새싹은 희망을 던져주는 것 같았다. 남산은 사계절의 변화를 사람들 마음만큼이나 잘 나타내주고 있었다. 자연의 조화는 치유와 회복을 바라는 사람들 마음속에 메시지를 전해주었다. 시간이 지날수록 힐링클럽은 더 바빠졌다. 그것은 사람들이 그만큼 상처와 원한에 중독돼 있기 때문이었다.

사람들은 상처와 분노를 씻기 위해 혹은 죄책감을 덜기 위해 클럽을 찾아갔다. 어떨 땐 화자가 청자가 되기도 했고 청자가 화자가 되기도 했다. 그러나 클럽을 자주 이용할수록 마음은 정결해졌고 자유와 평안이 찾아왔다. 그들은 클럽에 올 때마다 죄씻음을 받았기 때문이다.

때로 힐링 클럽은 노숙자나 정신이상자도 찾아왔다. 그들에겐 전혀 회원 자격이 없었다. 그러나 클럽에서 치유받은 사람들이 청자로 나서면서 그들을 회원의 일부로 받아들이기로 결정한 것이었다. 그들은 모두 복면을 써 서로 알아보지 못했지만 마음만은 통하고 있었다.

화자와 청자의 입장이 뒤바뀌면서 서로를 더 깊이 이해하는 마음도 생겨났다. 마음속에서 악이 씻겨 나가고 긍휼과 상호존중의 폭이 넓혀진 것이었다.

남산은 날씨에 따라 수시로 변했다. 사람들의 마음도 수시로 변했다. 그러나 마음을 치유하는 초월적인 힘은 여전히 힐링클럽 안에 머물러 있었다. 그곳에선 평등의 원칙과 함께 사랑의 논리만이 적용되고 있었다.

오직, 어제나 오늘이나 동일하신 그분의 사랑의 힘으로.

(2011년 한류문예)

추억이라는 이름

옛길이 보였다.

편의점 뒤로 난 골목길에 분식점과 미용실, 오밀조밀한 주택가가 미로처럼 형성돼 있었다. 그 좁다란 골목길을 마을버스가 곡예를 하듯 사람들 사이를 비집고 다녔다. 고시촌과 세탁소, 문구점 앞으로 오토바이가 찢어지는 파열음을 내고 지나갔다.

그 앞 사거리는 예나 지금이나 젊은이들이 차지하고 있었다, 당연했다. 종합대학이 그 동리 대부분을 차지하고 있으니까. 전에는 한강변이 보이는 도로에만 버스가 다녔는데 지금은 대학입구까지 다닌다. 거리도 옛날보다 많이 화려해졌다.

전에는 포장마차와 리어카 행상이 많았는데 지금은 샹들리에 불빛이 환한 고급 음식점과 수제품 옷가게도 보인다. 뿐만 아니라 중고등학교가 있던 자리에 대학병원이 웅장한 빌딩으로 들어섰다. 병원은 유리로 만든 공예품 같다는 느낌이 든다.

마치 위락시설처럼 꾸며져 고급스럽기 짝이 없다. 맹추위가 몰아닥친 거리에 겨울 불빛이 흐른다. 불빛은 사람들의 마음을 타고 시간을 거꾸로 회전시키고 있다. 예술대학으로 유명한 J대학은 경기도에 있는 모 소도시에 예술대학의 본거지를 옮겨놓았다.

나와 남동생은 그 종합대학을 나와 그곳에서 오 리쯤 떨어진 곳에 둥지를 틀었다. 나는 모교의 부설 중학교 교사로 4년간 근무했고 남동생은 ROTC장교로 군대를 다녀온 뒤 국내 굴지 재벌그룹에 몸담았다.

한강은 그때나 지금이나 여전히 여의도로 흘러가고, 죽음의 최고 명예 장소로 꼽히던 국립현충원은 이십 년 전부터 대전으로 자리바꿈을 하고 있다. 해마다 현충일이면 검은 휘장과 애국을 알리는 글귀가 현충원 담벼락을 메우고 강남으로 가는 요충지 역할을 하면서 항상 러시아워를 방불케 한다.

그 길을 지나 강남에 있는 직장에서 십 년을 근무했다. 학원강사로 일하면서 나는 철저한 생활인으로 살았다. 살면서 한반도 미래니 소망이니 하는 단어를 생각해 본 일이 없다. 무언가 알 수 없는 힘에 이끌려 마음의 여유가 없었기 때문이다.

그러나 세월은 냉정하고 나이는 성과라는 단어를 요구했다.

흑석동 거리에 개나리와 진달래, 단풍과 은행잎이 수없이 피고 질 때마다 감성은 시들어 무감각으로 변해갔다. 어느날 나이 사십이 넘어 명동 길을 걷는데 문득 떠오르는 단어가 있었다.

추억이었다.

한때 유명했던 '추억이라는 이름의 전차'라는 연극제목이 생각난다. 동숭동 거리를 장악하다시피 했던 꽤 유명했던 연극이었다. 나는 그때 연극광이었음에도 그 연극을 보지 못했다. 생각해 보면 그 많은 세월동안 무엇을 하고 살았는지 모르겠다.

열심히 일했는데 통장은 텅텅 비었고 정신은 빈곤하기 짝이 없다. 빈곤한 정신은 한때 우울증을 촉발시켰다. 원래 내 정신은 지고는 못사는 경쟁의식이 팽배했다. 매사에 승리나 패배나에 집착했고 다툼이 일 때마다 흑백논리에 사로잡혀 죽기 살기로 싸웠다.

처음에는 그것이 정의감의 발로인 줄 알았는데 그게 아니었다.

나는 점점 삶의 의욕을 잃어갔다. 자신감이 없어지고 대신 울분이 가슴 한복판을 차지하기 시작했다. 이상하게 사람들과의 다툼이 많아졌다. 아무것도 아닌 걸 가지고도 죽기 살기로 싸웠고 한번 틀어지면 다시는 상종하지 않았다.

싸움판에 나선 전투사처럼 거의 매일 싸웠다. 집에서도 직장에서도 마치 싸우기 위해 인생을 살아가는 것 같았다. 어느 날인가부터 나는 결단을 미루기 시작했다. 그러다 서서히 기력이 소진되기 시작했다. 경쟁의식에 시달리느라 마음에 피멍이 든 때문이다.

더 이상 경쟁을 치러낼 자신도 없었고 만사가 귀찮았다. 현실도피를 택한 내가 내린 처방은 여행이었다. 여행지로 남해안 일대와 동해 끝자락을 주로 다녔다. 다혈질 성격 탓에 자가용 운전을 포기했다, 대중교통을 이용하는데 돈이 배 이상 더 들어갔다.

까짓 한번뿐인 인생, 죽으면 쓰지도 못할 것 다 쓰고 죽어버리자. 숙소는 호텔을 이용했고 식사는 유명한 업소만 찾아 다녔다. 머릿속이 텅 비는 것 같았다. 방종의 세월 동안 나는 감정이 점점 타락해 갔다. 신(神)의 방관 속에 나는 무기력의 종이 되어 갔다.

낯선 도시 낯선 고장을 떠돌면서 문득 정신을 차리고 보면 사람 꼴이 우스웠다. 수중에 돈이 떨어지면서 지식적인 수준도 현저히 떨어지기 시작했다. 이젠 누가 학원 강사로 와 달라고 해도 못 갈 판이었다. 그 와중에 나는 끊임없이 자아정체성에 시달렸다.

나는 누구인가.

나는 왜 태어나 무엇을 위해 살아가며 어디로 가고 있는 걸까.

이 방종의 끝은 무엇일까.

내 인생의 역마차는 어디에 종지부를 찍을 것인가. 낯선 길, 그것도 길고도 어두운 길을 가면서 나는 침잠의 늪에 빠져들었다.

방랑은 쉼이 없었다. 평강이나 희열은 더더욱 없었다. 나는 멈추고 싶었다. 그래서 상실된 자신감을 되찾고 진정한 사회인이 되고 싶었다.

아니 나는 더 이상 보헤미안을 포기하고 싶었다. 무언가에 단단히 얽매이고 싶은 욕구에 긴장이 높아졌다. 문득 고향이 그리웠다. 서울 토박이인 나는 초중고 대학을 모조리 한 동리에서 나왔다. 살면서 한강 다리를 건너본 적이 소싯적에 몇 번이나 있었던가.

방랑을 시작하기 전까지 나는 한강 아래쪽에서만 산 것이다. 조급증이 인 나는 당장 서울로 돌아왔다. 방랑의 후유증도 접지 못한 채. 돌아오고 나서도 엄청난 후회와 자책감에 시달렸다. 잃어버린 세월을 두고서 나이에 대한 공박이 이루어졌다.

20대인 줄 알았는데 어느새 나이가 40을 넘어서고 있었다. 동생은 흑석동에 살다 아이 교육을 핑계로 강남의 역삼동으로 이사 가버리고 없었다. 나는 흑석동에 동그마니 혼자 남겨졌다. 세든 사람을 내보내고 집수리를 시작했다.

인테리어 업자를 불렀는데 묘한 미소를 짓더니 엄청난 가격을 요구했다. 그는 입을 쩍쩍 벌리며 놀라는 내게 말했다.

"달나라에서 살다 오셨나 뭘 그리 놀라는 거요?"

"뭐요?"

동생을 불러 의논하자고 했더니 바쁘다며 신경질을 냈다. 올케는 조카 학교에 일일교사로 초빙 받았다며 급히 전화를 끊었다. 나는 집수리를 포기하고 그냥 눌러 앉아 살기로 했다. 그리고 날마다 동네를 돌아다니며 지나간 세월의 흔적을 찾았다. 초등학교는 어디로 이사 갔는지 아예 보이지 않았다. 내가 초등학교 다닐

30년 전만 해도 사립학교가 많지 않았었다. 일반 초등학교는 모두 공립인데 내가 다니는 학교는 사립학교로 감색 교복을 착용했었다.

감색 교복에 베레모 모자에다 까만 구두. 학교 마크가 찍힌 가방에다 스쿨버스를 타고 다녔다. 나는 집이 가까워 그냥 걸어 다녔지만 상도동이나 방배동에 사는 아이들은 스쿨버스를 타고 다녔다.

공립학교에 다니는 아이들은 이런 우리들을 부러워 어쩔 줄을 몰라 했다. 후줄근한 옷차림에 못 먹어 빼빼 마른 아이들은 얼굴에 버짐이 가득했다. 손목이 때에 절어 흐르는 코를 연신 닦아내는 아이들도 많았다.

그들은 우리가 스쿨버스를 타고 소풍을 가면 부러운 눈빛으로 쳐다보며 웃었다. 그렇지 않아도 눈이 높은 나는 그들을 은근히 무시하고 하대했다. 가진 자로서의 특권의식을 발휘하고 싶어 안달을 했다. 골목에서 놀 때도 공립학교에 다니는 아이들과는 상대하지 않았다. 엄마에게 매일 새 옷을 사내라고 떼를 썼다.

유행하는 옷을 입지 않으면 몸살이 날 정도였다. 피아노는 물론 무용과 태권도 심지어 특수과외까지 받으러 다녔다. 절대 지고는 못사는 성격이었으니까. 엄마는 이런 나를 기특하게 생각해 내가 원하는 거면 무조건 다 해주었다.

"어쩌면 저렇게 나 어렸을 때와 똑같은지."

"엄마 나 이담에 커서 여자 대통령 될 거야."

"그래? 우리 딸 아무렴 그래야지 그래야 말고."

욕심이 커 열심히 공부했지만 고등학교에 들어가자 성적이 떨어지기 시작했다. 날고뛰는 아이들이 막판에 두각을 나타냈기 때문이었다. 엄마는 입만 열면 일류대학, 그것도 꼭 이화여대를 노랠 불렀었다. 그러나 이대는커녕 웬만한 대학은 명함도 못 낼 지경이 되었다.

욕심이 많아 지고는 못 사는 나는 점점 지쳐갔다.

"얘야, 난 우리 딸이 서울에 있는 어떤 대학이라도 좋으니 가서 열심히 공부하고 사회에 이바지하는 인물이 되었으면 좋겠다."

아버지는 겉으론 그렇게 말했지만 그 속내를 모를 내가 아니었다. 소위 일류대에 보내 동네 방네 일가친척들에게 자랑하고 싶으면서. 결국 나는 동네에 있는 대학에 합격했다. 많은 예술가들을 배출했다는 엎드리면 코 닿는 거리였다. 동생 역시 가족들의 열렬한 성원에도 불구하고 나와 같은 대학에 입학했다. 정경대학 경제학부에 입학하면서 여학생들과 수많은 염문을 뿌렸다.

동생은 요샛말로 얼짱 몸짱이었다. 동네에서는 물론 어쩌다 캠퍼스에서 한번 만난 여학생들까지 집으로 들이닥쳐 우리 집은 언제나 문전성시였다. 군대 가는 날은 동네에서 난리가 났다. 온통 여학생들이 몰려나와 눈물바람을 뿌려대는 통에 구경거리가 따로 없었다.

"차라리 아드님을 영화배우로 내보내슈."

동네 어른들은 엄마 아버지의 귀에 대고 말했다. 그때 우리가 사는 골목길 끝에 루핑으로 지붕을 얹은 판잣집에 사는 부부가 있었다. 부부는 한눈에 보아도 모자란 티가 났다.

사람들은 그들을 반편이라 불렀다. 헤벌래 하며 웃는 폼이 모자라도 한참 모자란 천치 수준이었다. 체구는 조그마한데 어디서 그런 힘이 나는지 아무리 힘든 일도 척척 해냈다. 그들 부부에게 외딸이 있었다.

한쪽 눈이 짜브러지고 돼지처럼 입 부분이 툭 튀어나와 아이들은 그 애만 보면 돼지 입이라 놀렸었다. 그애도 부모를 닮아 반편이었다. 반편이란 사전적인 의미로 지능이 매우 낮은 수준이다. 그래서 그들은 겨우 까막눈 신세를 면했고 동네에 재개발 바람이 불자 제일 먼저 퇴출당했다.

그들이 동네에서 쫓겨나던 날, 나는 동네 어귀에 서서 똑똑히 보았다. 낮은 자의 설움을. 못 배우고 못살던 그들은 결국 그렇게 쫓겨 나 봉천동의 산동네로 이사가 버렸다. 그들의 외딸 봉자는 아무것도 모른 채 입을 헤 벌리며 웃었다.

찢어진 치맛단을 붙잡고 깡충깡충 뜀을 뛰면서. 봉자는 동네 사내아이들한테도 좋은 장난감이었다. 남자아이들은 봉자의 치마를 들추고 주먹으로 그녀의 머리통을 쥐어박고 발로 걷어찼다.

누가 말했던가.

동심천국이라고. 계산되지 않은 순수한 동심은 배려 자체가 없기에 오히려 악이 더 자주 분출된다. 왕따와 집단 폭행이 가장 심한 곳이 초등학교라는 분석도 있다. 때론 여자 아이들까지 가세해 봉자는 동네북이 되어 얻어맞았다.

그중에는 어리석은 나도 끼어 있었다. 봉자 부모는 딸을 껴안고 하염없이 울었다. 그러나 우리에게 다가와 싫은 소리를 하거나 눈한번 흘기지 않았다.

봉자.

나는 그 이름을 방랑의 세월동안 한 번도 잊지 않았다. 이상하게 봉자라는 이름이 생각 끝에 꼭 머물러 있었다. 슬픔과 후회라는 양심의 가책과 함께. 그녀는 지금쯤 어디서 살고 있을까. 사람구실 할 수 있을까 라며 그녀를 향한 어른들의 걱정도 떠오른다.

힘한 세상, 그녀는 이렇게 의식주를 해결하며 살아갈까. 별별 걱정이 꼬리를 물고 이어졌다.

너무 순해 항거조차 할 줄 모르는 그녀의 여린 심성을 두고서.

난 지금 마을버스가 지나는 골목길에 서 있다. 매운 겨울바람이 날카로운 유리조각처럼 살갗을 스치고 지나간다. 대학병원 전광판에선 모두를 환자로 만들기 위해 애를 쓰는 것처럼 보인다. 시간이 열시가 지났음에도 사람들은 내부로 들어가고 있다.

아직도 스팀이 나오는지 의자에 앉아 있는 사람들 모습이 유리문 밖으로 보인다. 그러고 보면 저 병원은 행인들을 위한 쉼터 역할을 하는지도 모른다. 병원 밖 거리는 수많은 꼬마전구로 장식된 전자랜드 같다.

포장마차와 옷가게 노래방 음식점들 사이마다 세월이 흐르고 있다. 차도와 인도는 한뼘 차이도 안 난다. 택시와 버스가 무단으로 흐르면서 동리를 한 평면처럼 압축시키고 있다. 입체감 없이 거리는 손바닥만큼 좁아 보인다.

한강에서 불어오는 바람이 목을 휘감고 있다. 행인들마다 옷깃을 여미며 추위를 연발한다.

"전 춥고 배고픈 화가입니다."

언젠가 행사에서 만났던 화가가 자기 소개를 하면서 한 말이다. 추상화를 주로 그린다는 그는 말끝에 명언을 했다.

"추상에는 리얼리티가 없다."

대학 시절 소설 평론을 하면서 리얼리티에 대해 격론을 벌인 적이 있었다. 새빨간 거짓말의 대명사인 소설에 리얼리티가 살지 않으면 그건 그야말로 허구일 뿐이다. 역사소설을 놓고도 의견이 분분했었다. 어디까지 사실로 볼 것인가. 작가의 관념으로 역사를 마구 파헤치고 왜곡시켜도 무방한 것인가. 한때 작가가 되겠다고 나서는 나를 두고 주변사람들은 말했었다.

왜 군이 춥고 배고픈 예술가의 길을 가려고 하느냐.

그 말을 듣자마자 나는 포기했었다. 허영기로 똘똘 뭉친 내 정신은 춥고 배고픈 것과는 영 무관했기 때문이다. 방랑의 세월을 접고 나서 후유증을 가라앉히기 위해 한동안 글을 쓴 적이 있었다.

꽤 철학적인 논조로 썼는데 나중에 탈고하고 보니 순 핑계거리에 지나지 않았다. 핑계는 자기 위안도 되지 않는다. 또다른 혐오감을 뒤집어 쓸 뿐이다. 책임감이라는 올가미를 씌워야 한다. 거기에는 능력이란 단어가 추가된다. 물론 성공이란 단어도 뒤따른다.

어릴 적 초등학교 다닐 무렵이었다. 나는 성공이란 단어를 놓고 무진장 고민에 빠졌었다. 그때 나는 벌써 알고 있었다. 인생은 성공을 위해 태어났고 성공을 위해 살아간다. 그래서 어떻게 해야만 성공할 수 있을지 매일 머리를 싸매고 고민했다.

"아빠, 난 이담에 커서 무엇으로 성공하지."

"일단 공부를 열심히 한 다음 니 소질에 맞는 걸로 결정하자."

학교에서 빈 노트에다 바둑판 그림을 그려놓고 오목 게임을 한 적이 있었다. 옆에 앉은 남자 짝과 했는데 번번이 지는 것이었다. 한번쯤 져주어도 되련만 친구는 눈치도 없이 매번 이겼다. 화가 난 나는 남자 친구의 머리칼을 움켜잡고 때렸다.

화가 난 친구는 주먹으로 나를 때렸고 싸움은 엄마 아빠들의 싸움으로 이어졌다.

"난 지고는 못 살아."

내 말에 엄마는 웃으며 말했다.

"아암 그래야지 그래야 말고."

나는 편의점 앞을 지나 대학병원으로 발걸음을 옮긴다. 갑자기 누군가 내 앞을 가로막는다.

"헤! 까꿍."

눈이 움푹 들어가고 앞니가 튀어나온 여자가 산발한 머리를 하고서 웃고 있다. 회색 외투를 아무렇게나 휘둘러 입고 맨발이다. 동상에 걸렸는지 발등이 푸르둥둥하다. 놀라는 내 눈빛을 보자 재미있는지 여자는 한손을 내저으며 근처의 편의점으로 들어간다.

나도 모르게 따라서 들어간다. 편의점 안으로 발걸음을 디밀자 따듯한 기운이 얼굴을 덮친다.

"어서 오십시오."

젊은 남녀 직원이 반가운 미소로 맞는다. 어디로 숨었는지 여자는 보이지 않는다. 어디로 간 것일까. 이 좁은 공간에서 숨을 곳도 없을 텐데. 으핫핫핫핫······. 어디선가 기분 나쁜 웃음소리가 들린다. 갑자기 뒤쪽으로 시선이 집중된다.

여자가 컵라면 코너에서 수저로 햇반을 퍼먹고 있다. 무엇이 그리 좋은지 입을 헤벌쭉 벌리며. 나는 쫓기듯 편의점을 나와 길거리를 걷고 있다. 밤 공기가 겨울바람과 함께 발목을 잡아챈다. 수많은 쇼 윈도우의 글자가 눈앞으로 다가온다.

현실이라는 압박감과 함께. 방황할 때는 전혀 보이지 않던 글자가 이 순간 무언가 결단을 요구하는 것처럼 보인다. 차도는 갑자기 횡단보도가 사라지고 사람들의 발걸음이 난무하다.

길 끝에 성처럼 우뚝 솟은 건물이 보인다. 무작정 발걸음을 옮기는데 이번에는 길과 건물이 작은 평면처럼 좁아지고 있다. 대학

전경이 눈에 들어오고 있다. 옛날에는 보이지 않던 수많은 차로(車路)가 형성돼 어디가 어디인지 분간하기 힘들 정도다.

　궁궐을 연상케하던 정문이 사라지고 각종 행사를 알리는 현수막이 나부끼고 있다. 각종 국가고시에 합격해 명예를 높였다는 재학생들의 이름이 사람들의 시선을 당기고 있다. 자세히 보니 본관으로 향하는 계단이 세월의 변화 속에서도 여전히 자리하고 있다.

　세월의 바람이 불고 있었다. 찬 겨울바람이 내 목을 휘감고 나더니 말했다. 네가 그동안 한 일이 무엇이냐고. 추위에 쫓겨나는 허겁지겁 건물 안으로 몸을 숨겼다.

　"혹시 민혜윤."

　얼마 만에 들어보는 내 이름인가. 나는 너무도 반가워 주인공의 얼굴을 쳐다본다. 얼굴이 해맑은 남자가 나를 내려다보고 있다. 키가 훤칠하게 크고 잘생긴 미남자였다. 순간 나는 영화 촬영하는 줄 알았다. 아님 운명의 장난이 시작되는 드라마의 한 부분인 줄 알았다.

　자세히 보니 남자는 흰 가운을 입고 있다. 흰 가운 중간에 파란 글씨로 이름이 보인다. 정형외과 전문의 최문기. 나는 멍하니 그를 올려다본다.

　"여긴 웬일이야? 어디 아파."

　남자가 반말을 하고 있다.

　"나 알아요?"

　"알지 민혜윤, 내 초등학교 동창, 내 이름 기억하니."

　"명찰에 나와 있네, 최문기라고."

　나도 모르게 반말이 나왔다.

　"나, 이 병원 닥터야, 넌 지금 뭐하니?"

말투가 너 백수지? 하고 조롱의 의미를 달고 있었다.

"난, 난⋯⋯."

"너 백수 맞지?"

순간 피가 거꾸로 솟는 것 같다. 그제야 내 신분이 땅에 추락한 사실을 알았다. 망할 자식. 겨우 판잣집에 살면서 내게 쥐어터지던 녀석이⋯⋯.

녀석이 내게 꼬집히고 멍 자국이 든 채로 집에 가자 야단이 난 모양이었다. 녀석의 부모님이 수소문 끝에 우리집에 찾아왔다. 그들은 한강변으로 통하는 판잣집에 간신히 몸이나 붙이고 살던 공사장에서 하루 벌어 하루 먹고살던 잡역부였다.

그의 어머니는 편물공장에서 스웨터를 짜는 공장 근로자였다. 그래도 교육열은 그 누구보다 높아 외아들을 사립학교에 보냈다. 그들은 다짜고짜로 내게 꿀밤을 먹이며 말했다.

"네가 혜윤이니? 쬐그만 계집애가 왜 그리 드세, 사내 얼굴에 이 멍 자국 좀 봐라, 얼마나 꼬집었던지 세상에⋯⋯."

그러자 엄마가 득달같이 달려 나오며 말했다.

"누구야? 내 자식 야단치는 게."

엄마의 목소리에 대문간을 들어서던 아버지가 토끼눈을 뜨며 말했다.

"무슨 일인데 그래?"

"아, 글쎄 계집애가 우리 하나뿐인 귀한 아들래미한테 생채기를 냈지 뭐예요?"

"뭐? 계집애?"

엄마 아빠의 눈에 쌍심지가 켜졌다.

"우리 대통령감 딸한테 뭐어 계집애?"

아무튼 그날 엄청 티격태격 싸우며 자칫하면 동네 싸움으로 번질 뻔한 걸 마실 온 영희 엄마의 중재로 간신히 마무리 됐다. 그들은 막노동을 하면서도 오직 아들 하나 잘 키우겠다는 일념으로 비싼 등록금을 감당하며 사립학교에 보냈던 것이다.

그후 최문기는 한강 너머에 있는 중학교를 나와 서대문 쪽에 있는 고등학교를 나왔다. 그리고 억세게 운이 좋은 탓에 의대에 진학 마침 부모가 소원하던 대로 의사 선생님이 된 것이다. 소문에 의하면 그는 어릴 때 못살던 게 한이 돼 돈이 많은 집안의 외동딸과 결혼했다고 한다.

오직 재산 하나에 눈이 멀어 인물도 학벌도 보지 않고서. 그런데 막상 결혼하고 보니 장인이 수전노도 보통 수전노가 아니어서 재산에는 손 한번 대보지 못했단다. 그는 월급쟁이 의사가 되어 저 혼자 잘난 체하며 사는 것이다.

이상이 내가 그에 대해 얻어들은 지식이다.

초등학교 6학년 어느 날 나는 최문기와 또래의 악동들과 함께 강북에 있는 미아리로 여행을 떠난 적이 있었다. 어른들이 술만 마시면 신나게 불어제치던 단장의 미아리 고개가 어떤 곳인지 무척 궁금했었다.

동네에서 버스를 타고 한강 다리를 건너는데 우리들은 너무도 신나 야호!를 연발했다. 버스가 용산을 지나고 남대문을 지날 때에는 자리에서 일어나 창밖에 서 있는 사람들을 향해 손을 흔들기도 했다.

버스가 혜화동을 지날 때는 함께 손을 잡고 노래를 불렀다. 그런데도 아무도 우릴 향해 눈살을 찌푸리거나 야단치는 사람이 없었다. 우리는 모두 기가 셌고 천하무적이었다. 버스에 내려서는 떡볶이 오뎅, 아이스케이크 등을 사먹었다. 중국집에 들어가 자장면을 시켜 놓고 노래를 부르며 먹기도 했다. 레퍼토리는 당시 대학생들이 즐겨 부르던 '나 어떡해'였다.

우리는 대학생 오빠들처럼 서로 어깨를 부둥켜안고 가수 흉내를 내며 불렀다. 가수 이은하가 불렀던 밤차를 부르며 엉덩이를 흔들던 최문기가 생각난다. 최문기는 "멀리 기적이 우네 쿵짝 쿵짝"하며 손으로 연신 하늘을 찔러댔다.

당시 아버지가 중앙정보부에 다니던 경숙이는 심수봉의 "그때그 사람"을 부르며 요기(妖氣)를 부리기도 했다. 어린 나이였지만 우리에겐 거침이 없었다.

미아리에서 군것질을 실컷 한 우리들은 정릉으로 놀러갔다. 겁도 없었다. 길을 잃어버리면 택시를 집어 탈 작정이었다. 미로처럼 형성된 점집들 사이를 지나 정릉 숲속으로 접어들었다. 멀리 국민대가 보였다. 당시 정릉도 변두리에다 판자촌이었다. 우거진 숲 사이로 시냇물이 그림같이 흘러가고 있었다.

"난 이 담에 커서 여자 대통령이 될 거다."

나는 큰소리로 말했다.

"난 커서 훌륭한 의사 선생님이 될 거야."

최문기가 말했다. '돈도 없으면서 피이' 나는 속으로만 말했다.

"난 커서 심수봉 같은 가수가 될 테야."

경숙이가 손으로 마이크 모양을 내더니 노래하는 흉내를 냈다.

"난 이담에 잘생기고 멋진 남자를 만나 결혼할 테야, 우리 엄마가 그러는데 여자는 결혼만 잘 하면 왕땡이랬어."

그러자 우리는 모두 와! 하고 웃음을 터뜨렸다. 그렇게 말한 사람은 다름 아닌 나였다.

"그러면 여자 대통령은 어떡하고."

"그건 그건 그러니까."

내가 말을 못하고 우물쭈물하자 최문기가 말했다.

"여자 대통령 말고 영부인하면 되겠다."

"난 이담에 목사님이 될 거야, 우리 엄마가 그러랬어."

형철이가 심각한 어조로 말했다. 그러자 우리는 모두 깔깔대고 웃었다.

"야! 못난이 형철이가 목사가 된데요, 목사."

날이 점점 어두워지고 있었다. 우리는 숲속에서 놀다가 밖으로 나왔다. 집에 갈일 큰일이었다. 간신히 도로까지 나왔는데 버스가 보이지 않았다.

"어떡하지?"

경숙이는 울상이었다.

"아빠한테 전화해서 우릴 데리러 오라고 할까?"

"그러다 말도 없이 놀러 갔다고 혼나면 어떡해."

"그래 맞어, 우리 택시 타고 집에 갈까."

"너 돈 있니?"

"돈 모아서 타면 되지, 너희들 돈 가진 것 다 내나봐."

우리는 가진 돈을 털어 택시비를 하기로 했다. 그때 마침 버스가 도착했다. 우리는 누구랄 것 없이 와! 소리를 지르며 버스 위로 뛰어 올라갔다. 버스 안에서도 서울 야경을 바라보며 신나게 떠들고 노래했다.

"난 인디아나 존스를 만든 스필버그 같은 유명한 영화감독이 될 테야."

경숙이는 또 장래희망이 바뀌었다.

"그래서 리챠드 기어 같은 유명한 영화배우를 만나 결혼할 테야."

우리는 또다시 와! 하고 웃음을 터뜨렸다. 버스 안에 있던 승객들도 다 함께 웃음을 터뜨렸다. 그때 버스 창밖으로 스치는 무리들이 있었다. 군사독재에 항거하는 데모대의 일행이었다. 그들은 머리에 검은 띠를 두르고 무언가 열심히 외쳐대고 있었다. 그러자 어디서 나타났는지 전경들이 그들 주위를 뻥 둘러쌌다.

이어 피융! 하고 최루탄이 터지기 시작했다. 분수처럼 터지던 최루탄을 피해 대학생들이 상가 골목으로 뛰어 갔다. 버스는 성균관대 앞을 지나 창경궁을 향해 엑셀을 밟고 있었다.

"아빠 아빠한테 말해서 나 데리러 오라고 할 테야."

경숙이는 또 아빠 타령을 했다. 대학생들은 얼굴에 마스크를 쓰고 화염병에 불을 붙이고 있었다. 어둠 속에 불꽃이 빨갛게 타오르는가 싶더니 순식간에 아스팔트는 불바다로 변했다.

"엄마, 엄마 무서워."

우리들은 버스 안에서 발을 동동 구르며 울었다. 집에서 얼마나 난리가 났을까. 아마도 경찰서에 연락하고 사방팔방으로 찾으러 다니느라 야단이 났을 것이다. 버스가 간신히 창경궁 앞을 지나 종로로 진입했다. 그러나 그곳에는 더 많은 데모꾼의 행렬이 있었다.

"진짜 큰일 났다. 어쩐다니?"

"할 수 없지 뭐, 대학생 언니 오빠들이 저렇게 데모하는 것 보면 나라에서 뭔가 잘못한 게 있는 가봐."

"아냐, 우리 아빠가 그러는데 데모하는 놈들은 모두 빨갱이랬어."

경숙이는 눈에 핏대를 세워가며 말했다. 그러자 우리는 서로 수
군대며 말했다.

"경숙이 아빠는 뭐하는 분이라니?"

"간첩 잡는 형사래."

그러자 분위기가 싸악 바뀌었다. 그때 우리 눈앞에 현수막이 등
장했다.

군부독재 타도. 살인마 전두환은 물러나라. 민주화 결사항쟁.

대학생들은 용감했다. 와! 함성을 지르며 전경 버스를 향해 돌
진하기도 했다. 버스가 남영동을 지나 한강다리를 건넜다. 그제야
우리는 안도의 한숨을 내쉬었다.

밖을 내다보니 깜깜했다. 밤늦게 어딜 쏘다니다 왔느냐고 야단
맞을 게 뻔했다. 그래도 우린 천하무적 악동들이었다. 아무리 야
단쳐도 절대로 기죽지 않을 자신이 있었다. 드디어 버스가 비계에
닿았다. 우리는 누구랄 것 없이 버스에서 뛰어 내렸다.

"엄마, 아빠."

언제부터였을까. 엄마 아빠들이 버스정류장에 나와 기다리고 있었
다.

"어서들 와라, 어디들 갔다 오느라 이렇게 늦은 거냐?"

아빠들은 자식을 품에 안으며 말했다.

"좀 일찍들 다녀라, 부모님들 걱정하시지 않니?"

엄마들은 자식의 머리를 쓰다듬으며 말했다.

"엄마 언제부터 여기서 기다린 건데?"

"한 시간도 넘었어, 어서 가자 밥은 먹었니?"

"응 낮에 자장면 사 먹었어."

"뭐? 자장면?"

"응, 엄마 나 배고파."

"그래 얼른 집에 가 밥 먹자."

다른 엄마 아빠들은 나왔는데 유독 최문기의 부모만 보이지 않았다. 최문기는 울상이었다. 혼자 우두커니 서 있는데 불쌍할 정도였다.

"야! 최문기."

우리는 최문기를 향해 용용 죽겠지를 했다. 최문기는 얼굴이 시뻘겋게 달아올랐다.

"저런 문기 엄마 아빠는 아직 일이 안 끝나신 모양이구나, 문기야 우리집에 가서 밥 먹자."

엄마가 문기의 손목을 잡아끌었다. 그런데 이상했다. 뿌리치고 거절할 줄 알았는데 순순히 따라오는 것이었다. 우리집 앞에 이르렀는데 문기가 내 손목을 잡더니 은근히 말했다.

"너 여자 대통령 되고 싶다고 했지, 그 대통령 내가 할 테니까 넌 그냥 영부인 해."

"뭐라구?"

나는 손목을 홱 뿌리치며 말했다.

"싫어 싫단 말야."

"무엇 때문에 그러니, 둘이 싸웠니?"

엄마의 물음에 최문기는 딴소리를 했다.

"아뇨, 아무것도 아니에요."

내 방에서 문기와 나는 겸상을 했다. 밥상에는 계란프라이와 소고기 장조림, 샐러드와 멸치볶음이 있었다. 밥상을 받자 문기의 눈빛이 휘둥그레졌다. 젓가락을 들어 반찬을 있는 대로 다 집어먹었다. 이 모양을 보고 있던 엄마가 말했다.

"문기가 배가 많이 고팠던 모양이구나, 밥 더 줄까?"

"네 아줌마."

문기는 밥 한 공기를 또 뚝딱 해치웠다.

"아줌마, 밥 너무 너무 맛있어요."

볼따구니가 터지도록 밥을 쑤셔 넣으면서 문기는 말했다. 다 먹고 나더니 하는 말이 걸작이었다.

"아줌마, 나 이담에 커서 혜윤이한테 장가들어도 돼요?"

"뭐야?"

그 말에 우리는 모두 배를 쥐고 웃었다. 문기의 부모는 오직 외아들 잘 키우겠다는 일념으로 막노동 현장과 편물공장에서 밤늦도록 일하고 있었다. 그 이후 어쩐 일인지 문기는 나만 보면 슬금슬금 피했다. 남의 집에 가서 밥을 얻어먹었다고 혼이 난 모양이었다.

이후 문기의 가족은 동리에서 사라졌는데 알고 보니 문기가 다니는 중학교 근처로 이사 갔다고 했다.

인생은 무엇으로 존재하는가.

나는 30년 세월이 지난 지금 자신에게 묻고 있다. 어린 날 아버지에게 했던 말이 생각난다.

"아빠, 난 이담에 커서 무엇으로 성공하지."

그때 아버지는 말했었다.

"일단 공부를 열심히 한 다음 니 소질에 맞는 걸로 결정하자."

그때는 인생의 목적이 오직 성공하는 거였다, 남을 제치고 정상의 고지에 우뚝 서 승리의 깃발을 날리는 게 성공인 줄 알았다. 그런데 세월이 흐르고 나자 생각이 달라졌다. 승리의 깃발을 꼽지 못한 때문만은 아니다. 그렇다면 나는 패배한 것일까. 대학 다닐 때 어린이 대공원 옆에 있는 대학에 놀러간 적이 있었다. 팔뚝만한 잉어가 호수에 떼 지어 놀고 있었다.

그때 내 옆에 있는 남자가 물었다.

"인생의 목적이 무엇이라고 생각합니까?"

나는 당연히 성공하는 것이라 말했다.

"성공이라면 어떤 분야에서, 구체적으로 어떤 목표치가 있는 건가요?"

그가 한꺼번에 그것도 자세하게 묻는 바람에 나는 당황했었다.

"그러니까, 그러니까."

나는 말을 얼버무리며 그에게 딴지를 걸었다.

"그러는 그쪽은 성공할 자신이 있나 보죠?"

"전, 전 자신은 없지만 인생의 목적은 행복에 있다고 생각합니다."

나는 순간 극심한 혼미를 느꼈다. 성공=행복이라는 등식이 이 순간 맞지 않을지도 모른다는 생각이 들었다. 그동안 내 관심사는 성공에 있었지 행복은 그냥 부차적으로 따라 오는 것으로만 생각했었다. 그런데 순서가 바뀌었다는 생각이 든다. 그나마도 철이 들자 성공이라는 의지도 점점 사라져 가는 것만 같았다.

"성공과 행복은 불가분의 관계 아닌가요?"

"그렇지 않죠, 마음의 평안이 먼저입니다."

그는 안타까운 눈으로 나를 바라보며 말했다.

"저는 사람들의 마음에 평안을 주는 삶을 살고 싶습니다. 병든 마음을 치유하고 회복하는 그 일에서 보람을 느끼고 행복을 창조해 나갈 작정입니다."

도무지 알아듣지 못할 말이었다. 나는 그 얼굴에서 진지함을 보

왔다. 그러나 외면하고 말았다. 그 대학 캠퍼스에는 유난히 잔디
가 많았다. 그는 잔디 위에 앉으며 내게 말했다.

"저 다음달에 군대 갑니다. 기다려 주실 수……."

"전 졸업하면 대학원, 아니 유학가게 될 거 같아요, 지금 하신
말씀 안 들은 걸로 할게요."

거절한 이유는 우선 기다려줄 만큼 그에게 정이 가지도 않았고
외모라든가 그가 가진 조건이 형편없어 보였다. 그는 겉보기에 가
난한 고학생 같았다. 단벌 검정 바지에 청 커버를 입고 비쩍 마른
몸매에 빈티가 줄줄 흘렀다.

생각도 달랐다. 나는 항상 고지만 바라보는데 그는 낮고 낮은
사람들을 향해 구원의 손길을 내미는 나와는 달라도 한참 달랐다.
한마디로 차갑게 결별 의사를 밝힌 나는 뒤로 안 돌아보고 뛰어
달아났다. 설마 했는데 그가 내게 그런 엉뚱한 상상을 할 줄은 몰
랐었다.

"세상에는 많은 부조화가 있습니다. 그것은 사회적인 구조악일
수 있고 이념의 대결일 수도 있습니다."

그가 말하는 의미를 모르는 바는 아니었다. 그러나 나는 그가
생각하는 유토피아 같은 것에는 관심 없었다. 정치는 정치가에게
경제는 경제 전문가에게 맡기게 경제 옳다는 게 내 주장이었다.
나는 그의 말을 귓등으로 흘려들으며 그가 에프터를 할 때 응해
준 걸 내내 후회하고 있었다.

세상에 별종도 다 있지 싶은 마음으로 응해 주었는데 결국은 데
모꾼이나 선동꾼 같은 말을 주워대는 것이었다.

"저는 정치니 이념이니 한 그런 것에는 관심 없거든요. 그리고
앞으로 우리 집으로 전화를 한다거나 학교로 찾아오는 일 없으면

좋겠네요, 무슨 뜻인지 아시죠?"

"네에."

그는 거의 울먹거리며 말했다. 그러고도 모자라 나를 다시 한번 자기 학교 캠퍼스로 불러 뜻도 통하지 않을 고상한 이야기를 주워 댄 것이었다. 나는 태생이 정감이 깊거나 동정심이 많은 편이 아니었다. 오히려 냉정하고 까다롭고 이기적인 편이었다.

그런 내게 대고 사회 정의나 지껄여대고 알량한 정서를 호소했으니 내 귀에 들어올 리가 없었다. 내 인생의 역마차가 끝나던 날, 왜 하필이면 그 말이 생각난 걸까. 하긴 그뿐이랴, 수많은 기억들이 내 무의식을 뚫고 출몰했다.

그들은 지금 어디서 어떻게 살아가고 있는 걸까. 최문기는 만날 때마다 내게 약을 올리며 꼭 복수를 하고 있는 꼴 같다. 성공한 사회인으로 가정의 행복을 발판으로 삼아 내게 복수하는 것 같다. 뭔가 한참 뒤바뀐 느낌이 든다.

세월의 수레바퀴가 거꾸로 돌아도 한참 잘못 돈 것 같다. 얼마 전 TV 뉴스 시간에 보았던 중학교 동창 윤기량은 대학 교수가 되어 해박한 전문지식을 자랑하고 있었다. 그녀는 중학교 다닐 때 우리반에서 반장을 했었다.

엄마가 여고 선생님이었고 아빠는 고위 공무원이었다. 그녀는 4남매 중 맏이었는데 모두 수재였다. 그녀는 어린 나이였지만 다부지게 자기의 꿈을 밝혔다. 나는 명문대를 나와서 유학을 다녀온 다음 꼭 대학교수가 될 테야. 꿈을 이룬 윤기량은 당당하다.

얼굴에 자신감이 넘쳐흐르고 성공이라고 말하고 있다. 인생을 허비하고 산 내게 무언의 채찍을 가하며 책임소재를 묻고 있다. 어릴 때 장래희망을 여자대통령이라고 했던 민혜윤에게 성공의 의미에 대해 가르치며 공박하고 있다.

30년 세월이 흐른 지금 나는 고향으로 돌아와 서성이며 과거를 헤매고 있다. 인생의 반을 살아낸 나이에 남은 삶에 대해 결단을 촉구하고 있다. 거리에 세월의 바람이 불고 있다. IMF보다 더 혹독하다는 경제 혹한의 바람이 사람들 몸을 움츠리게 하고 있다.

대학은 낭만이 사라져 취업 준비소로 변하고 각박해진 인심은 희망마저 도태시키고 있다. 어느 사이엔가 나는 포기에 익숙해져 있었다. 경쟁의식과 이분법 사고에 목숨 걸던 내가 더구나 지고는 못 살던 내가 포기라는 그물에 갇혀 옴쭉달쭉 못하고 있었다.

임박한 현실 앞에 아! 정말 세월 앞에 장사 없다더니 성격도 변하고 마는 것인가. 어느날 동생이 찾아와 어린이 영어 교습소를 내라고 했다. 아울러 글짓기 교실도 함께 열라고 했다. 내 전공을 살릴 별다른 방법이 없었기 때문이다.

나는 대답 대신 어린 조카를 품에 안았다. 내 핏줄이 흐르는 살아 있는 생명체. 어느 유명한 여성 정치지도자도 조카를 품에 안고는 기뻐 어쩔 줄 몰랐다고 한다. 자기의 소생이 없으니까 조카가 대신 그 자리를 차지하고 기쁨을 제공하는 것이다.

대학 병원과 마주 보이는 곳에 학원을 열었다. 30평 남짓한 공간에 강사는 따로 두지 않고 내가 직접 뛰기로 했다. 아직 머리가 녹슬지 않았다는 걸 누군가에게 보여주고 싶었다.

"선생님, 무슨 대학 나오셨어요?"

초등학교 4학년인 초롱이가 나를 빤히 올려다보며 물었다.

"이 근처의 대학을 나와서 중학교 교사 4년에다 강남에 있는 학원에 10년 간 다녔지, 이만하면 된 거 아닌가."

아이는 고개를 끄덕이며 웃었다.

"난 또."

아이는 알 듯 말 듯 한 말을 삼키며 핸드폰으로 게임을 시작했다. 그때였다. 누군가 문을 삐죽이 드밀며 들어왔다. 앞니가 흉하게 튀어나온 여자가 손을 벌리며 입이 찢어지게 웃었다. 빨리 적선을 하라는 표시였다. 여자는 언 듯 보아도 정신병자 같다.

눈의 동공이 풀어져 초점을 잃고 있다. 순간 내 안에 떠오른 문장이 있다. 다시는 후회를 않으리라, 다시는 후회를 않으리라.

"현주야, 돈 천 원 가진 것 있니? 있음 선생님 빌려 주라, 이따 갚아줄게."

아이가 주머니에서 돈을 꺼내 여자 손 위에 올려준다. 여자는 고마운지 입을 헤 벌리며 웃더니 이내 돌아서 나간다. 갑자기 그 남자의 말이 떠오른다.

"마음의 평안이 먼저입니다."

"저는 사람들의 마음에 평안을 주는 삶을 살고 싶습니다. 병든 마음을 치유하고 회복하는 그 일에서 보람을 느끼고 행복을 창조해 나갈 작정입니다."

학원 문을 닫고 언덕배기에 있는 집으로 올라갈 때였다. 갑자기 등뒤에서 와! 하는 함성이 들렸다. 동네 남자 아이들이 낮에 학원에 들렀던 여자를 향해 내지르는 함성이었다. 그들은 여자의 치마를 들치고 주먹으로 얼굴과 등을 마구 때렸다. 그러면서 즐거워 어쩔 줄 모르는 것이다. 여자는 동네 미치광이였던 것이다.

편의점에서 포장된 밥을 반찬도 없이 물에 말아먹으며 즐거워하던. 난 갑자기 눈물이 핑 돈다. 가까이 다가갔다. 아이들은 놀라 뒤로 물러간다. 나는 여자의 모습에서 옛 추억을 떠올린다. 여자의 모습이 어딘지 낯익다.

세월의 수레바퀴를 건져 여자의 모습을 추억해 낸다. 슬픔과 고난의 인생길이 여자의 얼굴에 담겨져 있다. 여자는 나를 바라보며 히죽히죽 웃는다.

봉자.

나는 지난 문장을 또 떠올린다. 그때 우리가 사는 골목길 끝에 루핑으로 지붕을 얹은 판잣집에 사는 부부가 있었다. 부부는 한눈에 보아도 모자란 티가 났다. 사람들은 그들을 반편이라 불렀다. 봉자는 동네 사내아이들한테도 좋은 장난감이었다.

남자아이들은 봉자의 치마를 들추고 주먹으로 그녀의 머리통을 쥐어박고 발로 걷어찼다. 아이들이 사라지고 난 거리에 정적이 머문다. 여자는 아니 봉자는 어디론가 향해 발걸음을 옮기고 있다. 골목 끝에 흰 담벼락이 보인다.

나무 대문을 열고 들어서는 봉자. 십자로 난 길이 보이고 가운데 건물 안으로 그리스도의 상(像)이 보인다. 봉자는 신발을 벗고 그리스도가 보이는 강대상 앞으로 다가서고 있다.

마룻바닥에 꿇어앉으며 울음을 토하는 그녀. 누군가 나타나 그녀의 등을 두드려 주고 있다. 흰옷 입은 천사인가. 그는 봉자를 위해 그리스도께 간절히 빌고, 그러다 문 뒤에서 엿보고 있던 내게 눈길을 돌린다.

아! 당신은 당신은.

마지막 부분에 나는 생각한다.

나는 경쟁에서 패한 게 아니다. 진정한 승리는 나중에 있다. 진짜 성공은 승리가 아닌 행복에 있다. 그것도 마음의 평안. 평안을 주시는 절대자 앞에 나는 숨죽인 채 부복하고 있다. 그리고서 그에게 승리의 결말을 묻고 있다. (2012년 창조문학)

객지의 꿈

객지의 꿈은 아직 살아 있었다.

역(驛) 광장 건너편 전자 상가와 극장 변두리 주변으로 사람들이 모여 웅성대는 모습이 보였다. 야바위를 하는지 이따금씩 고함이 터져 나왔다. 거리마다 핸드폰이 울려대고 아스팔트에서는 뜨거운 기운이 아지랑이처럼 피어올랐다.

성희는 중앙시장이 보이는 파라다이스 호텔 쪽으로 자동차를 몰았다. 주변 골목길에 자동차를 파킹하고 돌아서는데 강 쪽에서 시원한 바람이 불어왔다. 목 줄기를 휙 감는데 속에서 울컥하고 정욕이 끓어올랐다. 객지는 여전히 골목마다 웅크린 어둠과 함께 음모처럼 낯선 감정이 숨어 있었다.

반가웠다. 그런 느낌조차 성희는 너무 반가웠다. 그녀는 중앙시장 먹자 골목길로 들어섰다. 노상 음식점이 이쪽에서 저쪽까지 곧게 뻗어 있었다. 전등불을 밝힌 코너마다 안개처럼 하얀 김이 모락 모락 피어올랐다.

그녀가 지나가자 나무 의자에 걸터앉아 술잔을 기울이던 중년 남자가 말했다. "아가씨! 아닌가? 아주머니 어디서 많이 본 듯한 인상인데 같이 한잔합시다. 기분 내키면 이차 삼차도 좋고."

그러자 옆에서 어묵 꼬치를 먹던 남자가 되받았다.

"오늘밤 우린 모두 프리하단 말씀이야."

그러자 한잔하자던 남자가 가소롭다는 듯이 말했다.

"자식 프리 좋아하네. 암마! 니 마누라 애 낳으려고 오늘 내일 한다며."

"아참! 그 이야기는 왜 또 꺼내슈?"

그녀는 못 들은 척하고 옆 골목 포목점으로 들어섰다. 돌아서는 그녀의 등 뒤에 대고 남자들은 마지막 조준 사격을 가했다.

"거참! 몸매 하나 섹시한 게 끝내주게 생겼는데 말야."

포목점과 건어물 상가를 지나자 목로주점이 나타났다. 십 년 전에 비해 규모가 약간 커진 것 같다. 페인트로 써 갈긴 간판이 번쩍이는 네온사인으로 바뀌었다. 미닫이문도 투명한 강화도어로 바뀌었다. 문을 열고 들어서니 칸막이 사이로 젊은이들이 맥주잔을 부딪치며 왁자하게 웃고 있는 모습이 보였다. 자욱한 담배 연기 사이로 요즘 한참 유행하는 음악이 태풍처럼 홀 안에 흘렀다.

장식으로 매달아둔 호롱불 아래 키스하는 남녀의 모습도 보였다. 음악에 맞춰 몸을 뒤로 제키며 어깨춤을 추는 남자도 있었다. 그녀는 구석진 곳으로 가 자리에 앉았다. 음악과 알코올, 적당한 어둠과 웃음, 쾌락과 모종의 협의가 진행되고 있었다.

주문을 받으러 온 종업원이 물었다.

"일행이 있으신 가요?"

성희는 고개를 외로 꼬며 말했다.

"맥주는 카스로 주세요, 안주는 기본으로."

선팅 된 창문 밖으로 젊은 연인들이 팔짱을 끼고 지나갔다. 대학생으로 보이는 그들은 어디론가 향해 급히 발걸음을 옮기고 있었다. 그들 뒤로 어둠이 강한 힘으로 달려들고 있었다.

객지는 어둠에 포획된 암수의 쌍들이 쾌락의 끝을 향해 진력하고 있었다. 쾌락에 중독된 영혼들은 미래를 명예와 함께 내팽개친 채 아슬아슬한 외줄타기를 하고 있었다. 모험처럼, 신(神)을 두려워하지 않는 대담한 감정놀음을 즐기고 있었다.

객지는 모두 외로움에 병들고 그래서 영혼마저 병든 사람들이 곳곳에서 숨어서 모습을 나타냈다. 고통 속에 허무와 어둠이 쾌락과 맞잡고 있었다. 미래를 멈추게 하는 무기력과 은밀하게 타협을 진행하고 있었다.

그녀는 한동안 병적인 외로움을 앓은 적이 있었다. 외로움은 끝없는 불안과 함께 그녀를 괴롭혔다. 급기야 감정 조절이 안 되고 사고(思考)체계가 헝클어지기 시작했다. 그러다 어느날인가부터 그녀는 게임중독에 빠졌다. 게임을 하는 동안만큼은 집중이 잘돼 밤낮 없이 게임에만 매달렸다. 그러나 도중에 컴퓨터가 바이러스를 먹는 바람에 포기하고 말았다.

동네에 PC방이 있었지만 두려움이 많은 그녀는 찾아갈 용기를 내지 못했다. 그 다음부터는 이상한 열기에 휩쓸려 정신없이 돌아다녔다. 그녀는 단 하루도 집에 붙어 있는 날이 없었다. 그러다 어느날 거리를 헤매다 클럽이란 곳을 알게 되었다. 그곳에는 이상한 사람들이 모여 말도 안 되는 해괴한 논리를 펼치며 광분하고 있었다.

서로 침방울을 튀기며 싸우다가도 어느 순간에 이르면 옷을 벗어 제치며 술을 마셨다. 술에 취하면 광란의 분위기가 연출됐다. 언제 왔는지 여자 무용수가 술상 위에 올라가 춤을 추었다. 물론 완전 나체였다. 남자들은 여자를 끌어안고 함께 뒹굴었다. 술과 마약과 음란의 도가니가 밤새도록 이어졌다. 그리고 어느덧 그녀도 그들 곁에 합류하게 되었다. 전직이 발레리나였던 그녀는 타락한 천사가 되어 그들 물결에 휩쓸렸다.

　파라다이스 호텔 건너편 도로에 음습한 골목이 이어졌다. 노래방, 단란주점, PC방, 속옷 가게, 그리고 집창촌이 있었다. 유리창 안에 치부만 간신히 가린 여자가 다리를 꼬고 앉아 있다 남자만 지나가면 휘파람을 불었다. 그 옆 골목으로 지하 술집이 보였다. 계단이 끝나는 곳에 붉은 조명등과 흐느적거리는 음악이 묻어났다. 여자들의 웃음소리와 음탕한 남자의 목소리도 들렸다.

　그 구석진 자리에 그녀는 널브러진 채 누워 있었다. 알코올 기운과 환각 현상이 그녀의 전신을 휘어 감았다. 몽롱한 정신이 무방비 상태로 몸을 허문다. 누군가의 손길이 그녀의 가슴을 더듬는다. 와자한 웃음이 귓가에 와 머문다. 어깨에 강한 힘이 느껴진다. 누군가 뒤에서 껴안는 모양이다. 가는 허리 곡선 밑으로 두툼한 손이 와 닿는다. 갑자기 폭풍 같은 음악이 홀 안에 흐른다.

　'나는 누군가, 무엇을 꿈꾸는가 나는 누군가……'

　남자 가수의 목소리가 사람들의 마음을 들썩인다. 그녀는 자리에서 일어서다 말고 도로 바닥에 쓰러진다. 환호성이 울린다. 누군가 그녀를 들쳐 업었다. 검은 손이 그녀의 엉덩이를 쓰다듬는다. 긴 블랙홀을 지나며 그녀는 나른한 쾌락에 젖어든다.

　매번 생경한 느낌의 낯선 쾌락.

　미래를 방기한 철저한 나락 앞에 그녀는 매일 새로운 아침을 맞는다.

　"내 정신이 아냐, 도저히……"

　그러나 육신은 정신을 거스른다. 사람들은 그녀를 보고 말한다. 백치미에다 섹시미를 곁들였다고. 게다가 그녀는 마음과 몸이 헤

폈다. 누군가 자신에게 조그만 관심을 보이면 금세 달려가 옷을 벗었다. 그런 그녀를 남자들은 장난감 가지고 놀듯했다. 아무 책임 의식 없이 말 몇 마디로 그녀의 영혼을 낚아채면서 가지고 놀았다. 부끄러움을 상실한 그녀는 낯선 풍경을 좋아했다.

처음 가보는 낯선 객지, 처음 보는 낯선 사람들 속에서 손님처럼 살았다.

'마음은 집시'라는 옛날에 유행하던 노래가 있었다. 그녀는 집시처럼 유랑하면서 세월을 보냈다. 육체가 이끄는 대로 한 번의 계산이나 망설임 없이 되는 대로 살았다. 이미 황폐해진 정신은 조정 능력을 상실했고 휴지처럼 육신은 망가지기 직전이었다. 바로 그때 또다른 마수가 뻗쳐왔다.

계룡산 산자락에 있는 기도원 교주가 그녀를 알아본 것이다. 자칭 신(神)의 계시를 받았다는 그는 40대 중반의 우람한 체격을 한 호색한이었다. 그는 산속 깊숙한 기도원에 칩거하면서 주로 젊은 여자만을 탐닉했다. 이상한 마력을 풍기는 그는 지진이 나도 꿈쩍 않을 것 같은 굳건함이 있었다.

가끔씩 이상한 주문을 외우며 예언을 하는데 신통하게도 잘 맞았다. 예언이 맞으면 신도들은 거금을 희사했다. 그는 때에 따라 자신을 재림주라고도 표현했다.

그곳에선 매일같이 성회가 열리곤 했는데 특별 성회 기간 중에는 전국에서 몰려온 사람들로 인해 발 디딜 틈이 없었다. 그들은 온갖 문제를 안고 찾아 왔는데 그의 영력을 통해 해결 받고자 원했다. 개중에는 TV에 자주 등장하는 얼굴도 있었다.

특별 성회 기간 중에 교주는 더욱 근엄하고 만면에 미소가 가득했다. 그는 정장 차림을 즐겨 입었는데 특유의 몸짓으로 청중을 사로잡았다. 한쪽 팔을 번쩍 들었다가 그대로 사선을 그으며 허리를 약간 비트는 것이었다. 그가 하는 설교 내용은 늘 똑 같았다.

사랑과 용서, 자비와 긍휼이었다. 영적인 문제나 온갖 질병의 근원이 마음에서 비롯된다는 것이다. 원한의 쓴 뿌리가 마음을 파괴하고 신체의 면역기능을 떨어뜨려 결국은 온갖 질병의 온상이 된다는 것이다.

마음이 평정을 잃고 분노에 사로잡히게 되면 그때부터 사탄이 내 안에 터 잡고 활동하는 주 무대가 되니 그런 사람은 속히 회개하고 자복하라고 했다. 자신 안에 있는 모든 죄를 낱낱이 고하고 회개하고 사랑의 마음을 가지라고 강조했다. 구구절절 옳은 말씀이었다.

어디 한구석 틀린 데가 없었다. 진리를 이용한 그의 설교는 청중을 감동시키고도 남았다. 사람들은 모두 소리 높여 울면서 자신들의 죄를 회개했다. 도중에 교주가 시끄럽게 방언으로 말할 때면 기뻐 춤을 추며 강대상으로 뛰어 가는 사람도 있었다.

병이 나았다는 것이다. 심장에 느껴지던 통증이 사라지는가 하면 우울증과 정신병이 나았다고 즉석에서 간증하는 사람도 있었다. 흔한 경우는 아니지만 암이 사라졌다고 하는 사람도 있었다. 그럴 때면 그들은 모두 아멘!을 외치며 서로 병났겠다고 아우성을 쳤다.

설교가 끝나면 모두 가방을 열어 거액을 헌금했다. 그리고 교주에게 나아가 안수기도를 받았다. 무릎 꿇고 앉아 눈물을 흘리며 기도 받는 여자도 많았다. 교주에게는 항상 이상한 마력이 풍겼다. 특히 180센티가 넘는 건장한 체격에 비교적 잘생긴 편인 그는 카리스마와 함께 여자를 끄는 특유의 매력이 있었다.

많은 여자들이 그의 쾌락의 종이 되었다. 일단 그의 마수에 걸려들면 여자들은 스스로 옷을 벗었다. 남편과 자식을 버리고도 모자라 가진 재산을 몽땅 헌납하고 현금카드까지 바쳤다. 마침내 신용불량자가 된 그들은 교주의 몸종이 되거나 거리의 창녀가 되었다.

또 남자들은 바닷가로 가 배를 타거나 기도원 확장 공사에 동원돼 몸값을 대신했다. 그들은 교묘한 수법으로 신도들의 재산을 갈취했다. 갖가지 명목으로 헌금을 강요하는가 하면 일부러 기도원 내에 있는 합숙소에서 공동 생활할 것을 요구하기도 했다.

현금이 없는 자에게는 카드로 대납하는 형식으로 돈을 갈취했다. 때에 따라 교주는 은밀하게 폭력배와도 손을 잡았다. 그것은 자신의 비리를 폭로하거나 이단이라는 구실로 소문을 낸 경우다. 신도들의 재산을 가로채고 여자들을 유린한 그를 세상에 알렸다가 교살 당한 사람도 있었다.

행불자로 처리된 그의 시체는 나중에 기도원 뒷산에서 발견되었다. 언젠가는 인터넷 청부 살해업자에게 부탁했다가 경찰 수사망에 오른 적도 있었다. 그때 찾아온 형사를 교묘하게 따돌린 사람이 있었다. 그가 무슨 방법을 동원했는지 잘 모르지만 그때 이후로 다시 형사가 찾아오는 일은 없었다.

그곳에서는 귀신 곡할 노릇이 수없이 벌어지곤 했는데 한마디로 그곳은 치외 법권지대나 마찬가지였다. 폭력과 강간, 협박과 고문이 공공연하게 자행되는 대도 누구 하나 나서서 말하는 사람이 없었다. 그랬다간 쥐도 새도 모르게 사라지기 때문이었다.

그러나 아무리 철통같이 경비를 하고 입막음을 해도 소문은 나기 마련이었다. 어느 날 기자가 찾아왔다. 그들은 처음에는 거금을 내놓으며 회유하는 분위기로 나갔다. 그래도 안 되자 그에게 술을 먹인 다음 침실로 끌어들였다.

사실 그가 마신 건 술이 아니라 마약이었다. 환각 상태에 들어간 그는 밤새 극한 쾌락의 극치를 맛보았다. 다음날 아침 그는 자리에서 일어나자마자 건장한 어깨들을 만났다.

"약은 얼마든지 구해 드릴 테니 다음에 또 들르슈, 아참! 간밤의 일은 없었던 걸로 할 테니 안심하쇼, 그리고 또 한 가지 입조심 하는 것 잊지 말고."

어깨들은 아직도 멍한 표정으로 서 있는 그에게 마치 선심 쓰듯 말했다. 기자는 그제야 정신을 차린 듯 기도원을 빠져나와 숲길로 내리 달렸다. 그 다음 번에도 기자가 몇 찾아온 일이 있었지만 그때마다 그들은 교묘한 방법으로 그들을 따돌렸다.

그러니까 그곳은 종교를 빙자한 하나의 거대한 범죄집단이나 마찬가지였다. 영력(靈力)과 신의 은총을 빙자한 사기 집단이었다. 그들은 신도들의 영혼을 좀먹고 점점 그 힘을 강하게 뻗치고 있었다. 나중에는 지부까지 마련해 그 세력을 확대해 갔다.

따라서 폭력과 말할 수 없는 끔찍한 사건도 자주 발생했다. 그러다 어느 날 덜미가 잡히고 말았다. 그의 조직에 은밀히 침투한 기자에 의해 그들의 실상이 밝혀진 것이다. 그들은 공권력의 힘에 의해 와해되는 듯싶었다.

뉴스 시간에 그들의 비리가 낱낱이 파헤쳐지고 뒷산에 묻힌 신도들의 주검도 발견됐다. 그러나 해가 바뀌고 공판 날이 다가왔을 때 판세는 뒤바뀌어져 있었다. 증거 불충분으로 무죄 판결이 난 것이다. 악마의 손을 들어준 판사는 도대체 어떤 인물이었을까.

피해자들은 분노로 잠을 이루지 못했다. 법원 앞에 나가 통곡을 하다 실신한 사람도 속출했다. 텔레비전 기자가 마이크를 들이댔을 때 그들은 너무 분통해서 기절하기까지 했다. 일주일이 지났다. 뉴스 시간에 교주의 사망 소식이 보도되었다.

그것을 두고 신의 승리라고 외치는 사람도 있었다. 기뻐 춤을 추며 우는 사람도 있었다. 그들 중에 성희도 끼어 있었다. 그때 이후로 그들은 다시 세를 규합해 복원 움직임을 보였지만 더 이상 세를 확장하지는 못했다.

그러나 후유증은 대단했다. 일단 교주의 마수에 걸렸던 사람들은 정신과 치료와 함께 물리치료도 받아야 했다. 과거라는 기억의 잔재가 아직도 그들의 행동을 제약하고 있었기 때문이다. 성희는 이미 그 기도원에서 알려진 인물이었다.

교주의 가장 총애 받는 여인 중의 한사람이었기 때문이다. 그녀를 탐내는 남자들의 눈길이 많이 있었지만 교주의 눈길이 무서워 감히 접근하지는 못했다. 그중 교주의 보디가드 역할을 했던 뒷골목 출신의 강석두가 있었다.

전과 8범 출신인 그는 별명이 헤머였다. 그는 다양한 범죄 경력답게 독사 같은 눈빛에다 근육질의 탄탄한 체격에 힘이 장사였다. 웬만한 장정 서넛은 거뜬히 해치우고 남을 만큼 늘 힘이 넘쳤다. 따라서 성욕도 왕성해 그의 눈에 띄는 여자는 강간 대상이 되곤 했다.

게다가 성격이 얼마나 난폭한지 걸핏하면 주먹을 휘둘러 부상자가 속출하곤 했다. 그러나 교주에게는 워낙 우직한 충성자였기에 아무도 어쩌지를 못했다. 교주가 늘 그를 감싸고돌았기 때문이다. 그는 교주의 말에 불순종하거나 반항하는 사람이 있으면 무지막지하게 린치를 가했다.

거의 초주검이 되어 병원으로 실려 가거나 그대로 사지를 뻗고 죽어버린 사람도 있었다. 기도원 내에서 교주를 둘러싸고 측근 간에 알력이 벌어질 때도 그가 나서서 해결했다. 그는 항상 가슴속에 가느다란 끈 서넛과 비수를 품고 다녔다.

그 끈과 비수의 용도를 아는 사람은 다 알았다.

성희는 천안으로 가던 도중 그의 손에 포획되었다. 교주가 좋아하는 타입이란 게 그 이유였다. 그녀는 강석두에 의해 여름날 보신탕집에 끌려가는 개처럼 힘없이 끌려 계룡산에 닿았다. 산 입구에 미리 대기해 놓은 오토바이를 타고 기도원 내로 들어섰을 때 그녀는 아찔한 현기증을 느꼈다.

자신조차도 알 수 없는 그 강력한 힘에 이끌려 기도원까지 가게 된 것이다. 그때 교주는 주변에 있던 여자들을 모두 물리치고 내려와 손수 그녀를 맞았다. 그녀의 외모에 넋이 나간 것이다. 발레리나 출신답게 완벽한 곡선미를 자랑하는 그녀의 몸매는 황홀함 그 자체였다.

교주의 입가에서 만족한 미소가 흐르고 있었다. 강석두를 향해 고개를 끄덕이고는 곧바로 침실로 들어갔다. 그날 밤 그녀는 밤새 육체의 향연에 빠졌다. 간신히 정신을 차리고 났을 때 그녀는 사방이 꽉 막힌 감옥 안에 있는 자신을 보았다.

올무에 갇힌 것이다. 자신의 의지로는 단 한 발짝도 움직이지 못했다. 감시의 그물 안에서 그녀는 로버트처럼 움직였다. 교주가 인도하는 집회에 참석하는 게 고작이었다. 집회에 참석하면서 그녀의 영혼은 더욱 황폐해졌다.

그리고 그곳 생활에 익숙해지면서 갖가지 끔찍한 사건을 목격하게 되었다. 일부러 공포 분위기를 조성하기 위함인지 강석두는 기도원에 있는 식구들을 모두 한 자리에 모아 놓고 이탈자들을 응징했다. 그의 무자비한 폭력은 영화 스릴러물을 방불케 했다.

그가 던진 유리파편을 맞고 두개골이 파손되는가 하면 생 이빨이 그대로 옥수수 알 빠지듯 빠지는 일도 있었다. 임신한 여자를 아이와 함께 그대로 사경에 빠뜨린 일도 있었다. 뼈가 부러지고 창자가 빠져나온 채로 기도원 밖으로 사라지는 경우도 있었다.

그들은 그런 식으로 이탈자들을 무자비하게 처치했다. 교주의 가장 충직한 하수인인 강석두는 그렇게 잔인하고 포악했다. 그러던 어느 날이었다. 교주가 강원도에 있는 지부를 일주일간 방문하기 위해 떠났다. 그 날은 기도원에 특별 경계령이 내려진 날이었다.

정보가 외부로 누출된다는 소문이 기도원 내에 퍼지고 있었다. 그래서인지 교주는 가장 신임하는 강석두에게 기도원 경비를 맡긴 채 측근들만 데리고 떠났다. 바로 그날 밤이었다. 성희는 한밤중에 자신의 방에 든 검은 그림자를 보고 기겁할 듯이 놀랐다.

그는 다름 아닌 강석두였다. 그는 밤새 그녀를 농락했다. 평상시에 그녀를 눈여겨보고 있다 마침 기회라 싶었던 모양이었다. 다음날도 또 다음날도 연이어 농락은 이어졌다. 그녀뿐만이 아니었다. 교주의 다른 여자들도 마찬가지였다. 그는 여자가 반항하면 비수를 겨누며 말했다.

"누구든 나발 불면 이 칼로 사시미를 떠 줄 테다."

그리고는 곧바로 칼을 들어 허공을 가르는 시늉을 했다.

"이렇게 칼로 무 자르듯 토막질을 해줄 테니."

평소 그의 성격대로 하면 그러고도 남았다. 아마 시체까지도 토막 내 뒷산에 파묻거나 태워버릴 인간이었다. 여자들은 겁이 나서 벌벌 떨었다. 강석두는 안심하는 표정이었다.

그러나 안심은 금물이었다. 그 소문은 여자들이 아닌 강석두의 옆에서 그림자처럼 따라다니던 또 다른 경비책인 최성철에 의해 발각되고 말았다. 그는 교주가 일주일간 지부 집회를 마치고 돌아오던 날 그 사실을 교주에게 낱낱이 고하고 만 것이다.

그 일로 인해 강석두와 기도원 내에 경비를 맡고 있는 경비대들 간에 피비린내 나는 혈투가 벌어졌다. 강석두는 우선 본보기로 밀고자인 최성철을 잔인한 방법으로 살해하는 치밀함을 보였다. 그는 비겁하게도 기도원 뒷산에 숨어 있다 화장실에서 볼일을 마치고 나오는 최성철을 뒤에서 급습했다.

부지불식간에 허를 찔린 최성철은 그대로 뒤로 넘어졌다. 그 사이 강석두는 비수를 휘둘러 급소를 찔렀다. 그런 다음 그의 시체를 난자하는 잔인함을 보였다. 시체를 집회 장소 앞에 내려놓은 다음 그는 큰소리로 외쳤다.

"너희들 최성철 봤지, 누구든 죽고 싶거든 나와서 한판 붙어 보잔 말야, 이 씨펄 놈들아."

삽시간에 어깨들이 새까맣게 그의 주변에 몰려들었다. 일단 피에 취한 그는 제 정신이 아니었다. 광기가 흐르는 눈빛으로 그는 괴이한 미소를 내뿜었다. 그의 양손에는 어느새 뽑아든 회칼이 번득이며 빛을 발하고 있었다. 그는 만약을 대비해 가슴에 호신용 조끼도 입고 있었다. 그가 빠른 몸놀림으로 사방을 휘둘러보자 어깨들은 약간 겁먹은 눈치였다. 그가 한발 앞으로 다가서자 뒤로 물러서기까지 했다.

그러나 그들은 여러 명이었다. 그가 단신으로 해치우기엔 역부족이었다. 그럼에도 그는 비호처럼 나르며 여러 명을 당장 때려눕

했다. 그는 적진을 분열시키는 방법을 동원했다. 다시 전열을 가다듬으려 하면 어느 사이엔가 달려들어 그 중의 한 명을 거꾸러뜨렸다.

한번 쓰러진 사람은 다신 일어나지 못했다. 급소를 맞았기 때문이다. 그에게는 상대의 급소를 당장 알아차리는 특출 난 재주가 있었다. 양손에 칼날을 쥐고서 정신없이 휘둘러 대면 웬만한 주먹은 피하는 척하다가 그대로 도주하고 말았다.

잘못 달려들었다간 최성철처럼 포를 떠 죽을 것 같았기 때문이다. 강석두는 독사 같은 눈길을 번뜩이며 공중에 붕 솟았다가 착지하는 묘기마저 보여주었다. 유단자 출신의 나머지 어깨들도 차츰 쓰러졌다. 강석두의 얼굴에 미소가 흐르기 시작했다.

승리의 확신에 찬 미소였다. 그 모양을 멀리서 지켜보고 있던 교주가 옆에 서 있던 성회에게 안에 들어가 흰 플라스틱 물병을 가지고 나오라고 지시했다. 그녀가 물병을 들고 나왔을 때 어깨들은 모두 죽은 듯이 마당에 쓰러져 있었다. 강석두가 교주를 향해 일갈했다.

"야! 이교주 이 새꺄, 니가 나한테 이래도 되는 거야, 엉? 오늘날 이 기도원이 누구 덕으로 이만큼 컸는데 내가 그동안 너한테 벌어준 돈이 얼만데? 그깟 계집 좀 가지고 놀았기로서니."

그는 아직도 선혈이 흐르는 비수를 들고서 이번에는 교주를 찌를 듯이 잔인한 눈빛으로 노려봤다. 교주마저 해치우겠다는 태도였다. 그가 비호같이 교주를 향해 달려드는 순간이었다. 교주가 강석두를 향해 플라스틱 물병을 던졌다. 그리고 어느새 꺼냈는지 라이터에 불을 붙여 함께 던져버렸다.

펑!

폭발음과 함께 뜨거운 불길이 강석두의 온몸을 휘감았다. 시너를 뿌린 뒤 불을 붙인 것이다. 불길에 휩싸인 강석두는 그대로 바닥에 쓰러지면서 뒹굴었다.

으아아악! 교주! 너 이 새끼.

그가 쓰러지자 교주가 손을 털고 일어섰다. 강석두는 산 채로 불고기처럼 구워져 밖으로 끌려 나갔다. 그는 엉뚱하게도 교주의 권위에 도전한 희생자가 되어 온몸에 화상을 입은 채 기도원에서 쫓겨났다. 밖으로 끌려 나간 그는 그후 어떻게 되었는지 아무도 모른다.

그곳에선 한번 기도원 밖으로 나가면 그것으로 종무소식이었다. 만일 쓸데없는 입 소문을 냈다간 그도 똑같은 신세가 될 것이기 때문이었다. 그런데 신도 중 어떤 여자가 성희에게 다가와 말했다.

강석두가 얼굴은 반은 다 타버린 데다가 팔과 다리에도 심한 부상을 입고 있었는데 가끔씩 기도원 근처에 나타나서는 그녀의 소식을 묻더라는 것이다. 거의 반병신이 되어서 신도들에게 돈을 구걸하면서 그녀의 소식만큼은 빼놓지 않고 묻더라는 것이다.

성희는 그 말을 들으면서 온몸에 소름이 돋는 전율을 느꼈었다. 무소불위의 힘을 가지고 영원불멸할 것 같던 교주도 결국은 죽음에 이르는 사건이 발생했다. 진리를 왜곡시키고 영적 사기꾼이 되어 영혼을 갈취하고 파멸로 이끈 그에게 신(神)의 준엄한 심판이 내려진 것이다. 신(神)은 그의 방만한 죄악을 결코 방관하지 않고 침묵하지 않았다. 그에게 철퇴를 가하기 위해 오랜 시간과 준비과정을 거치고 교묘하게 일을 진행시켰던 것이다.

그의 이단 시비는 이미 한 종교 지도자에 의해 판정 나 있었다.

이단 파행적인 행위야 그 증거는 충분했고 그에 따른 범죄적인 측면이 더 크게 부각돼 있었다. 그럼에도 그를 재판정에 세우지 못한 것은 워낙 그의 인맥이 각계 다방면에 걸쳐져 영향력을 발휘하고 있었기 때문이다.

사람은 잘났든 못났든 영적 권위자에게 추종한다. 영적인 능력이 그 어떤 능력보다 앞서기 때문이다. 그래서 그는 그 다방면에 걸친 능력으로 재판정에서 증거 불충분으로 무죄 판결까지 받을 수 있었던 것이다. 그러나 그에 맞서는 또 다른 세력이 있었다.

비리와 폭력, 암투와 기만에 맞서는 세력은 정의와 진리로 세상을 밝히려는 집단이었다. 그들은 어둠에 얽매인 자들을 빛으로 인도하는 사명을 가진 자들이었다. 그들은 진리의 파수꾼답게 약자의 고통에 귀를 기울였다.

모두가 외면하는 약자를 향해 자신의 기득권마저 포기하는 그에 따른 불이익을 두려워 않는 자들이었다. 그들에 의해 교주의 죄상은 온 세상에 밝혀졌고 일시적으로 정의가 승리하는 듯 보였다. 그랬다가 부정한 재판관에 의해 그 죄상이 다시 가려졌다. 그러나 그는 심장마비라는 결정적인 신의 심판을 받았다.

신(神)은 결코 침묵하지 않는다.

성희는 희미한 정신 속에서 진짜 신(神)의 정체를 깨닫는 듯했다. 진짜 신(神)이 살아 있긴 있는 모양이었다. 교주가 사라졌다고 해서 피해자들의 마음속에 자유가 찾아온 건 아니었다. 그들은 끝없이 피해의식에 시달렸고 미로를 헤매었다.

지난날의 공포가 현실의 염려와 함께 찾아온 것이다. 그들은 이미 빈털터리가 되었고 새로운 삶의 터전을 만들기엔 역부족일 만큼 심하게 정신과 몸이 손상돼 있었다. 또 부지불식간에 찾아오는 어둠의 세력에 대한 긴장감 때문에 꿈속에서조차 시달려야 했다.

성희는 길을 걸을 때면 누군가 자신의 뒤를 밟지 않을까 늘 뒤를 돌아보는 습관이 생겼다. 불안이 꼬리처럼 발걸음과 뇌를 친친 동여매고 있었다. 따라서 그녀의 방황은 밑도 끝도 없이 이어졌다. 길거리를 지나다가도 아는 얼굴이 보일라치면 얼른 돌아서 갔다.

혹시나 기도원에서 만났던 사람이면 어떡하나 하는 의구심에서였다. 그래서 그녀는 한군데 오래 머물지 못하고 떠나는 습관이 생겼다. 낯이 익을라치면 보따리를 싸 무조건 새로운 도시를 향해 떠나는 것이다.

객지는 언제나 새로운 느낌으로 그녀의 가슴을 설레게 했다. 처음 보는 낯선 풍경은 두려움으로부터 해방되는 느낌을 주었다. 한 번 머물렀던 객지는 다시는 가지 않았다. 아는 얼굴을 만나게 될까 봐 늘 새로운 객지를 찾아 떠났다. 정신은 늘 방황과 혼미를 거듭했다.

몸은 기도원에서 풀려나 자유가 되었는데 정신은 늘 어디엔가 얽매여 있었다. 천안으로 가는 열차 안에서 강석두에게 영혼이 포획돼 간 것처럼, 그녀는 늘 무엇엔가 홀린 듯한 기분이었다. 자신의 의지가 아닌 타의에 의해 삶이 결정돼 가는 느낌이었다.

때로는 수렁 맨 밑바닥에 처박혀 바퀴처럼 맴돌다 그대로 나뒹구는 것 같았다. 어떨 땐 나이 어린 소녀처럼 행동하며 사랑을 갈구하기도 했다.

아무 남자의 품에 안기고 누군가 손짓하면 금세 달려가 몸과 마음을 던졌다. 잦은 임신 중절 수술로 하혈이 심해 실신해 쓰러진 적도 많았다. 그럴 때면 주변에 있던 사람들이 하나도 보이지 않왔다.

비 오는 날, 하혈이 너무 심해 시장 바닥에 쓰러져 누워 있을 때였다. 청소년들이 그녀 곁을 지나며 말했다.

"저 여자, 저 사거리 단란주점에 있는 화영이 맞지?"

늘 새로운 객지를 떠돌 때마다 그녀는 가명을 썼었다. 그곳에서의 가명은 화영이었다.

"또 술 취해 누군가와 싸운 모양이군. 저렇게 널브러져 있는 것 보니."

"그게 아닌 것 같은데 저 치마 밑에 흐르는 피 좀 봐, 혹시 애기가 유산된 것 아닐까."

"세상에 저 얼굴 좀 봐 꼭 백짓장 같다."

"어디가 아픈 모양이네 어쨌든 안됐다. 이 비 오는 날 저렇게 쓰러져 누워 있는데 아무도 거들떠도 안 보니."

그녀는 점점 의식이 희미해졌다. 빗줄기가 세차게 쏟아 붓기 시작했다. 그녀 곁을 지나는 사람들의 발자국 소리도 점점 높아졌다. 어디선가 희미하게 여자들의 울음소리가 들리는 것 같았다. 노래 소리도 들리는 것 같았다.

온기도 느껴졌다. 마음속으로 잔잔한 평화의 물결이 넘쳐났다. 그때 눈앞에 이상한 광채가 비쳤다. 누군가 그녀를 향해 손을 내밀고 있었다.

"자매님, 이제야 정신이 듭니까?"

그녀는 그 손길의 주인공을 바라보다가 아득히 정신을 잃었다. 그리고 곧 꿈속으로 함몰되었다. 꿈속에서 그녀는 무수히 치도곤을 당하고 있었다. 발길질과 주먹질이 그녀의 작은 몸뚱이를 향해 칼날이 되어 꽂히고 있었다. 사십 킬로도 안 나가는 여린 몸뚱이는 금세 피투성이가 되어 나뒹굴었다. 정신이 깨어나 눈을 뜨면 검은 눈동자들이 악마의 미소를 머금은 채 그녀를 내려다보고 있었다. 그 중의 하나가 말했다.

"교주는 이미 끝난 목숨이야, 차세대는 바로 나라구."

그가 품속에서 가느다란 끈과 비수를 뽑아 들었다. 그리고 비수를 높이 들어 내리치려는 순간이었다. 아악! 하고 그녀는 꿈에서 깨어났다.

"자매님, 이제야 정신이 듭니까?"

똑같은 소리가 들려오자 그녀는 목소리의 주인공을 향해 입을 열었다. 50대쯤으로 보이는 아주 온화한 인상의 여자였다.

"조금 전에도 들은 것 같은데."

"네, 제가 아까부터 쭉 지켜보고 있었습니다. 어디 불편하신 데는 없으십니까?"

"어떻게 제가 여기에…… 그리고 댁은 누구신지?"

"예, 여긴 자매님이 쓰러져 있던 바로 옆 건물입니다. 그보다도 시장하지 않으세요? 죽을 좀 끓여 놨는데 일어나서 드세요."

"불편을 끼쳐 드려 죄송합니다. 살다 보니, 살다 보니……."

그녀는 말을 흐리며 눈물을 쏟았다. 방황 이후 처음으로 느끼는 온정이었다. 여자가 그녀의 팔을 부추겨 일으켜 주었다. 맛있는 깨죽이었다. 정신없이 퍼먹었다. 어느새 그릇을 깨끗이 비우고 나자 여자가 눈물이 글썽한 눈빛으로 물었다.

"상처가 많으신 분 같아요, 편히 쉬시고 기력이 회복되면 가세요."

"고맙습니다."

돌아서 나가는 여자의 뒷모습에서 향기로운 냄새가 났다. 그녀는 안락한 소파에 누워 TV를 보다가 또다시 잠이 들었다. 꿈에 그녀는 안전하고 튼튼한 팔에 안겨 있었다. 사랑과 능력과 권세가 무한한 팔에 안겨져 있는 그녀의 모습은 너무나 행복해 보였다.

흐뭇한 표정으로 자신을 내려다보는 얼굴은 가장 아름답고 신비로운 모습이었다. 사랑의 온기가 그의 팔에서부터 온몸으로 전해지고 있었다. 희미하긴 했지만 어머니의 모습이 보이기도 했다. 가슴속에서 뭔가 울컥하고 치밀어 오르는 것이 있었다.

뜨거움과 함께 쏟아지는 것은 눈물이었다. 그녀는 꿈속에서 낙원을 걷고 있었다. 물소리와 새소리가 음악처럼 들리고 각종 실과나무가 가득한 온통 초록의 동산이었다. 어디선가 어린아이들의 웃음소리도 들려오고 흰옷 입은 천사들의 모습도 보였다.

그곳엔 온통 밝음뿐이었다. 어둠은 존재하지 않았다. 탄식이나 울음 섞인 소리도 없었다. 그녀는 발걸음을 옮겨 수정으로 만든 계단으로 올라섰다. 거기에 빛나는 십자가가 보였다. 너무도 밝고 환한 광채에 온몸이 부서져 내리는 것만 같았다. 그녀는 강한 빛에 놀라 그만 혼절하고 말았다.

잠에서 깨어나니 주방 쪽에서 음식 냄새가 몰려왔다. 보글보글 끓는 것으로 보아 찌개가 틀림없었다. 입안에 군침이 돌았다. 자신도 모르게 발걸음이 저절로 주방으로 갔다. 앞치마를 두른 여자가 바쁘게 움직이고 있었다. 그녀를 보자 온화한 미소를 지으며 말했다.

"일어 나셨나 보군요, 우렁을 넣고 된장국을 끓이고 있어요. 잠시 후면 완성되니까 기대하세요."

내가 왜 이리도 염치가 없는 걸까. 생판 모르는 남의 집에서 잠을 자지를 않나, 음식을 얻어먹지를 않나. 그녀는 자신의 또 다른 모습에 놀랐다.

"왜 저에게 생면부지인 저에게 이런 친절을 베푸시는 건가요?"

그녀는 용기를 내 물었다.

"저도 옛날에 길거리에 정신을 잃고 쓰러진 적이 있었어요, 그때 삼일 만에 깨어났는데……."

여자는 울먹이는 것 같았다. 어깨를 들썩이며 흐느끼던 여자가 주방에서 나와 소파에 앉으며 말했다.

"죽은 시체처럼 길거리에 널브러져 있었다고 하더군요. 그것도 비가 오는 날……. 전 그때 아이를 임신 중이었어요, 그것도 씨도 모르는 아이를……. 아이와 함께 이틀 밤을 길거리에 쓰러져 있었죠, 그때 지나던 어느 노인 부부가 저를 들쳐 업고 병원으로 뛰었다고 합니다. 응급조치 후 링거를 맞고 깨어났지요. 그분들이 아니었더라면 전 벌써……."

"아이는 어떻게 되었나요?"

"아이는 그날 밤 유산되고 말았죠."

울먹이던 여자가 안타까운 눈빛으로 말했다.

"동병상련이라고 쓰러져 있는 자매님을 보니까 그때 제 모습이 떠올랐어요."

그제야 그녀는 고개를 끄덕끄덕했다.

"찌개가 다 된 것 같아요, 식사하면서 천천히 이야기해요."

우렁 된장찌개가 뚝배기 안에서 보글보글 끓고 있었다.

"이상하죠. 사람들은 현재의 모습보다 과거의 모습을 더 중시해요, 성경에도 나와 있잖아요, '이전 것은 지나갔으니 보라 새것이 되었도다' 그런데 현실은 안 그런 것 같아요, 사람들은 과거라는 꼬리표를 달고 다니면서 뭔가 끊임없이 과시하고 싶어 해요, 과거가 현재를 만든다고 생각하기 때문인 것 같아요."

성희는 기도원에서 두려움에 떨던 자신의 모습을 떠올렸다.

과거 과거의 모습이라…….

"사실 인간은 죄악투성이가 아닌가요. 그런데 겉모습만 보고 서로 손가락질하고 비난하고……. 전 사실 교도소를 두 차례나 갔다 온 죄인이랍니다. 나쁘게 말하면 운이 없었던 거죠. 남들 같으면 그냥 지나칠 수도 있었던 문제인데 다른 사람의 죄까지 몽땅 뒤집어쓰고 복역하고 말았죠. 그때 전 감옥 안에서 깨달은 게 있었어요."

감옥이라니……. 성희는 순간적으로 강석두를 떠올렸다. 자신의 전과 기록을 무슨 훈장처럼 자랑하던 그가 아니었던가. 그는 감옥 안에서 대학원 과정까지 마쳤다며 그 안에서 배운 범죄 실력을 떠벌이곤 했었다.

"사람들은 말이지 범죄자를 감옥으로 보내면 개선될 줄로 아는데 천만에 만만에 말씀, 요는 범죄 수법이 더 지능화되고 다양화한단 말씀이야. 새로운 신종 기술을 익히게 된다 그 말이지."

그가 가느다란 끈과 비수를 내보이며 한 말이었다.

"아무도 저를 사람 취급하지 않았어요, 흡사 중죄인 다루듯 하고 따돌리고, 성경에는 간음한 여인을 향해 죄 없는 사람이 먼저 돌로 치라고 했잖아요. 그런데 전 그 돌을 너무 많이 맞았어요. 그렇게 만신창이가 되어 살아가는데 어느 날 문득 그런 생각이 들더군요, 과거로부터 벗어나자, 과거와 이별하자, 새로운 삶을 위해 떠나자 그때부터 전 낯선 고장을 떠돌며 살기 시작했어요, 장사도 하고 식당 종업원도 하고 그러다 얼마 전 이곳에 안착했답니다."

그녀는 어느새 찌개 그릇을 비우며 말했다.

"아참! 제가 아까 감옥 안에서 깨달은 게 있다고 했죠. 그건 아무와도 원수 맺지 말고 살자는 것이었어요. 내게 상처 주고 해 끼친 사람일지라도 무조건 용서하자, 나 자신을 위해 용서하며 살자, 그것이 나를 위로하고 내가 견디는 유일한 방법이었어요."

용서…… 과거…….

"자매님은 천성이 착하고 좋으신 분 같아요. 살면서 남에게 싫은 소리 해코지 한번 해본 적 없으시죠? 그래서 더 상처가 많고 외로우신 거예요."

그제야 그녀는 안심이 된 듯 조용한 목소리로 말했다.

"전 어릴 때부터 발레리나가 꿈이었어요, 정신없이 춤을 추었죠. 대학 시절에는 너무 많이 연습해서 발목을 삔 적도 있었어요, 그런데 어느 날인가부터 정신이 산만해지면서 마음이 외롭고 참담하고……. 아마 제 정신이 아니었던 것 같아요. 정신없이 방황하면서 마음속에 상처와 분노가 쌓이기 시작했어요. 그렇게 세월을 흘려보내다가……."

"자매님 제가 아까 말씀 드렸죠. 이전 것은 지나갔으니 보라 새것이 되었도다. 이제 과거와 화해 하세요 용서하고 잊어버리세요. 그 길만이 살 길이에요."

성희는 그녀와 이야기하는 동안 알 수 없는 평안에 사로잡혔다. 과거의 상처가 하나로 뭉뚱그려지면서 생각이 단순해지는 것 같았다. 가슴속에 있던 악한 기운이 빠져나가면서 그 어떤 힘과 위로가 느껴졌다. 그녀는 과거의 혼돈과 번민, 상처와 굴욕이 뒤범벅된 고통의 터널을 지나 새로운 길목으로 들어섰다.

그곳에는 어둠이 물러가고 빛이 스며들고 있었다. 마음이 감옥에서 풀려나와 누군가에 의해 점점 높은 곳으로 올려지고 있었다. 어디선가 잔잔한 물소리가 들려왔다. 맑은 선율의 음악도 들렸다. 폭풍 치는 듯한 함성도 들려왔다.

그러다 그녀는 아주 낯선 감정에 부딪쳤다. 그건 기쁨이었다. 안정되고 황홀한 기쁨이었다. 흡사 물위에 둥둥 떠 있는 느낌이었다. 수많은 빛이 온몸으로 쏟아졌다. 평안과 자유가 넘쳐났다. 상처 난 감정은 사랑으로 치유되고 진리의 영이 그녀의 앞길을 인도하고 있었다.

그녀는 객지를 떠나 서울로 돌아왔다. 그리고 오랜만에 만난 가족들과 담소를 나누며 긴 방황을 마무리했다. 가족들은 회개하고 돌아온 탕자를 아무 일도 없었던 것처럼 반겼다. 아무 이유도 없이 그녀에게 무조건적인 사랑을 베풀었다. 어느덧 그녀의 병든 심령은 앞날에 대한 새로운 소망으로 바뀌어져 있었다.

어느 날이었다.

그녀는 발레리나로 활동했던 옛 동료들을 만나기 위해 명동 거리를 걷고 있었다. 거리는 건물마다 내쏟는 음악소리로 풍파를 만난 것 같았다. 폭풍우 같은 음악은 사람들의 발길에 채이고 넘쳐났다. 그녀는 잠시 혼돈을 일으켰다.

사람들은 이상한 흥분에 들떠 사납게 떠들고 있었다. 속옷 같은 얇은 옷을 걸친 여자들이 길거리에서 남자들과 가위 바위 보를 하며 웃었다. 그런가 하면 중앙 우체국 앞길에서는 비키니 차림의 여자들이 온몸을 흔들며 춤을 추었다.

이벤트 행사에 동원된 도우미들이었다. 그녀들은 배꼽에 배지를 달고 정신없이 엉덩이를 흔들었다. 그 곁을 지나는 남자들은 그녀들의 둔부를 훔쳐보며 낮은 웃음을 흘렸다. 뒤돌아서면서도 계속 눈길을 멈추지 못하는 남자들도 있었다.

성(性)의 상품화는 길거리에서조차 사람들의 눈을 버려놓고 있었다. 요염한 눈빛을 흘리며 속살을 드러내 놓고 시선을 유혹하는 여자들도 있었다. 리어카 위에 싸구려 중국 제품을 올려놓고 큰소리로 호객 행위를 하는 상인들도 많았다.

길거리는 예나 지금이나 사람들로 홍수를 이루고 있었다. 무엇보다 소음이 문제였다. 건물마다 리어카마다 음악과 사람들의 말소리로 정신이 없었다. 그 모두가 살아 있는 동작이었다. 움직임의 표시였다. 아! 산다는 건 그렇게 바쁘고도 절실한 것이었다.

길을 지나는데 건물 유리창에 붙인 글귀가 보였다.

'지루하게 사는 것은 젊음에 대한 죄다.'

역설적인 표현도 떠올랐다.

'젊은 날 시간을 낭비하며 사는 것은 더 큰 죄악이다.'

그녀는 옛 코스모스 자리를 지나 KFC와 롯데리아를 지났다. 그리고 명동 성당 쪽으로 급히 발걸음을 옮겼다. 그곳에 그녀가 다니던 옛날 아지트가 있었다. 오늘은 그들을 만나 오랜만에 회포도 풀 겸 작품 구상도 할 요량이었다.

그녀가 건물 오른편으로 돌아설 때였다.

갑자기 그녀 귓가에 엄청난 소리가 들려왔다.

"수고하고 무거운 짐 진 자들아 다 내게로 오라, 내가 너희를 쉬게 하리라."

전도자가 확성기에 대고 안타까운 듯 부르짖고 있었다. 행인들은 그의 부르짖음에 가던 발걸음을 멈추고 일시에 그를 바라보았다. 그때였다. 우레와 같은 함성을 지르며 달려드는 남자가 있었다. 그는 무쇠 같은 주먹을 휘두르며 그대로 전도자의 면상을 휘 갈겼다.

그가 내지른 주먹에 전도자는 힘없이 뒤로 나자빠졌다. 한번 쓰 러진 전도자는 미동도 못하고 실신해 버렸다. 그러자 남자는 승리 의 쾌감을 만끽하듯 갑자기 낄낄대고 웃기 시작했다.

으핫핫핫 으핫핫핫······.

흡사 광기에 찬 듯 그는 한동안 웃음을 멈추지 못했다. 그 모양 을 보고 있던 행인들은 일시에 공포와 전율을 느꼈다. 특히 그가 화상으로 일그러진 얼굴을 꿈틀거리며 쏘아볼 때마다 섬뜩한 두려 움을 느꼈다.

자세히 보니 남자의 팔뚝에도 화상 자국이 심하게 일그러져 있 었다. 쓰러진 전도자의 입가에서 피가 흘러 나왔다. 그때였다. 행 인 중의 한 젊은이가 나서더니 큰소리로 외쳤다.

"당신 무슨 권리로 이 사람에게 이러는 거요?"

젊은이는 키가 크고 체격이 좋았다. 두 눈에 총기와 의분이 가 득했다. 그는 분노를 못 이기는 듯 몸이 덜덜 떨리고 있었다. 자 칫 잘못하면 난투극이 벌어질 상황이었다. 그러자 이제껏 말 한마 디 없이 그 상황을 지켜보던 사람들이 일제히 남자에게 다가가 야 유를 퍼붓기 시작했다.

무관심의 사각지대에 살아가는 사람들에게 그건 놀라운 반전이 었다. 그건 누구도 예측 못한 돌발적인 행동이었다. 그러자 남자 의 얼굴이 괴물처럼 꿈틀거리면서 또다시 악마 같은 웃음이 터져 나왔다.

으핫핫핫 으핫핫핫······.

악한 기운이 남자의 전신을 뒤덮고 있었다. 웃음소리와 더불어 남자에게서 이상한 공포 분위기가 풍겨났다. 사람들은 모두 남자에게서 물러나며 두려움을 나타냈다. 기세 좋게 나가던 젊은이도 뒤로 물러났다.

그 순간, 괴물같이 꿈틀거리며 웃던 남자가 문득 성희에게로 돌아서더니 손가락질을 했다. 동시에 성희의 입가에서 외마디 비명이 터져 나왔다.

강, 강석두……

그녀의 비명이 채 가시기도 전 그의 단단한 주먹이 그녀의 멱살을 움켜쥐고 있었다.

"오랜만이군. 이렇게 만날 줄 알았지."

"엄마아아……!"

그때 호루라기 소리가 들리면서 전도자의 몸이 꿈틀거렸다. 그러더니 그는 어느새 비호같이 강석두를 향해 달려들었다. 그와 동시에 경찰의 손이 강석두를 향해 덮치고 있었다. 강석두는 몇 차례 반항하는 듯했으나 소용없었다

이미 그의 두 손은 수갑에 차여 있었고 잠시 후, 그는 경찰에 의해 힘없이 호송차에 올랐다. 그는 호송차에 오르면서도 아쉬운 듯 계속 성희를 뒤돌아보았다. 그러면서 성희를 향해 한쪽 눈을 찡긋해 보이는 여유마저 보였다.

순간 성희는 공포에 질린 듯 온몸이 얼어붙는 것 같았다. 마음속에 찬바람이 한차례 휭 돌고 지나갔다. 그녀는 오던 길을 되돌아 걷기 시작했다. 저절로 안도의 숨이 나왔다.

이상하게 거리가 조용했다. 폭풍처럼 흐르던 음악이 어디론가 사라져 버리고 명동 거리에 갑자기 빗방울이 듣기 시작했다. 빗방울은 삽시간에 굵은 장대비로 변했다. 사람들은 쏟아지는 비를 피

하기 위해 전속력으로 달리기 시작했다.

성희도 그들 뒤를 따라 정신없이 달렸다. 약속도 잊은 채 한참 달리다 보니 버스 정류장이었다. 그때서야 그녀의 정신 속으로 강한 정체성이 와 닿았다.

아! 내가 누구였더라?

마음속에서 자존감이 회복되고 있었다. 마음을 얽매고 있던 수많은 끈들이 풀려 나가면서 담대한 의지가 소망과 함께 생겨났다. 그건 미래를 향해 힘찬 발돋움이자 이제까지와는 다른 또다른 예표를 암시하고 있었다.

그녀는 길을 돌이켜 도로 반대편을 향해 힘차게 뛰어가기 시작했다. 빗방울이 그녀의 가슴속으로 마구 엉켜 들었다. 주변에서 환호성이 들리는 것 같았다. 그때 그녀는 안에서 들려오는 세미한 음성을 들었다.

"내가 세상 끝날까지 늘 너와 함께 있겠노라."

언젠가 느꼈던 기쁨이 충만하게 가슴 가득 피어올랐다.

(2007년도 한류문예)

사탄은 죽지 않는다

고속도로 인터체인지에서 ○○시로 빠지는 길목으로 들어섰다.

도로 양편에 가로수가 빽빽이 둘러서 마치 숲 속 한 가운데를 지나는 것 같았다. 차량들은 거미줄처럼 뒤엉켜 정체 현상을 빚었다. 어둠이 내리면서 차량이 뚫리기 시작했다. 어둠의 기세가 짙을수록 차량은 빠른 속도로 질주했다.

직선 코스로 난 도로를 한참 달리자 직사각형의 아파트 단지가 나타났다. 운무 속에 보이는 아파트는 마치 공중에 떠있는 애드벌룬 같았다. 그곳을 조금 지나자 마치 성곽 같은 모양의 큰 군락이 나타났다. 그곳은 모든 길이 미로로 연결돼 차량으로는 도저히 지날 수 없었다

사람들은 일단 그곳에서 내린 다음 성곽으로 통하는 대형 철제 문 앞에 섰다. 문 앞에는 짐승의 형상을 한 천사들이 사람들의 머릿수를 세고 있었다. 사람들은 그들의 지시에 따라 핸드폰과 시계를 내놓았다. 가지고 있던 돈과 귀중품도 다 내놓았다.

입고 있던 옷도 다 벗어버리고 푸른 수의복으로 갈아입었다. 마지막으로 신을 벗고 바닥에 구슬이 박힌 검은 구두로 바꿔 신었다. 그러자 현재는 사라지고 영겁으로 바뀌고 말았다.

어둠이 금세 그들을 에워쌌다. 그들은 이마에 표를 받고 손에

인장을 찍은 채 성곽 안으로 들어섰다. 성곽은 이미 모여든 사람들로 빽빽이 들어차 있었다. 그들은 점점 붉은 색조를 띠어 가는 하늘을 바라보며 두려움에 떨었다.

당장이라도 귀기스런 공포가 덮쳐올 것 같았다. 싸아한 추위가 전신을 감싸는 순간, 그들은 모두 꽈꽝거리는 굉음에 놀라 뒤로 나자빠졌다. 폭풍우 같은 음악과 함께 하늘에서 커다란 용이 춤을 추며 내려오고 있었다.

어둠의 세력이 질식할 듯이 사람들의 마음을 덮쳤다. 그들 귓가로 우렁우렁한 목소리가 들려왔다.

"너희들은 모두 자발적인 선택에 의해 이곳에 들어온 자들이다. 따라서 너희들은 우리의 명령에 절대 복종해야 하며 이곳에 들어온 이상 절대 밖으로 나갈 수 없다. 이곳에선 사탄의 법칙만 통할 뿐, 그 어떤 법도 통용되지 않는다."

"사탄의 법칙이란 도대체 어떤 것이오?"

"법칙이란 따로 없다. 여러분은 무조건 우리의 명령에 복종하는 것이다."

사람들은 극도로 흥분하며 두려움을 나타냈다.

"그렇다면 우리에겐 선택할 자유도 없다는 것이오?"

그러자 용은 여유 있는 목소리로 말했다.

"아! 이곳에서도 선택할 자유는 있다. 여러분은 각자의 자유의지에 따라 단 한번 선택할 기회가 주어질 것이다. 기회는 단 한번 뿐이다. 더 이상 사용할 기회는 없다. 그러니 신중을 기해 주기 바란다. 그리고 또 한 가지 이곳에선 통성명은 물론 모든 대화를 금지한다. 단, 문장을 제외한 단어는 말할 수 있다. 그것도 단 일회뿐이다. 그럼 모두 다음을 기약하며……."

　용은 입에서 불길을 내뿜으며 엄청난 기세를 토했다. 그는 입김을 사람들 머리 위에 쏟아 놓고는 공중으로 사라졌다. 그러자 자유가 사람들 마음속에서 일시에 사라졌다. 대신 불안과 공포, 속박과 지겨움이 마음을 차지했다.

　이제 그들에겐 몸을 움직이거나 말할 자유가 없어졌다. 깊은 그물 속에 갇힌 그들은 퍼덕이는 물고기와 같았다. 그들 중에는 후회라는 단어를 생각하며 극한 공포를 나타내는 사람도 있었다. 갑자기 남자들이 깔깔대며 미친 듯이 웃기 시작했다.

　비명을 지르며 뒤로 넘어지는 여자도 있었다. 얼굴이 화상으로 이지러진 여자는 고통에 못 이겨 바닥을 데굴데굴 굴렀다. 용의 입에서 나온 불로 그녀는 완전히 구운 시체처럼 변한 것이다. 한 젊은 남자는 스스로 몸을 난자하며 분노를 터뜨렸다.

　그들은 모두 사방을 휘둘러보며 정신없이 울부짖었다. 그러나 그들의 고통에 관심을 갖는 사람은 아무도 없었다. 타인에게 절대 무관심, 그건 그곳에서의 또 다른 계율이었다. 갑자기 그들 앞에 커다란 화면이 나타났다. 화면의 한 가운데가 갈라지면서 문이 나타났다.

　황금으로 장식된 선택의 문이었다. 편법과 불의와 술수로 가득 찬 사람들이 제일 먼저 안으로 들어섰다. 화려한 보석으로 장식된 실내는 마치 낙원과 같았다. 부드러운 카펫과 각종 실과 나무는 사람들의 마음을 평온과 기쁨으로 이끌었다.

　그들이 발길을 옮길 적마다 온갖 칭찬과 격려와 찬사들이 쏟아졌다. 그들 눈앞에 무대가 보였다. 무대 중앙엔 금빛 찬란한 왕관들이 있었다. 가까이 갈수록 명예와 이익과 유혹이 봇물 터지듯 터져 나왔다. 팡파르가 계속 터져 나왔다. 마음속에 축하 메시지가 들려왔다.

그들에겐 어느새 화려한 드레스가 입혀져 있었다. 천사 같은 몸짓으로 정상으로 올라섰을 때 환호와 열광은 극에 달했다. 그들에겐 지상에서 누릴 수 있는 최고의 영예가 주어졌다. 각종 상패와 트로피 메달과 금빛 찬란한 봉투가 손에 쥐어졌다.

그들의 입에서는 만족의 미소가 흘렀고 얼굴에서는 광채가 비쳤다. 축하 음악이 끝나자 갑자기 하늘에서 검은 손이 나타났다. 검은 손은 사람들 머리마다 금빛 찬란한 왕관을 씌워 주었다. 왕관은 청보석 홍보석 다이아몬드 루비로 장식돼 지상에서 볼 수 없는 가장 화려한 것이었다.

왕관을 쓴 사람들은 만족한 미소를 지으며 서로를 바라보았다. 또다시 요란한 팡파르와 함께 함성이 터졌다. 그들은 정상에 서서 아래를 내려다보았다. 거기에는 환호하는 무리가 있었다. 두 팔을 들고 환호하는 무리들은 어느 사이엔가 칼을 들고 서 있었다. 그것을 본 그들은 모두 놀라 두려움에 떨었다.

"어서 내려가라."

용의 음성이 들려왔다.

못 내려가겠소, 아니 난 안 가겠소. 그러나 그들은 그 말을 할 수가 없었다. 그들에겐 침묵만 있을 뿐 말할 자유가 없었다. 명령에 대한 복종만 있을 뿐이었다. 마음은 움직이지 않는데 몸은 벌써 계단을 향해 한걸음씩 내려서고 있었다.

한 계단 한 계단 내려설 때마다 질시와 모멸감과 수모가 그들 위로 쏟아졌다. 야유와 욕설과 저주도 함께 쏟아졌다. 이윽고 마지막 계단을 내려섰을 때 그들의 왕관은 잿더미로 변했고 가슴에는 칼날이 깊숙이 꽂혀 있었다.

　그 광경을 보고 있던 나머지 사람들은 다음 관문으로 들어섰다. 그곳에는 넓은 목욕탕이 보였다. 뜨거운 김이 피어오르는 목욕탕에는 아름다운 여인들이 온갖 자태를 뽐내며 앉아 있었다. 우윳빛 살결과 탐스런 몸매는 남자들의 탄성을 자아내게 했다.

　여인들은 한껏 가슴을 부풀리고 미끈한 다리를 쳐들면서 음욕을 내뿜었다. 목욕탕은 그녀들이 내뿜는 체취로 가득했다. 마력에 이끌린 듯 남자들은 벗은 몸이 되어 탕 안으로 들어갔다. 교태 어린 웃음소리가 남자들의 정신을 삼켜 버렸다.

　그들의 정신과 육체는 한 덩어리가 되어 쾌락의 절정으로 치달았다. 여기저기서 짐승들의 웃음소리와 통곡소리가 들려왔다. 바로 그 옆, 어둠의 공간 속에서 어디론가 계속 전화번호를 누르는 소리가 있었다.

　칸막이 된 그곳에서는 수많은 남자들이 누군가에게 끊임없이 메시지를 보내며 의사를 타진하고 있었다. 그런가 하면 한쪽에서는 메시지를 주고받는 신종 채팅이 이루어지고 있었다. 대형 화면에서는 계속 음란 쇼가 벌어졌다.

　전화가 연결될 때마다 술병을 든 여자가 문을 열고 나타났다. 음습한 세균과 검은 바람도 함께 따라 들어왔다. 술이 부어질 때마다 쾌락이 음란을 부채질했다. 쾌락의 절정에 달할 때마다 각색 병균이 그들의 몸과 뇌리로 침투했다.

　혼란과 광기에 휩싸인 그들이 문 밖으로 나서자 곧바로 미로가 나타났다. 미로는 휘황찬란한 네온과 함께 각종 아크릴 간판으로 뒤덮여 있었다. 취객들이 쏟아 놓은 오물과 시끄러운 음악이 그들의 발걸음과 정신을 어지럽혔다.

　이윽고 한 골목길로 접어들자 유리케이스에 앉아 있는 여자의

반나(半裸) 모습이 보였다. 짙은 화장에 담배까지 꼬나문 여자는
긴 다리를 쳐들며 일부러 선정적인 포즈를 취했다. 여기저기서 휘
파람 소리가 들려왔다.

"이상하다. 이상하다. 전에는 이렇지 않았는데."

사람들은 사방을 휘둘러보며 뇌까렸다. 어디선가 여자의 찢어지
는 듯한 비명이 들려왔다. 유리병 깨지는 소리와 함께 쾅! 하는
폭발음이 들렸다. 자욱한 연기가 사방에서 몰려왔다. 사람들은 출
구를 찾아 헤매었지만 사방이 미로였다.

앞 뒤 사방에서 계속 폭발음이 들려왔다. 어디선가 새까만 날짐
승들이 날아와 그들의 머리를 덮었다. 독수리였다. 죽은 시체를
먹기 위해 날아온 것이다. 사람들은 계속 출구를 찾았지만 아무
소용없었다. 미로는 모든 길을 차단한 채 사람들을 외면했다.

갑자기 와! 하는 함성이 들려왔다. 어디서 나타났는지 여자들이
남자들의 팔을 낚아채고 있었다. 그들은 하나씩 채집 당하듯 어둠
속으로 끌려갔다. 그리고 다시는 그곳에서 나오지 못했다.

또다시 넓은 목욕탕이 보였다. 그곳에서는 여자들이 뱀과 뒤엉
켜 온갖 쇼를 연출하고 있었다. 뱀이 혀를 날름거리며 여자의 몸
과 정신을 핥았다. 여자뿐만이 아니었다. 언제 달려왔는지 남자들
도 하나가 되어 뒤엉켰다.

뱀은 여자의 입과 자궁 속에 깊은 혀를 들이밀었다. 치명적인
독소도 함께 빨려 들어갔다. 남자의 사타구니를 핥고 있는 뱀도
있었다.

뱀의 차가운 감촉이 지날 때마다 그들은 깊은 전율을 일으켰다.
그리고 자신도 모르게 음욕의 기운을 따라 점점 더 깊숙이 탕 안
으로 끌려 들어갔다. 뽀글뽀글……

물이 빠지면서 그들은 모두 깊숙한 곳에 수장되었다. 두 팔을 내저으며 허우적거리던 그들은 마지막으로 '허무'를 외쳤다. 그러나 그 소리마저도 그 어떤 기운에 가로막혀 이내 잠잠해졌다. 쾌락의 절정을 향해 내지르던 교성도 음욕의 향기도 함께 사라졌다. 정적이 한동안 그곳을 맴돌았다.

사람들은 다음 관문을 향해 발걸음을 옮겼다.

그곳에는 온갖 무시무시한 살인도구가 보였다. 날이 선 칼과 창, 탄약이 장착된 각종 총포와 화약이 무더기로 쌓여 있었다. 그리고 시한부 폭탄을 장착한 여자가 무대에서 춤을 추고 있었다. 가운데에는 유황불이 치솟고 있었다.

춤을 추던 여자가 가끔씩 그곳에 입김을 하얗게 불어넣었다. 그럴 때마다 유황불은 하늘 높이 치솟아 올랐다. 죽음의 축제를 앞두고 마지막 경연대회가 시작되고 있었다. 머리에 검은 두건을 쓴 남자가 어린아이의 손을 잡고 나타났다.

춤을 추던 여자는 그들 주변을 맴돌며 창을 휘둘렀다. 남자가 아이의 손을 끌고 유황불 가까이 갔다. 그리고는 아이를 번쩍 안아 올렸다. 아이는 완전히 공포에 질려 있었다. 다음 순간 아이는 제단에 타오르는 불길 속으로 사라졌다.

"아악! 아빠."

악마들의 웃음소리와 함께 축제는 계속 이어졌다. 다음 순간 그들 눈앞에 동물 형상의 수많은 조각상이 보였다. 해와 달과 별 모양의 조각상도 보였다. 그 조각상 앞에서 사람들은 무엇인가 잔뜩 차려놓고 이상한 주문을 외웠다. 그러다 신명이 나면 한바탕 춤을 추었다. 기괴한 복장을 하고서 피를 뿌려 대면서 너풀너풀 춤을 추는 사람도 있었다.

울긋불긋한 옷을 입은 수많은 여자들은 커다란 짐승 형상 앞에서 춤을 추었다. 날카로운 창끝을 딛고서 사뿐사뿐 춤을 추는가 하면 불이 활활 타오르는 계단을 올라서며 자유자재로 춤을 췄다. 그들의 몸은 새털처럼 가벼웠다.

시퍼런 칼날 위에서 무쇠칼을 휘두르며 춤을 추는 여자도 있었다. 그러다 신명이 나면 용이 불을 뿜듯 엄청난 말을 했다. 그들은 그 말을 예언이라 했다. 사람들은 그 예언 앞에 숨도 제대로 못 쉬었다. 춤이 계속될수록 어둠의 기세는 점점 커졌다.

사람들의 몸과 마음도 점점 결박되어 갔다. 그리고 마지막 예언이 선포되었을 때 그들의 영혼은 땅속에 깊이 매장되었다.

한쪽 방향을 향해 끝없이 절을 하는 사람들도 보였다. 몸을 앞뒤로 흔들면서 그들은 계속 무어라 주문을 외워댔다. 촛불 앞에서 머리를 숙인 채 흐느껴 우는 여인들도 있었다. 해와 달과 별 형상 앞에서 자신의 몸을 칼로 자해하며 주문을 외우는 무리도 있었다.

그들은 몸에서 피가 흐르는 데도 조금도 그 동작을 멈추지 않았다. 불이 타오르는 제단 앞에서 난삽한 섹스를 벌이는 사람들도 있었다. 짐승이 흘레붙듯 돌려가며 짝짓기를 하는데 갑자기 큰 천둥소리와 우레가 들렸다. 번개가 치면서 그들은 더욱 광란에 취해 갔다.

그들이 누운 바닥 위로 빗물이 차올랐다. 빗물은 점점 거대한 물줄기로 변해 그들은 광란과 함께 깊은 수렁 속으로 함몰되었다.

밧줄에 묶인 여자를 커다란 짐승 형상 앞에 내려놓고 함성을 지르는 무리가 있었다. 여자는 공포에 질린 채 아예 눈도 뜨지 못했다. 짐승들의 포효 소리에 갇혀 여자의 숨소리는 점점 가늘어졌다. 여자가 놓인 제단은 이미 피로 얼룩져 있었다. 그 주변에는 칼과 쇠갈고리와 창이 보였다. 짐승을 잡을 때 쓰는 기구였다.

함성이 끝나자 높은 계단 위에 앉아 있던 우두머리로 보이는 남자가 내려왔다. 그는 여자 곁에 다가서더니 익숙한 솜씨로 그녀를 묶고 있는 밧줄을 잘랐다. 여자가 눈을 떠 남자를 바라보았다. 남자의 입가에서 잔인한 미소가 피어올랐다.

천천히 아주 천천히 죽여주마. 죽음의 의미를 실감하도록.

남자가 창을 높이 쳐들었다.

와우!

다시 함성이 울려 퍼졌다. 남자가 창을 힘껏 내리 꽂는 순간 피가 분수처럼 튀어 올랐다. 여자의 동맥을 끊은 것이다. 제단 위로 피가 흥건하게 고이기 시작했다. 잠시 정적이 흘렀다. 사람들은 다음 장면을 주시했다. 남자가 기묘한 표정을 짓더니 창을 다시 높게 쳐들었다.

팍!

여자의 가슴에 창이 꽂히면서 또다시 피가 분수같이 뿜어져 나왔다. 터진 심장 혈관에서 흘러나온 피가 제단 주변으로 퍼져 갔다. 남자가 잔인한 미소를 짓더니 여자를 향해 입김을 불어넣었다.

확!

불길이 타오르기 시작했다. 붉은 불꽃이 악마의 혓바닥처럼 여자의 몸을 사르기 시작했다. 순간이었다. 여자의 몸이 꿈틀거렸다. 감았던 눈이 다시 떠지면서 여자의 입에서 비명이 터져 나왔다.

아아악 아악……

처절한 여자의 비명은 끝도 없이 이어졌다. 여자는 아직 살아 있었다. 불이 계속 타오르는데도 여자는 죽지 않고 고통에 몸부림치고 있었다. 남자가 다시 한 번 여자를 향해 입김을 하얗게 불어넣었다. 그러자 아까보다 더 새빨간 불꽃이 여자의 몸을 사르기 시작했다. 그런데도 여자는 죽지 않았다.

넌 영원불멸의 고통 속에 떨어진 거다. 넌 죽지 않는다. 절대로.

여자는 꺼지지 않는 불꽃 속에서 천천히 잿더미가 되어 갔다.

사람들은 몸서리를 치면서 다음 선택의 문으로 들어섰다. 휘황찬란한 무대가 보였다. 뽀얀 안개가 무대를 덮으면서 비키니 차림의 여자와 온몸이 쫙 조이는 옷을 입은 남자가 나타났다. 그들은 두 팔을 벌려 관객을 향해 정중하게 인사했다.

관중석에서 환호와 함께 박수갈채가 터져 나왔다. 남자가 한편으로 물러서더니 여자에게 커다란 유리병을 건넸다. 여자는 유리병에 계속 물을 따랐다. 물이 가득 채워지자 여자는 두 팔을 활짝 벌렸다. 그러자 가슴 중앙에 커다란 별이 보였다.

금빛 찬란한 왕별을 보자 관객들의 입에서 탄성이 나왔다. 이상하다. 좀 전까지는 보이지 않았는데. 다음 순간 여자가 유리병을 가슴에 대자 물이 포도주 색으로 바뀌었다. 관객들의 눈이 휘둥그레지면서 탄성이 터져 나왔다.

병 뚜껑을 따자 포도주 향기가 진동을 했다. 여자가 잠시 향기를 맡더니 언제 준비했는지 투명한 크리스털 술잔을 꺼냈다.

그리고 한잔씩 술을 따르기 시작했다. 그것을 골고루 사람들에게 나누어주었다. 붉은 액체는 짙은 포도주 향기가 되어 사람들의 가슴에 안겼다. 유리병에서는 끝도 없이 포도주가 나왔다. 마침내 포도주를 다 받아 마신 사람들은 '포기'라는 단어를 외치며 쓰러졌다.

여자가 무대에서 사라진 다음 아까부터 그 장면을 보고 있던 남

자가 무대 중앙에 나타났다. 그는 긴 쇠막대기 두 개를 가지고 나
타났다. 그것을 공중으로 집어 던지더니 가볍게 되받았다.

와우!

관중석에서 탄성이 터져 나왔다. 놀라운 힘이었다. 쇠막대기는
보기에도 육중할 만큼 큰 것이었다. 남자는 다시 한 번 쇠막대기
를 공중으로 집어 던졌다. 그러자 쇠막대기가 공중에서 붕 뜬 채
똑바로 서는 게 아닌가.

사람들은 저마다 자신의 눈을 의심했다. 남자는 이어 화살촉과
권총 단검을 꺼내 차례로 공중에 던졌다. 그때마다 똑같이 공중에
서 물구나무서기를 했다. 그러자 관중석에서 한 남자가 무대 위로
뛰어 올라왔다. 그는 공중에 서 있는 화살촉에 손을 갖다 댔다.

전혀 움직이지 않았다. 이어 권총과 단검에도 손을 갖다 댔다.
역시 움직이지 않았다. 이게 어찌 된 노릇이지. 의아해 하는 순간
얍! 하는 소리와 함께 화살촉과 권총, 단검이 바닥에 내리꽂혔다.
그것을 지켜보던 관중석에서 올라온 남자는 제 눈을 의심했다.

분명 내가 만졌을 때 공중에 얼어붙은 듯 서 있었는데.

그가 내려가자 새로운 쇼가 벌어졌다. 역시 이번에도 비키니 차
림의 젊은 남녀가 나타났다. 그들은 바퀴가 달린 투명한 플라스틱
박스를 무대 중앙에 가지고 나왔다. 남자가 박스 뚜껑을 열자 여
자가 몸을 안으로 들이밀었다. 여자의 작은 몸이 플라스틱 안에
갇히자 남자가 박스를 한 바퀴 빙그르 돌렸다. 그리고 다시 여
러번 계속 반복하여 돌렸다. 그러자 투명했던 박스 색깔이 까맣게
변하기 시작했다.

아! 관객들 사이에 짧은 신음소리가 흘러나왔다. 박스가 돌기를
멈추고 드디어 멈춰 섰다. 남자가 박스를 향해 손짓을 했다. 그러

자 위쪽에서 여자의 손이 불쑥 튀어 올랐다. 다음 순간 박스 양옆에서 손이 아니 여자의 팔이 뻗쳐 나왔다.

이게 도대체 어찌된 일이지. 관객들은 또다시 자신의 눈을 의심했다. 다음 순간 남자는 날이 시퍼런 칼을 가지고 나타났다. 그 칼로 박스를 사정없이 찔러댔다. 핏물이 박스에서 점점 흘러내렸다. 바닥에 흥건하게 흘러내린 핏물을 보는 순간 관객들은 눈을 돌려 외면했다.

핏물이 흐르는 칼날을 높이 쳐들며 남자가 기괴한 웃음을 흘렸다. 남자가 다시 박스를 손으로 돌리기 시작했다. 반복해서 돌아가는 동안 박스는 점점 투명한 색깔로 변해갔다. 박스를 점점 빠르게 돌리던 남자가 갑자기 박스를 움켜쥐더니 기염을 토했다.

얍!

박스가 멈춰 서더니 여자가 처음에 들어갔던 그 모습 그대로 나왔다. 비키니 차림으로 다시 나타난 여자는 두 팔을 벌려 관객들의 환호에 답했다. 이어 남자가 무대 뒤로 사라지더니 잠시 후에 작은 박스를 가지고 나타났다.

박스를 여는 순간 동전이 우르르 쏟아졌다. 그것을 여자의 손바닥 위에 쏟아놓은 다음 남자는 다시 무대 뒤로 사라졌다. 동전을 받아 쥔 여자는 그것을 손안에 들고 몇 번인가 흔들었다. 그러더니 다시 손을 펴는 순간 동전이 감쪽같이 사라지고 말았다. 이게 어찌된 일이지 그 많던 동전이 어디로 사라진 걸까. 관객의 의아심에 답하기라도 하듯 여자가 하늘을 향해 손을 흔들었다.

여자가 다시 손을 쥐었다 폈다를 반복했다. 그러더니 또다시 손을 펴 보이는데 이번에는 감쪽같이 사라졌던 동전이 다시 보이는 게 아닌가. 사람들은 자신들의 눈을 의심하며 다음 순간을 기대했다. 여자는 동전을 손에 넣고 한참을 쥐었다 폈다를 반복했다.

이윽고 여자가 만족한 미소를 보이더니 손을 쫙 펼쳐 보였다. 그러자 금빛 찬란한 반지가 보이는 게 아닌가. 그것도 영롱한 다이아가 박힌 것으로 동전 수와 똑같은 반지의 숫자가. 여자는 반지를 들고 객석으로 가 하나씩 나누어주었다.

계속 나누어주는 데도 반지는 그녀의 손끝에서 끊임없이 묻어 나왔다. 사람들은 모두 환호성을 질러댔다. 그들 중 일부는 기쁨에 들떠 반지를 들고서 출입구 쪽으로 마구 뛰어갔다. 무대 위로 다시 올라온 그녀는 이번에는 흰 백지를 가지고 나타났다.

백지는 어른 키만 한 매우 큰 것이었다. 그녀는 그것을 여러번 접은 다음 칼을 대고 정확하게 등분하여 잘랐다. 그런 다음 그것을 두 손에 들고 공중에 흩날렸다. 그런 다음 사뿐히 종이 위에 내려앉았다. 그리고는 손을 머리 위에 얹고는 이상한 주문을 외우기 시작했다.

종이의 색깔이 점점 변하기 시작했다. 또다시 관객들 사이에서 탄성이 터져 나왔다. 종이가 지폐로 변한 것이다. 주문을 끝낸 여자는 지폐로 변한 종이를 관중들에게 다가가 뿌리기 시작했다. 사람들이 정신없이 돈을 주웠다.

그들은 돈을 줍느라 정작 자신들에게 다가오는 어둠을 깨닫지 못했다. 어둠이 그들을 휩쓸고 낮은 계단으로 끌고 갔다. 계단이 끝나는 마지막 지점에서 그들은 돈을 머리 위로 흩날리며 깊은 수렁으로 떨어졌다. 나머지 사람들은 다음 선택의 문을 향해 걸어갔다.

들어서는 순간 사람들은 낙담과 우울증에 사로잡혔다. 슬픔과 애통과 절망이 그들의 심령을 꿰뚫고 지나갔다. 자포자기가 미래를 삼키면서 그들은 점점 더 벼랑 끝으로 달려갔다. 발밑에는 깊은 강이 흐르고 있었다. 이따금 악어 떼가 출몰하는 걸로 보아 그곳은 수심 깊은 바다인지도 몰랐다.

때마침 폭풍우가 거세게 몰아 닥쳤다. 그리고 그들의 귓가에 엄청난 소리가 들려왔다. 그들은 그 소리에 따라 추풍낙엽처럼 물속으로 떨어졌다. 그들의 육신을 삼켜 버린 물은 악어의 집합소였다. 육신이 떨어지자마자 악어는 단번에 삼켜버렸다.

타오르는 불길 속으로 가스통을 지고 뛰어드는 사람들도 있었다. 그들 역시 귓가에 들려오는 강력한 음성에 따라 프로판 가스를 가슴에 안은 채 정신없이 불길 속으로 뛰어들었다. 그들에게는 실패라는 멍에가 복수심으로 활활 타오르고 있었다.

직장에서 쫓겨나고 애인에게 버림받은 분노로 가슴이 불길이 되어 활활 타오르는 사람도 있었다. 버림받았다는 상실감과 분노로 그들은 자신마저 버렸다.

콰광!

폭발음과 함께 그들의 육신은 한줌의 재가 되어 사라졌다. 권총을 자신의 머리 위에 대고 쏘는 사람도 있었다. 그의 뻥 뚫려버린 두개골 사이로 홍건한 핏물이 흘렀다. 숨죽인 어둠 속에서 목을 매는 사람도 있었다. 그가 발밑에서 의자를 걷어차는 순간 죽음이 그의 목을 물고 늘어졌다. 그의 입가에 희미한 미소가 흘렀다. 목욕탕에 물을 틀어 놓은 채 동맥을 끊는 여자도 있었다. 그녀의 손목에서 분수같이 피가 뿜어져 나왔다.

여자는 웃다 울다를 반복하며 무언가를 향해 강력하게 호소하며 서서히 죽어갔다. 달려오는 전철을 향해 뛰어드는 남자도 있었다. 굉음이 남자의 몸뚱이를 삼키는 동안 다른 사람들도 다투어 뛰어

들었다. 죽음에도 러시현상이 이는 모양이었다.

전염병처럼 번져 가는 죽음 앞에 사람들은 속수무책으로 뛰어들었다. 죽음의 비명과 살아남은 자의 탄식소리가 레일 위에서 아스라이 번져갔다. 사람들은 왜 죽음의 장소로 하필이면 전철을 택했을까. 왜 죽어가면서까지 그런 식으로 자신의 존재를 알리고 싶어했을까.

그건 일종의 알 수 없는 자기 투시현상이었다. 커다란 수통 앞에서 죽음의 파티를 벌이는 사람들도 있었다. 그들은 모두 죽음에의 잔치에 초대된 사람들이었다. 여자들은 모두 흰옷을 입었고 남자들은 검정색 통옷을 입었다.

그들은 교주의 명령에 따라 일제히 해골 표시가 되어 있는 수통으로 달려갔다. 죽음의 향기가 사람들의 의식 가득히 몰려왔다. 그들은 무언가에 잔뜩 취해 있었다. 일사불란 천편일률적으로 모두 하나가 되어 있었다.

개중에는 엄마의 손을 잡고 따라가는 어린 아이도 있었다. 치마를 뒤집어 쓴 채 마구 흐느끼며 달려가는 여자도 있었다. 혹여 죽음의 대열에서 이탈할까 봐 검은 복면을 한 사내들이 끝까지 따라붙었다. 그들은 일체의 흐트러짐 없이 일제히 죽음의 잔을 마셨다.

그리고 모두 손을 맞잡고 죽음의 고통을 즐겼다. 마지막으로 교주도 독극물을 마셨다. 똑같이 죽음의 터널을 통과한 그들은 영원한 절망으로 빠져 들어갔다.

나머지 사람들은 다음 선택의 문으로 들어섰다.

밝은 불빛 아래 커다란 공간이 보였다. 그곳에는 수많은 사람들이 컴퓨터에 앉아 무엇인가 계속 지시사항을 하달하고 있었다. 시간이 지남에 따라 세계 지도 화면에서는 빨간 불이 켜졌다. 이어 화면에 폭파 장면이 보였다. 미사일이 전투기를 요격하면서 폭발음과 함께 검붉은 불꽃이 터졌다.

거대한 연기와 함께 빌딩 한 채가 그대로 주저앉는 장면도 보였다. 공중전이 벌어지는 하늘에서는 불꽃놀이 하듯 계속 섬광이 터졌다. 전투기가 연기를 내뿜으며 낙엽처럼 떨어졌다. 지축을 뒤흔드는 폭음과 함께 살상이 이어졌다. 거리에 있던 장갑차와 탱크, 군용트럭이 순식간에 날아갔다.

유전에서는 거대한 불기둥이 화마와 함께 타올랐다. 바다에서는 함대가 요격 당해 거대한 폭발음과 함께 침몰하고 있었다. 거대한 선체가 일순간에 날아가면서 사람들이 손을 허우적거리며 바다 속으로 빠졌다.

생물체는 모두 화마가 되어 타올랐다. 짐승도 나무도 꽃도 사람도 모두 죽음의 신을 만났다. 사지가 찢겨져 나간 사람들이 바닥을 나뒹굴면서 호소하는 장면이 보였다. 집과 부모를 잃은 아이들이 거리를 헤매며 우는 장면도 보였다.

아이들은 배고파 울고 무서워 울다가 이윽고 검은 손길에 의해 하나씩 어둠 속으로 끌려갔다. 죽은 자식의 시체를 끌어안고 우는 여인들도 있었다.

여인들은 비통한 심경으로 아이를 끌어안고 몸부림쳤다. 그리고 하늘을 향해 원성을 날리며 쓰러져 갔다. 컴퓨터에서는 계속 명령이 하달되고 있었다. 그들의 손길은 너무 빨라 보이지 않을 정도였다. 그들의 손가락이 움직일 때마다 살상과 인명사고가 봇물 터지듯 터졌다.

게임하듯 살인을 원격 조정하는 그들은 모두 검은 두건을 쓰고 있었다. 천장에 매달린 채 고문당하는 전사도 있었다. 그 밑으로 각종 무시무시한 고문 기구가 보였다. 살점이 뜯겨져 나간 핏덩어리가 쇠창살 끝에 아슬아슬하게 매달려 있었다.

희미한 전등 아래, 전사는 온몸이 발가벗기운 채 한 마리의 짐승이 되어가고 있었다. 짓이겨지고 불에 태워지고 물속에 거꾸로 처박혔다. 사람들은 그 잔혹한 장면을 보면서 스스로 지옥의 현장으로 걸어 들어갔다.

공포와 전율 속에 그들은 악마의 웃음을 띤 채 천천히 들어갔다. 가학적인 웃음과 피비린내가 그들의 전신으로 퍼져왔다.

나머지 사람들은 다음 선택의 문으로 들어갔다. 그들은 모두 나태와 무기력에 사로잡힌 사람들이었다. 그들이 들어서자 운동장 같은 넓은 방이 보였다. 가운데 칸막이를 두고 남녀가 모두 바닥에 누워 있었다. 그들은 누운 채 꼼짝도 않았다. 마치 살아 있는 시체 같았다.

자세히 보니 그들은 튜브에서 공급되는 음식물을 먹고 있었다. 바로 옆에 음식상이 차려져 있었지만 쳐다보지도 않았다. 바닥은 뜨거운 열기로 절절 끓고 벽에서는 에어컨 바람이 시원하게 불었다. 이윽고 튜브에서 공급이 끊기자 그들은 너나할 것 없이 잠에 빠져들었다. 흉몽을 꾸는지 얼굴이 이지러지는 사람이 있는가 하면 깜짝 깜짝 놀라며 우는 사람도 있었다.

그런가 하면 가위가 눌리는지 몹시 고통스러워하는 사람도 있었다. 아무리 괴로워도 그들은 자리에서 일어나지 않았다. 잠시 후 그들은 모두 잠에서 깨어났다. 그러나 눈만 떴을 뿐 자리에서 꿈쩍도 안 했다.

음악이 들려왔지만 아무 반응이 없었다. 콰쾅거리는 굉음이 들려와도 마찬가지였다. 어디선가 여자의 통곡소리가 들려왔다. 귀기 느낌이 방안 전체에 흘렀다. 애간장을 녹이는 여자의 흐느낌은 남랑특집 영화를 보는 듯했다.

뇌리를 뒤흔드는 듯한 소리가 한바탕 지나가고 나자 찬장 위로 새까만 바람이 지나갔다. 검은 기운은 그들의 몸과 마음속에 파고들어 광기를 나타냈다. 그래도 그들은 미동도 않았다. 마치 몸을 바닥에 붙여 놓은 것 같았다.

그들의 눈과 귀는 열렸어도 전혀 그 기능을 하지 못했다. 표정은 있으나 몸을 움직일 줄도 말을 할 줄도 몰랐다. 나태의 그물 속에 갇힌 그들 눈앞에 대형 화면이 나타났다. 거기에는 수많은 글자가 적혀져 있었다. 생명과 안식과 평강이 글자들 사이에서 묻어났다.

그것은 그들에게 주어진 마지막 선택이었다. 그러나 그들은 그 선택의 기회마저 귀찮아했다. 그들은 위에서 찍어 내리는 중압감으로 그대로 침몰했다. 어둠의 세력에게 포획된 그들은 지하 땅속으로 저절로 매몰되었다. 그 광경을 보고 있던 사람들 중 일부는 스스로 그곳으로 걸어 들어갔다.

나머지 사람들은 다음 선택의 문을 향해 들어섰다.

그곳에는 사람들이 모여 시끄러운 소리로 떠들고 있었다. 그들은 상대의 이야기에는 관심도 없었다. 오직 제 이야기에만 심취된 채 발광하듯 떠들었다. 그러다 흥분이 지나치면 서로 얼굴을 쥐어뜯으며 욕을 해댔다. 시간이 갈수록 소리는 점점 더 커졌고 욕설과 함성으로 변했다. 그들은 귓가에 들려오는 말로 점점 정신을 잃어갔다.

수많은 함성 속에 가슴을 찔러대며 외치는 소리가 있었다.

"거짓말 거짓말이다."

온갖 거짓말과 술수로 떠드는 그들 앞에 대형 화면이 나타났다. 불과 유황불이 타는 연못이었다. 뜨거운 열기가 온몸에 전해졌다. 머리에 검은 두건을 쓰고 칼과 창을 잡은 남자들이 화면 속에서 뒤쳐 나왔다. 그리고 그들은 거짓말하는 사람들을 하나씩 유황불 속으로 끌고 들어갔다. 비명도 잠시 그들은 곧 재로 변했다. 그리고 난무하던 거짓말도 이내 사라졌다.

사람들은 다음 선택의 문으로 들어섰다. 그곳에선 온갖 게임이 벌어지고 있었다. 커다란 원판이 돌아가면서 사람들이 환호하는 모습이 보였다. 그들은 끊임없이 패를 던지고 열광했다. 그런가 하면 한쪽에 있는 기계에서 동전이 우르르 쏟아졌다.

이어 계속 동전 넣는 소리가 들렸다. 그들의 눈과 귀는 닫혀서 도무지 제 기능을 못했다. 오직 게임에만 사활을 걸었다. 한쪽 대형 화면에서는 TV 경마 대회가 벌어지고 있었다. 트랙을 달리는 말들은 운명을 따라 사력을 다해 달렸다.

그것을 지켜보는 관중들도 환호와 낙담의 길을 함께 달리다 쓰러졌다. 카드놀이를 하면서 옷 벗기 경쟁을 하는 사람도 있었다. 어떤 남자는 아예 나체가 되어서도 끊임없이 카드를 던졌다. 손에 피를 잔뜩 흘린 채 카드놀이에 열중하는 여자도 있었다. 그녀의 한손은 카드를 또 한손에서는 비수가 끊임없이 바닥을 찧고 있었다. 그때마다 그녀의 허벅지에서는 피가 조금씩 흘러나왔다.

네온이 휘황한 거리에서 사람들이 긴 줄을 서고 있는 모습이 보였다. 그들은 한손에 기다란 종이를 들고 있었다. 주머니에서 동전을 꺼낸 그들은 종이 위에 대고 한참을 긁적거렸다. 다음 순간 그들의 입가에서 탄성과 환호가 터져 나왔다.

그러나 그 옆에 있던 사람들은 탄식과 더불어 종이를 찢어 공중에 날려버렸다. 들고 있던 가방도 신고 있던 신발과 함께 달려오는 차량을 향해 던져버렸다. 어느덧 맨발이 되어버린 그들이 길거리를 지나자 새로운 진풍경이 벌어졌다.

남자들이 모여 서서 뭔가 한참 골몰하고 있었다. 바닥에 가마니를 깔아놓고 뭔가를 계속 던지며 탄성을 올렸다. 그들 한가운데서 담배 연기가 계속 피어올랐다. 그 담배 연기 사이로 돈이 보였다. 바닥에 깔린 건 돈이었다. 새로 나온 오천 원짜리 지폐와 만 원짜리 지폐가 수북이 쌓여 있었다.

그 돈을 한꺼번에 움켜쥐는 손이 있었다. 그의 손에는 갈고리 같은 날카로운 연장이 매달려 있었다. 그 손이 돈을 무한정 끌어모으며 사람들에게 후회감을 심어 주었다. 어두컴컴한 공간 속에서 남자들이 책상 위에서 뭔가 열심히 적는 모습이 보였다.

자세히 보니 그들은 모두 한패였다. 한두 명을 제외한 나머지는 모두 들러리인 셈이었다. 그들은 귓가에 들려오는 음성에 따라 열심히 받아 적다가 한꺼번에 패를 던졌다. 그러다 한명씩 자리에서 일어서다 말고 바닥에 쓰러졌다.

한번 쓰러진 그들은 다시 일어서지 못했다. 중독은 먼저 사람들의 의지를 점령했다. 그리고 그들의 귓가에는 같은 소리가 반복적으로 들려왔다. 따라서 그들의 영혼은 속임수에 따라 끊임없이 조종당했다. 몸과 마음이 전혀 제 기능을 상실하고 만 것이다.

선택이라는 계명을 잃어버린 그들의 영혼은 이미 마수에 걸려 옴쭉달쭉 할 수가 없었다. 미래마저 상실한 그들은 마지막 코스를 향해 전력을 다해 달려갔다. 그 끝에는 죽음의 계곡이 있었다. 그 죽음의 계곡 앞에서 그들은 마지막 숨을 거두면서 외쳤다.
"파멸!"

　사람들은 다음 선택의 문 앞으로 발걸음을 옮겼다. 그곳에서는 술판이 벌어지고 있었다. 사람들은 물탱크 같은 대형 술통에서 끊임없이 술을 받아 마셨다. 술은 마셔도 마셔도 동이 나지 않았다. 사람들은 점점 술에 취해 갔고 이성을 잃고 흔들렸다. 술 취한 그들은 괴성을 지르며 난동을 부리기 시작했다.
　벽에 걸린 시계를 던져버리는가 하면 술잔을 깨 부수고 서로의 옷을 집어던졌다. 어느 샌가 알몸이 되어버린 그들은 강간과 폭력을 일삼았다. 어린 아이에게까지 성폭력을 일삼던 그들은 점점 몸이 새까맣게 타들어 갔다.
　한쪽에서는 쇠파이프를 휘두르며 질주하는 차량으로 그대로 돌진하는 경우도 있었다. 온몸이 뱀에게 친친 동여 맨 채 술을 마시는 남자도 있었다. 그는 꺼이꺼이 울면서 술을 마셨다. 뇌세포가 까맣게 타들어 가는 줄도 모르고 그는 울면서 술을 마셨다. 그 옆에서 같이 술을 마시던 여자는 아이가 배고파 우는 데도 계속 술잔을 기울였다. 그녀는 가슴이 터져 버릴 것 같다며 괴성을 질러가며 울었다. 아이가 마지막 숨을 거둘 때까지.
　어떤 여자는 빨간 신호등이 켜진 앞에서 그대로 옷을 벗고 널브러졌다. 뒤이어 달려온 남자들도 모두 옷을 벗고 널브러졌다. 자동차가 그들 위로 휙휙 지나갔다. 파란 신호등으로 바뀌고 어둠이 물러갔을 때도 그들은 여전히 널브러져 있었다. 시체가 될 때까지. 어쩔 수 없는 질곡이었다.
　그 광경을 보고 있던 나머지 사람들은 다음 선택의 문으로 들어섰다. 그곳에는 검은 복면을 한 사람들이 자리에 누워 있었다. 부끄러움을 가면으로 가린 그들은 자리에 누워 무언가 끊임없이 입으로 빨고 있었다. 그때마다 푸른 연기가 뿜어져 나오면서 괴성이 들렸다. 주머니에서 본드를 꺼내 흡입하는 사람도 있었다.

흰 가루를 술에 타서 연신 마셔대는 여자도 있었다. 그런가 하면 알약을 입에 넣고 계속 삼켜대는 사람도 있었다. 맑은 액체가 흘러나오는 주사기를 들고 자신의 허벅지에 찔러대는 여자도 있었다. 그녀는 짐승 같은 울부짖음을 흘리면서 점점 광기를 나타냈다.

쾌락으로 몸과 정신을 뒤바꾼 그들은 같은 동작을 반복하며 가사(假死) 상태로 들어갔다. 땅 끝까지 추락한 그들 영혼 위로 검은 폭풍이 덮쳐왔다. 그러나 그들은 미동도 하지 않았다. 그들은 바닥에 똑바로 누운 채 천장을 바라보았다.

천장에는 시한폭탄이 장착돼 있었다. 시계 바늘이 마지막 초점을 향하는 순간 꽝! 하는 폭발음과 함께 연기가 되어 사라졌다.

그들은 마지막 순간까지 아무 말도 하지 못했다. 이미 모든 언어중추 신경이 마비돼 있었기 때문이다. 그런데 그 광경을 보면서도 그곳을 향해 걸어가는 사람이 있었다. 강력한 힘에 이끌리듯 그는 제정신이 아니었다. 그도 함께 연기가 되어 사라졌다.

나머지 사람들은 다음 선택의 문을 향해 발걸음을 내밀었다.

그곳에는 수많은 사람들이 이불을 뒤집어 쓴 채 공포에 떨고 있었다. 그들은 너무도 두려워 눈도 뜨지 못했다. 온몸을 벌벌 떨며 수치심과 두려움에 떠는 그들 마음속에서 짐승의 소리가 들려왔다. 좌절과 포기, 혼란과 미혹의 소리였다.

소리가 들려올 때마다 그들 영혼은 나락으로 곤두박질쳤다. 불신의 형벌에 따른 초기 증상이었다. 희망이 끊겨져 나간 그들 영혼은 두려움과 함께 지옥으로 침몰했다.

십자가를 꺾으며 환호하는 무리도 있었다. 그들은 꺾은 십자가를 화로 속으로 던져 넣었다. 발로 짓밟고 그 위에서 춤을 추는 축도 있었다. 꺾이고 짓밟혀진 십자가를 들고서 뭐라고 지껄이며 공중에 날려버리는 남자도 있었다. 심지어 십자가에 박힌 가시를 가지고 상대를 찔러가며 싸우는 사람도 있었다.

십자가를 향해 침을 뱉고 조롱하는 사람도 있었다. 그것을 뽑아 들고서 어린 아이를 때리는 사람도 있었다. 그것을 흉악한 짐승 우상에게 던지는 인간도 있었다. 그들은 혼미한 정신에 이끌려 점점 타오르는 불길 속으로 사라졌다.

그곳에서 살아남은 사람은 단 한 사람도 없었다. 그들은 모두 이마에 표를 받고 손에 인장을 찍은 사람들이었다. 그들은 자신들이 선택한 결과로 각자에게 해당한 값을 받았다. 그들이 모두 사라지자 철제문이 철거덕하고 잠겼다.

그리고 성곽 바깥에서는 새로운 사람들이 선택을 위해 준비하고 있었다. (2007년 한국소설)

무임승차

한때 봉고맨과 샤터맨이란 단어가 유행한 적이 있었다.

능력 있는 아내를 둔 남자를 부러워한 남자들이 만들어낸 단어였다. 봉고맨이란 미술학원을 하는 아내를 둔 남자가 학원생들을 봉고차로 실어다 주는 직업이다. 또 샤터맨이란 약국을 경영하는 아내를 둔 남자로 약국 문을 열고 닫을 때 나와서 도와주는 직업을 말한다. 옛날과 달리 요즘은 무능한 남자들이 여자 하나 잘 만나서 팔자를 고쳐 보려는 좀비족들이 많다.

자존심 뭉개고 오직 여자 하나 잘 만나서 빌붙어 살려는 암체족들이 도처에 흔하다. 그들은 여자에게서 경제적 능력과 헌신적인 사랑을 동시에 요구하며 되지도 않는 신데렐라를 꿈꾸는 것이다. 더 나아가 다른 사람의 성공한 인생에 자신을 덧붙이려는 무임승차라 아니할 수 없다.

그 모든 배경에는 편하게 살려는 안일주의가 숨어 있다. 자기는 무위도식으로 지내면서 상대 배우자를 희생양으로 삼아 일생을 편하게 살겠다는 도둑심보인 것이다. 옛날에는 남자들이 결혼조건으로 여자의 외모를 꼽았다면 요즘은 경제적 능력을 최우선으로 꼽는다.

연상도 좋다, 못나도 좋다 오직 내 마음과 몸을 편하게만 해다오. 나에게 아무런 요구도 하지 말고 그저 편하게만 해다오. 그런 남자들이 맞선 현장을 누비고 다니는 것을 여자들은 잘 모를 것이다. 왜냐하면 그녀들조차 무조건 사랑 받고자 원하는 엄청난 환상에 사로잡혀 있기 때문이다.

사람들은 모두 미쳐 있다. 사랑 받고 싶어서 관심 받고 싶어서 환장을 한다. 그것이 인생의 최대 목표인 양 수단과 방법을 동원해 사랑 받고자 원한다. 인간의 욕구 중에서 가장 큰 욕구는 사랑 받고자 원하는 것이다. 사람들은 어떡하든 그 욕구를 채움 받고 싶어한다.

그것이 채움 받지 못할 때 그 영혼은 정상궤도를 이탈한다. 그 대표적인 것이 불륜이다. 상대 배우자로부터 사랑이 채워지지 않았을 때 남의 여자 남의 남자에게 눈독 들이는 것이다.

개중에는 병적으로 애정결핍 증세에 시달리는 경우도 있다. 하루 온종일 자신을 사랑해 줄 상대를 찾아 미친 듯이 돌아다니는 것이다. 사랑이 고픈 그들은 몸도 돈도 헤프기 짝이 없다. 항상 어떻게 하면 상대의 마음을 나에게로 향하게 할까 몰두하기 때문에 일상적인 일마저 차질이 생길 정도다.

심리학적 용어로 성인아이인 것이다. 그러니까 어릴 때 받지 못한 사랑을 성인이 되어 보상받고자 하는 마음이 발동하여 나타나는 현상이다. 그 현상은 다 늙어 꼬부랑이 되어도 없어지지 않는다. 그들은 늘 사랑을 갈구하기 때문에 욕구불만에 차 있다. 타인에 대해 늘 섭섭하고 서럽다고 말한다.

상대가 조금만 마음을 기울여 주면 간이고 쓸개도 다 빼내어 준다. 손익을 따질 겨를도 없다. 그야말로 사랑받고 싶어 미쳐 날뛰는 것이다. 무조건 자기에게 관심 가지고 사랑해 달라는 것이 그들의 주특기다.

사랑 받기 위해 노력하는 그들은 처참하기까지 하다. 어떤 여자는 남편이 살찌는 것을 싫어해 온종일 거의 굶다시피 한다. 마른 몸매를 유지하기 위해 죽음까지도 불사할 정도다. 배가 고파도 억지로 참으며 교양을 떨며 미소를 짓는다.

남편에게 좀 더 사랑받기 위해 맞벌이는 물론 친정 돈까지 끌어와 친정이 부도 위기를 맞게 한 적도 있다. 그녀는 남편 사랑 앞세워 친정 부모 등골을 휘게 함으로써 형제들의 원성을 받았지만 아직까지도 그 원인을 깨닫지 못하고 있다.

집안에서 매일 백수로 놀고먹는 남편을 위해 자신이 살신성인 한 것이다. 사람들은 그녀를 두고 반푼이 머저리라고 부른다. 그럼에도 그녀는 여전히 남편을 바라보고 행복해 한다. 이후 그녀는 친정식구들로부터 완전히 따돌림을 당했고 시효가 끝나자 남편이 딴 여자와 살림을 차리는 바람에 끝내 버림받고 말았다.

사랑에 목숨 건 그들은 때로 연기(演技)도 서슴지 않는다. 갑자기 몸에 암이 발생한 것 같다고 하며 위기감을 조성하는가 하면 일부러 뼈가 부서지도록 일하면서 상대에게 관심을 유도한다. 내가 이렇게 너를 위해 수고하니 좀 알아 달라며 온갖 쇼를 다 연출한다. 사랑을 얻기 위한 노력이 그야말로 눈물겨운 것이다.

수원에 사는 정미숙은 하루 종일 바쁘다. 그녀는 40대 중반으로 아이 둘을 낳은 몸매에도 여전히 섹시미를 풍기고 있다. 얼마 전까지만 해도 그녀의 관심은 오직 한가지였다. 남편과 자식이었다. 그런데 요즘 그녀는 엄청 많이 바빠졌다. 매일같이 만나는 사람들이 정해져 있기 때문이다.

홧김에 서방질한다고 그녀는 다른 여자에게 잠시 한눈을 판 남편에 대한 복수심으로 청량리에 있는 콜라텍을 드나들기 시작했다. 청량리 우체국 건너편에 난 콜라텍은 주로 60대 이상이 출입했다.

웬 노인네들이 콜라텍 출입이냐고 묻겠지만 요즘은 환락산업이 노년층에게도 불어 닥쳐 전혀 이상한 일이 아니다. 콜라텍은 4층 건물에 있는데 1층 엘리베이터 앞에서 표를 받는다. 마치 극장 매표소 같다. 입장료가 보통 이천 원인데 음료수 값은 내부에서 따로 받는다.

콜라텍은 입구부터가 번잡하다. 남자처럼 나비넥타이를 맨 50대 초로의 여자들이 손짓을 해가며 입장료를 판다. 한눈에 보기에도 그녀들은 싸움꾼, 아니 늙은 창부 같다. 안으로 들어가면 흐릿한 조명 아래 음악과 함께 남녀들이 스테이지를 미끄러지듯 춤을 춘다. 인생의 막장을 보는 듯 쓸쓸하기까지 하다.

노년의 외로움을 춤과 마지막 섹스로 끝내려는 듯 발악을 한다. 그들은 모두 가슴마다 메시지를 꺼낸다. 음료수를 마시며 운동도 예술도 아닌 뺑뺑이를 돌면서 노년의 애환을 달랜다. 황혼이 깃든 마지막 댄스. 쾌락을 위한 마지막 정욕의 몸부림. 그들은 모두 자기 최면에 걸려 혼을 놓는다. 그리고서 자꾸만 맴을 돈다. 추한 노년의 발악이 홀 안을 회오리처럼 휘몰아쳐 간다.

출생과 죽음의 의미가 무엇인지 허무가 태풍같이 그들 머리 위에 머문다. 그 허무의 도장에 정미숙은 과감히 발길을 내밀었다. 50-60대 속에 젊은 40대가 나타나자 남자들은 모두 휘파람을 불었다. 그녀는 육감적인 엉덩이를 흔들며 시선을 모았다.

그녀는 천국과 같은 엑스타시를 느꼈다. 허무한 기쁨이 내부에서 뿜어져 나왔다. 배반과 분노로 찌들었던 가슴이 한꺼번에 해소되는 것 같았다. 뭇 남성의 시선을 받을 때마다 그녀는 여왕이 된 듯한 착각을 일으켰다. 모두가 자기를 향해 시선을 집중하고 있지 않은가. 황홀한 눈빛으로 자신의 몸매를 훑어 내리는 남자들을 볼 때마다 그녀는 쾌감을 느꼈다.

이것 보라, 온 남자들이 나 하나만 바라보면서 나를 원하고 있지 않은가. 그런데 이런 나를 두고 내 남편은 딴 여자를 봤다. 그게 어디 말이나 될 법이나 한 소린가. 그녀는 이번에는 콜라텍에서 만난 남자와 함께 도박판에 발을 들여놓았다. 수많은 현금이 오가는 도박판은 콜라텍보다 더 많은 재미가 있었다.

몸과 마음이 점점 환락에 빠지며 그녀는 미쳐가기 시작했다. 그러던 어느 날 갑자기 정신을 잃고 말았다. 누군가 그녀의 옆구리를 강한 둔치로 내리쳤기 때문이다.

상암동에 사는 민자혜는 올해 마흔 살로 꽉 찬 노처녀다. 그녀는 가난과 핍박, 멸시 속에 고등학교를 마치자마자 취업 전선에 뛰어 들었다. 그 이전에도 온갖 악조건의 노동현장에 내몰리면서 갖은 설움을 다 당했다.

어린 나이에 그녀가 당해야 했던 설움은 비극의 드라마였다. 나쁜 머리 탓에 성적도 좋지 않았고 외모마저 떨어져 한 번도 대접받아 보지 못했다. 기껏해야 개인 사무실, 세일 매장, 회사 경리를 떠돌면서 입에 풀칠이나 하는 정도였다.

그나마 취직이 되는 걸 감사해야 했다. 연봉이 깎이고 퇴출당하는 현상이 비일비재했으니까. 월급은 받는 족족 아버지의 술값과 어머니의 병원비로 들어갔다. 그나마 돈이 모일라치면 형제들이 아귀처럼 달려들어 다 뜯어갔다.

가족은 모두 백수였다. 일가친척들도 마찬가지였다. 하나같이 술주정뱅이에다 노름꾼 아니면 막노동꾼 일용잡급직이었다. 친척들은 모일 때마다 싸움을 했다. 욕설과 주먹질은 예사였다. 마치 싸우기 위해 태어난 사람들 같았다.

입만 열면 악담이 저절로 쏟아져 나왔다. 누구랄 것도 없이. 모두가 트러블 메이커(trouble maker)였다. 한 사람도 피스 메이커(peace maker)는 없었다. 그건 치유 받을 수 없는 상처와 저 주의식을 불러일으켰다.

언젠가 지인(知人)에게 가족 이야기를 꺼냈다가 정신병자 취급을 받은 적이 있었다. 상식적으로 이성적으로도 그녀의 집안 이야기를 이해할만한 사항이 못 되었다. 아무리 콩가루 집안이어도 그렇지 어떻게 사람의 탈을 쓰고 그런 짓을……

사람들은 그녀의 이야기를 거짓말로 치부했다. 그리고 그 끔찍한 상황 앞에 괴로워하는 그녀에게 다시 한번 상처를 덧씌워 주면서 일갈했다. 세상에 그런 막돼먹은 집구석이 다 있담.

사람들은 누구나 남의 이야기는 쉽게 한다. 자신이 겪지 않은 상처에 대해서도 마치 잘 아는 것처럼 함부로 판단하고 지껄여낸다. 상대의 가슴에 대못을 박아 놓고는 의인인 양 우쭐댄다. 집에서 새는 바가지 들에서도 샌다고 민자혜는 어딜 가나 고난을 당했다.

어느새 그녀의 뇌리는 피해망상과 대인공포증으로 가득하게 되었다. 원한과 분노로 가득 찬 가슴속에도 나름대로 꿈이 있었다. 자신의 처지와는 상관없이 신데렐라가 되는 것이었다. 그것도 결혼이라는 형식을 통하여.

자신의 디딘 현실과 한계의 차이를 깨달은 그녀가 내린 결론이었다. 누가 들으면 언감생심 꿈도 못 꿀 얼토당토 않을 일이었다.

'너 자신을 알라.'

소크라테스의 명언을 꼽지 않더라도 자신이 생각해도 어림도 없는 일이었다. 그러나 비록 불가능해 보여도 그 가느다란 희망이라도 갖지 않고는 도저히 살아갈 힘이 생기지 않았다. 최상의 조건을 갖춘 남편을 만나 일평생 호강을 누리며 살겠다는 발상이었다.

성공한 남자에게 무임승차해 호의호식하겠다니 될 법이나 할 소린가. 그러나 바람과는 달리 현실은 날마다 악몽이었다. 알코올 중독에 빠진 아버지를 수용시설로 보내느냐를 놓고 가족들은 옥신각신했다. 물론 비용은 민자혜가 대는 것이었다.

나이 사십이 넘은 큰아들은 인터넷 도박중독에 빠져 제정신이 아니었다. 걸핏하면 주먹질에다 싸움을 해대는 통에 구치소를 제 집 드나들 듯했다. 어쩌다 게임에서 이기면 돈을 물 쓰듯 하면서 호기를 부렸다. 전과자 신세이면서도 조금도 부끄러운 줄도 몰랐다.

나이가 들자 이번에는 장가를 들겠다고 야단이었다. 그것도 영화배우나 탤런트에 견줄만한 외모여야 한다는 것이 전제조건이었다. 백수건달에다 전과자 출신인데 어떤 여자가 시집오겠냐고 하면 집안 살림을 때려 부수고 난리가 났다.

어머니는 한술 더 떠 며느릿감 선을 보겠다고 직접 팔을 걷어붙이고 나섰다. 사위 볼 생각은 먼지만큼도 없으면서 아들 장가들여 손자 볼 생각은 있는 것이었다. 가족 중 어느 누구도 민자혜의 결혼 따위는 안중에도 없었다.

그럴수록 민자혜는 더욱더 꿈에 집착했다. 그녀의 소원은 단 한 가지였다. 자신에게 손에 물 한 방울 안 묻히고 호강시켜 줄 남자와 결혼하는 것이었다. 이제 더 이상 몸을 움직여 돈을 번다는 것은 상상조차 하기 싫었다. 현세에 돈이면 안 되는 일이 없었다.

죽을 목숨도 살리고 명예도 돈만 주면 다 해결되었다.

심지어 사랑마저도 돈이면 다 되었다. 아무리 못생기고 형편없어 보이는 남자라도 돈만 많으면 여자들이 달려가 너도 나도 안기는 세상이었다. 남자도 마찬가지였다. 못생긴 여자는 성형수술로 뜯어고치면 되고 몸매도 헬스클럽에 가 만들면 됐다.

그런 성형미인이 거리엔 얼마나 많은가. 남자들은 그런 여자에게 달려가 자기의 정욕을 풀어버리고 싶어 안간힘을 다한다. 옛날에는 남자들이 결혼조건으로 여자의 외모를 꼽았다면 요즘은 경제적 능력을 먼저 원한다.

그러한 풍조를 아는지 모르는지 민자혜는 천연덕스럽게 맘몬주의 사상에 빠져들고 있었다. 어릴 때 겪은 가난에 대한 뼈저린 원한이 그녀로 하여금 엉뚱한 상상에 휘말리게 한 결과였다.

반면 방석철은 올해 나이 오십 세로 노총각 중에서도 최악급 노총각이다. 찢어지게 가난한 집안 덕분으로 간신히 중학교를 마친 그는 일평생을 공장 생산직으로 전전했다. 구로동과 가리봉동을 오가며 눈물 젖은 빵을 먹었고 아둔해 보이는 인상 때문에 사기도 여러 번 당했다.

눈빛이 썩은 동태처럼 개개풀린 그는 한 눈에 보아도 백치임을 실감케 한다. 눈치코치도 없고 판단력도 분별력도 없다. 그가 아는 건 자신에게 상처가 많다는 사실이다. 그러나 상처의 원인이 어디에 있는지 그것조차도 파악을 못하고 있다.

분명한 사실은 상처를 보완 받는 차원에서 예쁘고 능력 있는 여자를 만나 결혼하고 싶은 것이다. 더 나아가 자신을 진심으로 사랑해 주는 여자를 만나 이제까지의 한을 풀어버리고 싶었다.

자신의 처지와 상관없이 그는 눈만 다락같이 높았다. 사람들의 비웃는 눈초리에도 만나는 사람마다 중매를 부탁하고 다녔다. 그런 그에게도 중매쟁이가 나타나기 시작했다. 화근을 자초할 중매쟁이는 속임수와 거짓말에 천재였다. 중매에 거짓말이 섞이는 건 당연한 일인지도 모른다. 어떨 땐 거짓말이 사실보다 더 많을 때도 있다.

재산 정도를 속이는 건 기본이고 학력, 직장 친구관계까지 속인다. 친구관계는 자신의 위상을 높이기 위해 억지로 상위그룹을 끌어다 대는 것이다. 그렇게 이력서를 온통 거짓말로 색칠하다 스스로 헷갈려 전력이 들통 나 버리는 경우도 있다.

거짓말은 꼬리가 길면 반드시 밟힌다는 말이 실감나는 순간이었다. 어떤 남자는 초등학교 여교사와 결혼하면서 고졸인 학력을 대졸로 둔갑시킨 일도 있다. 그는 아내가 직장에서 돌아오면 "이 가스나야 빨리 밥 안 하고 뭐하노." 하면서 호령한다.

아내는 속고 결혼한 남편을 자신을 사랑하기 때문이라고 억지로 자위하며 웃는다. 자식 둘 낳아 기르면서 그녀는 남편의 학력을 대졸로 가끔씩 둔갑시킨다.

방석철은 생산직에서 쫓겨나 백수신세가 되었다. 기름때로 얼룩진 손은 허물이 벗겨지고 시커멓게 물들어 있었다. 언젠가 자신의 손을 본 여자가 어멋! 하며 놀라던 기억이 난다. 그는 그때 난생 처음으로 수치심을 느꼈다.

한 번도 자신의 처지에 대해 제대로 생각해본 적이 없었다. 온통 자신의 상처에 집착해 무조건 얼굴 예쁘고 몸매 좋은 여자만 원했기 때문이다.

그는 환상 속에 사느라 세월 가는 줄도 몰랐다. 여자가 자기를 싫어하는 건 인연이 아니기 때문이라고 생각했고 마음에 드는 여

자가 나타나면 언제든지 프러포즈할 작정이었다. 그러느라 그는
전혀 자신을 돌아볼 여유가 없었다.

그런데 자신의 기름때 묻은 손을 보고 놀라자 순간 아득한 절망
을 느낀 것이다. 잠시 잠깐이었지만 그건 엄청난 충격으로 다가왔
다. 생각다 못한 그는 성당을 나가기로 결심했다. 성당에 나가면
여자들을 만날 기회가 많을 것 같았다.

그리고 상대적으로 멸시도 덜 받을 것 같았다. 그는 성당에 나
가자마자 주임신부를 찾아가 결혼하고 싶다는 의사를 밝혔다. 자
신의 소망을 아주 소상하게 말하며 넌지시 중매의사를 비췄다. 그
러나 신부는 처음 나타난 이상하게 생긴 남자, 그것도 추물에 가
까운 남자가 얼토당토않을 말을 하자 대꾸도 않고 나가버렸다.

눈치코치도 없는 그는 이번에는 청년회에 들어가 말했다. 그것
도 신입회원 소개 때에 말이다. 결혼 안한 자매들은 킥킥대고 웃
느라 정신이 없었다. 그것을 방석철은 자신에 대한 관심으로 받아
들였다. 그리고 시간만 나면 다가가 데이트를 신청했다.

때론 선물도 사다 주고 갖은 친절도 다 베풀어주곤 하면서. 여
자가 단 한번만 웃어주어도 자신을 사랑해서 그러는 줄로 알고 착
각해 프러포즈를 날리기도 했다. 한마디로 그는 결혼 못해 환장한
노총각이었다.

그런데 이번에는 직장마저 잃자 그 잘난 결혼 조건에 한 가지가
추가되었다. 마음씨 착하고 예쁜 여자에다 평생 직장생활 할 수
있는 여자라야 한다는 것이었다.

떡 줄 사람은 생각도 않는데 저 혼자 김칫국부터 마셔대는 꼴이
었다. 여자들은 아예 그를 상대조차 않으려 들었다. 조금만 관심
가져주면 당장 결혼하자고 나서면서 온갖 해괴한 소문을 퍼뜨리고

다니기 때문이었다. 내용은 여자가 자기를 못 견디게 좋아한다는 것이었다. 그저 인간이 불쌍하다 싶어 상대해 주면 낭패가 생겼다.

이제 나이 오십이 된 그는 더욱 조급해졌다. 아무래도 2세 걱정이 되었다. 아무리 어린 여자를 만나 결혼한다 해도 자신의 나이가 오십이니 2세에 대한 걱정을 안 할 수가 없는 것이다. 결혼하자마자 아이를 낳는다 해도 대학에 들어갈 때쯤이면 나이 칠십이 된다.

학비야 아내가 벌어서 대면 되겠지만 그래도 빨리 서둘러야 될 일이었다. 떡 줄 사람은 생각도 않는데 그는 허상을 꾸며대느라 야단이었다. 그럴지라도 그는 더욱더 꿈에 집착했다. 평생 꾸어온 꿈을 포기할 순 없었다. 그리고 그 허상을 진실로 믿고 행동했다.

이번에는 자기보다 나이가 열다섯 살쯤 어린 자매에게 다가가 프로포즈를 했다. 물론 2세를 염두에 둔 거였다. 착하고 순해 보이고 연봉도 높은 직장에 다니는 자매였다. 그녀는 소위 일등 신붓감이었다.

하도 마음이 여리고 착해 남에게 싫은 소리 한마디도 할 줄 모르는 여자였다. 그는 여자가 인물보다 마음씨가 착해야 한다는 어른들의 말에 착안한 뒤 그녀에게 다가갔다. 어느 날 느닷없이 걸려온 전화에 그녀는 적잖이 당황했다. 처음 듣는 목소리가 무조건 만남을 요구하고 있었다.

"글쎄, 누구시냐니까요?"

"정말 나를 모르겠어, 이거 실망인데."

미련한 그는 다짜고짜로 반말부터 했다.

"모르니까 묻죠."

웬만큼 참을성 있는 그녀도 단단히 화가 났다.

"나, 우리 청년회 방석철."

그는 실망한 듯 약간 풀죽은 목소리로 말했다.

"네에? 누구라고요?"

"다음 주 우리 어머니 생신이신데 함께 갔으면 하고. 일가친척들 다 모이거든. 내가 어머니께 루시아 자매님 말씀드렸더니 데리고 오라고 하셔서."

"뭐예요?"

하도 기가 막혀 말이 나오지 않았다. 그런데 다음 말은 더 기가 막혔다.

"루시아 자매님도 나 좋아하는 거 아니었어? 지난번에 나보고 웃었잖아."

그는 마치 여자가 자신을 사랑이라도 하는 것처럼 당당하게 말했다. 화가 난 여자는 전화를 끊었다. 그리고 다음 주 일요일 본당 신부를 찾아갔다. 가보니 인물 좋고 능력 많기로 소문난 자매들이 먼저 와 기다리고 있었다. 모두 방석철에게 프러포즈 당한 여자들이었다. 그들은 너무도 창피스러워 도저히 성당을 못 나오겠다고 말했다.

방석철에 대한 시비는 끊임없이 일어났다. 그는 봉사한다며 각 기관에 나타나 쓸데없이 참견을 하고 되지도 않을 의견을 제시하면서 자신을 인정해 달라고 떼를 썼다. 마치 나 잘나지 않았느냐. 나 똑똑하지 않느냐며 시위하는 꼴이었다. 나이 오십이 작기나 한가. 그는 체면도 눈치도 최소한의 이성적인 상식도 없었다.

그런 꼴이 가여워 조금만 관심을 가지고 대해 주면 기가 살아 팔팔 뛰었다. 차츰 자매들이 성당에서 사라지기 시작했다. 그러자 그는 어떻게 연락처를 알았는지 문자메시지를 보내고 수도 없이 통화를 시도했다. 해가 바뀌었다. 그는 이제 돈이 완전히 바닥이 났다. 그나마 다니던 공장이 부도나는 바람에 월급 한 푼 못 받고 쫓겨난 것이다. 사글세방도 곧 내주어야 할 판이었다.

온 나라가 경제한파에 떠밀려 못살겠다고 아우성이었다. 대졸자는 물론 막노동 현장마저도 일감이 현격하게 줄어들었다. 그는 다시 취직하기 위해 이리저리 뛰어 다녔지만 소용없었다. 쌀독이 비고 교통비마저 바닥나기 시작했다.

핸드폰은 요금이 연체돼 정지되기 직전이었다. 방석철은 난감했다. 때마침 한파가 몰아치기 시작했다. 춥고 배고팠던 시절이 생각났다. 어린 시절, 그의 집안은 남의 땅을 부쳐 먹던 소작농이었다. 일 년 내내 농사지어 봐야 남는 게 없었다.

간신히 입에 풀칠이나 하고 사는데 부모는 자식들의 공부 따위는 아예 관심도 없었다. 형은 초등학교를 마치고 농사일을 돕다 읍내로 나가 택시 운전기사가 됐다. 여동생은 열일곱 나이에 이웃 마을에서 농사를 크게 짓는 집 맏며느리로 시집갔다.

그는 초등학교를 마치고 농사일을 거들다 읍내에 있는 대장간의 머슴으로 들어갔다. 각종 농기구를 만드는 법을 배우면서 그는 수없는 지청구를 들었다. 주인 영감은 그를 아예 반편 취급했다.

"내 세상 살다가 저런 반편은 처음 본다니까, 밥이나 축내는 밥버러지 같으니."

그는 멍청한 눈을 껌뻑이며 주인을 바라보았다.

"뭘 봐? 이 등신아, 저런 걸 사람 만들어 보겠다고 데리고 있는 내가 미쳤지."

어린 그를 두고 주인영감은 별별 악담을 다했다. 불 다루는 기

구를 잘못 건드리다 화재가 날 뻔한 적이 있었다. 돈 계산을 잘못
해 농기구를 헐값에 판 적도 있었다. 같은 동작을 수십 번씩 가르
쳐 주어도 실수를 밥 먹듯 했고 마침내 대장간을 쫓겨나고 말았
다.

그후 마음씨 좋기로 소문난 장씨가 운영하는 목공소에 취직했
다. 나무는 철에 비해 다루기가 편했다. 사고 위험도 적었고 잔꾀
부리지 않고 열심히 일만 하면 되었다. 더구나 그는 정직하여 눈
속임을 하거나 주인의 심기를 건드리지도 않았다.

그런 그를 불쌍히 여긴 탓일까. 주인 장씨가 읍내에 있는 야간
중학교를 보내 주었다. 낮에는 목공소에서 일하고 밤에는 학교에
가 공부하는 주경야독이 계속되었다. 물론 공부는 꼴찌였다. 간신
히 중학교를 졸업했다. 친구들은 그를 빙충이라고 놀렸다.

걸핏하면 때리고 못살게 굴어도 그는 한번도 화낼 줄 몰랐다.
서러워서 눈물은 많이 흘렸지만 같이 욕을 하거나 몸싸움은 안 했
다. 순했다. 그래서 더 많이 당했다. 중학교를 졸업할 무렵 동네서
예쁘기로 소문난 영희를 짝사랑하게 되었다.

그녀는 면장의 딸로 공부도 잘하고 영리했다. 그래서 그의 부모
는 딸을 서울에 있는 고등학교로 보내 대학공부를 시킬 작정이었
다. 그것도 일류대학을 보내 일등 사윗감을 맞을 작정이었다. 그
런데 그 영희가 그의 마음속에 들어온 것이다.

방석철은 무조건 그녀에게 다가갔다. 좋아서 입을 헤벌쭉 벌리
며 "예쁘다 정말 예쁘다"란 말만 반복했다.

동네에서고 어디에서고 그녀가 보이기만 하면 뒤를 졸졸 따라다
녔다. 영희는 창피해 미칠 지경이었다. 소문이 일파만파로 번져
나갔다. 빙충이 방석철이가 면장님 외동딸 영희를 사랑한단다. 동

네 꼬마들은 그의 뒤를 따라다니며 놀렸다.

"빙충아, 빙충아."

어느 날 면장이 목공소를 찾아왔다.

"저 녀석을 멀리 쫓아 보낼 순 없겠소, 내 남사스러워서."

마음씨 착한 장씨는 주저주저했다. 모자라긴 해도 착하고 우둔한 그를 함부로 내칠 순 없었다. 그러자 면장은 그에게 봉투 한 장을 건네주고 사라졌다. 다음날 방석철은 목공소에서 사라졌다. 그 대신 매일 아침마다 영희의 집 앞과 학교 앞에 나타나 동네 망신거리를 다했다. 그땐 나이도 어렸고 철이 없다 보니 또 영희가 너무 좋다 보니 저도 모르게 나온 행동이었다.

그럼에도 그는 영희와 그녀의 가족으로부터 엄청난 핍박과 멸시를 당했다. 영희 부모는 딸을 당장 서울에 있는 고모집으로 올려 보냈고 그는 그것도 모른 채 아침마다 영희 집 앞으로 달려가 눈이 빠지게 기다렸다.

나중에 영희가 서울로 가버린 사실을 알자 대성통곡을 했다. 그 이후 그는 영희처럼 예쁜 여자가 아니면 거들떠보지도 않았다. 그는 그 가슴 아픈 사연에 한을 품고서 어떤 일이 있더라도 결혼만큼은 예쁘고 날씬한 여자와 하겠다고 굳게 다짐했다.

그리고 그런 여자를 찾기 위해 눈에 불을 켜고 다녔다. 못나고 무능한 주제에 눈만 다락같이 높아진 것이다. 그러느라 그는 세월 가는 줄도 몰랐다. 이제 나이 오십이 된 그는 그 잘난 결혼조건에다 경제적인 능력까지 추가했다. 자기가 벌이가 없어 노는 날이 많다 보니 경제적인 능력이 뛰어난 아내의 필요성이 더욱 절실해진 것이다.

해서 미인은 아니더라도 마음씨 착하고 돈 잘 버는 아내를 택하기로 마음먹은 것이다. 아무리 마음을 다잡아먹어도 그에게 마음을 건네주는 여자는 없었다. 그럴지라도 그는 꿈을 포기하지 않았다. 결혼 조건을 놓고 여자를 문제 삼았으면 삼았지 자신에게서는 전혀 문제점을 발견하지 못했다.

그만큼 아둔했고 모든 게 자기중심적이었다. 매일같이 허름한 점퍼나 걸치던 그가 어느 날 양복을 입고 다니기 시작했다. 누군가의 충고에 귀를 기울인 것이다.

"옷이 날개라고, 니가 그렇게 점퍼나 걸치고 다니니까 여자들이 거들떠도 안 보는 거다. 양복 정장을 입고 다녀봐라 사람이 달라 보인다."

그는 그 말에 적극 순종했다. 그리고 없는 돈에 양복을 사 입고 날마다 여자들 앞을 서성였다. 여자들은 갑자기 양복차림으로 나타난 그를 보고 비웃었다.

"호박에 줄긋는다고 수박 되는 줄 아나, 가지가지 한다."

눈치 없는 그는 마음에 드는 여자가 나타나면 커피를 뽑아준다 구두를 닦아 준다, 별별 서비스를 다 베풀었다. 그러나 여자들은 기절초풍을 하고 달아났다. 만일 응해 주었다간 무슨 소문을 퍼뜨리고 다닐지 모르기 때문이었다.

여러 가지 시도를 다 해보았지만 결과는 똑같았다. 공연히 헛돈만 날리고 무일푼 신세가 되고 말았다.

이제는 자기를 좋아해 주는 여자가 나타난다 해도 차비가 없어 못 만날 지경이었다. 굶는 날이 많아졌고 성당도 나가지 못했다. 그는 루시아 자매가 간절히 그리웠다. 마음씨 착하고 예쁜 루시아 자매는 평소에도 불쌍한 사람만 보면 도와주고 싶어 안달을 했다.

아름다운 선행으로 소문이 나 형제들이 모두 그녀를 좋아했다.

더구나 직장도 튼튼했다. 동네에 있는 신용금고에 다녀 월급도 많았다. 그래서 방석철은 은근히 그녀를 아내감으로 점찍어 두고는 이제나 저제나 하고 기회만 노리고 있던 터였다.

만일 자매가 내 처지를 안다면 한걸음에 달려와 도와줄 텐데.

루시아 자매. 루시아 자매.

어리석은 그는 눈물을 흘리며 자신의 처지를 한탄했다. 핸드폰은 이미 정지된 상태라 전화를 할 수도 없었다. 생각다 못한 그는 거리로 나가 노숙자 대열에 끼어들었다. 영등포와 청량리에 가면 공짜로 밥을 먹여주는 곳이 있다고 했다.

눈 내리는 겨울밤이었다. 일회용 식기에 밥과 국을 받기 위해 많은 사람들이 눈을 맞으며 기다리고 있었다. 그도 그 대열에 끼어들었다. 눈물이 하염없이 나왔다. 어릴 때 집에서 구박받고 자란 기억이 새록새록 떠올랐다.

대장간에서 일하다 불에 데었을 때 주인은 심한 면박과 함께 빙충이라고 놀렸다. 동네 꼬마들도 그가 지나기만 하면 빙충이라고 놀렸다. 영희와 그녀의 가족은 말해 무엇 하겠는가. 그 한을 못 잊어 오직 얼굴 예쁜 아내를 만나는 게 소원이었는데 그로 인해 또 얼마나 많은 상처와 멸시를 당했던가.

따지고 보면 자신의 불찰이 컸다. 제 주제도 모르고 천방지축 날뛰었으니 화근을 자초한 것이다. 공연히 되지도 않을 헛꿈만 꾸다가 오십 평생을 흘려보낸 것이다. 그럴지라도 그도 사람이었다. 한 사람으로서 인격적인 대우를 받고 싶었고 그 누구보다 예쁜 아내를 만나 사랑 받으며 살고 싶었다. 아들 딸 낳아 잘 먹이고 가르치고 싶었다.

그는 지나간 세월이 너무도 억울해 엉엉 울고 말았다. 그러자

줄을 서 차례를 기다리고 있던 노숙자들 사이에서 험한 말이 튀어
나왔다.

"울 것 같으면 당장 꺼져버려, 재수 없는 새끼."

그는 그곳에서도 찬밥이었다. 아무데서도 자신의 존재를 인정해
주는 사람이 없었다. 그는 대열을 빠져나가 백화점이 보이는 쪽으
로 올라갔다. 거기에는 크리스마스 캐럴과 함께 많은 연인들의 모
습이 보였다.

그들은 손에 손에 선물 보따리를 들고 행복한 미소를 짓고 있었
다. 부러웠다. 그 중 한 부부가 눈에 들어왔다. 밍크코트를 입은
미모의 여자가 뱃살이 늘어진 중년남자와 함께 대기해 놓은 체어
맨 승용차에 오르고 있었다.

여자는 긴 부츠를 승용차에 올려놓다 말고 갑자기 이쪽을 바라
보았다. 순간 그와 눈이 딱 마주쳤다. 여자의 미간이 약간 꿈틀했
다. 뭔가 생각나는 듯 고개를 갸우뚱하더니 이내 승용차 안으로
모습을 감췄다.

아주 짧은 순간이었지만 30여 년의 기류가 두 사람 사이에 오
갔던 것 같다. 승용차가 떠난 자리에 함박눈이 내리기 시작했다.
방석철은 눈을 맞으며 오랫동안 진한 감동으로 눈물을 흘렸다. 그
녀는 어린 시절 그가 좋아했던 동네 면장집 외동딸 영희였다.

그녀가 어느새 중년이 되어 크리스마스 선물을 사기 위해 백화
점에 왔다가 남편과 함께 돌아가는 길이었다. 가슴이 뻥 뚫린 것
같았다. 삼십여 년의 세월이 한꺼번에 압축되면서 설움이 폭발하
듯 내부에서 일어났다.

'억억, 못 먹고 못 배운 것도 서러운데, 억억.'

생각해 보니 그는 지난 오십 평생 동안 사람대접 받고 살아본

적이 없었다. 늘 제 한입 해결하기에도 역부족이었고 모자란 두뇌 때문에 더 설움을 당해야 했다. 구로동과 가리봉동을 오가며 공장 생활을 할 때도 그는 동년배로부터 따돌림과 멸시를 당했다.

그가 낄 때 안 낄 때 분간 못하고 달려들었기 때문이다. 그는 멸시받으면 받을수록 더 인정받고 싶은 욕구에 시달렸다. 그래서 사사건건 남의 일에 끼어들어 참견했던 것이다. 그래도 그땐 꿈이 있어 외롭지 않았다.

여공들 중에 예쁜 여자애들이 많이 있었는데 어리석은 그를 불러내 용돈과 선물을 사달라며 사람대접 해주었기 때문이다. 그때마다 행여나 하고 결혼의사를 비춰 보았지만 여공들은 실컷 이용해 먹고는 이내 돌아섰다.

오직 미인인 아내를 만나 결혼하는 게 소원이었는데……

그는 모든 방법이 다 수포로 돌아가자 마지막으로 신(神)의 힘을 빌려서라도 꿈을 이루고 싶었다. 그러나 신마저 그의 소원을 끝내 외면하고 말았다. 이제 무일푼 신세가 된 그는 막다른 골목에 이르렀다. 그는 걸음을 돌이켜 다시 노숙자 대열에 끼어들었다. 그리고 허겁지겁 밥을 먹으며 또 울었다.

"에이 썅."

옆에서 밥을 먹던 노숙자가 침을 퉤 뱉더니 자리에서 일어났다. 그리고는 들고 있던 일회용 식기를 바닥에 내팽개쳤다.

"에이 재수 없는 시키."

그는 참아야 한다고 생각했지만 또다시 울음이 터져 나왔다. 그것도 대성통곡이었다. 그러자 이번에는 주변에 있던 노숙자들이 한꺼번에 자리에서 일어났다. 그들은 들고 있던 식기를 그에게 쏟아 부으며 온갖 욕설을 퍼부었다.

"씨팔 새끼, 청승 떨고 지랄이야."

주먹질과 발길질이 사방에서 날아들었다. 같은 동년배로서 위로 받고 싶었을 뿐인데 오히려 역효과가 나고 말았다. 그는 매사가 그랬다. 어릴 때부터 따듯하게 사랑받고 싶었고 관심 받으며 살고 싶어 나름대로 머리를 굴려 노력했는데 결과는 언제나 싸늘한 외면과 멸시뿐이었다.

비천하게 인생막장을 살아온 것이다. 그는 옷에 묻은 밥과 음식 찌꺼기를 털어 냈다. 그리고 낙심한 표정으로 천천히 차량이 질주하는 도로로 걸어갔다. 그 걸음은 누가 보아도 죽음의 행진곡을 연상케 했다. 그 뒤로 한 남자가 따르고 있었다.

그는 다름 아닌 노숙자 전도를 위해 봉사활동을 벌이고 있는 대원이었다. 방석철이 질주하는 차량을 행해 막 몸을 날리려는 순간이었다. 봉사대원은 잽싸게 몸을 날려 그의 몸을 덮쳤다. 그리고 한 팔로 그를 안고 인도(人道)로 끌어냈다.

"살다 보면 좋은 날 옵니다. 하느님을 만나십시오."

그러면서 종이쪽지를 그의 손에 건네주었다. 거기에는 "수고하고 무거운 짐 진 자들아, 다 내게로 오라, 내가 너희를 쉬게 하리라."짧은 글귀가 적혀 있었다. 그는 그 종이를 들고서 하염없이 울었다. 그리고 오던 길을 되돌아 걷기 시작했다. 다음주부터 그는 성당에 다시 나가기 시작했다. 청년회는 나가지 않았고 미사와 성경공부에만 참석했다.

인간의 사랑이 아닌 신(神)의 사랑을 간절히 기대하며.

민자혜는 거울 앞에 서서 화장을 정성 들여 했다. 두 눈은 움푹 꺼져 마치 울고 있는 듯한 인상이었다. 욕구불만으로 마구 먹어댄 탓에 배가 나와 남산만 했다. 머리칼은 산발한 것처럼 사방으로 뻗어 있었다. 종아리는 핏줄이 터져 툭툭 불거져 있었다.

마트 매장에서 오랜 시간 서서 근무하느라 생긴 하정맥 현상이었다. 화장을 끝낸 그녀는 분무기로 머리를 적신 채 오랫동안 드라이로 머리를 매만졌다. 간신히 화장을 끝낸 그녀는 현관에서 부츠를 찾아 신었다.

말장화처럼 긴 부츠는 원래 갈색이었는데 때에 찌들어 시커멓게 변해 있었다. 핸드백을 어깨에 매고서 일어서는데 다리가 휘청했다. 순간 눈앞에 별이 몇 왔다 갔다 했다. 요즘 따라 이런 현상이 반복됐다. 그녀는 허리를 들어 앞을 보았다. 갑자기 시커먼 물체가 그녀의 앞을 가로막았다.

"어딜 가냐? 저녁밥하지 않고."

"어딜 가긴요, 마트에 일 가죠."

"밥부터 해놓고 가라."

"늦었어요, 엄마 보고 하라고 하세요."

"이년이!"

우악스런 손길이 그녀의 목을 움켜쥐었다.

"쓰잘 데 없는 딸년 키워 놨더니, 애비 굶어 죽일 셈이냐."

노인의 우악스런 손길은 그녀의 머리채를 사정없이 움켜쥐고는 놓아주지 않았다. 드라이로 말리고 간신히 모양을 낸 머리가 갈퀴처럼 흩어졌다. 등뒤에서 사나운 목소리가 들려왔다.

"야, 이년아 돈 내놓고 가, 나 오늘 저녁 때 약속 있단 말이다."

사나운 도적 같은 인상이 그녀에게 손바닥을 내밀며 말했다. 메기처럼 입이 튀어나오고 거무죽죽한 낯색이 금방 감옥에서 탈출한 범죄자 인상이었다. 손에 칼만 들면 당장 살인사건이 발생할 것만 분위기였다.

"나 돈 없어."

"돈 없는 년이 어떻게 부츠는 사 신니?"

이번에는 노인과 아들이 한꺼번에 달려들었다. 화장이 짓뭉개지고 있었다. 결국 그녀는 있던 돈 몽땅 다 빼앗기고 나서야 집을 나설 수 있었다. 옷매무새가 흐트러지고 머리칼이 산발을 한 그녀가 지나가자 사람들이 흘끔흘끔 쳐다봤다.

그녀는 너무도 서러워 길거리에 서서 한참을 울었다. 그러자 양아치로 보이는 남자가 다가오더니 그녀에게 술병을 휘두르며 행패를 부리기 시작했다.

"못된 마귀 새끼들."

그녀는 몸을 날려 남자의 술병을 빼앗아 바닥에 내팽개쳤다. 그리고 깨진 병조각을 들고서 난데없는 활극을 벌였다.

"덤벼, 이 새끼야. 사내놈들이라면 이가 갈린다. 다 때려죽이고 말 테다."

그녀는 양아치를 향해 돌진했다. 양아치는 이미 술에 취했는지 비틀거렸다. 양아치의 머리를 향해 병조각을 내리 꽂고 싶었다. 양아치의 머리에서 흘러내리는 핏물을 보고 싶었다. 있는 힘을 다해 내리치려는데 몸이 말을 듣지 않았다. 눈앞에 수많은 별들이 왔다 갔다 했다. 그러는 사이 구경꾼이 새까맣게 몰려들었다. 그녀는 현기증으로 자리에 주저앉고 말았다.

"내 이년을."

양아치는 그녀에게서 깨진 병조각을 빼앗아 들었다. 그리고 사나운 짐승처럼 달려들었다. 폭풍같이 질주하며 그녀의 정수리를 향해 병조각을 내리치려 하는 데도 그녀는 미동도 하지 않았다.

"그래 죽여라, 그 편이 차라리 낫겠다."

구경꾼들은 그 장면을 숨죽인 채 지켜보고 있었다. 그때였다. 구경꾼들 뒤로 호루라기 소리가 들려왔다. 마침 순찰 중이던 경찰관이 나타난 것이다.

"그 손 당장 내려놓지 못해?"

양아치는 놀라 뒤로 물러났다. 게슴츠레한 눈빛으로 경찰을 바라보더니 손을 부들부들 떨었다. 경찰이 양아치에게 다가가더니 말했다.

"너 본드 흡입했지?"

양아치의 눈이 뒤집어지고 있었다.

"내 그럴 줄 알았지."

사람들이 웅성댔다. 경찰이 구경꾼들을 향해 손을 내저으며 말했다.

"무슨 구경거리 났다고 이 난리요 당장 돌아들 가요."

구경꾼들은 좋은 구경거리를 놓친 것이 몹시 아쉬운 듯 돌아서 가며 말했다.

"저 여잔 왜 저러는 거야."

세상은 온통 악인들 천지였다. 약자를 향한 돌팔매와 악담과 저주로 가득한 지옥문 입구 같았다. 그런 인간들로부터 사랑과 위로를 기대하며 산다는 건 얼마나 우스운 일인가. 민자혜는 회환에 찬 눈물을 흘리며 거리를 걸어갔다.

멀리서 체어맨 승용차가 그녀를 향해 사나운 짐승처럼 돌진하고 있었다. 차량은 마치 시위하듯 그녀에게 비키라고 명령하고 있었다. 클랙슨을 빵빵 울려대며. 그러나 그녀는 꼼짝할 수가 없었다. 또다시 눈앞에서 수많은 별들이 왔다 갔다 했다.

몸에 중심을 잡을 수가 없었다. 뚱뚱한 몸체가 높은 부츠 굽 위에서 춤을 추고 있었다. 자동차의 서치라이트가 그녀의 몸을 비추며 클랙슨을 더 요란하게 울려댔다.

빵 빠앙.

그녀는 손으로 눈을 가리며 승용차를 바라보았다. 그 안에는 그녀가 원하고 선망하던 부와 명예가 있었다. 젊고 잘생긴 남자가 승용차 뒷좌석에 앉아 짜증난 표정으로 빨리 비키라고 명령하고 있었다. 그래 바로 저 남자다.

그녀는 머릿속에 번쩍 스치는 영감(靈感)을 보았다. 그리고 정신없이 자동차를 향해 돌진했다.

끼이익 쾅! 꺄악.

승용차는 급커브를 시도했으나 마주 오는 차량을 미처 발견하지 못한 채 정면충돌하고 말았다. 그리고 그녀의 몸뚱어리는 공중에서 한번 빙 회전을 한 뒤 바닥에 힘없이 떨어졌다. 잠시 후 경찰 사이렌이 들리고 구경꾼들이 소리 없이 몰려들었다. 구급차는 쓰러진 그녀를 태우고 어디론가 급히 사라졌다. 그리고 그녀는 그 동네에 다시는 모습을 드러내지 않았다.

식물인간으로 변한 그녀를 두고 가족들은 보험회사 직원들과 수차례 협상을 벌였다. 그러다 어느 날 구치소를 여러 번 드나들었다는 그녀의 오빠가 나타나자 협상이 급물살을 타기 시작했다. 이윽고 보상금과 위자료가 결정됐다.

그 돈은 가족들에 의해 갈가리 찢겨졌고 또 다른 불씨로 변했다. 한 달이 지났다. 보상금은 휴지조각이 되어 날아갔다. 도박단의 판돈이 되어 사라진 것이다. 집은 경매에 붙여졌고 가족은 뿔뿔이 흩어졌다.

정미숙은 어디론가 급히 가고 있었다. 그녀의 손에는 노란 사각

봉투가 들려져 있었다. 그것을 소중히 가슴에 안고서 그녀는 낮은 한숨을 토해냈다. 얼마나 긴장을 했던지 팔과 다리가 후들후들 떨렸다.

이번만 이번만, 이번이 마지막이야.

그녀는 주문을 외우듯 공포에 잔뜩 질린 나머지 하이힐에 걸려 넘어지고 말았다. 때마침 거리에 눈보라가 몰아치기 시작했다. 바닥은 어느새 빙판으로 변해 있었다. 그녀의 미니스커트 위로 눈송이가 자꾸만 달라붙었다.

언 손을 호호 불며 그녀의 발걸음은 어느새 청량리 바닥을 헤매고 있었다. 얼굴은 초췌하여 두려움으로 가득했다. 낯선 골목길로 접어들면서 그녀는 자꾸만 뒤를 돌아다보았다. 이윽고 그녀의 모습은 자취를 감추고 말았다.

이제 청량리는 하얀 눈 천지로 변해 가고 있었다. 상인들은 휘장을 걷고 사라졌다. 이따금씩 들려오던 무도장의 음악도 뚝 끊겼다. 차량마저 드문드문 이어졌다. 행인들은 눈 쌓인 거리를 엉금엉금 기다시피 해 지하도로 사라졌다.

다만 롯데 백화점이 뿜어내는 전광판만이 어두워 가는 거리를 등대처럼 비추고 있었다. 노점상들도 서서히 철수하기 시작했다. 눈이 너무 많이 쌓여 다시 거리로 나오게 될지도 불투명했다. 정적이 깔리는 거리에 느닷없이 고함소리가 들려왔다. 욕설과 함께 째지는 듯한 비명이 연이어 들려왔다.

"아아악!"

"이년아, 당장 경찰서로 가자. 두 눈 시퍼렇게 뜨고 살아 있는 서방 두고 샛서방질이라니, 자식들 보기에 부끄럽지도 않더냐."

이어 퍽! 하고 내리치는 소리와 함께 이내 잠잠해졌다. 여자가 쓰러진 것이다. 눈 위에 나뒹굴어진 여자를 두고서 남자는 그대로 돌아섰다. 여자의 입가에 피가 흐르고 있었다. 남자는 여자의 손에서 빼앗은 사각봉투를 들고서 휘파람을 불었다. 그리고 어디론가 급히 핸드폰을 걸었다.

"자기야, 난데 방금 전에 일 끝냈거든, 이따 호텔에서 만나자구."

여자의 간드러지는 웃음소리가 들렸다. 남자는 만족한 미소를 지으며 달려오는 택시를 향해 손을 번쩍 들었다.

택시!

남자는 택시에 올라 흐뭇한 미소를 지었다. 운전기사를 그를 보더니 말했다.

"손님, 오늘 무슨 좋은 일 있으셨나 보군요."

남자는 눈 내리는 거리를 내다보며 말했다.

"거참, 눈이 엄청 내리네요. 이런 폭설은 내 생전 처음입니다. 내년 농사는 풍년들겠는데요."

"그러게 말입니다."

남자는 핸드폰을 만지작거리며 말했다.

"거 오랫동안 해결 못한 일이 있었는데 방금 전 끝냈거든요, 모처럼 눈도 많이 내리고 기분 좋습니다."

"무슨 일인지 모르지만 축하드립니다."

눈길을 한참 달리던 택시가 이윽고 목적지에 도착했다. 남자가 만 원짜리 지폐를 운전기사에게 건네며 말했다.

"거스름돈은 필요 없습니다."

"아이구, 이거 감사합니다."

남자는 택시에서 내리자마자 호텔을 향해 급히 뛰어 갔다. 얼마

나 급히 뛰었는지 발이 허공을 차는 듯싶더니 그대로 나뒹굴어지
고 말았다. 쿵! 소리를 내고 넘어진 남자는 다시 일어서기 위해
안간힘을 썼지만 번번이 실패했다.

　허리를 크게 다친 데다 다리뼈에 금이 갔기 때문이다. 그때 한
여자가 앞으로 다가왔다. 검정색 코트 자락으로 몸을 가린 여자는
얼굴 표정이 표독하고 비웃음으로 가득했다. 그에게 다가가더니
가만히 손을 내밀었다.

　남자는 여자의 손을 붙잡고 간신히 일어섰다. 남자의 상태를 눈
치 챈 여자가 회심의 미소를 지으며 말했다.

　"고마워, 이 봉투는 내가 알아서 처리할게, 그럼 안녕."

　"뭐? 안녕, 안녕이라구?"

　"이제 우리 볼일은 다 끝난 거 아닌가."

　여자가 그의 얼굴에 키스를 하며 말했다.

　"그동안 수고했어, 그리고 고마워."

　여자는 돌아서더니, 지나가는 택시를 급히 불러 세웠다.

　"택시."

　칼바람이 그녀와 남자 사이를 세차게 지나갔다. 남자는 다시금
통증을 느끼는지 아픈 허리와 다리를 질질 끌면서 여자가 사라진
곳을 향해 절름절름 걸어갔다. 호텔 앞 광장에 다시금 함박눈이
내리기 시작했다. (2009년 한국작가)

환란은 인내를

봄비가 부슬부슬 내리는 어느 새벽이었다.

○○교회 앞 도로에서 뺑소니 차량 사건이 발생했다. 사건이 발생한 시각은 오전 6시쯤이었고 주변에 목격자라곤 피해자의 남편 단 .한 사람뿐이었다. 목격자에 의하면 뺑소니 차량은 교회를 빠져나와 차로로 내려서기 직전 피해자를 치고는 그대로 도주했다.

이른 새벽에다 안개가 끼어 불분명하긴 했지만 차량은 몸체가 큰 걸로 보아 체어맨이거나 에쿠우스임에 틀림없다. 그러나 채 미명이 가시지 않았고 자세히 확인하지 않아 그건 불분명한 사실이다. 피해자는 교회 인근에서 토스트를 구워 팔던 노점상이었다.

일찍 출근하는 직장인들을 대상으로 이른 새벽부터 나와 토스트를 팔고 있었다. 그날따라 손님이 뜸해 밖으로 나와 거리를 바라보고 있는데 웬 검정색 승용차가 나타나 여자를 치고 달아난 것이다. 피해자의 남편이 나타났을 때, 뺑소니 차량은 도로 인터체인지를 돌아 고속도로로 접어들고 있었다.

잠시 후, 119 구급대에 의해 인근에 있는 종합병원 응급실에 실려간 피해자는 두개골이 파손되는 심각한 증상을 보였다. 평소에도 천식 증세를 자주 일으키던 환자는 수술이 끝난 뒤에도 의식 불명에서 깨어나지 못했다.

그리고 삼일 만에 기적적으로 의식을 회복했을 때 기질적 뇌증

후군이란 새로운 병명을 추가하고 있었다. 사고 발생 시 뇌에 가해진 충격으로 인해 정신체계에 심각한 이상을 초래하고 만 것이다.

어느 화창한 봄날 일요일이었다. 예배가 막 시작되었는데 갑자기 성전 입구에서 큰 소란이 벌어졌다. 가방과 검은 비닐 보따리를 여러 개 든 중년 여자가 마침 입장하고 있는 성가대를 제치고 앞좌석을 향해 나가는 것이었다. 더구나 그녀의 입에선 알아들을 수 없는 괴성이 터지고 있었다.

"나사렛 예수의 이름으로……."

그 다음 말은 도저히 알아들을 수 없었다. 쉭쉭하는 것 같기도 하고 꿱꿱거리는 오리 소리 같기도 하고 무슨 산짐승 소리 같기도 했다. 성가대원을 제치고 앞으로 가는 그녀의 모습은 완전 거렁뱅이였다. 한복 비슷한 복장은 때에 절어 너절했고 신발은 너무 낡아 발가락이 비죽이 나와 있었다.

머리칼은 헝클어져 완전 산발이었다. 앞좌석을 향해 나가던 그녀의 발걸음에 제동이 걸렸다. 봉사하던 남자 집사가 그녀를 제지하고 나선 것이다.

"뭐여! 이거?"

그녀가 남자 집사의 손길을 홱 뿌리치더니 발등을 콱! 찍고 말았다.

"아얏!"

남자 집사는 발을 들고 그 자리에서 콩콩 뛰었다.

"사탄 놈의 새키."

그녀의 눈빛은 흰자위만 남아 번뜩이고 있었다. 언뜻 보기에도

소름끼치는 눈이었다. 그녀가 성가대원을 향해 눈길을 돌리는 순
간 아악! 하고 비명이 터져 나왔다. 그녀의 눈빛을 확인한 남자
성도들의 입에서도 똑같은 비명이 터져 나왔다.

그들이 놀라 뒤로 물러서는 순간 그녀는 마구 몸부림치며 발작
을 일으키기 시작했다. 입에서 거품을 내더니 그대로 뒤로 넘어지
고 만 것이다. 쓰러진 그녀는 가방과 비닐 보따리를 잔뜩 움켜 쥔
채 미동도 않았다.

뜻밖의 사태에 놀란 교인들은 쓰러진 그녀를 그저 멍하니 바라
볼 뿐이었다. 잠시 정적이 흐른 뒤, 힘센 청년 몇 사람이 다가와
그녀를 앞뒤에서 잡아채고는 성전 밖으로 끌고 나갔다. 그녀가 나
가고 성전 문은 굳게 닫혔다.

그때만큼은 당회장 목사도 어쩔 수 없는지 침묵을 지켰다. 그리
고 그날 설교는 이상하리만치 싸늘한 분위기가 흘렀다. 설교하는
목사도 청중들도 반응이 영 시원찮았다. 예배가 끝난 뒤 교인들은
수런거리며 교회를 빠져나갔다.

그들은 알 수 없는 영적 침체감에 빠져 마음이 계속 가라앉고
있었다. 느닷없이 나타나 소동을 벌인 여자에 대한 궁금증이 영적
인 물음표가 되어 계속 떠올랐다. 그 다음 주도 또 그 다음 주도
여자는 계속 나타났다.

손에 여러 보퉁이를 든 채로 여전히 눈이 돌아가 있었다. 그녀
가 나타나면 으레 성전 입구는 초비상이 걸렸고 드잡이와 함께 심
한 욕설까지 오갔다. 경건하던 교회 분위기는 오간 데 없고 살벌
한 분위기가 감도는 것이었다.

힘이 달릴 때마다 그녀는 손에 든 보퉁이를 하나씩 집어던지며
항의를 했다. 한번은 얼마나 세게 던졌는지 안에 든 내용물이 모

두 쏟아졌다. 머리빗, 손목시계, 헤어밴드, 이어링, 팔찌, 반지 등 장신구와 속옷 나부랭이가 우르르 쏟아져 나왔다.

내용물이 쏟아지자 그녀의 표정은 삽시간에 흑 빛으로 변했다. 급히 주워 담더니 쏜살같이 밖으로 뛰쳐나갔다. 그런 증상은 날이 궂거나 비가 오는 날이면 심화돼 일대 소동이 벌어지곤 했다. 갑자기 외마디 소리를 지르며 뒤로 넘어지는가 하면 여자, 특히 머리칼이 긴 여자 교인만 보면 달려들어 주먹을 휘둘렀다.

그런데 이상한 것은 그렇게 맞은 당사자는 오히려 초연했다. 당장 화를 내면서 저 여자를 쫓아내라고 할 것 같은데도 오히려 불쌍한 표정을 지으며 자리를 피했다. 본정신이 아닌 여자를 두고 왈가왈부하고 싶지 않다는 것이었다.

그리고 그녀에게 다가가 돈을 몰래 쥐어주거나 옷가지를 건네는 교인들도 있었다. 식당에 나타나면 대부분의 교인들은 눈살부터 찡그렸지만 마음 착한 교인들은 일부러 친절하게 대해 주었다. 그들 마음속에는 한결같이 당회장 목사의 설교가 떠오르고 있었다.

악인도 사랑받고 싶어 한다. 그러자 여자의 태도가 이상하리만치 달라지기 시작했다. 태도가 양순해지고 표정이 밝아진 것이다.

그러나……

겨울이 끝나갈 무렵 교회 마당에 처연한 빗줄기가 내리고 있었다. 주차장이 보이는 공터 뒤편에 이상한 물체가 보였다. 꿈틀거리는 걸로 보아 살아있는 생물체임에 틀림없었다. 끙! 하고 신음 소리가 나는가 싶더니 물체가 드디어 모습을 드러냈다. 손에 검은 비닐봉지를 들고 우비를 뒤집어쓰고 있었다. 심상치 않은 그 물체는 비칠거리며 일어나더니 당회장실이 있는 교육관 쪽으로 발걸음을 옮기기 시작했다. 산발한 머리에서 빗물이 뚝뚝 흘러내렸다.

입가엔 울음인지 웃음인지 모를 기운이 잔뜩 매달려 있었다. 때마침 주변에는 아무도 없었고 우르릉 쾅! 하는 소리와 함께 빗줄기가 본격적으로 쏟아지기 시작했다. 그 소리에 놀라기라도 한 듯물체는 하늘을 향해 괴성을 질렀다.

"우우우 웅…."

철버덕거리는 신발 사이로 발가락이 삐죽이 보였다. 그녀였다. 그녀는 신들린 듯한 표정으로 괴성을 지르며 당회장실로 난입했다. 문을 쾅 열어 제끼는 순간 안에 있던 목사와 여전도사는 일제히 소리를 지르며 자리에서 일어났다.

"으으왁, 귀 귀신이닷!"

젊은 여전도사는 부들부들 떨며 말했다.

"음란한 사탄의 새끼들 이곳에서 무슨 짓을 한 거지? 이 마귀 새끼들아."

여자가 괴기스런 웃음을 흘리며 말하는데 꼭 지옥에서 건너온 하수인 같았다. 자세히 보니 여자는 일그러진 얼굴에 주름이 가득했다. 검붉은 낯 색은 육십도 훨씬 더 되어 보였고 오른쪽 뺨은 화상을 입었는지 완전히 이지러져 있었다. 너무도 흉측한 모습에 목사와 전도사는 이내 외면하고 말았다.

"빨리 나가욧! 여기가 어디라고."

여전도사는 소리만 내지를 뿐 계속해서 덜덜 떨었다. 그때였다. 어느새 벗었는지 여자가 칙칙한 우비를 목사와 여전도사를 향해 집어던졌다. 우비는 철버덕하고 목사와 여전도사를 명중시켰다. 그들을 덮어버린 우비에서 빗물이 뚝뚝 떨어졌다. 목사는 너무도 놀란 표정으로 여자만 멍하니 응시할 뿐이었다. 그러다 한순간 표정이 돌변했다.

"다, 당신……."

"으하하핫핫…… 으하하하."

여자는 계속 괴성을 지르며 두 사람을 노려보더니 문을 쾅 닫고는 나가 버렸다. 그녀의 출현은 기습적일 때가 많았는데 그 때문에 목사는 노이로제에 걸릴 지경이었다. 그녀가 나타나면 청년들이 몰려나와 못 들어가게 막는데 여자는 안 끌려 나가기 위해 발버둥을 쳤지만 소용없었다.

그 바람에 교인들의 이맛살이 저절로 찌푸려들 정도였다. 오늘은 안 나타나는구나 안심하면 어느 사이엔가 청중을 뚫고 나타나 소리를 냅다 지르고…….

그녀로 인해 문제가 자주 발생하자 나중에는 예배가 시작되고 나면 출입문 자체를 봉쇄하자는 의견까지 나왔다. 그러나 그런 의견은 얼마 안 가 무산되고 말았다. 그렇게 끈질기게 교회에 찾아와 침입자 노릇을 하던 그녀가 갑자기 행방을 감추고 만 것이다. 그러기를 한 달, 두 달 어느새 반년이 흘렀다.

그동안에도 목사의 가슴은 방망이질을 멈추지 않았다.

설마 이번 주에는……. 이번 주에는 하면서 그의 설교는 점차 활기를 띠어 갔다. 평온한 표정이 흐르더니 설교의 내용과 패턴이 달라졌다. 교회는 다시 영적 부흥의 새로운 도약단계로 들어서고 있었다. 그러던 어느 수요 저녁 예배 때였다. 그날은 봄꽃이 교회 뜰을 흐드러지게 장식하고 있었다. 마치 한편의 영화를 보듯 아름다운 전경이었다. 마침 부활절을 앞두고 있는 시기이기도 했다.

성가대의 찬양이 막 끝났는데 밖에서 쾅! 하는 굉음이 들려왔다. 마치 폭탄이 터지는 듯한 강력한 굉음이었다. 놀란 교인들이 밖으로 뛰쳐나가 보니 마당 한가운데 있던 목사의 자동차가 불타고 있었다. 새빨간 불꽃이 검은 연기와 함께 하늘로 치솟고 있었다. 불티가 사방으로 날아올랐다.

주변에 다른 차량도 많이 있는데 유독 당회장 목사의 차만 불에 타는 걸로 보아 방화(放火)임에 틀림없었다. 누군가 고의로 불을 지른 것이다. 목사와 교인들은 멍하니 서서 타오르는 불길을 바라보았다. 너무도 어이없는 일이 벌어지자 그만 넋이 나가버리고 만 것일까. 그들은 당장 달려들어 불 끌 생각을 하지 못했다.

잠시 후, 교회 사찰 집사가 소화기를 들고 나타났을 때 불길은 이미 소강상태에 접어들고 있었다. 그날 예배가 엉망이 된 것은 두 말할 나위가 없다. 간신히 예배를 마치고 나온 목사는 불타 버린 자동차를 멍하니 바라보았다.

십오 년 동안 끌고 다니던 구형 승용차를 처분하고 난 뒤 새로 구입한 소나타 쓰리였다. 비록 중고 자동차 시장에서 구입한 것이었지만 성능도 좋고 모처럼 타보는 중형인지라 기분이 좋았었는데 구입한 지 몇 달도 되지 않아 그만 잿덩어리가 되고 만 것이다.

자동차 주변으로 아직도 불티가 어지럽게 날아다녔다. 그리고 알 수 없는 매캐한 냄새가 코를 찔렀다. 그가 불 탄 자동차를 바라보고 있는 사이 인근 경찰서에서 김형사가 나타났다. 방화(放火)로 추정한 그는 목사를 보자마자 아니꼬운 웃음을 머금었다.

"아니 세상에 어디 불을 지를 데가 없어서 목사님 차에다……."

형사는 수첩을 꺼내 몇 가지 적더니 옆에 서 있는 목사 사모(師母)에게 물었다.

"평상시에도 이런 사고가 종종 있었나요?"

그는 다소 무리다 싶을 정도로 빈정거리듯 말했다. 마치 목사가 원인 제공이라도 했다는 듯한 말투였다.

"이런 사고라니요?"

기분 나쁜 듯 목사의 아내는 거친 말투로 물었다. 중간 키에 날렵한 몸매를 한 그녀는 40대 중반으로 보였다. 풍채가 좋은 목사에 비하면 마르면서도 이목구비가 반듯한 미모였다.

"뭐 통상적인 질문이니까 너무 신경 쓰지 마십시오, 그런데 신성한 교회에서 이런 차량 화재 사건이 발생하다니 좀 이상한 생각이 드는데요."

형사는 교회 전경을 둘러보며 중얼거리듯 말했다. 그러면서도 뭔가 캐내려는 눈치가 역력했다.

"평상시에 말입니다. 교회에 와서 행패를 부리거나 아님 목사님께 직접 해코지를 한다거나, 아님 교회 이권 다툼이라 거나 그런 일은 없었습니까?"

나도 이 정도쯤은 안다는 어떤 자부심 같은 게 엿보이는 말투였다.

"그런 일 없습니다."

목사는 아예 귀찮다는 표정을 지었다.

"거참 이상하네요, 다른 차는 멀쩡한데 왜 목사님 차만 불을 질렀을까요?"

"어차피 범인을 잡을 수 없다면 덮어두고 말지요."

"그야 목사님 입장이야 그럴 수 있지만 우리 입장으로선……."

형사는 불타버린 자동차를 여기 저기 살펴보더니 여전히 미심쩍은 표정을 거두지 않았다. 그러더니 생각난 듯이 말했다.

"얼마 전에 교회에 와서 행패를 부리던 여자 노숙자가 있었다면서요?"

"그게 언제 적 이야긴데, 그만 둡시다. 자동차야 새로 사면 되는 거고."

그러자 옆에 서 있던 목사의 아내가 끼어들며 말했다.

"아니에요, 꼭 범인을 잡아주세요, 차후에 이런 일이 또 발생하지 말란 법이 없으니까요."

형사는 고개를 갸우뚱하며 혼잣말을 했다.

"이상하다, 뭔가 있긴 있는 것 같은데."

형사가 돌아가고 난 뒤 목사는 교회 중직들에게 각별히 당부했다. 어차피 좋지 않은 일 소문 낼 것 없이 이 선에서 처리하고 말자. 다음부터는 좀 더 차량 보호에 만전을 기하자는 선에서 마무리 됐다. 그러나 아무리 생각해도 이해 안 가는 것은 어떻게 많은 자동차 중에서 하필이면 목사의 자동차를 택해 불을 질렀을까 하는 거였다.

여러 가지 의문점이 제기되었지만 워낙 사안이 미묘한 탓인지 더 이상 거론하기조차 싫어했다. 다음부터 조심하면 되지 하는 식으로 일단락되었다. 그러나 사건은 몇 달 뒤 또다시 발생했다. 이번에는 자동차를 교육관 옆에 있는 화단 곁에 두었었다.

그곳은 여름에 그늘을 피하기 위해 차양을 쳐 둔 곳으로 자동차 한 대 주차하기엔 안성맞춤인 곳이었다.

사람들의 눈에도 잘 띄고 설사 불을 지르고 도망친다 해도 금세 붙잡힐 거리였다. 그런데도 차량이 전소되는 사태가 발생한 것이었다. 그것도 차량이 전소될 때까지 아무도 몰랐다는 사실이 더 큰 실책이었다. 그들이 예배를 마치고 나왔을 때는 이미 차량은 불에 타 형체만 겨우 알아볼 정도였다.

자동차를 세워 두었던 곳은 차양이 불에 타 사라졌고 불티가 여기저기 날아 지저분했다. 그나마 다행인 건 불에 탄 자동차 이외엔 별다른 손실이 없었다는 사실이다. 한 가지 있긴 있었다. 얼마 전에 구입한 cctv가 불에 타 흔적도 없이 사라진 것이다. 한 번도 아니고 두 번씩이나 같은 사고가 발생하자 모두들 긴장 일색이었다.

"다음부터 교회 오실 땐 택시를 타거나 다른 교통수단을 이용하십시오."

개척 당시부터 교회 일에 열심을 냈던 허장로는 심각한 표정으로 말했다. 그러자 여기저기서 이구동성으로 말했다.

"아니, 그런데 도대체 어떤 놈들이 자동차에 불을 지르는 거야, 그것도 다른 사람도 아닌 우리 당회장 목사님 차를, 차암 내."

"마귀 역사야, 아암 마귀 역사고 말고."

"혹시 우리 교회에 흑심을 품은 인근 불량배거나 아님 당회장 목사님을 음해하기 위해 꾸며낸 사탄의 일이 틀림없어."

"아냐, 우리 목사님을 겁주기 위해 교회를 훼방하는 세력들이 꾸며낸 일일지도 몰라."

"아니, 왜 허구 많은 교회 중에 그것도 우리 목사님 차에다 불을 지르냔 말야."

"자! 자! 소설 그만 쓰고 다시는 이런 사고가 발생하지 않도록 더욱 조심하는 수밖에."

목사는 똑같은 사고가 두 번이나 발생하자 지난번보다 더 많이 당황하는 눈치였다. 웬만한 일에는 요동도 않는 평상시의 성격에 비해 그는 다소 신경질적인 반응을 보였다. 다음부턴 대중교통 수단을 이용하겠다고 말은 했지만 외부 출장이 잦은 그로서는 어쩔 수 없이 자동차를 또 구입해야 했다.

이번에는 소형 마티즈였다. 역시 장안동에 있는 중고 자동차 시장에서 구입한 거였다. 자동차 기사가 따로 없는 그로서는 또다시 자동차를 주차장에 세워 두어야 했다. 그리고 사찰 집사로 하여금 cctv를 통해 잘 지키라고 신신당부했다.

관리를 잘 한 탓인지 구입한 날로부터 육 개월 가량은 차량 유지가 잘 되었다. 그러던 어느 날, 그날은 월요일이었다. 모처럼 만의 휴일이라 집에서 쉬고 있는데 핸드폰으로 문자 메시지가 날아왔다.

'명일(明日) 일곱 시 차량 화재 사건이 또 있겠음.'

그는 발신번호를 추적 통화를 시도했지만 실패했다. 그런 전화번호는 존재하지 않았다. 누군가 장난으로 그런 메시지를 보냈다고 생각하기엔 의심스런 부분이 많았다. 이미 먼젓번에 있었던 차량 화재 사건을 알고 있는 걸로 보아 동일범이거나 아니면 그 사건을 알고 있는 사람이 모방 범죄를 흉내 낸 것이 틀림없었다.

그렇다면 범인은 교회 내에 있는 그를 잘 알고 있는 사람일 것이다. 그러나 어떻게 범인을 알아낸단 말인가. 그는 무엇보다도 교인들 간에 떠도는 소문이 가장 마음이 쓰였다. 누군가 목사에게 앙심을 품고 두 번씩이나 차량에 불을 질렀다며 추측성 난무한 그럴 듯한 소문이 꼬리에 꼬리를 물고 날아다녔다.

문자 메시지에 나와 있는 대로 내일 또다시 방화 사건이 발생한다면 큰 낭패가 아닐 수 없다. 그땐 걷잡을 수 없이 소문이 일파만파로 번져 나갈 것이다. 차량 방화 사건과 목사의 사생활까지 연계시켜 무슨 소문이 나는지 모른다. 이번만은 막아야 한다. 눈에 불을 켜고 지켜서라도 막아야 한다.

내일은 부흥 사경회가 시작되는 날이다. 그걸 알고 일부러 날을

택했는지도 모른다. 강민형 목사는 또다시 발생할지 모르는 불상
사를 대비해 이번에는 아예 자동차를 집에 두고 가기로 했다. 집
안팎 단속을 잘 한 뒤 아내와 둘이서 택시를 타고 교회에 도착했
다.

　준비했던 대로 부흥회는 잘 진행되었고 성황리에 끝났다. 집회
가 끝난 뒤 부흥강사와 함께 본당 계단을 내려설 때였다. 교회 정
문에서 봉사하던 정집사가 놀란 표정으로 뛰어왔다.

　"모 목사님 크 큰일 났습니다. 또 또……."

　정 집사는 숨이 턱에 차서 말을 잇지 못했다. 그 모양을 보자
목사는 가슴이 무너져 내리는 것 같았다. 무슨 급박한 사건이 발
생한 게 틀림없다.

　"무슨 일이신데 그러는 겁니까?"

　"저기 저기에……."

　그는 숨을 몰아쉬더니 옆에 서 있는 부흥 강사 목사에게 말했
다.

　"목사님 자동차가……."

　강민형 목사는 순간 아찔한 현기증을 느꼈다. 이번에는 부흥 강
사 목사의 자동차를 불태웠단 말인가.

　"내 자동차가 없어지기라도 했단 말이오?"

　"그 그런 게 아니고……. 누가 목사님 자동차에다 불을 놓은 모
양입니다."

　"뭐 뭐라구욧?"

　부흥강사는 표정이 새파랗게 질리면서 덜덜 떨었다. 강대상에서
는 그렇게 큰소리 탕탕 치더니 급박한 상황에 이르자 그 역시 어
쩔 수 없는 모양이었다. 그들이 불 난 자리로 달려갔을 때 이미

교인들이 모여 웅성대고 있었다.

부흥 강사 목사의 자동차는 신형 에쿠우스였다. 얼마 전 교인이 선물했다고 한다. 그는 자동차를 선물한 교인을 입에 침이 마르게 칭찬하고 다니면서 주의 종에게 잘하면 반드시 축복 받는다고 역설했다. 그리고 그 이야기는 그가 부흥성회를 할 때마다 반복되어 선포됐다.

그런데 그 소중한 자동차가 한 순간에 불에 타 없어지고 말았으니 그로선 기가 막힐 노릇이었다. 그의 표정에 분노의 빛이 떠올랐다.

"그, 그게 어떤 자동찬데……."

"목사님 죄송합니다. 곧 범인을 잡도록 노력하겠습니다."

그러자 이번에는 웅성대는 교인들이 나서며 말했다.

"목사님 이번만큼은 꼭 범인을 잡아야 합니다. 정식으로 경찰에 수사를 의뢰합시다. 이건 한두 번도 아니고……."

"한두 번이 아니라뇨? 그렇담 전에도 이런 사고가 있었단 말입니까?"

부흥 강사는 놀란 눈빛으로 말했다.

"사탄의 역사야 사탄의 역사. 아! 글쎄 얼마 전에는 귀신들린 여자가 나타나서는……. 난리도 그런 난리가 없었다는 것 아닙니까, 전에 비오는 날에는 글쎄."

정 집사는 주책없이 주절주절 그간의 사건을 쏟아냈다. 그는 교회 일이라면 적극적인 반면 낄 데 안 낄 데 구분 못하는 눈치꾸러기 1세였다.

"정 집사님 그만 하세요, 손님 앞에서……."

강민형 목사는 언성을 높이며 미간을 찌푸렸다. 순간 부흥 강사 목사의 눈빛이 묘하게 변했다.

"그나저나 내 자동차는 어쩐담, 보험에 들어 있긴 하지만……."

그는 은근히 보상을 바라는 눈치였다.

"일단 경찰에 수사를 의뢰한 다음, 보상 문제는 차후에 결정하기로 합시다."

"아니, 당장 타고 다닐 차가 없어졌는데 차후에라니……. 나 이것 참 난감해서."

부흥강사는 예정된 3일간의 일정을 마치고 떠나면서 계속 찝찝한 표정을 지었다. 그동안 경찰서에서 형사가 몇 차례 다녀갔고 수사는 광범위하게 진행되었다. 사건을 맡은 형사는 처음 방화사건이 났을 때 다녀갔던 인근 경찰서에 있는 김형사였다.

그는 같은 사건이 세 번이나 반복해 발생하자 묘한 호기심을 가지고 달려들어 수사를 시작했다. 그는 전에도 차량 방화 사건을 맡은 적이 있었는데 모두의 예상을 뒤엎고 사건을 완결지어 그 능력을 평가받은 적이 있었다.

특히 오리무중에 빠진 사건일수록 특유의 기지를 발휘해 해결하는 수완을 보였다. 에쿠우스는 교회 정문 곁에 있는 좁은 공간에 있었다. 본당 건물과는 좀 멀찍이 떨어져 있어 불이 나도 모를 만도 했다. 정문 옆에 경비실이 있었지만 경비가 늘 자리를 지키는 것도 아니어서 마음만 먹으면 언제든지 범행이 가능한 곳이었다.

그가 에쿠우스 앞으로 다가갔을 때 휘발유 냄새와 함께 매캐한 연기가 자욱했다. 아직도 열기가 사라지지 않아 가까이 다가가기가 겁날 정도였다. 열기가 사라질 쯤 다가가 자동차 안과 밖을 살펴보니 단서가 될 만한 게 전혀 보이지 않았다. 범인의 것으로 보이는 아주 사소한 징후도 전혀 포착되지 않았다.

김형사는 첫 단계로 교회 내의 목사를 반대하는 세력과 교회와 지역 주민과의 문제의 소지에 대해서 탐문 수사를 벌였다. 또 목사 개인의 사생활에 대해서도 다방면으로 수사를 했다. 수사하면서 놀란 사실은 강민형 목사에 대한 비평이나 험담이 전혀 없다는 것이었다. 그러나 그는 그게 더 이상했다.

어느 단체든 어떤 조직이든 반대자가 있기 마련이고 시샘하는 무리가 한둘은 꼭 있게 마련인데 전혀 그렇지 않다니, 그렇다면 그는 인간 예수란 말인가. 아니다. 예수도 살아 있을 땐 많은 대적자들에게 핍박당하고 끝내는 십자가까지 지지 않았던가.

그런데 어떻게 인간관계를 했기에 비판하는 소리가 전혀 없다는 말인가. 아무리 천사 날개를 달았어도 그렇지. 생각할수록 이상했다. 신앙이 없는 그로서는 그 모든 게 의심투성이였다.

하긴 모든 의심은 수사의 첫걸음이 된다.

또 한 가지는 자동차가 불타는 동안 목격자가 없다는 사실이었다. 자동차가 불 탈 때면 분명 평하는 소리와 함께 인근에서라도 목격자가 나타날 법 한데 세 번이나 자동차가 불 탈 동안 목격자가 없었다는 것은 아무리 생각해도 납득이 안 갔다.

이것은 목격자가 있는 데도 나타나지 않거나 아님 알고도 일부러 모른 척하는 게 틀림없다.

김형사는 다방면으로 수사를 펼쳐 보았지만 그가 상상하는 세속적인 관심사는 포착되지 않았다. 그가 상상하고 유추했던 혐의점은 모두 수사상에서 물 건너 가 버렸다. 교인들은 보통 사람들과 달리 당회장 목사에 대한 어떤 의심 섞인 말이나 험담에 대해 아주 싫어했다.

형사가 묻는 말에 당장 거부 반응을 보이거나 난색을 표하는 경우가 더 많았다. 한 사람 있긴 있었다. 그는 얼마 전 등록한 새신 자로 우경철이란 40대 중반의 남자였다. 얼굴 인상이 험하고 어떤 적개심 같은 게 엿보이는 그는 보통 교인들과는 달리 말투도 거칠 고 상스러웠다.

그는 당장 목사와 교회 중직들 간에 비리를 꼬집었다. 그의 말 에 의하면 교회도 일반 사업체와 별반 다를 게 없다는 거였다. 모 든 게 힘 있는 사람들에 의해 좌지우지되는 게 사회와 교회가 똑 같다는 게 그의 주장이었다.

그는 목사의 사생활에 대해서도 많은 이야기를 했는데 이야기인 즉슨 목사가 너무 명예욕에 사로잡혀 산다는 것이었다. 자동차가 불탄 지 얼마나 되었다고 그 새 자동차를 두 번이나 산단 말인가. 그것도 요즘 같은 불경기에.

그러다가 느닷없이 그 사람만큼 착하고 진실한 목회자도 드물 것이라고 말했다. 목사가 너무 약하고 순해 빠지다 보니까 교인들 이 목사를 쥐고 흔드는 경향이 있다며 가슴이 아프다고 했다.

가만히 이야기를 들어보니 앞뒤가 맞지 않는 것이 목사를 칭찬 하는 것도 아니고 그렇다고 비난하는 것 같지도 않아 헷갈렸다. 그러나 더 의심스러운 건 어떻게 새 신자가 그렇게 많은 사실을 알고 있는가 하는 거였다. 우경철은 그 이외에도 많은 말을 했는 데 계속 횡설수설하는 폼이 정신 상태가 약간 불안해 보이기도 했 다. 그렇다고 그의 이야기를 믿을 수도 안 믿을 수도 없었다.

그는 지금까지 자신이 경험했던 수사 경력과 교회라는 신앙 공 동체와는 많은 괴리가 있음을 알았다. 아무리 상상력과 경험을 동 원해도 단서는커녕 아무 것도 수사상에 떠오르는 게 없었다. 그는 처음 맡아보는 교회 내의 차량 방화 사건을 두고 공연히 맡았다는 후회감이 들기 시작했다.

그 흔한 목격자 한 사람 나타날만한데 그야말로 오리무중이었다. 그러던 어느 날 그는 새벽녘에 교회 밖에서 서성대는 한 남자를 보았다. 그는 교회 문 밖에서 어떤 여자와 드잡이를 하고 있었다. 여자는 헝클어진 머리를 남자에게 붙잡힌 채 심한 욕을 얻어먹고 있었다.

"이 미친년아. 집구석에서 죽은 듯이 엎어져 있지 왜 자꾸 나다녀? 동네 개망신할 일 있냐?"

남자는 분이 나는지 여자의 멱살을 쥐고 마구 흔들었다. 그런데 이상한 건 여자의 태도였다. 여자는 순한 양처럼 남자의 손에 의해 이리 끌리고 저리 끌리면서도 말 한마디 안 했다. 김형사는 그 이상한 부부를 바라보면서 속으로 비웃음을 웃었다.

저것들은 새벽 댓바람부터 부부싸움을 동네 개망신 당하듯 하고 있구만. 그런데 남자의 인상이 어쩐지 낯익어 보였다.

누구? 그는 교회 안으로 발걸음을 옮겨 놓으며 머리를 갸우뚱했다. 아! 그는 얼마 전 교회에 새 신자로 등록한 우경철이란 남자였다. 어쩐지 정신 상태가 약간 불안해 보이더니…… 새벽부터 그것도 교회 앞에서 쌈박질이나 하고 미련퉁이 인간 같으니.

김형사는 교회 앞 식당에서 해장국으로 아침을 해결하고 난 뒤, 다시 교회로 들어갔다. 뭔가 단서가 될 만한 게 잡힐 것 같아서였다. 그는 두 번째 차량사고가 났던 교육관 앞으로 가다 말고 생각난 듯이 재빠르게 교회 공용 주차장으로 뛰어갔다. 범인은 또다시 범행을 계획할지도 모른다.

세 번이나 감쪽같이 속여 넘겼으니 이번에는 또 다른 방법으로 차량에 불을 지르기 위해 현장답사 중일지도 모른다. 먼젓번의 세

번은 똑같이 실내가 아닌 실외에서 행해졌다. 교회 마당에서 벌어졌으니 망정이지 건물 내에서 차량 폭발 사고가 났다면 대형 사고로 번질 뻔했다.

또다시 차량 폭발 사고가 발생한다면 이번에는 공용 주차장이다. 교회 측에서는 또 다른 사고 발발을 우려해 지난해까지 쓰던 교회 휴게실을 주차장으로 급조해 사용하고 있었다. 사고 방지를 위해서인지 구석진 면에 cctv가 보였다. 먼지가 뽀얗게 묻어 있었다.

그런데 자세히 살펴보니 누군가에 의해 부속품이 망가져 작동 자체가 되지 않았다. 또다시 범행을 저지르기 위해 일부러 망가뜨린 게 틀림없다. 김형사는 혹시나 하는 생각에서 cctv에 있는 모든 지문을 채취하기 시작했다. 그러나 생각처럼 지문은 잘 채취되지 않았다.

먼지가 켜켜로 쌓인 데다 여러 사람의 지문이 한데 엉겨 도무지 식별이 안 됐다. 공연히 헛고생 했군 하면서 돌아서는데 놀란 듯이 후다닥 주차장을 뛰쳐나가는 발걸음이 있었다. 뒷모습이 운동선수처럼 기골이 장대하고 걸음이 빨랐다.

김형사가 급히 뒤따라 나갔지만 그 모습은 이미 사라지고 없었다. 잡았다면 틀림없이 수사상에 도움이 될 만한 것을 건졌을지도 모를 텐데.

그는 닭 쫓던 개 지붕 쳐다보듯이 멍하니 서서 하늘을 올려다보았다. 솜구름이 희한하게도 교회 지붕과 맞닿을 듯이 낮게 드리워져 떠 있었다. 그 옆으로 점점이 작은 뭉게구름이, 마치 어미 새 옆의 새끼 새처럼 모여 있었다. 그는 그 광경을 바라보며 어릴 때 주일학교에서 배웠던 출애굽 사건을 기억했다.

　모세가 이스라엘 백성을 이끌고 광야를 지날 때 낮에는 구름기둥으로 밤에는 불기둥으로 인도했던 하나님의 징표가 지금 그 앞에서 무언가를 암시하는 것 같았다. 그는 문득 주머니에서 담배를 꺼내 물었다. 담배 연기를 폐부 깊숙이 빨아들이고 나서 좀 전에 주차장을 뛰쳐나갔던 사내의 뒷모습을 연상했다.

　뒷모습으로 보아 그는 체격이 건장한 중년 이전의 남자 같았다. 언뜻 보았지만 옷차림은 작업복으로 노동자이거나 아님 부랑자 같아 보이기도 했다. 그는 형사다운 직감으로 그 짧은 순간을 기억해 내면서 혼자 피식 웃었다. 담뱃불이 수명을 다해 가고 있었다. 그는 담배를 발바닥으로 비벼 끄면서 아차! 싶었다.

　교회 내에서는 금연이라는 사실을 잊었던 것이다. 할 수 없지 다음부터 조심하면 되지. 그는 교회 문 밖으로 나가다 말고 다시 발걸음을 교육관 옆 화단 곁으로 옮겼다. 차량 화재 사건으로 차양이 불타 없어진 곳에 화단만이 덩그만이 남아 있었다. 화단과 주차장은 거의 직선 코스로 맞닿아 있었다.

　그는 화단을 유심히 살피다 담배꽁초 하나를 집어 들었다. 초록 잎사귀 뒤에 숨겨져 있던 담배에서 아직도 온기가 느껴졌다. 그러니까 방금 전까지 누군가 이곳에 서서 담배를 피우다 던져 버린 것이다. 그는 그 꽁초를 소중하게 집어 들었다. 그의 내부에서 육감이 떠올랐다.

　틀림없이 아까 주차장에 들어섰던 그 자의 꽁초일 것이다. 이곳에서 담배를 피우며 망을 보고 있다가 아무도 안 보인다 싶을 때 주차장으로 들어서다 그를 보자마자 혼비백산 내뺀 것이다. 아마도 그의 심중엔 또다시 차량 방화 사건을 저지르기 위한 모종의 계획이 꿈틀거리고 있었을 것이다.

김형사는 소설 같은 구상을 떠올리다 말고 새벽녘에 보았던 우경철을 떠올렸다. 우연의 일치일까. 우경철과 남자의 뒷모습이 흡사해 보였다. 의심은 확증으로 옮기는 첫 단계가 된다. 그는 담배꽁초를 국립과학수사 연구소로 옮겨 감식을 의뢰하는 한편, 우경철의 신상에 대해서도 은밀히 알아보았다.

그를 새 신자로 인도한 사람을 알아보았더니 뜻밖에도 강민형 목사였다. 그리고 더 놀라운 건 우경철이 평소에도 강민형 목사와 자주 만났다는 사실이었다. 그리고 무슨 일 때문인지 몰라도 우경철이 강민형 목사로부터 금전적인 많은 도움을 받아 왔다는 사실도 알아냈다.

계좌 추적을 해본 결과 강민형 목사의 계좌에서 우경철의 계좌로 매달 빠져나간 액수가 포착되었다. 생각과는 달리 목사의 월급은 많지 않았다. 그 많지 않은 월급에서 매달 우경철에서 송금하고 나면 나머지 가지고는 생활하기에도 빠듯할 액수였다.

그런데 그 와중에 차량 화재 사건까지 터지고 말았으니 그의 통장은 이미 바닥을 드러냈을지도 모른다.

교계 소문에 의하면 그는 털어도 먼지 안 날 사람으로 통하고 있었다. 그런데 무엇 때문에 우경철에게 그 적지 않은 돈을 송금했던 걸까. 뭔가 잡힐 듯 잡힐 듯하면서도 잘 떠오르지 않았다. 그는 동료 형사를 시켜 우경철의 뒤를 밟게 하는 한편 그에 대한 좀 더 자세한 정보 수집에 들어갔다.

우경철은 김형사가 짐작했던 것처럼 일정한 직업이 없이 떠도는 백수건달이었다. 그에 비하면 돈 씀씀이는 괜찮다는 소문이었다. 하긴 그 돈이 누구 손에서 나왔겠는가. 다 강민형 목사의 주머니에서 나온 게 아니겠는가.

감식 결과 담배의 타액은 우경철의 것으로 밝혀졌다. 그것은 그야말로 뜻밖의 수확이었다. 그보다 더 중요한 건 그에게 정신병동에서 퇴원한 지 얼마 안 되는 아내가 있다는 사실이었다. 딸이 한 명 있었는데 그나마 몇 년 전에 교통사고로 죽었다고 했다.

김형사는 우선 강민형 목사와 우경철의 관계를 알아보기 위해 ○○교회로 들어섰다. 당회장실 앞에 이르렀을 때 그는 안에서 들려오는 목소리에 깜짝 놀라 귀를 기울였다. 그는 다름 아닌 우경철의 목소리였다.

"아! 정말 숨 쉬고 사는 게 고역이란 말요, 하루 세 끼 목구멍에 풀칠하는 게 이토록 힘들 줄 누가 알았겠소."

"벌써 돈이 떨어진 모양이군."

"미친 여편네 병수발 하느라고 더 죽을 맛이오. 이건 약도 소용없고……. 내 그놈을 잡기만 하면 그냥 확."

그가 주먹을 허공을 향해 내지르는 모양이었다.

"어허! 그러다 사람 치겠구먼. 성경 말씀에도 있지 않은가. 이는 힘으로도 안 되고 능으로도 안 되고 오직 나의 신으로만 되느니라.. 성령의 능력으로 고쳐야지."

"뭐요? 성령의 능력? 내 그런 것 알 바 아니고 당장 오늘밤부터 끼니 걱정하게 되었소, 여편네가 배고파 죽는다고 징징대는 것 보고 나왔소."

"나도 요즘 힘들어서……."

"그러게 뭐하러 자동차는 자꾸 사요, 그냥 두 발 자전거로 걸어 다니지."

잠시 침묵이 흘렀다. 아마도 목사가 돈을 꺼내는 모양이었다. 잠시 후 문이 열리더니 우경철이 나왔다. 그는 김형사의 얼굴을 보더니 소스라치게 놀랐다.

"갑시다."

김형사가 우경철의 팔목을 낚아채며 말했다.

"어, 어딜 말요?"

"어디긴 경찰서지."

"거, 거길 왜요?"

"글쎄 가보면 알아."

반말투로 변하면서 김형사의 행동이 거칠어졌다. 그는 우경철의 어깨를 우악스럽게 움켜쥐더니 거의 끌다시피 해 밖으로 나갔다. 경찰서는 교회에서 세 블록 지나 사거리 쪽에 있었다. 교회와 엎드리면 코 닿을 거리였다.

경찰서 정문을 지나 형사실로 들어서자 여기저기서 고함이 터져 나왔다. 욕설과 함께 퍽! 하며 등짝을 후려치는 형사가 있는가 하면 의자를 들어 바닥에 내리치더니 그대로 머리를 책상에 내리 찧는 사람이 있었다. 그 남자의 팔뚝에 문신이 꿈틀꿈틀했다. 그가 또다시 머리를 내리 찧으려 하자 형사가 재빨리 달려들어 수갑을 채웠다. 그러더니 주먹으로 용의자의 얼굴을 그대로 내리쳤다. 다음 순간 구둣발로 마구 짓이기 시작했다.

"아구구구……."

용의자의 입에서 비명이 터져 나왔다.

"이 자식아, 이것도 법정에서 증거로 제시해 보시지, 지금 cctv 는 먹통이란 사실 알아 몰라?"

형사는 마음 놓고 용의자를 깔고 앉아 주먹을 휘둘렀다. 용의자는 숨도 제대로 안 통하는지 헉헉대며 손을 내저었다. 항복의 표시였다.

"어이! 최형사, 그러다 사람 잡겠어, 그만하고 어서 조서 꾸며서 넘겨버려, 아님 내게 넘기던가. 내가 손봐줄 수도 있는데."

곁에서 컴퓨터 자판을 치고 있던 또 다른 형사가 말했다. 김형사가 우경철의 얼굴을 바라보니 완전히 공포에 질린 상이었다. 그만하면 충분히 겁은 준 셈이었다. 김형사는 우경철을 이끌고 조사실이 보이는 맨 끝방으로 들어섰다. 들어서자마자 새까만 어둠이 그들을 포위했다.

"헉."

우경철의 입가에서 신음소리가 흘러나왔다. 사방이 벽으로 빛이라곤 전등에 매달린 전구 하나였다.

"자자! 시간 낭비하지 말고 빨리 끝내자고, 나 지금 몹시 피곤하거든. 며칠 전 우범지대에서 날뛰는 폭력배 소탕하느라 얼마나 힘들었는지 말야."

김형사는 말을 주절주절 내쏟더니 갑자기 웃옷을 훌러덩 벗었다. 배꼽 밑으로 한 일자로 그어진 징그러운 흉터가 보였다. 우경철이 놀라는 모습을 보이자 김형사는 얼른 등을 보였다. 사선으로 그어진 흉터가 눈에 확 들어왔다. 둘 다 칼자국임에 틀림없었다. 그는 일부러 우악스런 표정을 지으며 우경철의 얼굴을 뚫어져라 쳐다보았다.

"작년에 말야, 강릉에서 있었던 조직폭력배끼리 패싸움이 있었을 때 말야, 그 사건을 내가 진두지휘했는데 이놈들이 회칼을 들고 날치는데 난 그때 꼭 죽는 줄 알았다니까, 아! 그 씹어 먹어도 시원찮은 놈들이 회칼로 내 아랫배를 긋는데……. 정신이 날아가는 줄 알았다니까."

김형사는 언제 준비했는지 책상 밑에서 날이 센 회칼을 꺼내들었다.

"그때 그놈들이 이 회칼로……."

그는 일부러 회칼을 우경철 앞에 들이대더니 다음 순간 공중을 향해 횡 내리 그었다. 공기를 가르는 칼바람 소리가 둘 사이를 갈 랐다. 우경철은 몸을 뒤로 젖히며 완전히 사색이 되어 벌벌 떨었 다. 어느새 옷을 갈아입은 김형사가 말했다.

"그때 말야, 내가 어쨌는 줄 알아?"

김형사는 뒤로 돌아서는가 싶더니 갑자기 품에서 권총을 꺼내 들었다.

"왜, 왜 이러십니까? 지, 지금…… 뭐하자는 겁니까?"

그가 권총을 우경철의 머리에 겨누며 말했다.

"그 때 말야, 내가 이렇게 녀석의 머리에 대고 방아쇠를 빵 당 겨버렸지."

"네?"

우경철은 너무도 놀란 나머지 오줌을 싸버리고 말았다.

"그때 말야, 정당방위니 뭐니 하고 한참 말들이 많았지만 가재 는 게편이라고 결국 내 손을 들어 주더군, 회칼 들고 날치는 폭력 배들 앞에서 권총 사용은 너무 당연하다는 거지. 그 판사 양반 나 중에 나에게 뭐라는 줄 알아? 아! 권총은 괜히 주었나. 그런 놈 쏴 죽이라고 주었지. 명답이지 명답이야. 그때 신문 기자 놈들은 별별 소릴 다 써 댔지만 용감한 시민들은 내게 박수갈채를 보내더 군."

김형사는 만감이 교차하는 표정을 지으며 계속 말을 이어갔다.

"김형사님 같은 분이 계시기에 우리가 안심하고 길을 가고 안심 하고 잠을 잘 수 있다며 왜 경찰은 그런 형사에게 특진의 기회를 안 주느냐는 거야. 이 형사라는 직업이 말야 박봉에다 피곤하고 위험한 3D 업종이긴 하지만 그런 시민들의 격려가 있기에 그래도 할만하다 그거지, 음."

그는 동료에게 주워들은 이야기에다 뻥을 가미시켜 말하면서 다 짜고짜로 물었다.

"이번이 처음인가?"

"처, 처음이라뇨?"

"뭘 다 알면서…… . 너 처음 아니지?"

"도, 도대체 무슨 말씀이신지…… ."

"너 목사 차에다 불은 왜 지른 거야?"

그는 책상을 일부러 소리 나게 탕! 치면서 말했다.

"당신 양심이 있어 없어? 아니 말야, 목사에게서 용돈까지 얻어 써가면서 도대체 그런 짓은 왜 한 건데? 어디 그 터진 입으로 말이나 들어보자."

"불을 지르다뇨. 제가 왜요."

우경철은 고개를 절레절레 흔들며 말했다.

"너 내가 처음부터 말했지. 시간 끌지 말고 빨리 빨리 끝내자구 오리발 내밀 생각 말고 솔직히 털어놔 봐. 정말 몰라?"

"전, 전, 전혀 모르는 일인데요."

"몰라? 몰라? 내가 아무 증거 없이 이러는 것 같애? 너 공무 집행 방해죄가 얼마나 큰지 알아 몰라?"

"그, 글쎄 전…… ."

"그럼 한 가지만 묻자, 너 그 교회 주차장엔 왜 간 건데?"

"주, 주차장요?"

우경철은 그 대목에 이르자 고개를 푹 숙이고 말았다. 시인한다는 뜻이었다.

"정상 참작이라는 것도 있으니까 어서 털어놔."

우경철은 한동안 입을 열지 않았다. 대답할 말을 궁리하는지 아님 발뺌할 생각을 하는지 망설이는 눈치였다.

"저 저희 목사님께서도 이……. 이……. 사실을 알고 계십니까?"

"물론이야."

김형사의 말에 우경철은 눈물을 뿌리며 말했다.

"제… 제가 죽일 놈입니다. 아무 죄 없는 우리 목사님을……."

놀라운 말이었다. 그냥 짚어본 것뿐인데 우경철은 단번에 실토하고 말았다.

그는 어릴 때 주일학교에 다녔다고 한다. 세월이 흐름에 따라 교회를 떠나 있었지만 그는 신(神)의 존재에 대해 확실히 믿고 있었다. 비록 막노동판을 전전하며 지내지만 언젠가는 꼭 교회에 나가 신앙생활을 하리라 마음먹고 있었다. 건설 경기가 한참 붐을 이룰 때면 먹고살기가 괜찮았는데 사양길에 접어들면서 사정이 악화되었다.

보다 못한 아내가 교회 앞에서 토스트를 구워 팔며 살아가는데 그만 뺑소니 교통사고가 발생한 것이다. 그것도 새벽 시간에 교회에서 나오는 차량에 의해. 뺑소니 차량이라 보험 혜택도 못 받고 빚만 잔뜩 지고 말았다. 경찰이 수사를 했지만 범인은 오리무중이었다.

그 교회 교인 중에는 체어맨이나 에쿠우스 같은 차종을 지닌 사람은 없다고 했다. 불확실한 그의 말에 경찰은 처음부터 신빙성을 두지 않았고 수사를 시작한 지 얼마 되지도 않았는데 사건을 종결하고 말았다. 힘없고 가난한 시민의 아픔은 수사 거리도 되지 않는 모양이었다.

 퇴원한 아내는 정신이상을 일으켜 다시 입원해야 했다. 집안이 엉망이었다. 가뜩이나 살기 힘든 판에 아내마저 미쳐버리고 말았으니……. 그야말로 자살하기 일보 직전이었다. 몇 번인가 자살을 기도하려 했지만 불쌍한 아내를 생각하면 그럴 수가 없었다. 그렇지 않아도 살기 힘든데 뺑소니 사건까지.

 그는 할 수만 있다면 뺑소니 운전자를 잡아 반드시 자신의 손으로 죽이고 싶었다. 자동차와 함께 불에 태워 죽이고 싶었다. 어떤 놈인지 갈기갈기 찢어 죽여도 시원찮을 것 같았다. 한편 그는 어릴 때 들었던 성경 지식을 떠올리며 그는 하구한날 하늘의 신(神)께 원망의 화살을 날려 보냈다.

 전지전능하신 하나님께서는 힘없고 가난한 백성과 과부를 돌보시며 자비를 베푸시는 분이 아니던가. 더구나 자신처럼 힘없고 가난한 백성은 더욱 사랑으로 돌보시는 게 마땅하지 않은가. 그런데 돌보시기는커녕 불행에다 재앙을 거듭 주시는 이유가 뭔가.

 나쁜 놈들은 온갖 악행을 저질러도 아무런 보응을 당하지 않고 오히려 힘없는 사람들은 온갖 불행 속에 방치돼 죽어가야 한단 말인가. 그것이야말로 하나님의 횡포가 아니고 무엇이겠는가. 그는 말도 안 되는 억측을 갖다 붙이며 분노했다. 그러다 어느 날 그것을 따지기 위해 교회를 방문했다. 그러나 그는 따지기도 전 강민형 목사에게 붙들려 예배에 참석하고 말았다.

 그날의 설교 제목은 '환란은 인내를'이었다.

 강민형 목사는 평소에도 자신의 과거사를 중심으로 고난당하는 자들을 위한 설교에 치중했는데 그날은 특히 상처받은 영혼에 대한 치유를 강조했다.

　낮아져 본 자만이 낮은 자의 고통을 안다. 상처도 마찬가지다. 동병상련이라고 상처는 당해본 자만이 그 고통을 알 수 있다. 아무리 상상력이 뛰어나고 긍휼의 마음이 가득해도 상처는 당사자만이 느끼고 판단할 문제이다. 그래서 남의 상처에 대해 함부로 말해선 안 된다. 자신이 겪어 보지 않은 상처와 고통을 두고 함부로 정죄하면 자신도 모르게 그 죄에 빠진다.

　그 말이 사탄에게 빌미거리를 제공하게 되는 것이다. 특히 남녀 문제에 대해선 함부로 말해선 안 된다. 그 문제로부터 자유로운 사람은 아무도 없다. 그건 동서고금 신분고하를 막론하고 마찬가지다.

　상처가 반복되면 원한이 되고 원한은 정신과 폐부를 찔러대는 독소 역할을 하게 된다. 그리고 끝내는 피해의식에 사로잡히게 된다. 피해의식은 심리 체계의 이상을 초래하고 고정관념의 틀 속에 갇히게 한다. 더 나아가 마음의 문을 닫아걸고 냉소주의자가 된다.

　그 마음의 옹벽을 깨부수기 위해선 사랑과 긍휼의 힘이 절대적으로 필요하다. 상처는 오직 사랑으로만 치유된다. 아무리 강퍅하고 완악한 사람도 사랑의 힘 앞에선 녹아지고 만다. 또 아무리 영적 능력이 뛰어나고 지혜가 넘쳐도 사랑의 힘을 능가하진 못한다. 우리는 믿음의 지체뿐 아니라 악인에게도 사랑을 베풀어야 한다.

　하나님은 그들에게도 고루 햇빛을 비춰 주신다. 그들에게도 사랑을 베풀어라. 악인도 사랑 받고 싶어 한다. 아니 살아있는 생물체는 모두 사랑받고 싶어 한다. 그러나 사랑도 용서도 능력이 있어야 한다. 그것은 오직 성령의 능력으로 가능하다.

　엉겁결에 예배에 참석한 우경철은 그날 엄청난 감동을 받고 말았다. 그날 설교가 꼭 자신을 위해 만들어진 것 같았다. 그러나 그 감동이 언제까지나 이어지는 건 아니었다. 설교로 녹아진 마음속에 어느새 분노와 원망이 불길같이 치솟아 올랐다. 분노가 머릿속을 활활 태울 것만 같았다.

그때마다 그는 목사를 찾아가 화풀이를 했다. 목사를 하나님의 대리인으로 생각한 것이다. 목사는 강대상에서 하나님의 말씀을 대언하는 분이 아닌가. 그러니까 목사는 거의 하나님과 동격인 셈이다. 그는 목사를 찾아가 모든 분풀이를 해댔다. 그와 더불어 말도 안 되는 억지를 부리며 생떼를 썼다.

새벽에 이 교회를 빠져나온 그 뺑소니 운전자는 분명 이 교회 교인일 것이다. 그 놈을 잡기만 하면 찢어 죽여도 시원치 않겠지만 그것도 따지고 보면 다 목사 잘못이다. 목사가 교인을 잘못 가르쳐놨기에 그런 뺑소니 사건이 발생한 것이다. 만일 목사가 제대로만 가르쳤다면 그런 사건은 발생하지 않았을 것이다.

우경철은 또 세상에서 발생하는 비리와 부정부패 사건도 다 목사 탓으로 몰아붙였다. 각종 비리 사건에 연루된 기독교인들을 예로 들어 그것마저 목사 책임으로 떠넘겼다. 목사가 교회에서 제대로만 가르쳤다면 그런 사건은 발생하지 않았을 것이라는 게 그의 주장이었다.

그러자 목사는 눈을 감고 생각에 잠기더니 말했다. 내 교인이든 남의 교인이든 그 차가 믿는 자의 차였다면 그건 무조건 목사의 잘못이라고 빌었다. 그러면서 자신이 죄인인 양 눈물을 펑펑 쏟으며 회개했다. 그리고 지난날 당했던 일들을 이야기했다.

젊은 시절 강민형 목사는, 사기꾼에게 걸려, 있던 재산 다 날리고 거리로 쫓겨났다. 게다가 몸에는 바이러스 세균이 이미 손 쓸

수 없을 만큼 퍼져 있었다. 그 와중에 사랑하던 아내마저 떠나버려 생각나는 건 오직 죽음뿐이었다.

동맥을 끊고 거리에 쓰러져 있던 그는 마침 지나가던 의사에게 발견돼 응급처치를 받은 뒤 살아났다. 한번은 강물에 뛰어들었다가 인근에 있던 안전요원에게 발견돼 기적적으로 살아난 적도 있었다. 죽음의 유혹은 쉽게 물러가지 않았다.

자살을 시도하기 위해 자동차에 뛰어든 그는 외상(外傷) 하나 없이 또다시 기적적으로 살아났다. 그리고 바로 그 자동차 주인에 이끌려 기도원으로 올라간 게 운명을 바꾸어 놓는 계기가 됐다. 그래서 그는 누구보다도 어렵고 힘든 사람들의 처지를 잘 이해한다고 했다.

"상한 마음의 치유는 오직 하나님의 능력으로만 가능합니다."

강민형 목사는 서랍에서 봉투를 꺼내 우경철의 손에 건네줬다.

"얼마 안 됩니다만 생활비에 보태 쓰십시오. 그리고 다음 주일부터 교회에 꼭 출석하십시오."

한동안 아내의 증세가 호전되는 듯했다. 얌전하게 누워 텔레비전을 바라보며 밥도 챙겨주는 대로 꼬박꼬박 잘 먹었다. 제법 이치에 맞는 소리를 해가며 사람을 감동시키기까지 했다. 그런데 교회에서 밥을 얻어먹고 온 다음날부터 상황이 악화됐다.

어떤 여자 교인들이 귓속말을 하면서 '귀신들림. 미친년'이라고 말하는 소리를 들은 후부터였다. 그러더니 비가 오는 날이면 상태가 악화돼 집 밖으로 뛰쳐나갔다. 행색이 완전 미친년 꼴이었다. 나중에 알아보았더니 그 꼴로 교회에 가서 난동을 부린다는 것이었다.

우경철은 그 책임마저도 목사에게 돌렸다. 목사가 강대상에서 입만 열면 사랑을 외치면서 상처 받은 영혼을 감싸주라고 그렇게 강조하는데 도대체 왜 그런 교인들이 발생하느냐는 것이다. 그년들이 어떤 년들인지 당장 찾아내서 입을 찢어버리고 싶었지만 그는 자신의 존재가 드러날까 봐 애써 참았다.

그때 그의 눈에 뜨인 게 목사의 자동차였다. 돈 없는 서민은 살 길이 없어 자살하고 버스비도 없어 절절 매는데 자동차라니……. 그것도 소나타 쓰리 중형이라니……. 그의 상식으로 도저히 납득이 안 갔다. 순간 그는 아내를 치고 달아난 승용차를 생각했다.

둘 다 검은색 승용차였다. 뺑소니 차량이 소나타보다 훨씬 크긴 했지만 모양은 비슷한 것 같다. 그는 갑자기 목사가 범인일지도 모른다는 생각을 했다. 목사가 갑자기 자동차를 바꾼 이유도 그것과 연관 있다고 생각하기에 이르렀다.

그것의 결정적인 이유로 모든 게 자기 죄라며 눈물까지 흘리며 회개하지 않았던가. 그러면서 돈 봉투까지 내밀지 않았던가.

그는 어처구니없는 발상에 사로잡혀 목사가 진범일지도 모른다고 다시 한 번 생각했다. 그러면서 한편으로는 그렇게 착한 목사가 그럴 리가 없다고 생각했다. 수없는 고난과 연단을 거친 목사가 눈물을 흘리며 이야기할 때 자신도 함께 눈물을 펑펑 쏟지 않았던가.

그런 목사를 두고 진범이라니, 자신이야말로 죽일 놈이었다. 이게 다 그 원수 같은 놈의 자동차 때문이다. 하필이면 그 시기에 자동차를 바꿀 게 뭐람. 모든 게 다 그 자동차 탓이었다. 그 뺑소니 사건도 그렇고 목사가 자동차를 새로 바꾼 것도 다 그놈의 자동차가 화근이었다.

그때 그의 뇌리에서 선명하게 떠오르는 장면이 있었다. 언젠가

TV에서 보았던 자동차 폭발 장면이었다. 홍콩 영화배우 성룡이 자동차가 폭발하는 장면 앞에서 두 손을 번쩍 들며 환호하는 장면이었다. 거대한 폭발음과 함께 새빨간 불꽃이 환상적으로 떠오르면서 그 앞에서 환호하는 사람이 자신으로 대체됐다.

그는 이상한 흥분에 들떠 밖으로 나왔다. 그의 손에는 얼마 전에 화공상에서 구입한 시너가 들려져 있었다. 마침 교회 안으로 들어서자 모두 예배에 참석하고 아무도 보이지 않았다. 모두들 신령과 진정으로 예배드리느라 악마가 침입한 줄도 모르는 모양이었다.

모두들 뜨겁게 기도하느라 차량이 폭발해도 듣지 못할 것이다. 그는 마당 한 가운데 주차돼 있는 목사의 차량 앞으로 살금살금 기어갔다. 시너를 차량 전체에 골고루 뿌렸다. 차량이 폭발할 때 불이 잘 붙게 하기 위해서였다. 그런 다음 신문지에 불을 붙여서 던져버렸다. 펑! 하고 폭발음이 거대한 불꽃과 함께 타올랐다.

생각보다 소리가 컸다. 마치 천둥치는 소리 같았다. 그는 너무도 놀라 뒷문으로 도망치고 말았다. 등 뒤에서 목사와 교인들이 자꾸만 따라붙는 것 같았다.

"두 번째 방화 사건은 어떻게 한 거냐? 그때는 펑하는 소리도 나지 않았다며?"

우경철은 고개를 폭 숙인 채 말했다.

"소리가 왜 안 났겠습니까. 교인들이 통성 기도하느라 못 들은 거죠. 거기에다 엠프를 동원해 찬양을 크게 하니까."

도대체 통성 기도를 얼마나 크게 했기에 못 들었단 말인가. 그러나 그 의문점은 곧 해결되었다. 교회에서 큰소리로 찬송을 부르거나 기도를 하면 지역 주민들의 항의가 빗발쳐서 방음벽을 너무

튼튼하게 한 게 그 원인이었다. 얼른 이해가 가지 않았지만 그럴 듯했다.

"세 번째도 그런 식으로 한 거냐?"

김형사의 다그침에 우경철은 고개를 끄덕끄덕했다.

"문자 메시지 보내기 전날이었습니다. 교회에서 나오는데 아내가 교회 앞 길거리에서 누워 있는 모습을 보았습니다. 어디서 무엇을 주워 먹었는지 배가 아프다고 데굴데굴 뒹구는데 머리꼭지가 확 도는 것 같았습니다. 모두들 동물원 원숭이 구경하듯 쳐다만 보고 있는 겁니다. 사람이 아파서 다 죽어 가는데 말입니다. 세상에 악하고 더러운 인간들 같으니……. 아내를 들쳐 업고 병원으로 뛰어 가는데 나도 모르게 엉엉 울고 말았습니다. 화가 난 저는 또다시 범행을 하기로 작정했습니다. 다음날 교회에 갔는데 정문 입구에 에쿠우스가 보였습니다. 제 아내를 치고 달아난 바로 그 에쿠우스가……. 그러니까 여기 교인이 아니라는 목사의 주장은 거짓이었습니다.

"그렇담, 너는 그 에쿠우스가 부흥 강사의 자동차라는 사실을 몰랐다는 말이냐?"

"네, 저는 그 교회 교인 것이라고 생각했습니다. 언젠가 제 아내를 치고 달아난 뺑소니 차량 말입니다."

"야! 에쿠우스 자동차가 그 사고 차량 한 대 뿐이라냐. 강남에 가 봐라 도처에 깔리고 깔린 게 에쿠우스다."

"그런데 그 에쿠우스가 왜 하필이면 그날 그 교회 마당에 나타날 게 뭡니까, 듣기로는 꽤 비싼 자동차라는데 설마 목사가 타고 다닐 줄이야 누가 알았겠습니까."

"그런데 어떻게 자동차가 불타는 동안 아무도 본 사람이 없었던

거지? 소리가 나도 크게 났을 텐데. 어째 목격자도 없고 불에 다
탈 때까지 사람들이 몰랐는지 내 아무리 생각해 봐도 이해가 안
간다. 어디 설명 좀 해 봐라."

김형사는 호기심에 가득 찬 표정으로 물었다.

"그때 마침 부흥회 기간이라 교인들은 통성 기도 중이었습니다.
더구나 엠프를 크게 틀어 놓아 못 들었을 겁니다. 또 불난 장소와
본당과는 멀찍이 떨어져 있어서 더 그랬을 겁니다."

"그러니까 타이밍을 잘 맞췄다는 이야기가 되는군. 아무리 그래
도 그렇지 하느님은 그때 뭐하신 거지?"

김형사는 우경철로 하여금 목사의 차량을 폭발하도록 방치한 신
(神)을 조소하는 듯한 말투로 말했다. 우경철의 손목에 수갑이 채
워졌고 그는 이제 방화범으로 중형에 처해질 위기에 몰렸다. 잠시
후 김형사로부터 호출을 받은 강민형 목사가 찾아왔다.

김형사는 목사에게 우경철이 차량 방화범이라는 사실을 알고 있
느냐고 물었다. 김형사의 말에 목사는 그럴 리가 없다며 고개를
흔들었다. 아내를 그렇게 사랑하고 마음이 여린 사람이 방화범이
라니 말도 안 된다고 했다.

"그렇게 등잔 밑이 어두워서야 하긴……."

김형사는 강목사의 낮은 안목을 꾸짖듯 말했다.

"목사님도 차암 순진하시긴……."

하긴 저렇게 순진하니까 자기 자동차에다 두 번이나 불을 지른
놈에게 돈까지 주었겠지.

"혹시 뭔가 착각하거나 잘못 아신 것 아닙니까. 저 불쌍한 사람
이 뭐가 부족해서 제 자동차에다 불을 지른단 말입니까?"

그 말에 우경철은 바닥에 주저앉아 오열하고 말았다.

"아! 글쎄 저 작자가 다 실토했다니까요. 정신병자 같은 놈, 은혜를 원수를 갚아도 유분수지, 세상에 은인을 몰라봐도 그렇지 에라 이 나쁜 놈아."

김형사는 아직도 바닥에 앉아 울고 있는 우경철에게 다가가 머리를 쥐어박으며 말했다.

"어디 할 짓이 없어 저를 보살펴 준 목사의 차에다 불을 질러?"

"그럴 리가 없습니다. 그럴 리가 없어요."

목사는 아직도 사실로 믿어지지 않는 눈치였다. 계속 부정하더니 이윽고 차분한 어조로 말했다.

"제가 저 사람과 잠시 이야기해 보겠습니다."

옆방으로 옮겨간 강목사와 우경철은 마주 앉았다. 우경철은 눈물이 뒤범벅된 채 목사의 얼굴도 제대로 바라보지 못했다. 옆으로 비스듬히 앉은 채 고개를 푹 떨구고 있었다.

"왜 그런 짓을 했나?"

"전, 전, 안 그러려고 했는데, 예배드릴 땐 괜찮았는데 밖으로 나오기만 하면 누군가 제 안에서 자꾸만 지시하는 거 같았습니다. 당회장 목사의 차에 불을 질러라. 그가 네 아내를 치고 달아난 뺑소니 차량의 주인이다……. 밤낮으로 들려오는데 미칠 것 같았습니다, 공교롭게도 목사님께서 자동차를 바꾼 시기와 맞아 떨어졌고 차 색깔도 똑같았기에……. 더구나 그 에쿠우스 자동차는 사고 차량과 같았기에 그만……."

그는 수갑 찬 손을 앞으로 내밀며 말했다.

"목사님, 어떤 처벌도 달게 받겠습니다. 제가 무슨 낯으로 용서를 구하겠습니까, 저야 죽어도 마땅한 놈이지만 아내는……. 아내는……. 불쌍한 제 아내는 어떻게 되는 겁니까?"

그는 바닥에 꿇어앉아 통곡을 했다. 그는 진심으로 자신의 죄를 뉘우치고 회개하는 것 같았다. 강목사 앞에 꿇어앉아 얼굴도 제대로 들지 못했다. 강목사가 그의 어깨를 붙잡으며 말했다.

"지난 일이야 어쩌겠나, 그나저나 자네 아내가 걱정이구만. 자네가 아내를 걱정하고 사랑하는 만큼 하나님도 자네를 사랑하신다네. 내 선처를 구해 봄세."

목사는 속도 없는지 오히려 죄인을 위로하고 격려했다. 그 광경을 cctv로 지켜보고 있던 김형사는 기가 막혀 혀를 끌끌 찼다.

"저런 배은망덕한 놈에게 할 말이 따로 있지, 선처는 무슨 놈의 선처? 한 대 팍 쥐어 패기나 하지."

"아닙니다. 전 꼭 죄 값을 치를 겁니다. 제 아내만 돌봐 주신다면."

그는 울음이 북받치는지 더 이상 말을 잇지 못했다.

"글쎄 알았다니까. 어서 일어나게."

강목사는 경찰에 우경철에 대한 선처를 부탁했다.

"그게 다 저런 놈들의 수작인 겁니다. 겉으로는 울면서 용서를 구하다가도 돌아서면 악마의 발톱을 내미는 게 저 놈들의 뻔한 수작이라니까요. 목사님, 저런 놈들의 농간에 넘어가시면 안 됩니다."

김형사는 방화범만큼은 중형에 처해 일벌백계로 다스려야 한다고 거듭 주장했다. 그는 우경철의 회심을 전혀 믿지 않았고 그의 선처를 부탁하는 진정서에 많은 날인을 한 교인들을 한심한 눈으로 바라보았다.

종교적인 감상 심리에 젖어 죄인을 용서해주라니……. 그게 어디 될 법한 소린가. 지들이 무슨 그리스도라고, 세상에 나가면 똑같이 죄짓고 방탕하는 것들이 갑자기 고상한 척 성인군자 노릇을 하려들다니……. 김형사는 그 모든 것들마저도 쇼로 여겼다. 김형사는 일단 진정서는 접수시켜 놓고 판결을 기다렸다.

그의 예상대로 우경철은 중형을 선고받고 말았다. 차량을 세 번이나 불 지른 게 어디 보통 사건인가. 아무리 정상참작이라는 게 있어도 그렇지. 신(神)을 향한 분노와 왜곡된 복수심으로 목사의 차량에 불을 지른 우경철에게 판사는 정상참작을 적용하지 않았다.

그가 교도소로 이감되던 날 강목사는 우경철의 집을 방문했다. 그가 대문간을 들어서는 순간 동물 우리간이 따로 없었다. 살림살이가 어질러져 하나도 제대로 되어 있는 게 없었다. 모두들 가스 보일러를 쓰는 시대에 그 집은 연탄아궁이를 쓰고 있었다. 언제 불을 땠는지 화덕이 싸늘했다.

강목사가 몇몇 교인들과 함께 방안으로 들어섰을 때 가장 많이 눈물을 흘린 건 그의 아내였다. 우경철의 아내는 며칠을 굶었는지 뺨이 홀쭉한 채 방안에 누워 있었다. 그들은 자리에 앉아 찬송을 부르기 시작했다.

그들이 보혈 찬송을 몇 곡 부르고 났을 때 우경철의 아내가 몸을 약간 뒤채었다. 목사가 성경을 낭송했다.

"그 아들 예수의 피가 우리를 모든 죄에서 깨끗케 하실 것이오."

그러자 돌아서 누워 있던 우경철의 아내가 어깨를 들썩이며 울기 시작했다. 뜨거운 눈물이 그녀의 볼을 타고 흘러내렸다. 어깨를 들썩이며 울던 그녀가 자리에서 일어나 앉았다. 그리고 낮은 목소리로 말했다.

"목사님, 어서 오십시오, 저희 누추한 곳까지 찾아와 주셔서 감사드립니다."

그녀는 벽장문을 열더니 방석을 사람 수대로 꺼내 놓았다.

"보시다시피 저희 집에는 대접해 드릴 게 아무것도 없습니다. 죄송합니다."

그 말에 목사와 교인들은 모두 소리를 높여 울었다. 그리고 그들은 모두 가슴을 치며 회개하는 기도를 했다. 축도가 끝나기 전 목사는 짧은 성경 구절을 암송했다.

"환란은 인내를 인내는 연단을 연단은 소망을 이루는 줄 앎이니라."

"아멘."

누구보다도 우경철의 아내가 힘 있게 외쳤다.

그날 밤 김형사는 오랜만에 자리에 누워 TV에서 방화(邦畵)를 보았다. 한때 극장가를 화려하게 장식했던 영화 '인정 사정 볼 것 없다'였다. 극중에서 영화배우 박중훈이 범인을 향해 이죽거리며 말했다.

"얌마, 판단은 판사가 하고 변명은 변호사가 하고 용서는 목사가 하고 형사는 무조건 잡는다. 알겠냐 짜샤."

(2006년 코스모스 문예)

두물머리의 봄

두물머리 강가의 봄은 화사했다.

봄꽃나무는 진노랑과 진분홍 새하양의 색깔을 향기로 터치고 있었다. 쪽빛 하늘과 자목련이 푸른 물결과 함께 시야 가득히 들어왔다. 들판에는 쑥 돌나물 민들레가 한창이었다. 물막이 공사를 끝낸 물가는 멀리 거룻배 한 척을 띄워 놓고 물오리가 헤엄치며 사람들의 시선을 당겼다.

산야와 봄꽃, 물결이 한데 어우러져 온통 양수리를 색칠하고 있는 것 같았다. 강 건너편에 카페 건물이 보였다. 화려한 음식점과 모텔 건물은 강을 중심으로 숨바꼭질하듯 곳곳에 숨어 있었다. 곳곳이 환락시설이었다.

그곳에도 봄기운을 이기지 못하고 피어난 꽃나무들이 사람들을 향해 눈길을 당기고 있었다. 찰랑이는 물결이 햇빛에 산산이 부서지고 있었다. 한쪽으로 두물머리 산책로가 보였다. 재작년까지만 해도 안 보였는데 새로 공사를 한 모양이다.

옛날 토성 모양으로 담장이 강을 향해 나 있었다. 발바닥에 와 닿는 감촉이 좋았다. 얼마 만에 밟아 보는 흙이던가. 가슴속에서 환호성이 터지는 듯했다. 산책로를 빠져나가자 읍내 정경(情景)이 상가 건물과 함께 다가왔다. 유흥지라 그런지 곳곳이 음식점과 가요주점이었다. 한쪽에선 이벤트 행사가 펼쳐지고 있었다.

모텔 옆에 있는 노래방이 오늘 신종개업 하는 모양이었다. 풍물놀이패가 신나는 노랫가락에 따라 춤을 추는 모습이 보였다. 요즘은 구멍가게 하나를 개업하더라도 저렇게 이벤트 행사를 벌인다. 나는 버스 정류장 앞에 있는 마켓에서 음료수와 간단한 먹을 거리를 샀다.

검정 비닐에 담아 나오는데 이상하게 불길한 예감이 들었다. 후다닥 도로를 건너뛰기 시작했다. 늘어진 봄기운이 내 발걸음을 확 휘어잡았다. 이번에는 두물머리 산책로를 택하지 않고 차로를 택했다. 승용차들이 먼지를 뽀얗게 날리며 내 곁을 지나갔다.

시골 토담집과 농경지가 초록의 향기와 함께 내 곁을 또 지나갔다. 또다시 두물머리 강가가 나타났다. 물결을 바라보는 순간 아! 하고 탄성이 저절로 나왔다. 느티나무 오른쪽으로 벚꽃이 개나리 진달래와 함께 강가를 물들이고 있었다.

바로 그 앞에 간이 선착장이 보였다. 영화촬영을 위해 일부러 만들었는지 결이 좋은 나무 받침대가 물 위에 떠 있었다. 강은 예나 지금이나 변함없이 도도하게 흘러갔다. 물새 한 쌍이 빠르게 날더니 강물 위로 내려앉았다.

물결을 한참 바라보는데 현기증이 일었다. 요즘 따라 이런 증상이 자주 일어난다. 눈을 비비고 다시 물결을 보았다. 물결이 소용돌이치는 인생 같다. 한쪽에서 사람들이 우르르 몰려오는 것이 보였다. 중년 남녀들이었다.

"난 또 영화 촬영이라도 하는 줄 알았네."

언제 도착했는지 혜정이 즐거운 목소리로 말했다. 그녀는 자동차 열쇠를 손가락에 끼우고는 열심히 돌리고 있었다. 느티나무 옆 주차장에 그녀가 몰고 온 빨간색 스포츠카가 보였다. 그러고 보니 오늘 따라 그녀의 옷차림이 유난스럽다. 꽉 끼는 주황색 상의에다 허벅지와 아랫단이 너풀너풀한 찢어진 청바지를 입었다.

더 우스운 건 신발이었다. 아직 봄바람이 찬데 발가락이 삐죽 나오는 샌들을 신은 것이다. 거기에다 모자는 어린 청소년들이 쓰는 검정색 모자를 거꾸로 돌려썼다. 아무래도 안 되겠다 싶었는지 그녀는 모자를 45도 방향으로 돌려놓았다.

그것도 검정 매니큐어가 칠해진 손톱을 일부러 쳐들어 보이며. 어딜 가든지 그녀의 차림새는 항상 튀었다. 나이에 비해 몸매는 여전히 날씬한 그녀는 머리와 옷 스타일을 항상 20대 수준으로 유지했다. 그리고 매번 요란한 차림새로 이미지 바꾸기를 시도했다.

그것이 그녀에게는 삶의 낙이자 보람이었다. 꼭 끼는 청바지를 입는 날은 화장을 더 짙게 하고 빨강색 가방을 맸다. 그리고 겨울을 제외하고는 항상 선글라스를 꼈다. 모자는 필수였다. 그녀의 집에 가면 모자 종류만 해도 수십 가지가 넘었다.

허리 벨트는 백 개도 넘었다. 옷가게 신발가게 액세서리 모자 가게를 해도 전혀 손색이 없을 정도였다. 늘 외모에 신경을 쓰기 때문에 그녀에게는 잠시의 휴식시간도 없었다. 헤어스타일은 한 달에 한번 꼴로 변했다.

나이 오십에도 그녀는 늘 긴 머리를 고수했다. 머리칼도 갈색에서부터 갖가지 색깔별로 염색을 했다. 생머리를 할 때도 있지만 대부분은 파머를 했다. 그것도 최대한 야한 스타일로. 그리고 나서 그녀가 하는 일은 각종 모임에 참석하는 거였다.

초등학교 동창회부터 중 고교 동창회, 아들 딸 학부모 모임, 자주 가는 성당 교우들과의 모임까지. 그 모임의 종류는 헤아릴 수 없을 정도로 많았다.

성당은 신심(信心)이 있어 나가는 게 아니라 사람들 만나 교제
하는 재미로 나갔다. 일반 모임과는 확연히 다른 데가 있었기 때
문에 그녀는 교우들과의 모임만큼은 빠지지 않고 참석했다. 아무
튼 그녀만큼 사람 만나는 일을 직업으로 아는 여자도 없을 것이
다.

혜정이 그렇게 각종 모임에 열심을 내는 데는 다 그만한 이유가
있었다. 스물한 살에 결혼한 그녀는 사회 활동이 소원이었다. 어
린 나이에 결혼해 일찍 육아와 살림에 파묻히다 보니 사회 활동이
간절해진 것이다. 더구나 그녀에겐 남부럽지 않은 재력이 있었다.

남편은 그녀가 쓰고도 남을 만큼 돈을 벌어다 주었고 그녀는 갖
다 주는 족족 쓰기 바빴다. 퍼내도 퍼내도 마르지 않은 것이 그녀
의 돈주머니였다. 그녀는 그 돈을 자기 멋 내기에도 치중했지만
어려운 이웃을 돕는 데도 희사했다.

노숙자 재활 센터나 소년소녀 가장 돕기 장애인 불우 이웃 돕기
에도 거금을 아낌없이 쾌척했다. 빚쟁이에 몰려 자살을 시도하려
는 사람에게 찾아가 도움을 줌으로서 죽어가는 생명을 살린 적도
있다. 그러나 얄팍한 꾐에 속아 돈을 날린 적도 한두 번이 아니다.

단체 모임이나 지인(知人)들과의 모임에서는 항상 먼저 식사 대
접을 했다. 그러한 그녀의 태도를 두고 사람들의 의견은 늘 양분
됐다. 자기 의(義)를 나타내기 위해 생색내는 것이라며 혹평하는
사람이 있는가 하면 거의 살신성인의 귀재라며 치켜세우는 사람도
있었다. 어쨌든 혜정은 재물을 자기 치장과 이웃 돕기로 적절히
활용하고 있었다. 어쩌면 그건 삶의 지혜인지도 몰랐다.

한 걸음 더 나아가 미래를 위한 포석인지도 몰랐다. 왜냐하면
그녀는 자기 인간관계에 있어 철저하기 때문이었다. 그것을 나는

이렇게 해석했다. 돈이 많으니까 그걸 통해서 사람들의 환심을 얻어내려는 수작이라고.

그래서 여러 사람들로부터 인정받고 높임 받는 위치에 나가려는 한 방법이라고. 그녀에겐 이제 명문가와 결혼을 앞둔 아들과 역시 준 재벌에 속하는 남자와 결혼 말이 오가는 딸이 있었다. 이제 그들은 결혼이 끝나면 착실하게 부모의 사업을 이어 받아 후계자로 자리매김 할 것이었다.

그것 또한 그녀의 탁월한 인간관계의 덕이 아니겠는가. 나는 나이 사십이 다 돼 결혼했다. 그리고 뒤늦게 아들을 낳았다. 시댁에선 5대 독자 귀한 아들이었다. 전직 장관을 지냈다는 시아버지는 죽어도 여한이 없다며 내게 순금비녀를 선물해 주었다.

그리고 생애 마지막이라며 국회의원 선거에 나섰다. 온 집안을 뒤집어 놓을 만큼 요란을 떨었는데 결과는 낙선이었다. 여당 공천을 받았는데도 떨어진 것이다. 거기에다 부정선거를 했다고 선거관리위원회에 고발까지 당한 상태였다.

무리하게 선거운동을 하느라 금품살포를 한 게 원인이었다. 설상가상으로 하나뿐인 아들이 교통사고로 죽는 사건까지 발생하고 말았다. 남편이 모 대학 여교수와 지방 출장을 다녀오다 생긴 교통사고였다.

그 여교수와 남편은 오래 전부터 밀월 관계를 맺어온 사이였다. 그 알만한 비밀을 나와 여교수의 남편만 모르고 있었다. 그들은 그 날도 밀월여행을 다녀오다 마주 오는 차량과 정면충돌하는 바람에 현장에서 즉사한 것이다. 국내 굴지의 큰 사업체를 운영하는 여교수의 남편은 꽤 명망이 높았다.

아내와 두 아들과 함께 모범적인 가장으로 모 잡지에 소개된 적

도 있었다. 재력과 명예, 그리고 일과 사랑을 겸비한 성공한 지식
층으로 소개된 그 기사를 나도 언젠가 읽은 기억이 난다. 그때 난
미모와 명예를 겸비한 그녀를 보며 얼마나 질투심에 사로잡혔던
가.

　그런데 그런 그녀가 남편과 오랜 세월동안 부절적한 관계에 있
었다니…….

　이런 기막힌 일이 어디 있단 말인가. 결과적으로 두 사람은 불
륜이라는 사실을 세상에 공표해 놓고 내세에까지 개망신을 당한
셈이다. 남편과 여교수의 죽음 의식은 쉬쉬하며 비밀리에 처리됐
다. 여론을 의식하지 않을 수 없었기 때문이다.

　벽제의 화장터에서 뼛가루를 날리며 난 단 한 방울의 눈물도 흘
리지 않았다. 그 여교수의 남편도 마찬가지였다. 그러나 그는 후
에 통한의 눈물을 흘렸다고 한다. 나와는 달리 그는 아내의 유골
을 양수리 강가에 뿌렸다. 자기 아이들과 함께 바로 이 두물머리
에서.

　무슨 생각에서 그랬을까.

　의문점이 꼬리표처럼 남는다.

　남편과 여교수는 어릴 때부터 한 동네에서 자라 집안끼리도 잘
알고 지내는 사이였다고 한다. 그런데 어찌된 영문인지 결혼은 따
로 따로 했다. 둘 다 학부 출신에다 경제력 또한 만만치 않았는데
여자 쪽에서 반대가 심했던 모양이다.

　준 재벌에 속하는 집안에서 맞선 제의가 온 것이다. 남편은 4대
독자에다 대소사가 많은 복잡한 집안이었다. 그래서 여자 쪽에서
탐탐치 않게 생각했던 것 같다. 맞선을 보고 난 그쪽은 혼사 이야
기가 급물살을 탔고 얼마 가지 않아 결혼식이 강행됐다. 여자가

마음을 못 정하고 우왕좌왕 하는 사이 급박하게 결혼을 밀어부친 것이다.

여자에게 퇴짜 맞은 남편은 그 충격에 자리에 앓아누웠다고 한다. 그러다 외국에 나가 30대 전반을 다 보내고 귀국해 나랑 결혼한 것이다. 둘 다 나이가 많았고 또 후손을 보아야 한다는 어른들의 재촉에 못 이겨 내린 결정이었다.

친정에서는 결혼 못한 동생들이 내게 한없이 눈총을 보내고 있었다. 그러나 내겐 확신이 서질 않았다. 그의 감정의 색깔이 모호했기 때문이다. 또 그를 향한 내 감정도 마찬가지였다. 그 당시 내 머릿속에는 결혼이냐 독신이냐 보다 손해냐 이익이냐가 더 급선무였다.

타락한 감정이 나를 그렇게 부추기고 있었다. 나는 무엇을 하든 감정보다는 경제적 이해득실을 앞세웠다. 손해는 곧 죽음이었다. 그러나 어쨌든 나이 사십이 바로 코앞에 닥치고 있었다.

그때 남편이 감정을 추스를 겸 양수리로 놀러가자고 했다. 눈이 켜켜로 쌓여 발을 옮기기도 겁날 만큼 매서운 겨울이었다. 삭풍이 강을 휘몰아치고 있었다. 얼마나 눈이 많이 내렸는지 발목이 푹푹 빠질 정도였다. 보름달이 휘영청 하늘에서 강을 내려다보고 있었다.

강과 어둠을 빼곤 온통 눈 천지였다. 물가에 매단 거룻배가 눈을 하얗게 뒤집어쓰고서 두물머리를 지키고 있었다. 느티나무가 커다란 몸집을 흔들며 혼자서 겨울바람에 맞서고 있었다. 눈 쌓인 낙엽을 뒤집고 다람쥐가 돌아다니는 것이 보였다.

가끔씩 청솔모도 어둠 속에 나타나 우릴 지켜보다 사라졌다. 강물이 보름달과 맞닿아 넘실대고 있었다.

"기막힌 정경(情景)이구먼."

그는 품에서 담배를 꺼내 물더니 내 어깨를 안았다. 건너편 인
가(人家)에서 불빛이 깜빡이며 전해져 왔다. 주변을 둘러보니 그
추위에도 아베크족들이 몇 쌍 보였다. 저들은 모두 사련(邪戀)의
주인공들이리라. 나는 속으로 추리소설을 썼다.

만일 이 두물머리에서 살인사건이 발생한다면 그건 치정(癡情)
에 얽힌 사건일 것이다.

"무슨 생각해요?"

난 소설을 쓰다 말고 화들짝 놀랐다.

"네?"

"무슨 생각을 그렇게 골똘히 하느냐구요?"

난 대답 대신 엉뚱한 말을 했다.

"그러는 거긴 무슨 생각했어요?"

"내 옆에 있는 어린양을 어떻게 잡아먹을까."

"뭐라구요?"

"채정씨, 주변에 모텔도 많은 데 쉬어 가면 어때요?"

이 남자가 드디어 속셈을 드러내는구나. 그러나 생각과 달리 몸
이 움직여지지 않았다. 찬 강바람이 정신을 마비시킨 모양이었다.
어느새 그가 내 손목을 단단히 움켜쥐고 있었다.

어차피…….

그의 입가에서 자조 섞인 말이 나왔다. 어차피라니……. 그 말
뜻이 내 마음을 잠시 혼란시켰다. 그날 밤 그와 어린양은 근처 라
이브 카페에서 공연과 함께 술을 마셨다. 이른 바 7080 노래였다.
내 어린 날 대학가를 휘몰아쳤던 '나 어떡해'가 카페에서 그와 나
의 마음을 온통 뒤흔들어 놓았었다. 어린 시절로 돌아간 나는 그

렇게 그와 하룻밤을 야합하고 서울로 돌아왔다.

그리고 우린 급작스레 웨딩마치를 올렸다. 서로를 더 깊이 알고 시간을 두고 결정해야 할 일이었지만 하룻밤 야합으로 인해 다 날 아가 버리고 만 것이다. 급작스럽게 결혼한 나는 처음부터 불안했 고 도박을 하는 심정으로 하루하루를 버텨냈다.

양쪽 집안이 다 내노라하는 집안이었기에 무엇이든 함부로 결정 할 수 없는 일들이 많았다. 시댁은 대소사 뿐 아니라 제사도 엄청 나게 많았다. 힘든 일은 파출부가 대신 해주었지만 신경쓰는 일은 비일비재하게 많았다. 차츰 짜증이 나기 시작했다.

젊었을 때 나는 인생을 영화촬영 하는 것쯤으로 알았었다. 인생 이 그렇게 시시해 보일 수가 없었다. 생로병사, 그게 문제가 아니 었다. 인생이라는 게 그렇게 가치가 있는 것일까. 난 때때로 엉뚱 한 생각에 빠졌다. 어차피 한번 죽을 인생 뭘 그리 아등바등 사나 대충 살다 죽지. 뭘 그리 심각하게 고민하고 울고 비탄에 빠지고 야단이란 말인가.

어릴 때부터 나는 부족함이 없는 환경 속에서 살았다. 먹고 싶 은 것 갖고 싶은 것은 모두 손에 쥘 수 있었다. 좀 더 자라서는 내가 하고 싶은 일만 하고 살았다. 하기 싫은 것 마음에 거슬리는 것은 단연코 거부하고 살았다.

고통이 뭔지 슬픔이 뭔지 상처가 뭔지 세상 모르고 살았다. 그 렇다고 항상 평안한 건 아니었다. 내게는 예술인이라는 운명이 지 워져 있었기 때문이다. 우리나라 재벌들의 부인은 화랑을 경영하 는 미술 전문가들이 많다.

고가의 미술품을 사고 팔면서 엄청난 차익을 챙긴다. 그들은 전 력과 부(富)를 이용하여 축적(蓄積)을 거듭하는 것이다. 그런 의미에서였을까. 가족들은 나의 예술을 반대하지 않았다. 때로는 격려하기까지 하면서 나의 미래에 대한 신뢰를 가졌다.

초등학교 다닐 무렵부터 집안에는 내 화실이 따로 있었다. 중고교 시절에는 각종 사생대회에서 상을 휩쓸었고 화가에의 꿈은 더욱 공고해져 갔다. 어느 날 구속의 끈을 벗어버린 나는 이젤을 들고서 여행을 떠나기 시작했다. 그림을 그린다는 명목에서였다.

그리고 미대에 들어가면서 많은 그림 친구들을 사귀기 시작했다. 그들 중에는 집안 사정이 어려운 친구들도 있었는데 내가 직접 아르바이트를 주선하기도 했다. 예를 들면 극장 간판 그리는 것과 내 집안에서 경영하는 기업체에 홍보 사원으로 일당 받고 일하는 것 등이었다.

나는 그림 친구는 물론 많은 남자친구들을 사귀었다. 오다가다 만나는 인연으로 혹은 재미로 장난으로 흔한 감정놀음으로 만남을 가졌다. 그 중에는 진지하게 사랑을 호소하는 남자가 있었는가 하면 오직 내 집안의 재산만 노리는 후안무치도 많았다.

못나면 못난 대로 잘나면 잘난 대로 또 재산의 유무와 학력의 고하를 떠나 감정은 별다르지 않았다. 하나같이 내게서 재산적인 가치를 원했다. 건강도 따지지 않았고 인물이나 학력도 따지지 않았다. 그런 것들은 모두 재산적인 가치에 비하면 부차적인 문제였다.

누구도 내게 자신을 사랑하는가 묻지 않았다. 거짓으로 사랑을 속삭여 준 남자는 몇 있었다. 그들은 진실한 체했지만 속으로는 내 사후에 있을 재산 목록에 더 깊은 관심을 나타내고 있었다.

그들에게 감정의 순수란 전혀 찾아 볼 수 없었다. 감정이 타락하고 오염돼 부패의 강도만 심해갔다. 폐수로 오염된 강물이 모든 생물체를 죽이듯 그들 마음도 오염된 채 죽어가고 있었다. 그들의 교활한 눈빛은 계산으로 번득였고 오직 물질에만 목숨 걸고 있었다.

거대한 광맥을 찾아 목숨까지 내놓는 도박사처럼 그들은 나를 놓고 거래하고 있었다. 그렇게 타락한 감정의 물결 속에서 나의 이십 대와 삼십 대가 흘러갔다. 나는 그동안 꾸준히 감정의 순수를 찾아 헤맸지만 실패했다. 원인은 딱 한가지였다.

나 역시 그 타락한 감정 속에 합류하고 있었기 때문이다. 어느 순간인가부터 피해의식에 휩싸인 나는 늘 생각의 초점이 손해냐 이익이냐에 집중됐다. 마음은 둘째였다. 상대가 순수하지 않으니까 나 자신도 순수해야 할 필요를 느끼지 않았다.

상대의 감정에 따라 나도 계산적으로 변해갔다. 그러는 사이 나는 지독한 외로움에 시달리기 시작했다. 감정의 순수를 잃어버리고 나자 제일 먼저 찾아온 현상이었다. 그건 외로움을 못 이겨 영등포나 청량리 일대를 헤매는 그런 싸구려 감정과는 전혀 달랐다.

상처받은 감정이 위로를 받기 위해 헤매는 그런 것도 아니었다. 불안하면서도 모호한 감정이었다. 그 감정의 실체를 나 자신도 해석하기 힘들었다. 나이가 삼십 대 후반을 헤매던 어느 날 나는 그 감정의 실체를 깨달았다.

그건 일방적으로 사랑 받고자 원하는 이기심이었다. 그리고 심각한 감정의 모순점에 빠졌다. 대체 감정이란 무엇인가. 그 감정이 무엇이기에 사람들은 그것을 놓고 줄다리기를 하는가. 서로 미워하고 사랑하고 분노하고 기뻐하고 울고 웃는가.

그리고 나서 내린 결론이 있다.

사람들은 자기 이기심을 위해 사랑을 선택한다. 사랑이라는 감정의 소산물인 행복감을 취하기 위해 불가분의 선택을 한다. 혹은 외로움을 잊기 위해 사랑을 선택한다. 아니 사랑에 집착한다. 서로에게 감정의 끈을 묶어 놓고 의심하고 판단한다.

그리고 또다시 방황하고 갈등한다. 상대의 감정에 내 마음을 맡겼다가 실망하고 배반당했다고 울고 분노한다. 상대의 감정에 따라 내 마음이 움직이게 방치해 놓고 도덕이니 윤리를 따지는 것이다. 손상된 감정을 놓고 상처받았다고 울고불고 난리를 쳐대는 것이다.

그렇다면 손상된 감정이 복구되는 데는 얼마나 걸릴까. 그리고 감정의 순수를 되찾는 데는 얼마나 시간이 소요될까.

세월은 빠르게 흘러 나는 한 가정주부가 되었다. 아이 낳고 살림하느라 감성도 죽고 그림을 놓은 지도 십 년도 더 지나갔다. 이제 그림은 나와 아무 상관없는 먼 이방인이었다. 그리고 내게도 어느덧 중년의 회오리바람이 휘몰아치고 있었다.

중년은 노년을 앞둔 마지막 발악처럼 추레하고 서글픈 것이었다. 어릴 때 나는 얼마나 중년을 저주했던가. 청년도 노년도 아닌 중년의 모습은 참으로 혐오스럽게 느껴졌었다. 표독한 인상으로 입만 열면 돈! 돈! 외치며 악기(惡氣) 가득한 눈으로 다니던⋯⋯. 그 사람은 바로 다름 아닌 내 이모였다.

인생 막가파가 따로 없었다. 친정의 재산 싸움에 목숨 걸고 덤비다 뇌출혈로 쓰러지기까지 이모는 꼭 싸움판에 나선 투전꾼 같았다. 평소에도 욕심이 하늘을 찌르던 이모는 외할아버지가 돌아가시기 전까지 집안에서 내놓은 인물이었다.

오직 인생의 목적이 축재(蓄財)에 있는 이모는 중년에 들어 욕심이 더 활화산처럼 타올랐다. 그럴지라도 내 외삼촌은 그런 이모에게 재산을 따로 떼 줄만큼 너그러운 사람도 아니었다. 결국 이모와 외삼촌과의 기나 긴 재산 싸움이 벌어졌다.

그것도 다름 아닌 법정싸움이었다. 이모는 내로라 하는 변호사를 선임했고 외삼촌은 그런 이모에게 뒤질세라 변호사와 판사에게 양면 작전으로 임했다. 결국 싸움은 외삼촌의 승리로 끝났다. 그러자 이모는 집을 나서자마자 덜컥 쓰러진 것이었다.

급성 뇌출혈이었다. 그 간단한 죽음을 두고서 이모는 참으로 모진 세월을 살았다. 그때 이모 나이 49세였다. 중년의 세월을 그렇게 끝내고 만 것이다.

"지독한 년, 그렇게 모질게 재산에 눈독을 들이더니만."

엄마는 혀를 끌끌 찼다. 외삼촌은 이모의 장례식에 얼굴만 내밀고는 사라졌다. 나는 이모의 마지막 뒷모습을 바라보면서 두려움에 사로잡혔다. 나의 중년에 대한 두려움에. 인생의 어중간한 위치인 중년, 그 중년의 의미는 참으로 모호했다.

열정도 사라지고 욕심만 남은 추레한 모습은 보기만 해도 저절로 눈살이 찌푸려 들었다. 노년을 앞둔 마지막 발악을 음주가무로 풀어버리는 축들도 많았다. 버스나 전철을 타면 제일 먼저 자리를 차지하고 앉아 체면도 상식도 무시하는 중년 여자들.

오직 자식 욕심에만 혈안이 돼 물불을 안 가리는, 난 그 중년이 두려웠다. 어느 날 문득 그림을 그리고 싶어졌다. 남편이 요단강을 건너고 나서였다. 아들은 시댁에 맡겨 놓고 나는 자유의 몸이 되었다. 귀한 5대 독자를 시부모가 내놓을 리가 없었다.

대를 이어야 할 명분을 내세워 끝까지 포기하지 않았다. 위자료 명목으로 목돈을 챙긴 나였지만 생각보다 돈이 많지 않았다. 선거 여파로 가세가 기울어져 가고 있었기 때문이다. 어쨌든 자유는 엄청난 시간을 내게 갖다 주었다.

그 공백을 나는 그림으로 메우려 노력했다. 그러나 세월은 그런 나의 바람을 철저히 외면했다. 손이 너무 굳어져 있었다. 그럼에도 나는 비싼 돈을 들여 한적한 곳에 화실을 마련했다. 한 곳은 동해 일출 광경이 보이는 속초와 또 한 곳은 바로 이곳 두물머리 강가였다.

거실과 침실은 물론 화실도 고급 인테리어로 했다. 살면서 한번도 돈의 궁핍함을 겪어 보지 않은 나는 돈 무서운 줄 모르고 일을 벌였던 것이다. 그 와중에 사고가 발생했다. 선금을 챙긴 인테리어 업자가 도망쳐 버린 것이다.

그렇게도 철두철미하게 이해득실을 따진 나였는데 너무 어이없게 발생한 사건이었다. 내 정신이 잠시 무엇에 홀렸던 걸까. 왜 먼저 선금을 주고 말았을까. 아무리 생각해도 나 자신이 이해되지 않았다. 나중에야 알았다. 거기엔 감정이 개입돼 있었다.

그 말도 안 되는 감정이 허영심을 부추기고 있었던 것이다. 나는 매번 만날 때마다 여유로운 멋내기와 돈 자랑을 하는 혜정이 그렇게 눈꼴 실 수가 없었다. 그래서 혜정이에게 자랑도 할 겸, 수준 높은 인테리어 업자에게 최고급 자재로 화실을 꾸며 줄 것을 부탁했던 것이다. 그런데 업자가 선금을 챙긴 뒤 날아버린 것이다.

그 사건을 두고 혜정이와 심한 언쟁을 벌였던 것은 불문가지다. 언쟁 끝에 나는 막말까지 했다.

"너 그 인테리어 업자하고 짜고 나한테 물 먹인 거지?"

그 말에 혜정은 다시 막말로 받아쳤다.

"내가 뭐가 아쉬워 너에게 그런 짓을 하겠니? 내가 돈이 없니

능력이 없니 명예가 없니, 뭐가 아쉬워 그런 짓을 해? 나도 그 놈
을 찾고 있는 중이니까 조금만 기다려."

"글쎄, 그 조금만이 언제까지냐구?"

설상가상으로 친정동생에게 빌려주었던 돈을 떼이고 말았다. 동
생이 동업자에게 속아 거금을 투자했는데 그 돈이 다 날아가 버린
것이다. 동생은 돈을 떼인 것도 모자라 내게 손을 내밀었다.

"글쎄 난 이미 알거지가 된 거나 마찬가지라니까. 누나가 도와
주지 않음 난 죽어, 죽는다구 하나밖에 없는 동생 죽어버렸음 좋
겠어?"

이건 아예 협박이었다. 하나밖에 없는 동생 죽일 수 없어 또 해
주었다가 고스란히 떼이고 말았다. 그러자 이번에는 내가 죽게 된
것이다. 돈줄이 갑자기 싹 마르고 말았다. 희한한 일이었다. 살다
가 그런 일은 처음이었다. 나는 세상에 태어나 처음으로 돈을 빌
렸다.

그것도 다름 아닌 혜정이한테. 자존심이 상해 피가 거꾸로 솟는
것 같았다. 동생에 대한 원망이 저절로 나왔다. 동생은 내게 빌린
돈으로 빚을 갚기 위해 주식 투자했다가 몽땅 날리고 말았다고 한
다. 그러나 그건 새빨간 거짓말이었다.

동생은 그 돈으로 경마를 시작했다가 쫄딱 망하고 만 것이다.
이젠 살던 집마저 쫓겨날 위기에 처했다. 동생은 또 내게 손을 내
밀었다. 속초에 있는 화실을 팔라는 것이었다.

원수가 따로 없었다. 눈치를 보니 그 돈을 해주었다간 이번에는
외국으로 가 도박을 할 것 같았다. 나는 참고 참았던 분노를 터뜨
리고 말았다.

"야! 이 망할 자식아, 지난번 갖다 쓴 것도 모자라 또 돈타령이

냐, 내가 그때 너한테 그 돈 해주고 나서 얼마나 힘들었는지 아
냐? 내 친구년한테 돈까지 빌려 썼다. 그런데 또 돈타령이냐, 저
건 동생이 아니고 원수여 원수."

그래도 동생은 뻔뻔스럽게 돈을 요구했다. 화가 난 나는 혜정이
에게 전화를 했다.

"이 녀석이 글쎄 지난번에 돈을 빌려간 것도 모자라 또 돈을 해
내랜다. 나한테."

"동생 보고 그래, 지난번 빌려간 돈 친구가 빨리 갚으라고 난리
쳐서 죽겠다고."

나는 혜정이가 시키는 대로 했다. 그랬더니 동생은 더 이상 말
이 없었다. 세상에 태어나 처음 만난 환란이었다. 그러나 환란은
연이어 이어졌다. 갑자기 부도를 만난 여동생이 절망 끝에 자살을
시도한 것이었다. 동생은 30대 중반으로 독신이었다.

혼자서 수출업체를 이끌고 있었는데 자재난을 겪다 부도를 만난
것이다. 사방에서 빚 독촉이 이어지자 압박감을 이기지 못하고 자
살을 선택한 것이었다. 가족은 있는 돈 없는 돈 다 털어 겨우 동
생을 살려 놓았다.

하지만 동생이 운영하는 사업체는 법정관리 대상에 들어가고 말
았다. 이젠 완전 백수로 전락한 동생은 심한 우울증에 사로잡혔
다. 가족들은 그런 여동생을 볼 때마다 전전긍긍이었다. 또다시
자살 시도를 하지 않을까.

온종일 따라다니며 일일이 감시할 수도 없고, 그렇다고 나 몰라
라 외면할 수도 없는 노릇이었다. 그러자 가족들은 그 짐을 내게
떠맡기기로 결정했다. 안 그래도 어릴 때부터 집안의 장녀로서 그
책임을 다해야 한다고 귀에 못이 박히도록 들어온 나였다.

동생들 이야기가 나올 때마다 툭하면 '하나밖에 없는 남동생 하나밖에 없는 여동생' 운운하며 내게 책임감을 안겨 주었었다. 그런데 이제 나이 오십이 다 된 지금에까지 그 책임이 올가미처럼 달라붙은 것이다. 가족들은 너무도 당연하게 그 책임을 내게 지웠다.

여동생은 당장 거처를 내 화실이 있는 양수리로 옮겼다. 양수리의 친환경적인 조건이 마음에 든다고 했다. 한동안은 물가에 나가 산책도 하고 들녘에 난 나물도 뜯으며 즐거워했다. 화실에서 내 그림을 돕는다며 심부름도 곧잘 했다.

그러나 얼마 가지 않아 실증을 냈다. 늘 긴장하고 빡빡한 스케줄 속에 살다 갑자기 한가해지자 적응이 안 되는 모양이었다. 우울증이 또 찾아왔다. 그러나 지난번보다는 강도가 약했다. 그나마 다행이었다. 동생은 하루 종일 인터넷을 하거나 잠을 잤다.

그러던 어느 날인가부터 외출을 하기 시작했다. 혼자서 버스를 타고 어디론가 다녀오는데 아무래도 그 행방이 수상했다. 걱정 때문에 아니 궁금증 때문에 미칠 것 같았다. 나갈 때는 온갖 치장을 다했다. 짙은 화장에다 향수까지 뿌리고 옷도 최대한 화려하게 차려 입었다. 하긴 동생은 사업할 때도 그 옷가지가 셀 수 없이 많았다.

사업상이라는 이유로 치장하는데 최대의 역점을 두었다. 그것을 두고 가족들은 "저렇게 멋을 부릴 바에야 차라리 패션모델로 나설 것이지."하고 핀잔을 줄 정도였다. 어쩌면 동생은 사업을 하는 이유가 치장을 하기 위함인지도 몰랐다.

몸매 또한 모델 뺨칠 정도로 좋아 옷매무새도 좋았다. 그런데 아직도 20대의 몸매를 지닌 동생이 저녁이면 화려하게 치장을 하고 외출을 한다? 의심이 가고도 남는 행동이었다. 혹시? 그 단어 뒤에는 남자라는 단어가 꼬리를 달고 등장했다.

저 애가 우울증을 달래려고 연애를? 어쩌면 그건 언니의 입장에서 기뻐해야 할 일인지도 모른다. 그러나 반드시 그런 것도 아니었다. 뭔지 알지 못하는 불안감이 달라붙었다. 궁금증은 날로 산처럼 부풀어져 갔다. 그렇다고 동생에게 직접 대고 물어보기도 뭣했다.

만일 물을라치면 알아 뭐하게? 지금 나 의심하는 거야? 할 게 뻔했다. 그렇다고 몰래 미행을 할 수도 없는 노릇이었다. 암튼 동생의 외출이 잦아들면서 한 가지 현상이 나타났다. 우울증이 잦아들면서 행동이 눈에 띄게 빨라진 것이다.

아침 일찍부터 일어나 집안 청소하고 조반 먹고 나면 두물머리 산책을 시작했다. 집 앞 도로를 지나 두물머리 강가를 따라 걷다 시를 낭송하기도 하고 노래를 부르기도 했다. 그것도 본인이 말을 해서 알았다.

"이젠 살만한 모양이지."

내 말에 동생은 그럴만한 이유가 있다고 했다.

"무슨 이유? 애인이라도 생긴 모양이지?"

"애인? 애인이라……. 뭐 그렇다고 해두지."

"그런 말이 어디 있어, 그렇다고 하거나 아니면 아니라고 해야지."

"나중에 말할게, 그때까진 비밀이야."

동생의 얼굴은 너무도 평화로워 보였다. 어느 날은 두물머리 산책로를 돌다 오더니 말했다.

"이 두물머리 대자연은 신이 내려준 은총이야."

"뭐? 신의 은총?"

나는 너무도 생소한 단어에 긴장했다. 신(神)이라니? 그 아연함에 긴장하지 않을 수 없었다. 동생의 심경의 변화를 볼 때마다 나는 직감했다. 사랑하는 사람이 생긴 게로구나. 확신이 굳어져 가는 어느 날이었다. 이상하게 내 의식에 긴장감이 돌았다.

그건 그림에 몰두하면서 잊고 지냈던 외로움이 내 의식을 뚫고 출몰한 것이다. 동생이 산책에서 돌아오자마자 말했다.

"채윤아, 나도 이제 나이 먹나 보다. 갑자기 외로운 거 있지."

동생은 의아한 눈빛으로 물었다.

"언니 갱년기 아냐?"

갱년기. 그 단어에 나는 갑자기 아득해졌다. 내가 갱년기? 그 지독한 중년이 되었단 말인가. 이모의 표독스런 얼굴이 떠올랐다.

"왜? 우울증은 없어?"

"그런 거 없는데."

"언니도 더 늦기 전에 사랑을 해봐. 나중에 후회하지 말고."

"또 상처받으면 어쩌라구."

"그렇게 겁을 내니까 못하지, 솔직히 말해 봐 손해볼까 봐 그러지?언니 속 모를 줄 알고."

"너도 내 나이 돼 봐."

"언니는 내 나이 때도 그랬어?"

"그래, 난 그때나 지금이나 똑같이 피해의식에 싸여 살아가는 것 같애, 이게 노이로제 증상처럼 피 말리는 것 있지."

"언니, 누가 그러는데 인생은 손해 보며 사는 거래, 그리고 진정한 사랑은 희생하는 거래, 바로 자신을."

"뭐?"

나는 뒤통수를 둔기로 세게 얻어맞는 것 같았다. 그런데 내 입에서 생각지도 않은 말이 튀어 나왔다.

"누가? 니 애인이?"

"애인? 언니 지금 무슨 소리하는 거야?"

동생은 기막혀 하는 눈치였다. 그러나 곧이어 굳은 표정으로 말했다.

"언니도 이제부터 사랑을 시작해. 인생은 손해와 양보할 줄 알 때 진정한 사랑을 아는 거래. 그러니까 사랑을 위해 모든 걸 희생할 줄 아는 인생이 되어야 한대."

동생은 제법 철학자다운 말도 했다.

"그럴 만한 가치가 있는 남자가 있을까. 내 자신을 희생할 만큼 그런 가치 있는 남자. 너희 형부만 해도 그렇지. 그렇게 못 잊을 것 같으면 아예 그 여자랑 결혼하지 왜 나랑 해 가지고 상처를 남겨?"

"이전 것은 지났으니 보라 새것이 되었도다. 새로운 피조물이라. 언니 지난 과거와 화해해. 힘들겠지만."

"그런데 넌 왜 그렇게 달라진 건데?"

"응, 언니도 곧 알게 될 거야."

동생은 의미심장한 미소를 지으며 자기 방으로 들어갔다. 그런데 여운처럼 그 말이 내 마음에 남는 것이었다.

손해 볼 줄 아는 인생.

생전에 남편이 하던 말이 떠올랐다.

"니 머릿속은 뭐가 그리 복잡한 건데. 그렇게 매사가 계산적이니 피곤하지. 좀 더 순수해질 순 없는 거야?"

그때 나는 속으로 생각했다. 너부터 순수해 봐라. 불신이 내 속에서 그의 감정을 계산하느라 정신이 없었다. 그와 나는 매번 그런 식이었다. 그는 생활비 이외에도 자기 돈 관리는 철저하게 했다. 속셈은 뻔했다. 나를 못 믿는 거였다.

그건 너무 슬픈 일이었지만 나 역시 딴 주머니를 차고 있었기에 서로가 피장파장이었다. 그와 나는 결혼 이후에도 손해 보지 않기 위해 기를 쓰고 있었다. 외로움이 내 안에서 나날이 극대화되어 갔다. 그러면서 나는 여전히 남편의 감정 측정하기에 바빴다.

이 남자의 내게 향한 감정의 순도는? 오십 퍼센트? 아님 이십 퍼센트? 그도 아님 십 프로?

그런 식으로 남편에 대한 재산적 가치도 평가했다. 남편의 사후에 돌아오게 될 몫을 계산하며 난 속으로 피울음을 토했다. 이것이 바로 내 인간성이란 말인가. 사람을 더구나 남편을 놓고 감정과 재산적 가치를 따지다니⋯⋯. 하긴 나는 결혼 당시에도 경제적인 측면과 나이를 고려해 합의 결혼하지 않았던가.

게다가 동생들의 무언의 압박까지 합세하지 않았던가. 그와 나는 아이에게도 계산적인 측면을 늘 강조했다. 무엇을 하든지 돈 계산부터 가르쳤고 경쟁에 있어서는 언제나 승리를 가르쳤다. 결단코 지는 법을 가르치지 않았다. 공부든 싸움이든 아이는 꼭 이겨야 했다.

인간관계에 있어서도 신뢰보다는 의심과 판단을 양보보다는 선취권(先取權)을 먼저 가르쳤다. 그것만이 생존의 길이라고 가르쳤다. 아이는 힘들어했지만 개의치 않았다. 그런데 그 틈을 타고 악마가 끼어든 것이다. 감정의 변수를 교묘히 이용한 악마가 남편에게 불륜의 씨앗을 심어둔 것이다.

그의 불륜 행각은 배신감 이전에 공개된 망신이었다. 내 자존심

의 추락이자 정신적 몰락이었다. 그러나 나는 끝까지 울지 않았
다. 그 몰락을 나는 경제적 이해득실로 메우려 했다. 감정의 끝
간 몰락이었다. 아니 감정의 파멸이었다.

두물머리의 봄이 끝나가던 어느 일요일이었다. 나는 손해와 양
보, 그리고 사랑을 위한 희생을 알기 위해 동생과 함께 집을 나섰
다. 봄꽃이 지고 주변 풍광이 온통 초록으로 물들어가고 있었다.
초여름의 습한 바람이 목덜미에 엉겨 붙었다.

국도로 차량이 엄청난 속도로 달려가는 모습이 보였다. 마치 속
도 경쟁이라도 하듯 바람을 가르며 양평으로 내닫고 있었다. 두물
머리 약간 못 미치는 곳에서 시외버스를 탔다. 동생의 자동차는
차고에서 잠을 자고 있었다.

급격한 유류가 인상으로 자동차 운행을 포기한 것이다. 앞으로
도 유류가 파동은 계속될 것이다. 석유 증산을 하더라도 매장량은
한정돼 있기 때문이다. 또 달러 가치가 급락하면서 회복 조짐이
안 보이기 때문이다. 버스가 초록 물결을 지나 한적한 읍내에 닿
았다.

버스에서 내리니 주위에 논밭이 보였다. 모내기가 끝난 들녘은
평화가 끝 간 데 없이 이어지고 있었다. 마을 회관 옆에 인가(人
家)와 작은 건물이 보였다. 뒤는 야트막한 구릉이었다. 산새들이
나무 사이를 오가며 열심히 짝짓기를 하고 있었다.

동생이 잰 걸음으로 건물 안으로 들어섰다. 내 발걸음도 휘 묻
혀 들어가는데 갑자기 아득한 느낌이 들었다. 수많은 메시지가 가
슴에 와 닿으면서 정신과 몸이 빛 속에 함몰돼 가는 것 같았다.
그리고 곧 알 수 없는 느낌들이 내 가슴에 몰려오기 시작했다.

그건 세상에 태어나 처음으로 느끼는 죄책감과 양심에 대한 가

책 같은 것들이었다.

왜 그랬을까. 내 마음에 눈물이 쏟아지고 있었다. 흰 가운을 입은 남자가 강단에서 계속 회개를 외치고 있었다. 그 주변으로 천사들의 음률이 사람들 가슴마다 메시지를 전달하고 있었다. 그 메시지는 불신을 씻어내고 마음을 정결하게 하는 정화수 같았다.

그리고 자유가 엄청난 자유가 사람들 마음속에 임하기 시작했다. 동생은 두 손을 높이 쳐들고 한참을 기도했다. 그 모습은 어쩌면 동생과 너무도 안 어울리는 모습이었다. 나 못지않게 까다롭고 이기적인 동생이 아니었던가. 게다가 동생은 나보다 더 계산적이고 철저하게 이성적이고 논리적이었다.

그런데 세상의 법칙과 어긋나는 역설적인 이론이 강단에서 펼쳐지는데 동생은 거기에 동조하고 있는 게 아닌가. 나는 속으로 불만이 터져 죽을 지경이었다. 어서 이 자리를 박차고 나가야지 하면서 저절로 동생을 향해 눈이 흘겨졌다.

"여러분, 여러분은 이 세상에서 손해보고 사십시오, 남의 이익을 갈취하거나 덕 볼 생각 말고 손해 보고 사시라 말입니다. 그럴 때 여러분은 모든 문제로부터 자유로워질 겁니다. 양보하고 무조건 용서하십시오, 그게 신상에 좋은 겁니다. 여러분은 세상에 성공이나 출세를 구하기 이전에 마음이 평안을 구하십시오, 무엇보다 마음의 평안이 우선입니다. 그러기 위해 손해 보고 살 각오를 하십시오."

드디어 속에서 분노가 치솟았다. 나는 자리를 박차고 일어났다. 그때 내 눈에 들어오는 것이 있었다. 천장에서 부서져 내리는 수많은 빛이었다. 그리고 빛 속에 함몰되어 가는 내 모습이었다, 조금 전 이 건물에 들어섰을 때 느끼던 바로 그 느낌이었다. 갑자기 혜정이가 생각났다.

쓸데없이 돈이나 쓰고 다닌다고 핀잔을 주던 내 모습도 생각났다. 사랑받고 싶어서 인정받고 싶어서 공연히 저러는 것이라고 악의로 해석하던 기억도 났다. 남편과 그의 정부(情婦) 여교수도 생각났다. 그리고 외로움 속에 방치된, 하나뿐인 내 분신 아들도 떠올랐다.

아이는 조부모의 손에 의해 연약한 모습으로 길러지고 있었다. 의지가 약하고 편한 것만 추구하려는 내 습성도 그대로 닮아가고 있었다. 그것을 옆에서 부추기고 방조하는 것은 시부모였다.

아들을 찾아야 한다. 아들을 찾아야 한다.

나는 속으로 거듭 외쳤다. 자리에서 일어나 조용히 밖으로 나왔다. 수많은 언어가 내 등 뒤로 와 꽂혔다. 단어와 문장이 내 머리와 가슴에 비수처럼 꽂히면서 발걸음이 빨라지기 시작했다.

일주일이 지났다. 그동안 내 마음 속에는 양보와 손해라는 단어가 자꾸만 되풀이 되고 있었다. 그리고 그 의미가 깨달아질수록 후회가 되었다. 진즉 알았더라면 남편을 살릴 수도 있었을 텐데. 동생에게 해주지 못했던 속초에 있는 아틀리에도 생각났다.

그러나 마음 한 구석에선 여전히 계산 심리가 나를 부추기고 있었다. 어느 날. 나는 아이를 만나기 위해 시외버스에 오르고 있었다. 차창에 벚꽃과 진달래 개나리가 수없이 스쳐 지나갔다. 팔당 물가와 소도시의 풍경도 스쳐 지나갔다.

오르막길과 내리막길을 여러번 거치면서 버스는 청량리에 닿았다. 거기서 전철을 타고 나는 낯선 대문을 향해 들어섰다.

"어, 엄마."

아이는 키가 훌쩍 컸음에도 핏줄을 알아보고는 반색을 했다. 벌써 초등학교 3학년이 된 아이는 반에서 우등생이라고 했다.

"아이가 여간 영특한 게 아니란다. 반에서 일이 등을 달리면서 반장도 됐단다."

시어머니는 기특한 표정으로 아이의 머리를 쓰다듬었다.

"우리 재철이는 제 아빠를 닮아서 이 담에 큰 인물이 될 게 틀림없다."

시어머니는 아이가 사랑스러워 어쩔 줄 몰라 했다.

"해 지기 전에 빨리 들어와야 한다."

모처럼 아이와 외식을 하기 위해 나서는 내 등 뒤에 대고 시어머니는 못 미더운 듯 말했다. 아이는 엄마의 손을 잡고 좋아서 팔짝 팔짝 뛰었다. 거리에서 풍선을 사 주자 흔들면서 좋아라 했다. 거리를 지날 때마다 손으로 무언가를 가리키며 사달라고 했다.

나는 지체 없이 사 주었다. 아이는 원하는 것을 얻을 때마다 소리를 지르며 기뻐했다.

"우리 엄마 최고!"

감정의 순도 백 퍼센트였다. 환희가 물결처럼 가슴에 출렁였다. 그래 이런 마음으로 살아가자. 결심하며 음식점으로 들어섰다. 아이는 자리에 앉자마자 메뉴판부터 보았다.

"엄마, 나 제일 비싼 걸로 먹을 거야."

"그래, 우리 아들 마음대로 하렴."

아이는 메뉴판을 보더니 한동안 꼼꼼히 살피는 눈치였다.

"뭐하는 거야, 우리 아들."

"응 돈 계산."

"뭐?"

나는 기가 막혀서 멍하니 아이를 바라보았다.

"걱정 말고 먹기나 해, 돈은 엄마가 낼 테니까."

"그래도 따져 봐야 해, 음식 재료비하고 직원들 인건비, 세금. 전기세."

"뭐라구?"

아이는 당연하다는 투로 말했다.

"엄마가 그랬잖아, 뭐든지 따져 보라구. 손해 보면 안 된다구."

나는 결심한 듯 말했다.

"이제부턴 그런 것 따지지 말고 살어. 돈보다는 사람이 먼저인 거야, 알았지?"

"모르겠는데."

아이는 생글생글 웃으며 자리에서 일어나 팽그르르 맴을 돌았다.

"엄마 가지 말고 나랑 같이 살면 안 돼?"

"왜 안 돼, 되지."

"그럼 가지 마."

"알았어, 안 갈게."

아이는 주문한 음식이 나오자 따지기 시작했다.

"소고기 이천 원. 양파 백 원, 치즈 천 원."

"따지지 말고 먹기나 하라니까."

"그래도 따져 봐야 해."

아아! 어쩌면 저리도 나랑 닮았단 말인가. 동생이 하던 말이 떠올랐다.

"사랑을 위해선 모든 것을 희생해야 하는 거래."

나는 아이를 향해 말했다.

"재철아, 이제부터 엄만 재철이랑 살 거야, 왜냐하면 엄마는 재

철이를 가장 많이 사랑하거든, 그러니까 사람은 자기가 가장 사랑
하는 사람을 위해서 희생하는 거란다. 그리고 때에 따라선 손해
볼 줄도 알아야 하는 거야, 무슨 말인지 알지?"

"그럼, 엄마는 나를 위해 손해 보고 희생하는 거야?"

"응 그렇다고 할 수 있지."

아이는 더 이상 묻지 않았다. 떠날 시간이 점점 다가오고 있었
다. 그러나 내 몸과 마음은 무엇엔가 붙잡힌 듯 움직이지 않고 있
었다. 나는 시어머니에게 문자메시지를 보낸 뒤 아이와 함께 두물
머리로 가는 버스에 올랐다.

이상하게 길이 막히지 않고 잘 뚫렸다. 초록 풍경이 차창을 스
칠 때마다 아이는 좋아서 환호성을 질렀다. 그러다 아이는 문득
이런 말을 했다.

"아빠도 함께 왔으면 참 좋았을 텐데."

아이는 제 아빠가 그리운 모양이었다. 하긴 어린 나이에 아빠와
사별했으니 그 상한 감정이 오죽하랴. 나는 이제까지 아이의 상처
를 방치한 데 대해 새삼스레 눈물이 솟았다. 드디어 버스가 두물
머리에 닿았다. 아이는 내 손을 잡고 팔짝팔짝 뛰었다. 세상에 태
어나 이런 물 구경은 아마도 처음이리라.

"엄마, 왜 그렇게 물이 많아?"

아이는 신이 난 모양이었다.

"그런데 이모는 어디 있어?"

"응, 이따가 이모 올 거야."

드디어 물가가 나타났다. 느티나무가 강바람에 맞서 힘겹게 물
가를 지키고 있었다. 나는 손가락으로 물가를 가리키며 말했다.

"재철아, 이곳은 엄마와 아빠가 만났던 곳이란다."

"정말?"

"응, 여기서 결혼하기로 약속했었지."

"그럼 난 언제 태어난 건데?"

"응, 결혼하고 나서 얼마 안 돼서."

나는 갑자기 여교수의 남편을 생각했다. 그는 이 두물머리 강가에서 무슨 생각을 했을까. 감정적 경제적 이해득실을 따지던 내 모습도 생각났다. 혜정이의 모습도 떠올랐다. 평생을 남 좋은 일만 하고 살면서 온갖 혜택을 다 누리던. 그녀를 나는 얼마나 질투하고 감정을 왜곡시켰던가.

그녀의 물질관을 오해하면서 비방하는 자리에도 서슴없이 나가지 않았던가. 심지어 돈으로 남의 환심을 사려는 수작이라고까지 말하지 않았던가. 그런데 어느덧 내 마음 속에서 그런 비난들이 사라지고 없었다.

언제부터였을까. 지난날의 고통이 내 마음을 순수하게 연단하고 있었다. 잘못된 인식과 피해의식, 노이로제 증상을 말끔히 씻어내고 있었다. 불신과 의심도 함께 씻겨 나가고 있었다. 누군가 내 마음 속에 메시지를 전달하고 있었다.

고통은 인생을 진지하게 하고 절대자를 향한 집중력을 강화시킨다. 북쪽에서부터 바람이 강물을 휘몰아치고 있었다. 파도처럼 강물이 넘실대며 내 마음속에 들어왔다. 갑자기 마음이 넓어지는 것 같았다. 오랜 세월 동안 가슴속에 머물렀던 부패했던 감정들이 강물 속에 떠밀려 가는 것 같았다. 감정의 순도가 높아질수록 마음은 평정을 되찾아 갔다. 그리고 마음속에 담대함이 넘쳐났다.

"아들, 이제부턴 엄마는 아들만 위해 살 거야, 알지?"

"응, 알아 엄마. 나도 이제부턴 엄마를 위해 살게."

　아이는 강물을 향해 두 팔을 벌리며 기뻐했다. 그러더니 강물을 가리키며 말했다.

　"엄마, 저기 좀 봐 물오리가 보여. 저기, 저기."

　물오리가 떼를 지어 유영하는 모습이 보였다. 아이는 신기한지 한참이나 물오리한테서 시선을 떼지 못했다. 물오리가 한참을 유영하다가 고개를 물속으로 처박았다. 아마도 먹이를 발견한 모양이다. 순간 마음속에 깨달음이 일었다.

　그래 인생은 이해득실을 따지기에 앞서 더불어 사는 거다.

　나는 빛이 쏟아져 내리는 건물 안에서 들었던 메시지를 마음속에 떠올리며 아이의 손을 꼭 잡았다. 산책로 부근에 동생의 모습이 보였다, 이어 혜정이의 모습도 보였다. 그들은 아이가 보고 싶어 한 걸음에 달려오고 있었다.

　"재철아, 이모야 이모."

　"이모."

　아이가 두 사람을 향해 마주보며 달려갔다. 강물 주변에 있던 초록 향기도 그들을 향해 끝없이 마주 달려가고 있었다.

(2008년 만다라 문학)

악인도 사랑을 꿈꾼다

언젠가 그에게 물은 적이 있다.

"선생님 곱슬머리이신가 봐요?"

그가 의아한 눈빛으로 물었다.

"네, 그런데 그건 왜 물어요."

삼 년을 한 직장에서 내리 보아 왔으면서 새삼스럽게 곱슬머리냐고 묻는 나. 그때 왜 하필이면 그의 머리칼이 내 눈에 들어왔을까. 평상시에는 잘 몰랐었는데 그날따라 유달리 그에 대한 감정이 새로웠었나 보다. 비로소 그의 곱슬머리가 내 눈에 들어온 걸 보니.

곱슬머리, 매서운 눈, 거침없는 행동, 비상한 두뇌. 단 한마디 말실수도 없는 자기 관리에 철저한 완벽함. 그것이 내가 그를 사랑한 이유였다. 먼저는 나를 바라보는 그의 눈빛이 예사롭지 않았었다. 그것이 관심이라는 걸 나는 나중에야 알았다.

곱슬머리 우선생.

TV 화면에 젊은 연인이 사랑을 나누는 모습이 보인다. 재벌가의 후손인 남자가 사랑을 위해 모든 걸 포기한다. 집안의 반대와 주변의 시선도 아랑곳없이 사랑을 위해 모든 걸 희생한다. 남자는 결코 선인이 아니다. 아니 오히려 악인에 가깝다. 그런 사람도 사랑을 위해 자신을 희생한다.

여자의 과거도 묻어 주고 그 여자가 다른 남자의 아기를 임신했음에도 남자는 기꺼이 자신을 희생한다. 심지어 자신이 사랑하는 여자를 위해 그 여자마저 포기하려 든다. 당신의 행복을 위해 나를 버려도 좋다고 말한다. 악인도 사랑을 한다.

사랑하는 여자를 위해 생명과 같은 안구(眼球)도 바친다. 심지어 목숨도 바친다. 사랑은 그렇게 자신을 희생 제물로 바치는 것이다.

그와 헤어지고 나서, 나는 동해 바닷가에 있는 작은 기도원을 찾아갔었다. 무슨 신심(信心)이 있어서가 아니었다. 그렇다고 여행을 위해 찾은 호사스런 감정도 아니었다. 더더구나 무슨 큰 죄를 지어 도피처로 숨어든 것도 아니었다. 죽기 전 나의 마지막을 정리하고 싶어서였다.

정신이 극도의 혼미를 거듭하고 있었다. 나의 의지를 사탄에게 내주느냐 마느냐 영적인 싸움이기도 했다. 나는 기도원을 나와 바닷가로 천천히 걸어갔다. 하늘과 수평선이 맞닿아 운무를 형성하고 있었다. 갑자기 바다에 안기고 싶다는 생각이 들었다.

파도에 휩쓸려 흔적도 없이 사라지고 싶다는 생각이 순간적으로 내 뇌리를 덮쳤다. 지금 이 순간 내가 흔적도 없이 사라져버린다면……. 그는 어떠한 표정을 지을까. 죽음을 결심하면서도 그에 대한 생각은 놓치고 싶지 않은 모양이었다. 나는 스스로에게 하도기가 막혀 한숨과 함께 눈물이 나왔다.

파도가 내 발 밑에서 출렁대고 있었다. 사방을 휘둘러보았다. 젊은 연인들이 갈매기 떼에게 새우깡을 던져주는 모습이 보였다. 가슴이 뭉클했다. 속에서 뜨거운 눈물이 솟구쳐 올랐다. 발걸음을 옮기니 가까운 곳에 횟집이 보였다. 술에 취한 남자들이 소리를 고래고래 지르며 바닷가로 몰려갔다.

방파제 위에 오줌을 갈기고는 한쪽으로 우! 하고 달려갔다. 갑자기 몸에서 진동이 왔다. 핸드폰에 문자메시지가 도착한 것이다. 싼 이자로 돈을 대출해 주겠다는 스팸메일이었다. 민박이 보이는 쪽에서 사람이 달려왔다. 급하게 달려온 그는 숨을 헐떡였다.

"저, 저……."

"무슨 일이시죠?"

"저 저쪽에 싸고 깨끗한 민박이 있습니다. 다른 데 가시지 마시고."

"뭐라구요?"

하도 기가 막혀 나는 남자를 멍하니 바라보았다. 오랜만에 나타난 고객으로 착각하는 모양이었다. 그는 얼굴에 결연한 의지마저 보였다.

"다른 데 가서봐야 공연히 바가지만 씁니다. 저를 따라 오세요, 제가 잘 안내해 드릴게요."

남자는 나를 아예 길 모르는 어린아이 취급했다.

"전 이미 정해진 숙소가 있는데요."

"그렇다면 말입니다."

남자가 주머니를 뒤지더니 명함 한 장을 꺼내 내 손에 쥐어 주었다. 그러더니 마치 무슨 은밀한 비밀이야기를 하듯 속삭였다.

"저기 방파제가 끝나는 곳 보이시죠, 저 끝에 돌아가면 관광호텔이 있는데 그 지하 나이트클럽 지배인이 바로 접니다. 이따 저녁 때 놀러 오십시오, 제가 최대한 서비스로 잘 모시겠습니다, 오실 때 예쁜 아가씨들과 함께 오시면 더욱 좋고요."

아까는 민박 소개를 하더니 갑자기 지하 나이트클럽 지배인으로 변신한 남자를 바라보며 나는 멍해졌다. 도대체 이 남자는 직업이 몇 가지란 말인가.

"생생한 라이브 쇼가 오늘밤 벌어집니다. 기대하셔도 좋습니다. 태국 현지에서 활동 중인 환상적인 커플이 평생 잊지 못할 추억을 안겨 드릴 겁니다."

그제야 나는 감각이 왔다. 남자는 민박이나 나이트클럽을 소개해주는 소위 삐끼였던 것이다.

"이번 기회 놓치면 평생 후회하실 겁니다. 아참, 애인 되는 분과 함께 오셔도 좋습니다."

남자는 득의만면한 표정을 짓더니 반대편을 향해 뛰어갔다. 그쪽에는 젊은 연인들이 모여 술판을 벌이고 있었다. 술에 취해 얼굴이 불콰해진 남녀가 무슨 게임을 하는지 이따금씩 폭소가 터졌다. 남자가 그들 곁으로 다가서더니 스스로 소주를 잔에 따라 마셨다. 누구의 허락도 없이 아주 자연스러웠다.

그러더니 옆에 앉은 남자의 귓가에 대고 뭐라고 속삭이는 것 같았다. 그러자 자리에서 일어난 남자가 옆에 앉은 동료들에게 귀엣말을 나누더니 모두 자리에서 일어나 남자의 뒤를 따라갔다. 그들은 오늘밤 환락의 잔치를 벌일 모양이었다.

여자들은 영문도 모른 채 남자들의 뒤를 따라 나섰다. 나의 눈은 일단 거기서 멈췄다. 그들의 모습이 시야에서 사라지고 나자 나의 생각은 다시 원점으로 돌아왔다. 죽음의 기운이 다시 가슴속에서 스멀스멀 기어오르기 시작했다. 지금까지의 삶이 모두 부질없다는 생각이 들었다.

나는 원래부터 한 치 앞도 내다볼 줄 모르는 아둔한 성격의 소유자였다. 꽉 막힌 속 좁은 소견에다 하나 더하기 하나는 둘이라는 공식에 매여 사는 융통성이라곤 먼지만큼도 없었다. 게다가 의지마저 약해 무엇 하나 제대로 할 줄 아는 게 없었다. 더 한심한 건 마음이 여리고 정이 많다는 것이었다.

그런 내가 그에게 내 마음을 건네준 건 결정적인 실수이자 악운이었다. 한번 감정에 빠지면 전혀 헤어 나오지 못하는 것이 내 약점이자 맹점이었다. 그런 허술한 정신구조 속에 맹목적인 사랑이 들어서자 나는 하루에도 수십 번씩 천국과 지옥을 오가면서 그의 감정의 꼭두각시가 된 것이다.

그런 나의 태도를 비웃기라도 하듯 그는 절대 책임질 말이나 행동은 하지 않았다. 항상 손익계산을 염두에 두고 행동하는 그는 감정에 있어서도 결코 손해 볼 일은 하지 않았다. 때에 따라 그는 감정조차 기계처럼 움직였다. 상황에 따라 감정의 물결이 급변하는 것이었다.

그것이 처음부터 그의 조작된 감정놀음이었다는 걸 나는 나중에야 알았다. 열등감과 분노가 한꺼번에 휘몰아치면서 죽음에의 유혹이 강하게 내 뇌리를 흔들었다. 나는 그 모든 걸 내 성격 탓으로 돌려보내고 있었다.

내가 못나고 부족한 탓으로. 그러나 그게 아니었다. 가만히 생각해 보니 그가 내 못난 성격을 두고 장난질을 치고 있었던 것이다.

곱슬머리 우선생.

그의 결혼소식이 들려온 건 장대비가 요란하게 쏟아지던 여름날이었다. 월요일 교무회의가 끝났는데 긴급 광고사항이 있다고 했다. 모두 긴장하는 순간 우선생과 친하게 지내던 체육선생이 말했다.

"다음 달 첫 번째 일요일에 우선생이 결혼식을 한답니다."

그 짧은 한마디가 내겐 청천벽력같이 들렸었다. 그는 축하한다며 악수를 청하는 동료교사들을 향해 만면에 미소를 짓다가 잠깐 나와 눈빛이 마주쳤던 것 같다. 갑자기 표정이 냉랭해지더니 외면하는 것이었다. 순간 나는 정신이 아득해지는 느낌이 들면서 극심한 혼미에 휩싸였다.

직원들의 웅성대는 말소리와 웃음소리가 귓가에 들려오면서 몸과 마음이 한꺼번에 땅속으로 침몰하는 것 같았다. 간신히 출입구쪽을 향해 걸어가는데 내 앞을 쌩하니 지나가는 발걸음이 있었다.

그였다. 일부러 내 앞을 지나며 반응을 살핀 것이다. 잔인하게. 닭 쫓던 개 지붕 쳐다보는 모양을 그는 일부러 즐거운 표정으로 감상한 것이다. 그런데도 나는 여전히 정신을 못 차리고 어떤 기대 섞인 상상을 하고 있었다.

"야, 이경현. 너 고등학교 교사 맞아?"

현애가 한심하다는 투로 내 어깨를 툭치며 말했다.

"너 제정신이냐구? 아직도 그 우선생인가 하는 그 인간한테 미련이 있는 거니?"

"내가 원래 정이 많잖아, 안 잊히는 걸 어떡해?"

"그래서 뭘 어떻게 하겠다는 건데? 이구 저런 등신."

"응, 나는 등신인가 봐, 내가 생각해도 어쩜 난 이리도 등신인지 모르겠어."

"너 도대체 그 정신 갖고 어떻게 이 험한 세상을 살래?"

"그러게나 말야."

현애는 기가 막힌 듯 천장을 바라보며 웃었다.

"세월이 약이래, 그만 잊어버리고 너도 좋은 사람 만나, 처음엔 죽어도 안 잊힐 것처럼 죽네 사네 해도 세월 지나면 다 잊히게 마련이야. 너 세월 앞에 장사 없다. 눈에서 안 보이면 마음에서도 멀어져, 아웃 어브 사이트 아웃 어브 마인드 알잖아."

그 말이 내 귀에서 사라지기도 전에 나는 어떤 결심을 굳히고 있었다.

다음 달 첫 번째 일요일이 되었다. 그날은 아침부터 비가 엄청나게 많이 내렸다. 길거리가 온통 물바다였다. 그의 결혼식은 오전 11시였다. 결혼식장에 가려면 아침 일찍부터 서둘러야 했다. 나는 정신없이 화장을 하고 정장을 꺼내 입었다.

일부러 하이힐을 신고 집을 나섰다. 빗물이 스타킹 위로 사정없이 튕겼다. 정장 스타일의 스커트도 어느새 비에 젖어 엉덩이 부분에 찰싹 달라붙었다. 거리에 비바람이 불고 있었다. 우산이 뒤집어질 정도로 바람이 거세고 매웠다.

나는 들고 있던 우산을 길거리에 내팽개쳐 버리고 차도로 뛰어들어 택시를 탔다. 창밖으로 윙윙하며 바람이 스쳐 지나갔다. 사람들이 고개를 숙인 채 마구 달려가고 있었다. 빗물과 사람이 한 덩어리가 되어 뛰어가고 있었다. 빗길에 엉덩방아를 찧는 행인도 있었다.

빗물에 속옷까지 홀랑 젖은 승려가 지하철 계단을 향해 뛰어 내려가는 모습도 보였다. 결혼식장에 도착하니 의외로 썰렁했다. 교통체증에 밀려 하객들이 늦게 도착하는 모양이었다. 나는 신랑 신부가 제일 잘 보이는 맨 앞자리에 가 앉았다.

아직 식이 시작하려면 10분 남았다. 하객들이 하나 둘 자리를 차지하기 시작했다.

머리칼에서 빗물이 떨어지고 있었다. 핸드백을 쥔 손에서 경련이 일었다. 급하면 나타나는 현상이었다. 신부의 어머니로 보이는 분홍색 한복을 입은 여자가 내 앞을 지나더니 갑자기 내 눈을 빤히 쳐다봤다. 표정이 의외로 심상했다.

누구더라?

생각하는 사이 사람들이 몰려왔다. 그들은 모두 하객이자 내 동료이기도 했다. 반가웠다. 나도 모르게 다가가 손을 내밀었다. 마치 당연하다는 듯이. 동료들은 내 손을 잡더니 모두 민망한 표정으로 고개를 외면했다.

너 또 무슨 상처를 받으려고 이 자리에 왔니? 하는 안타까움이 그들 얼굴 표정에서 묻어나고 있었다. 시계를 보니 11시 10분이었다. 결혼식을 시작해야 하는데 아직 신랑 신부 모습이 보이지 않았다. 다시 십 분이 지났다.

하객들이 술렁대기 시작됐다. "어떻게 된 거야?" 사람들마다 고개를 뒤로 돌리며 물었다. 결혼식을 진행할 사회자가 나타났다. 그가 손에 흰 면장갑을 끼고는 마이크 앞으로 다가갔다. TV에 가끔씩 얼굴을 내미는 개그맨이었다. 그를 알아본 하객들이 손짓을 하며 반가워했다.

"여러분, 그동안 많이 기다리셨습니다. 원래 스타는 마지막에 나타나는 법입니다. 오늘 비가 오는 관계로 식이 많이 지연되었음을 먼저 사과드립니다."

개그맨 사회자의 말이 떨어지기도 전에 뒷자리에서 어린아이의 말이 들렸다.

"엄마, 사과 어디 있어? 저 개그맨 아저씨가 사과 준대."

"조용히 해, 저 아저씨가 말하는 사과는 먹는 사과가 아니야."

개그맨이 결혼식이 지연된 이유에 대해 구구한 변명을 늘어놓았다. 주된 이유는 교통체증이었다. 그가 개그 섞인 짧은 멘트를 하는 동안 신랑신부가 입장했다. 시간이 지체된 탓인지 곧바로 웨딩마치가 울렸다. 신랑 신부 동시 입장이었다.

여느 결혼식처럼 신부 아버지가 신랑에게 딸을 인도해 주는 것이 아닌 동시입장이었다. 그 의미가 아주 심상했다. 연미복을 입은 우선생은 영화배우 탤런트 못지않은 모습으로 하객들의 탄성을 자아냈다.

신부 역시 빼어난 미인이었다. 천사 같은 얼굴에 몸매가 모델감이었다. 가느다란 허리 곡선과 둔부가 황홀하리만치 아름다웠다. 역시……. 하객들의 입가에서 또다시 탄성이 터져 나왔다. 이어 힘찬 박수도 터져 나왔다. 사회를 보는 개그맨의 멘트도 계속 터져 나왔다.

"여러분은 지금 최고의 멋진 한 쌍의 탄생을 보고 계십니다. 제가 지금까지 많은 결혼식 사회를 보았지만 이렇게 아름다운 커플은 처음 봅니다, 두 분 다 최고학부에다 뛰어난 인물로서……."

개그맨의 멘트가 끝나지도 않았는데 하객들 사이에서 부러움의 찬사가 흘러 나왔다. 너무 멋지다. 둘 다 너무 잘 생겼다. 역시 끼리끼리라더니. 맨 앞자리에 앉은 나는 계속해서 그의 표정을 주시했다. 그의 눈빛은 사랑하는 여자에 대한 애틋함과 자랑으로 가득차 있었다.

조금도 흔들림 없는 사랑에 대한 확신과 결의가 그의 얼굴에 가득했다. 그러다 한순간 그와 나는 잠시 눈이 마주쳤다. 아주 짧은 순간이었다. 당황한 빛이 흐르더니 그는 얼른 얼굴을 사랑하는 아내에게로 향했다.

곧이어 주례사가 진행됐다. 얼마 전 과학부 장관을 지냈다는 주
례는 명쾌하고도 짧은 말로 주례사를 대신했다. 그와 동시에 나의
발걸음은 출입구를 향하고 있었다. 밖으로 나오자 세찬 비바람이
나를 향해 사정없이 달려들었다. 빗물이 얼굴과 목 속으로 스며들
었다. 블라우스도 어느새 젖었고 스커트도 곧 젖어버렸다.

한참을 뛰다 보니 전철 역사였다. 5호선 전철이었다. 버스 카드
를 판독기에 대고는 계단을 뛰어 내려가 달려오는 전철에 몸을 실
었다. 자리에 앉으니 빗물이 온몸을 행주 짜듯 조여 왔다. 한기가
들었는지 재채기마저 나왔다. 전철을 여러 번 바꿔 탄 뒤 나는 청
량리 역사에서 동해로 가는 기차에 올랐다.

그 다음은 기억이 잘 안 난다. 나는 거의 미쳐 있었으니까. 술
을 마시고 실성을 했는지 아님 낯모르는 남자와 어딘가로 동행을
했는지, 아님 파도에 몸을 맡기기 위해 바다 속으로 뛰어들었는
지. 혹독한 정신고문 끝에 정신이 돌아버렸는지. 하긴 그때의 내
정신 상태를 어느 정신과 의사는 정신분열 초기 증세라 했었다.

직장에 복귀한 나는 동료들의 껄끄러운 시선을 받았다. 동정과
비웃음과 야유와 모멸감이 섞인 말과 함께. 사표를 제출하는 한이
있더라도 그를 떠났어야 했다. 그것이 한때나마 사랑했던 사람에
대한 예의라는 것을 난 모르지 않았다. 그리고 그게 내 감정을 보
호하는 최선의 방책이란 것도 알았다.

그러나 나는 그 어떤 방법도 취할 수 없었다. 몸과 마음이 돌처
럼 꿈쩍도 하지 않았다. 그를 보지 않고는 단 하루도 견뎌내지 못
할 만큼 미쳐 있었던 것이다. 보편화된 상식도 이성(理性)도 내
감정을 제어하지 못했다. 현애는 시간만 나면 전화해 차라리 전출
을 하라고 채근했다.

　그러나 나는 매번 전출자 희망란을 공란으로 채워 냈다. 보다 못한 그가 전출자 명단에 사인을 했다. 이듬해 그가 다른 학교로 전출해 가기 전, 그의 아내가 임신했다는 소식이 들려왔다. 그는 드러내 놓고 행복감을 표시했고 동료들의 축하를 받으며 내게도 악수를 청했다.

　행복에 겨운 그는 아이들에게까지 아내의 임신 사실을 털어놓았다. 세상에서 가장 행복한 남편의 모습이었다. 그가 이웃 학교로 전출해 가고 나서 나도 이듬해 그 학교를 떠나 다른 곳으로 전출해 갔다. 서울이 아닌 충청도 ○○부근이었다. 일부러 자청한 것이다.

　이른 봄이었다. 학교 뒷산에 매화가 만발했다. 매화 향기에 정신이 돌아버릴 지경이었다. 들판에는 봄기운이 아지랑이와 함께 피어오르고 있었다. 조각난 마음 위로 날마다 외로움의 찬비가 내렸다. 열등감과 함께 버림당했다는 상실감이 정신을 공동묘지로 만들었다.

　마음을 잃어버린 나는 틈만 나면 강이 보이는 언덕 위로 올라갔다. 언덕 아래 강물이 흐르고 있었다. 처음 몇 번은 그 강에 몸을 던져볼까 수없이 망설였다. 봄날의 쓸쓸한 기운과 자살충동을 이겨내느라 나는 거의 빈사상태였다.

　정신병과 우울증이 속출하고 환자가 가장 많이 죽는다는 잔인한 봄은 그렇게 내 생각 속에서 지나가고 있었다. 시골 아이들은 서울 아이들에 비해 순진스런 구석은 있었지만 그렇다고 마냥 좋은 것만은 아니었다. 어느새 나의 중세를 알아차린 녀석들이 온갖 소문을 퍼뜨리기 시작했다.

　"어젯밤 내가 강으로 낚시를 갔는데 이경현 선생이 물가에서 울

고 있더라, 물속으로 뛰어드는 게 아닌가 싶어 얼마나 겁이 났는
지 모른다."

그러자 또 한 녀석이 말했다.

"난 저번에 이경현 선생이 기차 레일 위에 누워 있는 걸 본 적
이 있다, 그때 너무 무서워 막 뛰어 집에 왔는데 심장이 뛰어서
혼났다."

다른 녀석이 또 말했다.

"이경현 선생이 가끔씩 이상한 말을 하는데 아무래도 제정신이
아닌 것 같더라, 서울에 있는 학교에 멀쩡히 잘 다니다가 뭐하러
이런 촌구석으로 왔단 말인가, 아무래도 수상타."

아이들은 저마다 나를 소설 소재 감으로 아는지 갖은 상상과 추
측을 부풀려 말했다. 어떨 때는 내게 다가와 사실여부를 확인하기
도 했다.

"선생님, 혹시 어디 아픈 데 있으신가요?"

"아픈 데라니?"

"그러니까 무슨 병이라든가 아님 마음이 아프시던가."

나는 그제야 낌새를 눈치 챘다. 녀석들이 나를 사이코 취급하려
는 수작임이 틀림없었다.

"너희들 내가 정신분열증 환자로 보이니?"

정곡을 찌르자 녀석들이 흠칫 했다.

"선생님 그런 식으로 놀리면 벌 받는다. 가서 숙제나 해, 안 해
오면 알지?"

나는 일부러 위악스런 태도를 보이며 말했다. 슬픔과 고통은 어
딜 가나 상처를 불러일으켰다. 그 객지의 병마를 어떻게 이겨냈는
지 모르겠다. 날마다 살얼음을 걷는 것 같은 위기 속에서 객지생

활도 어느덧 5년여를 지나고 있었다. 나는 그때쯤 ○○을 지나 강원도 지역으로 근무지를 옮겼다.

그것도 일부러 자청한 것이었다. 되도록 서울서 멀리 떨어지고 싶었다. 이젠 어느 정도 객지생활에도 이력이 붙었고 혼자 칩거하다 보니 체질화된 외로움도 견딜 만했다. 무엇보다 사람들의 구설수에 오르내리는 게 싫기 때문이기도 했다.

내가 근무하는 학교 앞, 읍내 거리는 언제나 활기가 넘쳤다. 왁자한 시골 분위기도 좋았다. 사람 사는 냄새로 내 의식에도 새로운 변화의 바람이 불기 시작했다. 우울증과 함께 집요하게 따라붙던 정신분열 초기 증세도 거의 사라질 무렵이었다.

서울에서 한 여교사가 전출돼 왔다. 나이는 나와 동갑이고 빼어난 미인이었다. 나이보다 십 년은 어려 보일 만큼 동안(童顔)이었다. 동료교사들이 결혼여부를 묻자 대답하기 곤란한지 일체 함구했다. 그러자 동료들은 바로 그녀 뒤에서 수군댔다.

"결혼했다가 이혼한 모양이야."

남의 상처를 흠집 내고 싶어 하는 건 빈부귀천에 상관없는 모양이었다. 그녀의 빼어난 미모가 오히려 화근이었다. 동료들은 물론이고 학부모들도 그녀의 외모를 두고 설왕설래 말들이 많았다.

"혼자 온 걸 보니 아이는 없었던 게지, 그러니까 이 먼 곳까지 왔겠지."

"그거야 모르지, 아이는 애 아빠가 맡아서 키우는지."

"저 인물에 혼자 살 리는 없고 아무튼 모두 남편 조심해야겠어."

짓궂은 남자 교사들은 그녀에게 다가가 여동생 있으면 소개시켜달라고 졸랐다. 유부남 선생은 애인할 여자 좀 소개시켜 달라고까지 했다. 열 계집 싫다는 사내 없다더니 그 말이 꼭 맞았다.

"민선생 닮은 딸 낳으면 죽어도 소원이 없겠소."

노골적으로 유혹하는 치들도 있었다. 그때마다 나는 분연히 나서 민선생을 옹호했다. 때론 거친 말과 행동으로.

"초록은 동색이라도 편들고 앉아 있네."

그들은 어느새 나까지 민선생과 같은 동류로 취급하고 있었다. 남자들이란 게 하나같이 속물근성에다 색욕으로 가득 찬 동물이었다. 그들은 나와 민선생을 술자리에서 자주 안주거리로 떠올린다는 소문이었다.

민선생의 빼어난 외모는 남자들의 선망의 대상이었고 나의 독신의 이유는 그들의 궁금 점이자 소설거리이기도 했다. 그러나 관심은 단연 민선생에게로 집중되었다. 이유는 과거였다. 어느새 민선생과 나는 절친한 사이로 변했다.

서로의 흉허물을 터놓을 만큼, 그러나 아픈 과거의 상처는 꺼내지 못했다. 너무 상처의 골이 깊었기 때문에. 차라리 가슴에 처박아 놓는 게 낫지 공연히 꺼내 놓았다간 가슴에 수많은 화살이 와 꽂힐 것 같았다. 그리고는 마침내 절명해버릴 것 같은 위기감마저 들었다.

"민선생님은 같은 여자가 봐도 정말 미인이세요."

"그런 말 이젠 듣고 싶지 않아요."

"전 오히려 그 말이 부럽네요."

나는 열등감에 젖은 풀죽은 목소리로 말했다.

"그 미인이라는 말 때문에 저는 남편으로부터 상처받고 버림당했어요."

"네에?"

처음으로 듣는 기막힌 말이었다. 미인이라는 말 때문에 상처받고 버림당하다니 이게 도대체 무슨 말인가.

"제가 왜 이런 산골로 전근 왔는지 아세요?"

"왜죠?"

"사람들의 시선으로부터 좀 더 멀어지고 싶어서였어요. 그런데 여기는 더 심한 것 같아요."

"하긴……."

"선생님은 저 같은 경우 당하지 않으셨나요?"

"저야 선생님 같은 미인은 아니잖아요. 하지만 왜 그런 경우가 없었겠어요. 상처야 아물게 마련이라지만 그렇지 않더라고요. 아직도 가슴속에서 피눈물이 나는 거 같아요."

"어떤 상처이기에?"

나는 거기서 더 이상 말을 계속할 수 없었다. 입 밖에 올렸다간 너무 비참하고 수치스러워 민선생마저 나를 무시할 것 같았다.

"저도 사실 버림당했거든요. 선생님과는 좀 다른 경우지만."

그녀는 탄식하듯 말했다.

"동병상련이군요."

"세월이 그렇게 많이 흘렀는데도 아직도 가슴이……. 멍해요. 그 사람이 내게 너무 많은 아픔을 주고 떠났어요. 살아 있는 게 기적예요."

"나쁜 자식……."

민선생의 입가에서 욕이 터져 나왔다.

"네?"

"남자들은 모두 나쁜 자식들예요."

그녀는 주먹을 부르르 떨기까지 했다. 목에 푸른 힘줄이 보였다. 희고 가는 목선에 푸른 힘줄이 완만한 어깨 곡선으로 흘러내리고 있었다. 어깨 밑 봉긋한 가슴과 허리 곡선과 탄력 있는 둔부, 매끄러운 각선미는 환상적이리만큼 아름다웠다.

한마디로 그녀의 몸매는 예술이었다. 같은 여자가 봐도 저 정도니 남자들이야 더 말할 것 있겠는가.

"잊어버리세요. 그깟 거 하고 머릿속에서 하얗게 잊어버리세요. 잊어 주는 게 가장 큰 복수라는 유행가 가사도 있잖아요, 임주린가 하는 여가수가 부르던……."

그때였다. 그녀의 핸드폰이 울렸다. 나도 모르게 저절로 시선이 그녀의 핸드폰으로 향했다. 발신인이 '원수'로 되어 있었다. 그녀가 발신인을 확인하고는 전원을 꺼버렸다. 원수가 누구냐고 물으려다 나는 그만 참아버렸다.

그녀의 얼굴에 새파란 독이 피어올랐다. 혹시 헤어졌다는 전 남편? 순간적으로 상상력이 발동했다. 아이는? 아이는 누가 키우냐고 묻고 싶었다. 소문의 근거도 확인할 겸, 그러나 차마 물을 수는 없었다.

그건 다시 한 번 그녀의 가슴에 화살촉을 꼽는 거나 마찬가지였다. 민선생은 잠시 분을 삭이더니 ○○시로 나가자고 했다. 그 의미는 읍내를 벗어나 한바탕 회포를 풀자는 거였다. 아무래도 학교 근처에 있다간 아이들은 물론 동료교사와 학부형의 눈길로부터 자유롭지 못하기 때문이었다.

하긴 ○○시로 나가도 무슨 소문이 날지 몰랐다. 대도시와 달리 그곳은 유동인구가 적고 지역이 좁아서인지 갇힌 공간이나 다름없었다. 그러나 민선생은 그마저도 해방감을 느낀다고 했다. 둘은 해가 지자마자 택시를 불러 타고 ○○시로 나갔다.

"이건 촌구석으로 오면 좀 나아지려나 했더니……."

그 뒷말은 안 해도 알았다. 우린 그런 식의 대화를 벌써 수십 번은 했던 것이다. 민선생의 핸드폰이 다시 울리기 시작했다. 어느새 전원을 꽂은 모양이었다. 무심코 핸드폰을 받던 그녀 입에서 거친 욕설이 터져 나왔다.

"씨팔 새끼."

운전자가 핸들을 꺾다 말고 뒤를 돌아보았다. 그 바람에 하마터면 접촉사고가 날 뻔했다. 맞은편에서 달려오던 승합차 운전자가 이쪽을 향해 주먹을 들어 보이며 욕을 퍼부었다.

"야! 정신 똑바로 차리고 운전해."

운전자는 웃다 당황하다를 반복했다. 민선생의 욕설이 다시 시작되었다.

"망할 자식! 개천에 빠져 죽을 자식, 확 에이즈라도 걸려버려라."

그때였다. 갑자기 택시가 끽! 소리를 내더니 멈춰 섰다. 운전자가 놀라서 급브레이크를 밟은 것이다. 그러고 보면 운전자도 꽤 예민한 모양이었다. 그는 운전대를 잡고 서서 한동안 웃음을 멈추지 못했다. 그 바람에 놀란 건 민선생이었다. 그때서야 그녀는 자신의 행동을 눈치 채고는 어쩔 줄을 몰라 했다.

민선생이 지갑을 꺼내더니 만 원짜리 두 장을 운전자에게 건넸다. 그러더니 내 어깨를 툭 쳤다. 어서 내리라는 표시였다. 벌써 어둠이 뒤덮인 거리는 마음마저 을씨년스럽게 했다. 가을바람이 스산하게 그녀와 내 가슴을 스치고 지나갔다. 도심의 건물과 추수를 앞둔 들판이 묘한 대조를 이루며 지난 세월을 생각나게 했다.

지난 세월은 뼈저린 후회와 모멸감으로 가슴을 조여 왔다. 둘은 도심과 들판의 갈림길을 한참 걸었다. 이윽고 우리는 네온이 휘황한 골목길 앞에 이르렀다. 누구랄 것도 없었다. 왜 거기까지 가게 되었는지 모르겠다.

레이저인지 건물마다 내뿜는 빛이 어두운 밤하늘을 조각내고 있었다. 한 떼의 남자들이 봉고차에서 내리더니 지하 건물로 우르르 몰려갔다. 길가 포장마차에선 고기 굽는 냄새와 함께 고성방가가 이어졌다. 방금 카바레에서 나왔는지 중년의 남녀가 허리를 부둥켜안은 채 여관골목으로 사라지는 모습이 보였다.

요즘은 환락산업이 농촌에까지 불어 닥친 모양이다. 보이는 곳마다 모텔 아니면 카바레 술집이었다. 그렇지 않아도 빈사 직전인 농촌은 FTA라는 된서리를 맞고 나자마자 아예 사경을 헤매고 있었다. 그런데도 환락산업은 번창에 번창을 거듭하고 있었다.

도대체 그 돈이 어디서 나오는지 희한했다. 농민으로 보이는 중년남자가 소주병을 들고 길거리에서 난동을 부리고 있었다. 일평생 농사일에 찌들어 얼굴이 새까맣게 변해버린 그는 절망스런 표정으로 울부짖었다.

"이제껏 평생 속고서 농사만 지어 왔는데 이젠 더 이상 속을 필요도 없게 되었구나. FTA인지 에프 킬란지 그것이 이제 우리 농민들 완전 거덜 나게 해버렸구나."

자세히 보니 그는 중환자 같았다. 작은 체구에 불쑥 솟아 오른 배가 간암 말기 같았다. 얼마나 속을 끓였으면……. 사람들은 남자 곁을 지나며 흘끔거렸다. 그는 아예 길바닥에 주저앉아 술병을 나발 불었다. 보기만 해도 가슴에 칼을 꽂는 것 같았다.

그때였다. 내 앞을 휙 스쳐 지나는 그림자가 있었다. 감색 싱글 차림에 반듯한 체격을 한 남자였다. 영화배우 장동건을 생각나게 하는 곱슬머리에 세련미가 극치를 달리는 젊은 남자였다.

여자들의 시선이 일제히 그에게 가 닿았다. 어둠과 불빛 속에서도 여자들의 시선을 당기는 그는 영화 촬영이라도 하는지 여러 사람들과 어울려 고급 레스토랑 건물로 들어섰다. 그런데 그들 중 한사람이 어느새 민선생에게 다가와 수작을 걸고 있었다.

"오늘밤은 미인에게 가장 화려한 밤이 될 것입니다. 어떻습니까, 제가 멋진 추억을 만들어 드리고 싶은데."

그는 손까지 더듬으며 민선생의 반응을 살피고 있었다. 그런데 이상한 건 민선생의 태도였다. 당장이라도 뿌리치거나 거부할 줄 알았는데 그게 아니었다. 그녀는 남자의 얼굴을 빤히 쳐다보며 무언가 생각하는 눈치였다.

그 표정이 아주 심상했다. 돌발적인 상황이 발생할 것만 같은 위기감이 느껴졌다. 남자의 손길이 그녀의 허리를 휘어 감으려는 순간이었다. 갑자기 그녀의 몸이 공중에 붕 뜨는가 싶더니 남자의 가슴팍에서 퍽! 소리가 났다.

남자가 아이쿠 소리를 내더니 그대로 땅바닥에 주저앉았다. 다시 그녀의 발이 공중에 솟았다. 그러자 이번에는 남자가 손으로 허리 아래 춤을 움켜잡고는 바닥을 뒹굴기 시작했다.

아마 심벌을 맞은 모양이었다. 지나가던 사람들이 그 모양을 보더니 킥킥대고 웃었다. 다음 순간 그녀와 나는 손을 맞잡고 정신없이 뛰기 시작했다.

귀에서 엄청난 아우성 소리가 들려왔다. 강한 비트 음악과 남자의 신음소리, 사람들의 웃음소리와 음탕한 남녀의 속삭임. 차량의 마찰음과 노숙자의 술병 던지는 소리. 거리는 온통 무법천지였다. 골목 끝에서는 정욕에 미쳐 날뛰는 젊은 남녀들이 모여 쾌락과 담합을 벌이는 모습도 보였다.

인터넷에서 만난 그들은 모두 야수의 눈빛을 하고 있었다. 거리
는 밤기운과 함께 어둠의 세력에게 점점 강한 속도로 빨려갔다.
따라서 사람들의 마음도 짐승의 빛깔을 띠어갔다.

골목길을 나온 그녀와 나는 어디론가 달려가고 있었다. 뛰면서
나는 극심한 혼미에 빠졌다. 우왕좌왕, 좌충우돌, 어릴 때 별명이
떠올랐다. 정이 많아 툭하면 남자들에게 채이고 돈 뜯기고 상처받
고 괴로워하던 기억도 떠올랐다.

일류대학 다니면서 삼류대 다니는 남학생에게 채이고 모멸감에
찬 소리를 얻어듣던 생각도 났다. 내 마지막 남은 자존심을 짓뭉
개고 나서 '이경현이 하도 좋다고 따라붙는 바람에 어쩔 수 없이
만나 주었다가 코 꿰는 줄 알았다'고 없는 거짓말까지 꾸며내 소문
을 퍼뜨린 남자도 있었다.

천신만고 끝에 순위고사에 합격하자 맞벌이를 조건으로 결혼의
사를 타진해온 남자도 있었다. 손만 내밀면 당장 달려와 옷을 벗
을 줄 알았는데 겉보기보다 자기 방어가 강해 놀랐다고 한 남자도
있었다. 모두가 비웃음으로 내 진실을 사기 쳐 먹으려던 작자들이
었다. 하나같이 나보다 수준 낮고 무능력한 존재들로 상식 이하였
다.

그에 비하면 우선생은 나은 편이었다. 그는 나에게 홀대를 하거
나 적어도 이용 가치 대상으로 알지는 않았으니까. 그러나 끝내
내게서 등을 돌린 건 마찬가지였다.

언젠가 영화관에서 조직폭력배를 소재로 한 영화를 본 적이 있
었다. 영화배우 전도연과 박신양이 주연을 한 영화였다. 사랑하는
여인을 위해 목숨을 버리는……. 남자는 사랑 앞에 진실하다. 온
갖 위협을 뿌리치고 사랑하는 여인에게 자기 목숨마저 내어주는

것이다.

살인과 결탁한 자신의 의지마저도 사랑 앞에 내어놓는 것이다. 악인도 그렇게 사랑을 위해 자신을 희생한다. 영화는 어디까지나 영화일 뿐 현실은 아니라는, 그러나 그런 비슷한 바람을 누구나 가질 수 있는 것이 아닌가.

분명한 건 악인도 사랑을 꿈꾼다는 사실이다. 그래서 사랑은 만국공통어라 하지 않던가. 또 한 가지 분명한 건 사랑은 희생이라는 것이다. 그것도 일방적인 희생을.

그날 밤 민선생과 나는 골목길과 대로변, 찻길을 수없이 건넌 후에야 이윽고 멈춰 섰다. 온몸이 땀에 젖고 가을바람이 머릿속을 횡하니 지나갔다.

"스트레스 해소하려다 신세 망칠 뻔했네요."

둘은 깔깔대고 웃었다. 도심의 기운이 내 머리 위에 잠시 머물다 사라졌다. 돌아서 걷는데 공포와 어둠이 우리 두 사람을 끈덕지게 따라붙었다. 그날 이후 민선생의 눈치가 좀 이상해졌다. 선생 노릇을 그만 두겠다느니 촌구석이 싫증나서 못 견디겠느니 하다 어느 날 사표를 제출하고 말았다. 내게는 일말의 상의도 없었다. 그야말로 어느 날 갑자기 사라지고 만 것이다.

당황하긴 직원들도 마찬가지였다. 조금의 망설임도 없이 홀가분하게 떠날 수 있었던 그녀의 처지가 부러웠는지 아니면 그녀의 갑작스런 퇴장이 아쉽다는 건지 알 수 없었다. 새로운 교사가 전출돼 올 때까지 그녀에 대한 이야기는 끊이지 않고 흘러나왔다.

가장 유력한 정보는 그녀의 전 남편이 아이를 미끼로 재결합을 유도했다는 것이었다. 모성 앞에 여자는 무용지물이라는 주장이 자연스럽게 흘러나왔다. 아이가 이제 막 유치원생이라 했다. 또

한 주장은 아이를 맡아 키우던 친할머니가 급사했다는 것이었다.

그래서 아이의 장래를 위해 어쩔 수 없이 재결합에 동의하고 말았다는 소문이었다. 그 순간 나는 언젠가 그녀의 핸드폰에서 보았던 '원수'라는 단어를 떠올렸다. 전 남편＝원수.

그 수학 같은 공식이 왜 갑자기 떠올랐을까. 그런데 소문에 대한 구체적인 증거로 그녀의 전남편을 보았다는 목격자가 나타난 것이다. 읍내 찻집에서 보았다는 소문이 아닌 사실이었다. 민선생의 전 남편의 인물이 영화배우를 뺨친다는 어느 여자가 보아도 반할 만큼 잘생긴 외모라는 것이었다. 그렇게 잘생긴 남편이라면 모든 걸 감수하고라도 살겠다는 여자도 나타났다.

사랑은 희생이야.

TV 극 속에서 남자가 했던 대사 한마디가 떠오른다. 언젠가 우선생도 내게 그와 비슷한 말을 한 것 같다.

"사랑하는 사람의 행복을 위해서는 그 사람마저 포기하는 게 진짜 사랑이야."

그는 내게 헤어짐에 대한 변명을 그런 식으로 마무리했던 것이다. 사랑의 대가로 희생을 요구하고는 철저하게 그 뒤 감정마저 차단했다. 자신이 사랑하는 여자를 위해 나를 또 다른 희생양으로 삼은 것이다. 이기적이고도 냉엄한 사랑. 자신의 행복만을 위한 조건적인 사랑.

악인도 사랑을 꿈꾼다.

악인도 사랑을 한다.

그렇다면 민선생의 사랑은 희생적인 사랑? 모성 앞에 무릎 꿇은…….

여자는 모성 앞에 모든 걸 포기할 수 있다. 자신의 행복과 미래까지도, 그렇담 그녀는 왜 그 모성을 포기하고 여기까지 왔다가 간 것일까. 나는 그녀의 빈자리를 보면서 몽롱한 환상에 빠졌다. 일주일이 지나지 않아 후임교사가 왔다. 30대 중반의 총각교사였다. 아이들의 눈초리가 달라지기 시작했다.

그런데 정작 그 눈길은 나를 향하고 있었다. 그 눈길 속에 결의가 보일 때마다 나는 긴장했다. 그러면서 한편으론 그와 우선생과 비교하느라 정신이 없었다. 또다시 희생 제물이 될지도 모른다는 두려움이 가시와 엉겅퀴처럼 내 정신을 짓누르고 있었다.

무엇보다도 나는 도무지 정을 신뢰할 수가 없었다. 또다시 언제 변할지 모르는 감정의 유희 속에 휘말리게 될까봐 잠시도 마음을 놓을 수가 없었다. 감정에 휘말리게 될지도 모른다는 의심과 불신이 내 뇌리에 독버섯처럼 자라나 있었다.

그건 다시는 상처받고 싶지 않다는 일종의 절규였다. 그 의심과 불신 속에는 상처를 치유 받고 싶다는 희망도 숨어 있었다. 그러나 의심과 불안이 더 컸다.

우선생처럼 그도 악인의 사랑을 꿈꿀지 모른다. 내 감정을 농락하고 뒤돌아서는 헤어짐의 핑계를 온갖 거짓말로 꾸며댈지도 모른다. 과거의 상처가 두려움으로 압박할수록 나는 더욱 더 그의 감정에 집착했다. 그의 일거수일투족에 내 감정을 맡기면서 또 다른 미련이 집착으로 점차 변해 갔다.

그는 분명 우선생과 다르다.

우선생과 그는 인격도 자라온 환경도 다르다. 전혀 별개의 인물이다. 아니, 남자들은 모두 똑같다. 과거의 남자가 그랬듯이 저 사람도 똑같은 부류의 인간일 것이다. 내게 또 다른 상처를 주기 위해 나타난 사람들 중의 하나일 것이다.

우선생처럼 사랑 운운하면서 나를 또다시 희생의 제물로 삼을 것이다. 아무리 다짐을 해도 불안과 상상력은 꼬리를 물고 내 뇌리를 압박했다. 상처받지 않겠다는 마음과 사랑을 기대하는 마음은 그렇게 모든 감정을 왜곡시키고 있었다.

진실이 거짓으로 변형되고 사랑이 증오와 배신으로 마감되는 감정의 유희. 그것은 어느덧 내게 강박증처럼 작용하고 있었다. 어느 날 기적처럼 민선생에게서 문자메시지가 왔다.

"사랑은 희생이랍니다. 그리스도가 우리를 위해 십자가에서 희생했듯이 우리도 사랑을 위해 희생하는 게 마땅합니다."

그녀는 성경구절 같은 메시지를 남기고는 다시는 연락이 없었다. 그 말에 용기를 얻은 것일까. 나는 그녀의 후임교사로 온 그와 함께 서울행 버스를 타고 있었다. 그의 부모가 며느릿감을 학수고대하고 있다고 해서였다.

이젠 상처받는 것쯤 아예 이골이 난 모양이었다. 나는 모든 걸 감수하고라도 사랑을 위해 희생할 각오가 되어 있었다.

다시는 우선생 때처럼 그냥 앉아서 당하고 싶지는 않았다. 버스가 강변 시외버스터미널에 당도할 무렵이었다. 무의식중의 상흔이 고개를 내밀고 일어났다. 이쯤에서 그만 두라. 더 이상 네 감정을 혹사시키지 마라.

나는 어느새 그와 함께 호텔 라운지로 들어서고 있었다. 고급 카펫을 밟는 순간 나는 속에서 눈물이 울컥 솟았다. 계단을 오르자 이번에는 샹들리에 불빛이 마음을 어지럽히는 것이었다. 커피숍 여직원의 날씬한 허리가 내 눈에 들어왔다.

스커트의 옆 뜨개가 허벅지까지 올라가 있었다. 순간 그의 눈길이 그녀의 허벅지에 가 닿는 것이었다. 속에서 울컥하고 살의(殺

意)가 치솟았다.

남자들이란……

손이 부들부들 떨렸다. 창가 쪽으로 노인 부부가 보였다. 어울리지 않게 한복을 차려 입은 모습이 어쩐지 구태를 보는 것 같아 언짢았다. 나를 향한 그들의 까다로운 시선이 저절로 느껴졌다. 그가 허리를 앞으로 숙이며 내 팔을 잡았다.

"저쪽입니다."

"아! 예."

창가 쪽으로 발걸음을 옮기려는데 하필이면 내 마음속에서 울림이 있었다. 더 이상 희생 제물이 되지 마라. 또 다른 울림도 있었다. 까짓 연기(演技) 한번 한 셈 쳐라. 그때 바로 등 뒤에서 낯익은 목소리가 들려왔다.

"아! 글쎄 전 영화배우가 아니라니까요."

굵은 남자 목소리였다.

"글쎄 전 결혼도 했구요, 아이도 있다니까요."

누군가 성가시게 구는 모양이었다. 도대체 어떻게 생겼기에, 호기심에 뒤를 돌아보는데 남자가 핸드폰으로 통화를 하다 말고 나를 보더니 기겁할 듯이 놀랐다. 그런데 남자 옆에서 아이를 돌보던 여자가 나를 보자마자 입을 딱 벌리고 마는 게 아닌가.

"이경현 선생."

그녀 옆에 있는 남자는 여자보다 나보다 더 놀란 토끼눈으로 말했다.

"어어, 이경현 선생."

그제야 나는 모든 걸 알 수 있었다. 민선생이 말하려던 그 사랑의 의미를, 그녀가 원수라고 지칭하던 전 남편의 실체가 바로 그였다는 걸.

"누구 아는 사람인가요?"

그가 내 팔을 창가 쪽으로 잡아끌며 물었다.

"네, 전에 같이 근무하던 교사 부부."

나는 말하다 말고 창가 쪽으로 발걸음을 서서히 옮기고 있었다. 속에서 터져 나오는 문장이 있었다.

악인도 사랑을 한다.

악인도 사랑을 꿈꾼다.

우선생도, 나도, 민선생도. 그도.

민선생에게서 날아온 문자메시지가 생각났다.

"사랑은 희생이랍니다. 그리스도가 우리를 위해 십자가에서 희생했듯이 우리도 사랑을 위해 희생하는 게 마땅하답니다."

(2009년 한국인 문학)

영화+인생

국내 유수한 일간지 중의 하나인 ○○일보에 여기자로 활동하던 시절, 나는 신문사 사옥이 있던 세종로에서 명동 쪽으로 급히 차를 몰다 신호위반으로 추돌 사고를 일으켜 온몸이 망가지는 대형 사고를 입었다.

부러진 뼈와 손상된 장기는 시간이 흐름에 따라 기적적인 재생의 효과를 가져왔지만 문제는 두뇌였다. 나는 겉보기에 멀쩡한 몸으로 퇴원해 집에 있다가 한 달 만에 정신병원에 입원해야 했다. 왼쪽 뇌에 생긴 이상으로 극심한 후유증이 나타난 것이다.

이전과는 달리 횡설수설하고 이치에 맞지도 않는 소리를 해대고 더구나 한밤중에 일어나 혼자서 중얼거리는 내 모습을 보고 급기야는 정신병원에 보내게 된 것이다. 충격은 결코 일시적이 아닌 반영구적일 수도 있다는 것이 내 교통사고에서 증명되었다.

교통사고 이후 난 성격이 몹시 거칠고 싫증을 내는 경우가 늘었다 한다. (가족들의 증언)

그리고 과거에 대한 기억도 많이 흐려졌다. 기억은 토막토막 끊어진 필름처럼 순간마다 떠오르곤 사라졌다. 그러니까 남들이 보기에 나는 거짓말쟁이가 되었다가 백치가 되기도 했다. 퇴원 후에도 나는 집에서 병원이 있는 압구정동까지 오가며 통원치료를 했다.

그리고 잃어버린 옛 기억을 원상 복귀시키기라도 하듯 일주일에 세 번 어떨 때는 매일 영화를 보았다. 그때는 영화 편집증이라 해도 과언이 아니었을 것이다. 난 무시로 극장가로 발길을 옮겼고 화상에서 진행되는 센셔널한 장면과 무자비한 폭력 앞에 전율했다.

여름이면 단골로 찾아오는 납량 특집 공포영화도 한 몫 거든다. 어린 날 보았던 드라큘라 이야기는 아직도 내 뇌리에 생생하다. 십자가를 주 무기로 싸우는 신부와 악마의 영적 싸움은 보는 이로 하여금 저절로 신앙심을 유발케 했다.

그리스도의 형체를 의미하는 십자가는 악마의 형상인 드라큘라를 이기는 유일한 수단이 된다. 드라큘라의 사회에도 계급이 있다는 우스꽝스러운 이야기, 드라큘라와의 인터뷰도 있다.

사체를 접합해 만든 재생인간을 다룬 프랑크슈타인도 있었다. 과학의 이기가 빚어낸 비참한 말로와 과학의 한계성을 극명하게 보여준 영화였다. 컴퓨터의 최첨단 정보망을 이용한 첩보영화 골드아이에 이어 우주의 대 격변을 예고한 종말론적 사고를 강조하는 영화도 등장했다.

타이쿠스가 그것이다. 맹렬한 속도로 달의 표면에 접근하는 행성 타이쿠스, 그 행성과 달이 충돌하면 지구의 중력이 높아진다. 그것으로 인해 각종 재난과 심각한 상황에 놓이게 된다는 이야기이다.

아! 한 가지 빼놓은 것이 있다.

난 에로물만큼은 절대 사양한다.

포르노에 가까운 그것을 예술이라는 껍질을 씌워 영화 간판을 도색할 때마다 난 우세스러움을 참지 못한다. 영화가 시작되면 난 울기도 하고 웃기도 하면서 혼자서 1인 다역을 해낸다. 주인공 여자가 됐다가 남자로 변신했다가 엑스트라로 나온 똘마니가 되기도 했다가 파편에 맞아 죽는 행인이 되기도 한다.

또 악마와 대적해 싸우는 신부가 되었다가 악마의 대리인이 되기도 한다. 한동안 엽기적인 살인을 모티브로 한 영화가 유행한 적이 있었다. '복수는 나의 것'이 바로 그 대표적인 예다.

손잡이도 없는 비상계단을 오르는 검은 그림자들.

철골 구조물 안에 음습한 범죄 집단이 보인다. 육중한 철문이 열리고 험악한 인상의 어깨들이 철 계단을 내려간다. 가운데 탁자엔 의료기구들이 보이고 마녀 같은 여의사가 앉아 있다.

옆에는 조폭 우두머리 격인 아들이 팔짱을 끼고 서있고 수술용 침대 위엔 장기를 팔러온 남자가 누워 있다. 나체로 변해버린 남자에게 수술용 메스가 가해지고 잠시 후 옆구리에 봉합자국이 보인다. 신장을 떼어낸 자국이다.

장면이 바뀐다.

미군 축출. 재벌해체를 외치는 여주인공은 조직폭력배의 일원이다. 그녀가 전기 고문으로 살해당하자 끔찍한 복수를 감행하는 조직원들. 피의 복수를 부르는 그들은 지옥에서 건너온 하수인들이다.

또다시 장면이 바뀐다.

인간의 장기를 사고파는 여의사는 자신의 팔뚝에 마약주사를 투여한다. 그 옆에서 장기밀매를 주선하는 아들은 침대 위에 여자를 실신시켜 놓고 서서 섹스를 한다. 그때 그곳을 급습한 침입자는 그들을 향해 쇠몽둥이를 휘두르며 끔찍한 살인을 자행하는데……

목의 중간부분인 경동맥을 찔린 여의사의 아들은 분수 같은 피를 뿜으며 마침내 쓰러진다.

나는 영화에 서서히 중독되어 가고 있었다. 영화가 끝나면 무감각 상태가 되어 거리를 헤맸다. 거리를 헤매면서 장동건이나 한석규 같은 남자가 있지 않을까 눈에 불을 켜고 찾았다. 그러다 진양상가 뒤 시장 통에서 늦은 점심을 먹거나 아니면 일부러 을지로쪽까지 걸어가 후지우동을 사먹었다.

거기에서 나는 압구정동으로 가는 좌석 버스에 몸을 실었다. 버스가 남대문을 지나고 남산터널을 지날 때면 어김없이 잠이 들었고 다시 눈을 떴을 땐 갤러리아 백화점 앞에 와 있곤 했다. 난 그때마다 목적지를 지나지 않고 내려준 신(神)에 대해 마음속으로부터 감사를 했다.

압구정동, 유리창으로 된 건물 4층에서 난 미국에서 공부하고 왔다는 젊은 정신과 여의사와 상담을 하고 흰 약 봉투를 받아왔다. 그와 같은 짓거리를 난 오랫동안 되풀이했는데 약을 먹은 적은 한 번도 없었다.

바보 아이가 나타나면 아이들은 돌멩이를 손에 쥐고 가만가만 다가갔다. 바보는 아무 것도 모른 채 대추나무 밑에서 아이스케이크를 물고 있었다. 연신 코를 훌쩍거려 가며 때가 반지르르한 소매 끝으로 눈물까지 찍어대면서…….

바보는 어디선가 또 한 번 당한 모양이었다. 설움이 목안까지 스며들어 계속 훌쩍거리면서 연신 아이스케이크를 빨고 있었다. 우물가 뒤에 모여 있던 아이들은 와! 소리를 지르며 바보를 향해 달려들었다. 동시에 손아귀에 든 돌을 사정없이 바보를 향해 내리쳤다.

그 중의 하나가 바보의 머리에 맞은 모양이었다. 바보가 악 소리를 지르며 옆으로 쓰러졌다. 그러면서도 손에 든 아이스케이크를 놓치지 않으려고 발버둥을 쳤다. 겁에 질린 아이들은 하나 둘 달아나기 시작했다. 바보가 눈물을 글썽이며 내게 손을 내밀었다.

"아파, 머리가 너무 많이 아파."

소처럼 큰 눈을 껌뻑이며 바보가 힘없이 말했다. 난, 우물가 뒤를 돌아 집으로 쏜살같이 뛰기 시작했다. 장대 같은 빗줄기가 내 등을 때리기 시작했다. 나는 철 대문을 발길로 마구 차며 울면서 말했다.

"엄마, 빨랑 문 열어어!"

바보의 커다란 눈에서 빗물 같은 눈물이 핏방울처럼 내 가슴속에 느껴졌다. 바보는 왜 저항하지 않는 걸까, 왜 같이 달려들어 싸우지 않는 걸까?

아이들은 철없는 병아리 떼와도 같았다. 귀여운 병아리들이 모여 사는 닭장 안에 한 마리의 환자가 발생했다. 병아리는 고양이에게 몸통을 물려 계속 피를 흘리고 있었다.

노란 털에 핏물이 들자 동료 병아리들이 모여들어 그 상처를 향해 사정없이 부리로 쪼기 시작했다. 상처 난 병아리는 고양이 때문이 아닌 동료에 의해 빠르게 죽어 갔다. 바보는 아이들에게 둘러싸여 집중난타를 당하고 있었다.

몸을 잔뜩 웅크린 채 팔로 머리를 감싸고 있었다. 좀 더 덜 맞기 위해 비는 흉내를 내며 나름대로 최선을 다했다. 아이들이 사라지고 나자 바보는 엉금엉금 일어나 수돗가로 다가갔다. 이마에 흐르는 피를 닦기 위해서였다.

수돗물을 틀어 머리를 적시고는 얼굴을 하늘로 향한 채 물을 먹기 시작했다.

그리고는 무엇이 즐거운지 히! 하고 웃어 보였다. 그 웃음 속에 슬픔이 뒤섞여 자꾸만 내 가슴을 갉아 댔다. 그때였다. 내 두 손이 바보의 머리채를 사정없이 뒤흔들고 있었다. 부스럼 난 바보의 머리에서 한 움큼이나 되는 머리칼이 뽑혀져 나왔다.

으앙- 바보의 울음소리와 함께 내 어깨는 단단한 힘에 의해 점점 수그러들고 있었다. 담배 가게 여주인이었다. 분노에 찬 그 음성이 내게 물었다.

"너 도대체 이번이 몇 번째니? 왜 자꾸 우리 애를 못살게 구는 거야?"

"아줌마 잘못했어요. 용서해 주세요."

겁 많은 난 바닥에 꿇어 앉아 싹싹 빌었다. 그러자 바보가 제 엄마의 팔을 붙잡으며 말했다. 어 엄마 은영이…… 야단…치지 마….

바보는 여덟 살이 되어도 여전히 동네 꼬마들의 놀림감이 되었다. 초등학교 문턱도 넘지 못한 채. 그리고 어느 날인가 동네 골목길에서 사라졌다. 담배 가게는 부동산 소개소로 그 모습이 바뀌었고.

왕따, 전따, 은따라는 말이 유행하던 때가 있었다. 어느 날 초등학교 아이들을 상대로 그 말의 유행과 속성을 알기 위해 학교를 방문한 적이 있었다. 그때 한쪽 구석에 쪼그리고 앉아 겁먹은 눈빛으로 나를 바라보던 아이가 있었다.

아픔으로 주눅 든 아이의 모습…. 왜 이제 와서 새삼스레 그런 기억들이 떠오르는 걸까.

나는 날이 흐리거나 비가 오면 머리가 깨질 듯이 아파 온 방안을 뒹굴며 울었다. 백치가 된 것만으로도 모자라 고통은 이미 위험 수위를 넘고 있었다. 스물아홉 살의 여자가 십대 수준에도 못 미치는 정신연령을 가지고 이 험한 세상을 헤쳐 나가야 한다는 건 무리가 아닐까. 난 고통으로 비명을 지르고 머리칼을 쥐어뜯으며 자리에서 일어났다.

"하루 이틀도 아니고 저 꼴을 어찌 보고 사나."

어머니가 언니를 향해 나지막한 소리로 말했다.

"세월이 흐르면 좀 나아지겠죠."

"불쌍한 것 어쩌다가……."

"엄마 우리 은영이가 날이 갈수록 신경불안 증세가 심해지는 것 같지 않아요?"

"은숙아, 차라리 쟤를 취직시키면 어떨까? 단체 생활에 적응하다 보면 증세가 호전되지 않을까?"

"그러다 갑자기 증세가 심해지면 어떡하고요."

"그래도 영화는 열심히 보는 것 같더라."

"그게 어디 제 정신 가지고 보는 것이겠어요. 하지만 시간이 흐르면 나아지지 않을까요. 세상에는 기적이라는 게 있다잖아요."

그러나 언니의 바람과는 달리 난 영화와 현실을 구분 못해 실수하는 일까지 빈발했다. 이라크 전 사태를 두고서 난 태연자약하게 말했다.

"그저 제임스 본드 같은 전사들이 나타나서 악당들을 싹쓸이해야 하는 건데."

"은영아, 전쟁은 영화가 아니고 현실이란다."

한심해 하는 언니를 두고 난 옆으로 쓰러지며 외쳤다.

탕탕. 우두두두. 으악. 쾅 우왁.

천장에서 벽 사이에서 특공대들이 튀어나올 것 같았다. 그러면 나는 저들을 이끌고 나가 악당들을 물리쳐 이길 것 같은데……. 나는 어느 사이엔가 전능자가 되어 악당들을 물리치고 개선장군이 된 듯한 착각에 빠졌다.

영화에 취해 있는 한 불가능은 있을 수 없었다. 난 모세처럼 물과 불을 통과하기도 하고 우박을 내리기도 하고 각종 이적과 기적을 베풀었다. 그러다 어느 날인가는 충무로 앞길을 지나다 우연히 신데렐라가 되는 꿈을 꾸기도 했다.

말복을 일주일 앞둔 뙤약볕이 내리쪼이는 여름날이었다. 하늘을 제외한 모든 물체가 이글이글 타오르고 있었다. 더위는 모든 물체를 녹이기라도 할 듯이 맹렬한 기세로 달려들고 있었다. 사람들은 더위에 지친 나머지 마냥 흐느적거렸다. 충무로에서 재미없는 영화를 보고 나온 난 헛돈만 날렸다는 푸념만을 되풀이하고 있었다.

그때 스카라 극장 앞의 모퉁이에 새로 생긴 커피숍이 내 눈에 들어왔다. 에어컨이 마주 보이는 곳에 대학생으로 보이는 젊은 한 쌍이 앉아 있었다. 투명한 유리컵에 색깔 고운 주스를 그들은 빨대도 없이 벌컥벌컥 들이켰다.

남자의 손이 여자의 가슴께에 닿자 여자가 몸을 움츠리며 키득거렸다. 이어 여자가 남자의 귀에 대고 뭐라고 소곤대자 남자가 사방을 두리번거렸다. 그들은 주머니에서 각자 핸드폰을 꺼내 어디론가 전화를 걸더니 자리에서 일어났다.

남자가 카운터에서 값을 치르자 여자가 얼른 남자의 팔을 낚아챘다. 둘은 명보극장 앞을 지나 풍전 나이트 클럽 쪽으로 사라져 갔다. 나는 길 건너편의 PC방을 쳐다보다가 두 남녀의 뒤를 밟기로 했다. 차도를 건너기 위해 막 아스팔트에 발을 내딛는 순간이었다.

그때 내 팔을 붙잡는 손길이 느껴졌다.

"아가씨, 빨간 신호등인데 건너가면 어떡하나?"

그렇게 말하는 남자는 삼십 안팎의 수려한 외모를 하고 있었다. 나는 남자의 얼굴을 힐금거리며 그의 모습이 장동건과 비슷하다고 생각했다. 횡단보도를 건너간 남자는 명보극장 앞에서 영화간판을 보고 있었다. 그가 옆에 서 있는 나를 보며 물었다.

"아가씨, 왜 아까부터 나를 따라오는 거지?"

난 넋 나간 표정으로 히죽이 웃으며 대답했다.

"영화가 보고 싶어서요."

"무슨 영화가 보고 싶은데……?"

"저기, 저 영화."

손가락으로 영화간판을 가리켰다. 선글라스를 낀 건장한 체격의 외국 남자배우들이 남자와 나를 내려다보고 있었다.

당신의 눈을 믿지 못할 영화가 온다. SF액션의 새로운 세기창조 매트릭스.

그 밑에 주연배우들의 이름이 낱낱이 박혀 있었다.

남자는 매표소에는 눈길도 두지 않은 채 출입구를 향해 들어갔다. 그가 손을 들어 극장 여직원에게 아는 체를 해 보였다. 영화관 실내에 들어서자 바깥의 후덥지근한 열기와는 달리 섬뜩할 정도의 냉기와 부딪쳤다.

나는 처음 만난 남자와 함께 어두컴컴한 미로를 찾아 자리에 앉았다. 광고가 막 끝나고 주연배우들의 이름이 요란한 음악과 함께 자막으로 떠오르고 있었다. 옆에 앉은 남자는 영화가 시작되자마자 숨소리 한번 내지 않고 영화에 몰두하기 시작했다.

"키에누 리브스, 로렌스 피시번."

날렵한 여전사가 건물과 건물 사이를 뛰어 넘고 있었다. 자동차와 건물을 자유자재로 통과하는 인간은 이미 물화(物化)되어 있다. 우르르 쾅, 탕, 으악, 뿌지직, 퍽, 덜컥. 자유인간이 신의 경지를 넘나들며 마음껏 권능을 행사하고 있었다.

좀 전에 영화를 본 탓인지 강렬한 에어컨 탓인지 난 가물거리며 졸기 시작했다. 하루에 두 번이나 영화를 보다니…… 좀 지겨운 걸……. 나는 침까지 흘리며 잠을 잤다. 눈을 떠보니 내 머리가 남자의 가슴에 가 있었다. 나는 눈을 비비고 일어나 남자에게 몇 번이나 사과했다.

"죄송합니다. 그만 잠이 깜빡 들었었나 봐요."

"이제야 정신이 드나 보군. 그런데 내가 누군지 정말 기억이 안 나요?"

남자가 정색을 하고 묻는 바람에 난 다시 한 번 그의 얼굴을 쳐다보았다. 영화에 나오는 남자배우와 흡사하다는 생각 외에는 도무지 기억이 없었다.

"도저히……."

나는 멀뚱한 표정으로 자리에서 일어났다.

"영화는 보지도 않고 계속 잠만 자던데 잠을 못 잔 거야 아님 몸이 부실한 거야?"

한심해 하는 그의 모습을 보자 난 더욱 아연해졌다. 영화를 보기 전의 행동과 보고 난 후의 태도가 너무도 달랐다. 영화를 보기 전에는 전혀 낯선 사람이더니 영화를 다 보고 나자마자 갑자기 오래 전부터 알고 있는 것처럼 말하다니……. 나는 왼쪽 어깨에 맨 가방에 힘을 주면서 자리에서 일어났다. 남자가 뒤따라 나오며 다시 한 번 되물었다.

"정말 내가 누군지 기억 안 나?"

극장을 빠져나와 을지로 쪽으로 걷다 말고 사방을 휘둘러보았다.

아직 초저녁인데도 사방은 대낮 같았다. 은빛 조명과 각종 색색가지 조명이 내 눈 속으로 마구 쏟아져 들어왔다. 난 오던 길을 되돌아 쌍용건물 쪽으로 걸어갔다.(난 원래부터 길을 나서면 한 방향으로 걸어가지 않고 가던 길을 되돌아가는 습관이 있었다.)

뒤따라오던 남자가 난감한 표정으로 내 팔목을 낚아챘다.

"민기자, 나 현명한 기자야 생각 안 나?"

그러고 보니 이 남자가 신문사 기자 시절의 동료였나 보다. 그러나 어쩌랴. 기억 속 필름이 끊어져 있으니…….

"민기자가 나 보고 그랬잖아. 현명한 기자 유명한 기자 하고 놀렸던 기억 안 나?"

"그랬던가요?"

"아까 커피숍 앞에서 처음 봤을 때 민기자가 날 보고도 모른 체해서 긴가 민가 했어. 그래서 일부러 따라가며 말을 붙였던 건데……. 영화가 다 끝날 때까지 전혀 반응이 없더군. 설마 했는데 그 소문이 사실이었군."

"그러고 보니 이제 생각이 나는 것도 같아요. 취재기사를 놓고 한바탕 싸운 적도 있지요?"

"그건 내가 아니고 김미영 기자였잖아."

"아! 그랬나요. 그런데 지금쯤 신문사에 들어가 봐야 하는 것 아닌가요?"

"나 짤렸어. 지난 봄에……. 구조 조정하면서 마지막 커트라인
에 걸려서."

구조조정……. 퇴출……. 그럼 난? 난 어째서 이 시간에 거리를
헤매고 있는 거지. 아참, 그렇지 난 기억력 상실에 의한 판단 미
비로 인해 이 사회로부터 퇴출당한 거지. 그 때문에 단 한 줄의
글도 쓸 수 없게 된 거지.

영락교회 건물이 눈에 들어왔다. 둘은 나란히 교회 벤치로 가
앉았다.

"아참, 영화는 재미있었나요? 잠들어 있어서 내용을 하나도 볼
수가 없었어요."

"응 그런 대로……. 하도 자주 보니까 식상한 느낌이 들어서."

"극장에 자주 가시나 봐요?"

"영화감상이 내 직업이었단 사실을 잊은 게로군."

"아! 그러고 보니까 현기자가 가끔씩 영화 칼럼도 쓰셨었죠."

"이제야 생각이 나는 모양이군."

끊어졌던 기억의 필름이 복구되는 순간이었다. 이런 걸 두고 바
로 기적이라 말하는가. 한때 그는 연예부 담당기자를 했던 적도
있었다. 가수, 영화배우는 물론 영화감독들과도 친분이 깊었었다.
그래서인지 그는 영화관을 무상으로 출입하곤 했다.

그러고 보니 좀 전의 현기자가 극장 앞에서 매표소에 들르지 않
고 곧바로 출입구로 들어간 이유를 알 것 같았다.

"그런데 민기자, 옛날에는 영화 쪽과는 거리가 먼 걸로 알고 있
는데."

"지금은 영화 중독증 환자가 된 것 같아요."

"그럼 잘됐네. 나랑 같이 영화나 보고 지내지 어때?"

"좋아요."

그와 난 벤치에서 일어나 교회 후문 쪽으로 걸어갔다. 곧바로 백병원 건물이 나타났다. 그곳은 내가 교통사고로 무려 6개월여 간을 입원했던 곳이다. 내 운명이 뒤바뀐 곳이기도 하다. 어느 사이엔가 눈물이 내 눈가를 적시고 있었다. 상황을 눈치 챈 그가 탄식하듯 허탈한 목소리로 말했다.

"옛날엔 꽤나 똑똑했었는데……."

가톨릭 회관이 보이는 육교를 지나 계성학교 쪽에 이를 때였다. 갑자기 무릎이 흔들거리기 시작했다. 나도 모르게 길가에 털썩 주저앉았다. 순간 퇴계로 쪽을 향해 달리던 차량들이 정신 나간 여자를 향해 일제히 돌진하는 것 같았다.

자동차에서 내뿜는 매연이 내 온몸 세포 속으로 스며드는 듯했다. 현기자가 슬그머니 내 손목을 감아쥐며 말했다.

"꼭 어린애 같군."

난 현기자의 목소리를 들으며 바보아이를 떠올리고 있었다. 바보가 담배 가게 안에서 제 어머니에게 매질을 당하고 있었다. 바보는 옷이 뜯겨져 나가고 두 손을 모은 채 바닥에 엎드려 있었다.

"이년아, 왜 태어났니? 누구 애를 먹이려고 태어나 이 고생이니? 이 웬수야 차라리 너 죽고 나 죽자 이그! 이 불쌍한 것아."

여자는 눈물을 흘리면서 바보의 등줄기를 빗자루로 사정없이 내리치고 있었다. 그때였다. 어디서 나타났는지 사내아이가 여자의 손에 든 빗자루를 낚아채고 있었다.

"그만하세요, 고모. 애가 불쌍하지도 않아요?"

사내아이의 손길이 닿자마자 여자는 바닥에 주저앉으며 대성통곡을 했다.

"에구, 복도 지지리 없는 년의 팔자 서방 바람나서 집 나가 하나밖에 없는 딸년마저 반편이라니⋯⋯. 에구 내 팔자야, 에구 내 팔자야."

여자의 팔자타령은 들을수록 가슴이 파이는 것 같았다. 바보는 아이들에게 집중난타를 당하고 집에 돌아가면 어머니에게마저 난타를 당하는 것이었다. 어릴 적 우리 집 안마당엔 유난히 개미가 많았다. 개미는 화단 한가운데 집을 지어놓고 수없이 드나들었다.

작은 구멍 속으로 끊임없는 개미의 행렬이 이어지곤 했다. 난 흙을 손으로 짓이겨 단단하게 뭉친 다음 개미의 집을 틀어막았다. 그리고 빗자루로 개미를 한 군데로 모은 다음 수채 구멍에 털어놓고 물을 부었다.

아무 생각 없이 그런 동작들을 반복했다. 힘없는, 언어를 발성할 줄 모르는 개미는 그렇게 내 손에 의해 소리 없이 죽어갔다. 꽃에 앉아 꿀을 빨고 있는 벌을 손으로 잡으려다 쏘인 적도 있었다. 잠자리에게 다가가 두 날개를 손으로 꼭 잡고는 날개를 하나씩 뜯어내고는 아무렇지도 않게 마당 한가운데 버렸다. 노랑나비가 앉을 곳을 찾아 날아다니면 난 가만히 다가가 두 손으로 날개를 움켜잡았다.

"은영아, 나비 만진 손으로 눈 비비면 장님이 된단다. 그러지 마라."

어머니의 성화에도 아랑곳없이 나의 살생은 계속되었다. 어린 날 곤충채집을 위한 방학숙제가 있었다. 매미나 잠자리를 판에 대고 핀으로 고정시키면 곤충은 소리 없이 죽어갔다. 땅강아지, 개미 호랑나비, 바퀴벌레, 귀뚜라미 난 벌레만 보면 사정없이 죽여

없앴다.

왜 그랬을까. 어린 날의 무지의 소치였을까. 아기 다람쥐를 향해 날렵한 몸동작을 날리는 고양이처럼 내게도 그런 야성(野性)이 있었던 걸까. 말할 줄 모르는 짐승은 인간들에 의해 무참히 살육당한다. 인간들의 정욕을 위해 어린 사슴은 산 채로 목에 칼로 찢김을 당한 채 피를 쏟는다.

그 상처 난 목 줄기에 빨대를 꽂고 사정없이 피를 빨아대는 인간들……. 한 여름, 인간들의 보신을 위해 일평생 주인을 위해 충성한 개는 말없이 끌려 나가 죽음을 당한다. 항문으로부터 입까지 긴 꼬챙이로 찔린 채 오랜 시간을 고통당하며 죽어간다.

일평생 노동으로 봉사해 온 소 역시 피 한 방울 아낌없이 내주고 죽어간다. 그것도 모자라 뙤약볕에 수없는 달음질과 목마름 끝에 물을 한없이 들이켠 채로 고통 중에 죽어간다. 인간의 잔학상은 거기에서 끝나지 않는다.

산 짐승들의 놀이동산을 점거한 채 수많은 덫으로 그 목숨을 채집한다. 초등학교 6학년 때였다. 털이 곱슬곱슬한 푸들 강아지 한 마리가 우리 집에 이사를 오게 되었다. 재롱이었다. 재롱이는 집안 식구만 보면 좋아서 이리 뛰고 저리 뛰다가 오히려 구박을 당했다.

"저리 좀 가 있어, 귀찮다니까."

재롱이는 풀 죽은 모습으로 거실의 소파 위로 올라갔다. 어떤 때는 이웃집 고양이와 싸움이 벌어져 피투성이가 되어 들어오기도 했다. 언니가 재롱이를 안고 동물병원에 다녀오면 난 누워서 재롱이의 인사를 받았다.

재롱이는 내 가슴팍에 뛰어오르며 좋아했다. 그러던 어느 날 재롱이는 새끼를 낳다가 죽었다. 내 눈을 빤히 바라보면서 마지막까지 꼬리를 살랑대면서……. 나는 재롱이의 시체를 부둥켜안고 오래도록 눈물을 흘렸다. 다음날 어머니를 따라 처음 교회에 가던 날 목사의 설교 제목이 내 마음을 아프게 했다.

"온 천하보다 귀한 것이 생명이니라."

재롱이를 생각할 때마다 울고……. 좀 더 자라서는 나보다 공부 못하는 아이들을 바라보면서 또 울었다. 아니 그들을 멸시하고 미워한 내 자신이 불쌍해서 더 많이 울었다. 하나님 용서해 주세요. 가영이를 미워했어요. 한나를 바보라고 놀렸어요. 그리고 개미를 너무 많이 죽였어요. 재롱이의 죽음으로 난 작은 곤충을 죽인 죄까지 떠올리며 마구 절규하고 있었다.

나는 이후부터 파리 새끼 한 마리 못 죽이고 남에게 싫은 소리 한번 못하는 소심한 아이가 되었다. 대학을 나와 사회부 기자로 활동하던 기간 중에는 그 소심증이 극에 달했던 것 같다. 사회의 어두운 면면을 취재하느라 이중으로 고통스러웠다.

사회의 부랑아들, 빈민과 고아, 소년 소녀 가장들을 취재하면서 그들의 십자가를 걸머진 듯한 느낌마저 들어 늘 이중 삼중으로 혹사당하는 것이었다. 몇 년을 그렇게 지내야 했는지 모른다. 현기자는 만날 때마다 내 기억을 되살리기 위해 몹시 애를 쓰는 것 같았다.

번번이 허사로 돌아가는 쓸데없는 되풀이를 계속하면서 그는 일말의 기대감을 갖고 있는지도 몰랐다. 그는 때에 따라 지치지도 짜증낼 줄도 몰랐다.

"민기자, 오늘 만나서 영화 한 편 때릴까 어때?"

"오늘은 압구정동엘 가야 해요."

"거긴 왜?"

"정신과 치료를 받기 위해서죠."

"나도 같이 가면 안 될까?"

"그러죠 뭐, 근데 취직은 안 할 생각인가 보죠?"

"그건 왜?"

"매일 같이 저만 만나니까 그렇죠."

"아직까지는 여유 자금이 넉넉한 편이야."

종로 3가에서 3호선으로 갈아타기 위해 계단을 내려가던 중이었다. 현기자가 신문 가판대 옆에 쪼그리고 앉아 있는 여자에게 눈길을 두었다. 더운 여름날인데도 여자는 발목까지 오는 외투에 모직 머플러까지 하고 앉아 천장을 바라보며 히죽거리고 있었다.

이빨을 내보이며 웃는 여자는 헝클어진 머리를 긁적이며 지나가는 남자들을 향해 힐끔거렸다. 민기자의 안색이 어둠과 함께 수심이 짙어 갔다.

"민기자, 오늘 병원에 갔다가 어디를 갈까. 고속버스 타고 안성에나 갈까?"

"안성이요?"

"응. 우리 외갓집이 있는 동네거든. 청포도가 아주 맛있어. 민기자 청포도 좋아하잖아."

그는 용케도 내 식성마저 기억하고 있었다.

"그럼 병원에 들르지 말고 지금 당장 가요."

"지금 당장? 그래도 병원에 들러 상담도 하고 약도 타야잖아."

"어차피 필요 없는 약인데요 뭐."

"약이 필요 없다니 그게 무슨 소리야?"

"아, 아무 것도 아니에요."

약물로 사람의 정신을 치료하다니……. 난 강한 불신감과 함께 진작부터 그것은 포기하고 있었다. 그럼에도 내가 병원에 꾸준히 출입하는 이유는 무엇일까. 그것은 내 삶의 요식 행위일까. 난 말과는 달리 현기자와 함께 압구정동 전철역 계단을 오르고 있었다.

병원 건물은 작렬하는 태양 빛에 온몸으로 그 열기를 반사시키고 있었다. 난 엘리베이터 안에서 현기자의 손을 꼭 잡으며 눈을 감았다. 강박관념이 내 온몸과 정신을 친친 감고 있었다. 그런데 그것이 현기자에 의해 한 올씩 풀어지고 있었다.

그날 여의사는 나와 현기자를 바라보며 말했다.

"환자의 상태가 많이 안정돼 보여 다행입니다. 보호자 되십니까?"

하고 묻자 현기자가 당황한 눈빛으로 얼떨결에 대답했다.

"아! 예? 그 그렇습니다."

"지난번과는 달리 환자의 상태가 매우 호전되고 있습니다. 소멸됐던 기억도 일부 되살아나고 있는 것 같구요. 환자를 향한 끊임없는 관심과 애정이 절실히 요구되고 있습니다. 환자는 자신이 소외당하고 있다고 생각할 때가 가장 위험합니다. 첫째도 안정, 둘째도 안정입니다."

"고맙습니다. 선생님."

"일주일 치 약을 지어놨으니까 거르지 말고 꼭꼭 챙겨 드시고요."

현기자가 약 봉투를 받아와 내 가방에 밀어 넣는 사이 나는 환자 대기실에 켜 놓은 TV에 정신을 들이밀고 있었다.

TV속의 남자가 말했다. "제발 부탁이야 말해 줘." 그러자 여자가 대꾸했다. "묻지 마 다쳐."

　고속버스가 죽전리 휴게소를 지나 오산 근방을 지나고 있었다. 차 안의 에어컨 바람으로 온 몸이 으슬으슬 추워 왔다. 난 머리를 그의 어깨에 살며시 갖다 대며 오른손으로 그의 팔뚝을 감아쥐었다. 그때였다. 갑자기 차가 좌우로 흔들리기 시작했다. 그가 놀란 목소리로 물었다.

　"어! 갑자기 차가 왜 이러지?"

　버스는 요란한 굉음을 내며 갓길에 멈춰 섰다. 타이어에 펑크가 난 모양이야……. 승객들이 두런거리며 운전석으로 몰려갔다.

　"죄송합니다. 잠시만 기다려 주십시오. 차체에 이상이 발생한 모양입니다."

　운전기사가 차에서 내려가 타이어를 살피는 모양이었다.

　"이러다 길에서 날 새는 것 아니에요?"

　"민기자, 그건 옛날에 민기자가 나한테 잘 쓰던 말인데."

　"네?"

　"민기자가 그랬잖아, 기사 마감 재촉 받을 때마다 약 올리느라고 일부러 나한테 그랬잖아."

　무심코 내뱉은 말 한 마디에 현기자의 얼굴에 화색이 돌았다. 타이어를 다 갈아 끼웠는지 버스가 다시 움직이기 시작했다.

　"어릴 때 고종사촌 동생 중에 지능이 떨어지는 아이가 있었어. 이혼하고 혼자 사는 고모는 늘 팔자타령을 하며 애를 구박하는 거야. 동네 아이들한테 놀림감이 되어 늘 얻어터지는 아이를 불쌍하다고 하면서 때리고 또 때리고 하면서. 한번은 가게에 도둑고양이가 들어와 온통 헤집고 나갔는데 글쎄 그 탓을 동생한테 돌리면서 어찌나 두들겨 패는지. 그러면서 꼭 한다는 말이 나가 죽으래, 사람들은 왜 그렇게 약자 앞에서만 강해지는 걸까? 심지어는 부모

형제조차도……. 그들은 왜 자신들도 연약한 존재라는 것을 깨닫지 못하는 걸까. 어차피 인생이란 것은 운명 앞에 나약하고 무력한 존재인 것을."

버스가 우회전해 좁은 길로 들어서고 있었다. 낯선 도시의 이정표와 함께 상가 건물이 나타났다.

"민기자, 안성이야. 어서 내리자."

터미널을 빠져 나오자 거봉 포도를 가득 담은 다라니 행상들이 보였다. 보기만 해도 먹음직스러운 포도송이였다. 군침을 흘리며 다가서는 내 모습을 보고도 현기자는 택시를 잡기 위해 차도로 뛰어갔다. 순간 내가 왜 여기까지 따라왔을까 갑자기 후회가 됐다.

읍내 사거리를 지나 사진관 옆 골목에 이르러 택시가 멈춰 섰다. 그가 앞장서서 골목길 사이사이를 지나 허름한 과일상 앞에 걸음을 멈췄다. 두꺼운 돋보기안경을 쓴 노파가 현기자를 보자마자 반색을 하며 일어섰다.

"아이고 이게 누구야. 우리 명한이 아냐. 어서 와라. 어서 와."

노파가 현기자의 두 손을 끌어당기며 반가움에 눈물까지 글썽였다.

"민기자, 인사드려 우리 외할머니셔."

"안녕하세요?"

나는 얌전한 초등학생처럼 두 손을 앞으로 모은 채 허리를 구부려 인사했다.

"그런데 이 아가씨는 누구냐. 혹시 색시감이냐?"

"아니에요. 같은 신문사에 근무하는 여기자예요. 근처에 취재 차 왔다가 들렀어요."

그가 당황한 듯 말을 얼버무렸다. 병원에서와 상반되는 그의 태

도를 보며 난 심한 불안감으로 출렁이기 시작했다. 세 평이 채 안
되어 보이는 가게 안은 과일향기로 가득했다. 엉거주춤 선 채 두
리번거리는데 노파가 동그란 플라스틱 의자를 권하며 앉으라고 했
다.

"그래, 색시는 결혼했수?"

"아직요."

"그래애, 아휴 우리 명한이도 이번엔 제대로 된 짝을 만나야 될
텐데."

할머니! 하며 현기자가 노파의 옆구리를 쿡 찔렀다.

"민기자, 나가서 음료수 좀 사오지. 심부름 시켜서 미안해."

나는 그가 내주는 지폐를 들고 미로와 같은 골목길로 들어섰다.
구멍가게에 들러 사이다를 사오는 동안 그는 노파와 심각한 표정
으로 귀엣말을 나누고 있었다.

"할머니, 전 이만 가볼게요. 서울에 가서 할 일이 있거든요."

"왜 좀 더 있지 않고."

노파는 서운한 표정을 감추지 못한 채 허둥거리고 있었다.

"나오지 마세요, 할머니, 시간 나면 또 들를게요."

돌아서는데 현기자가 노파에게서 흰 봉투를 건네받아 주머니에
넣었다.

"할머니는 내가 아직도 신문사에 다니는 걸로 아셔. 걱정할까봐
미리 말씀 못 드렸어. 민기자, 이곳 경치 어때. 좋지?"

노파의 가게에서 나오자마자 현기자는 택시를 불러 세웠다. 기
분이 아까보다는 더 좋아 보였다.

"서울이나 별반 다를 게 없는데요."

"그래도 공기가 서울과는 확연히 틀리잖아."

오밀조밀한 상가가 인접해 있어서인지 도회지와 전혀 다를 게 없어 보였다. 현기자는 고속버스가 서울에 와 닿는 동안 내내 말이 없었다. 그의 침묵이 불안감을 가중시키는 이유를 난 나중에야 알았다. 내 감정이 관심에서 사랑으로 바뀌어지고 있었기 때문이다.

현기자는 한동안 연락이 없었다. 가끔씩 전화를 걸어 알 수 없는 푸념을 늘어놓으며 되지도 않는 전문 용어를 써가며 내 지능을 테스트해 보기도 했다. 그러나 혼동되기는 그 역시도 마찬가지였다. 어느 날인가 전화를 걸어왔다.

"나 아무래도 취직이 될 것 같아. 앞으로 바빠질 게 틀림없어. 민기자, 몸은 좀 어때. 괜찮지?"

그가 안부를 물을 때마다 나는 정신 상태를 의심받는 것 같아 한동안 언짢았다. 그의 염려를 상쇄할 만한 아무런 근거도 확신도 없이 난 늘 그의 전화를 기다리는 신세가 되었다. 그럴 때마다 절대안정이라는 의사의 경고를 잊은 채 불안감으로 출렁였다.

그때마다 나는 매일 아침 집을 나서 2호선 전철을 탔고 5호선 전철로도 자주 바꾸어 탔다. 전철을 바꾸어 탈 때마다 난 그에게 내 온 신경이 쏠려 있는 것을 알았다. 그나마 싫증이 나면 충무로 뒷골목에 있는 싸구려 극장에 들어가 동시상영 영화를 보았다.

영화가 끝나면 역시 영락교회 벤치에 가 잠을 잤다. 그리고 두 번 다시 정신병원은 가지 않았다.

엘리베이터 안에서 전도연이 김태우에게 넥타이를 매주고 있었다. 좁은 공간 안에서 몸을 밀착시킨 채. 여자는 친구의 애인을 사랑하고 있었다. 그 애끓는 사연을 PC통신을 통해 또 다른 남자

에게 하소연하고 있었다. 친구의 애인을 사랑하는 여자. 이방 여
자의 사랑(영화 접속에서)

그 전도연이 의사로 변신해 폭력배의 우두머리인 박신양을 만나
사랑에 빠지고 있었다. 지성과 미모를 겸비한 여자는 화려함으로
그 이미지를 채색하고 있었다. 고급 세단을 운전하는 남자가 스커
트 자락을 끌어내리는 여자를 보고 말했다.

"아! 그만 좀 내려요. 누가 만질까봐 그러나."

그러면서 남자는 여자의 두 무릎을 어루만지고 있었다.

접속에서의 김태우가 TV드라마에서 또 다른 왕자로 출연하고
있었다. 어수룩한 여자를 사랑하는 똑똑하고 잘 생긴 남자. 그 남
자를 사랑하는 또 다른 여자. 여자는 사랑하는 남자를 제외한 모
든 사람들과 적대관계에 놓인다.

신분 차이에 따른 또 다른 언어폭력과 자기포기, 고통 속에서도
여자는 행복과 기쁨에 전율한다. 난 극 속의 여주인공이 되어 울
고 웃으며 날 밤새기 일쑤였다. 그와 헤어지고 난 후 점점 더 애
정 드라마에 몰입하고 있었다. 갑자기 집안 분위기가 술렁이었다.

어머니와 언니가 주방에서 여러 가지 음식을 장만하고 있었다.
하얀 접시가 탁자 위에 수북이 쌓이고 음식 냄새가 온 집안을 진
동시켰다. 나는 TV를 보다가 주방을 들락거리며 잡채며 전 종류
를 연신 손으로 집어먹었다.

"엄마, 오늘 우리 집에 누가 와? 웬 음식이 이렇게 많아?"

"건 알 것 없고, 은영이 오늘은 병원에 안 갈 거니?"

"안 갈 거야."

"왜?"

"가기 싫어."

"그래도 가봐. 아니 그럴 것 없이 영화나 보고 와라. 용돈 줄 테니."

"오늘은 나가기 싫어."

"나갔다 와."

"싫다니까."

"그럼 이모집에 심부름 좀 갔다 와."

"싫어. 엄마가 전화하면 되잖아."

"그럼 은영아, 너 시내에 나가서 언니 속옷 좀 사올래? 그건 괜찮지? 언니 것도 사고 네 것도 사고, 너 언니 사이즈 알지?"

"응 알아."

"가서 사와, 이왕 나간 김에 쇼핑도 하고."

"좋아, 그 대신 돈은 넉넉하게 줘야 해."

또 다시 내 정신 연령이 20년은 더 넘게 후퇴하는 것 같다. 어쩌면 이것이 내 원점이자 한계인지도 모른다. 불안감이 가중될 때마다 내 정신연령은 한없이 추락하고 기억은 마디마디 끊어져 혼미를 거듭한다.

과거와 현재라는 통로 앞에서 내 발걸음은 무시로 제자리걸음을 하는 것이다. 난 이전보다 더욱 명청한 표정으로 사방을 두리번거리며 백화점을 찾는다. 횡단보도를 건너고 지하도를 지나 혼잡한 발걸음들 사이를 지나 에스컬레이터에 오른다.

속옷 코너는 대개 2층에 있다. 난 갑자기 언니의 모습에서 오월의 신부를 생각한다. 윈도우 안의 속옷들은 부드러운 살결처럼 색깔과 감촉이 좋다. 나는 손가락으로 이것저것을 가리키며 수없이 망설이고 고른다.

"결혼하시나 봐요?"

여직원이 포장지를 꺼내며 묻는다. 난 현기자의 모습을 떠올리며 대답한다. "네." 언니와 내가 뒤바뀐다. 난 손으로 아파 오는 머리를 매만지며 에스컬레이터에 오른다.

은영아, 나 머리가 많이 아파 너무 아파.

바보아이의 울음 섞인 목소리가 귓전에 들려오는 것만 같다. 숨 막히는 인파 사이를 지나 거리로 나온다. 휠체어를 탄 장애인이 차도에 내려서서 연신 손을 흔들어대고 있다. 그 앞을 놀란듯한 표정으로 택시들이 마구 질주한다.

언젠가 TV에서 보았던 장애인의 날 특집장면을 본 기억이 난다. 장애인들이 아스팔트 도로 위를 행진하면서 불안한 몸짓으로 연신 피켓을 들었다 올렸다 하는 장면이었다.

"당신도 장애인이 될 수 있다."

나는 어느덧 그들과 동화된 느낌이다. 백화점 앞의 혼잡한 거리를 뚫고 지하도를 걷는다. 어두컴컴한 조명 아래 잔뜩 등을 구부리고 앉아 있는 여자의 모습 위로 사람들의 시선이 모아진다. 여자는 깔아 놓은 신문지에 비스듬히 눕는다.

치마 끝단이 닳아 너덜너덜 땟국이 흐르고 수많은 바늘 자국이 보이는 팔뚝 안쪽에 징그러운 흉터 자국이 보인다. 여자의 헝클어진 머리칼이 사람들의 발길에 채인다. 초점 잃은 눈빛이 허공에 매달린다.

"저 여자 혹시 마약 중독자 아냐?"

"글쎄, 사이코 같기도 하고."

곁을 지나는 연인 한 쌍이 무심코 내뱉는 말 한 마디에 난 전율한다. 여자는 이제 똑바로 누운 채 입을 반쯤 벌리고 웃는다. 아니 울고 있다. 혼탁한 공기가 그녀의 몸을 휘몰아치고 빠져나간

다. 사람들의 발자국 소리가 많아질수록 여자의 울음소리는 높아
진다. 사람들은 찡그린 표정으로 바삐 지하도를 빠져나간다.

"어머 저 여자 왜 저래? 미쳤나 봐. 옷을 막 벗어 던지고 있어."

"어허 그냥 모른 척하고 가자니까."

남자가 여자의 팔목을 낚아챈다. 여자의 손에 든 쇼핑백의 검은
글자가 내 시야에 확 들어온다. '리나 컬렉션 결혼 예복 전문'

남자가 든 기다란 쇼핑백은 흰 레이스 자락이 바깥까지 삐죽이
나와 있다. 계단을 오르다 말고 남자의 눈길이 나를 향해 사선으
로 부어진다. 나는 그의 얼굴을 보자마자 또 다시 머리가 깨질 듯
이 아파 온다. 나는 계단을 도로 내려가 아직도 시멘트 바닥에 누
워 있는 여자에게 쇼핑백을 던져준다.

여자가 일어나 앉으며 백을 뒤집는다. 두 손으로 속옷 세트를
들어 올리며 히죽이 웃는다.

그 웃음이 바보아이의 그 천진난만한 웃음을 생각나게 한다.

"차암 곱다."

여자는 브래지어를 가슴에 대보며 나를 빤히 쳐다본다.

"민기자, 여기서 뭐하는 거야?"

눈물이 가득 고인 눈으로 그가 나를 향해 묻고 있다.

"뭐 하는 거야. 늦었다니까."

뒤쫓아 온 여자가 현기자의 팔목을 잡아당기며 채근한다. 여자
의 표정이 짜증에서 의심으로 바뀌고 있다.

"그런데 자기, 이 여자 분과 잘 아는 사이야?"

"응, 전에 같은 신문사에서 일했어."

"그래애?"

여자가 미심쩍은 표정으로 찬찬히 내 전신을 훑어 내린다. 불안

한 내 눈빛과 교만한 여자의 눈빛이 공중에서 스파크를 일으킨다. 여자의 입가에 묘한 비웃음이 감돈다.

"민기자, 여기서 뭐하고 있는 거야? 정신 차려, 참 미치겠네."

현기자가 가슴을 주먹으로 치며 여자의 뒤를 따라간다. 계단을 올라가는 그의 발걸음이 둔탁하게 내 가슴을 때린다.

"고마워유."

바닥에 누웠던 여자가 속옷을 들고 즐거운 표정으로 나를 올려다본다. 그녀의 팔 안쪽에 있는 수많은 바늘 자국이 다시 내 시야에 와 꽂힌다.

현관문을 열고 막 들어설 때였다. 잘 차려입은 젊은 남자가 허리를 깊숙이 숙인 채 어머니에게 인사를 하고 있었다. 나와 눈이 마주치자 그의 표정이 말했다. 누구?

"은영아 인사해라. 형부 될 분이시다."

"혹시 영화배우 아니세요? 거 뭐더라. 홍콩 영화에 나왔던……."

"예? 농담도 잘 하십니다. 영화배우라니……. 어쨌든 감사합니다. 그렇게 봐 주시니……."

언니가 남자의 등을 떠밀며 재촉하듯 말한다.

"늦었어, 자기 빨리 집에 가봐야 하잖아."

의문이 가득 찬 눈빛으로 남자가 돌아서 나간다. 휴우, 언니의 나지막한 한숨 소리가 들려온다.

"은영아, 내 속옷 사왔니? 어서 꺼내 봐."

"없어."

"없다니?"

"거지 줬어."

"뭐라구? 너 미쳤니, 그게 얼마짜린데……."

"그래, 나 미쳤다 어쩔래?"

"어머! 얘가 왜 또 이래, 엄마. 이리 좀 와보세요. 은영이가 또 이상해요."

나는 지하도의 여자처럼 천장을 바라보며 웃었다. 흐흐흐흐….

이건 현실이 아니야. 영화일 뿐이야. 영화 속의 한 컷일 뿐이야.

나는 자리에서 일어나 화장을 한다. 가방을 걸쳐 들고 외출 준비를 서두른다.

"쟤가 또 왜 저래."

어머니의 목소리가 높아진다.

그때 거실에 있는 TV에서 한 국회의원이 나와 흥분한 목소리로 말했다. 한 정신요양원에서 정신 장애자들을 놓고 강제로 불임시술을 했다고.

본인의 의사와 상관없이 어느 날 강제로 끌려가 아무 것도 모르는 채로…….

그들에겐 사랑할 자유마저 없었다. 그들에겐 본능이라는 자유마저 박탈당하고 없었다. (2007년 한국인 문학)

멜로스릴러 드라마 서평

임 헌 영

신외숙의 멜로스릴러 드라마는 제목 자체가 후기 사업사회의 일그러진 삶을 상징해 준다.

화자인 나는 히트작이 없는 시나리오 몇 편을 쓴 경력으로 영화계를 기웃거리는 이혼남이다. 나의 아내는 완벽주의 성격으로 예외나 실수를 인정하지 않고 융통성이라곤 전혀 찾아볼 수 없는 철벽녀이다.

아들을 끔찍이 여겨 마마보이를 만들더니 이혼할 때는 필요 없다며 냉정하게 돌아선 여자로 재산 분할 과정에서도 미리 변호사를 선임해 모든 준비를 마쳤으며 내게서 모든 기(氣)를 다 빼앗아가서는 이혼한 지 육 개월 만에 새 남자를 꿰어 차고 웨딩마치를 올렸다.

내 계산대로라면 새 남편과도 곧 이혼할 터인데 5년이 지났건만 그대로 살고 있다. 중년 홀아비인 내가 만난 중년 이혼녀인 승혜는 나의 독자이자 지인의 절친이다. 이 둘 사이의 대화를 통하여 작가는 중년의 윤리의식 뿐만 아니라 정치 사회적인 여러 쟁점들을 삽화식으로 삽입시켜 잘 반영해 주고 있는데 이건 작가의 능숙한 솜씨의 본보기이다.

여러 문제들 중 중년 부부의 윤리와 관계되는 부분은 승혜가 제기하는 두 가지로 요약할 수 있다.

첫째는 그녀의 남편이었던 화가가 이혼 후 바로 재혼한데 대한 분노인데 이것은 중년 이후 세대가 지닌 비이성적인 윤리의식의 잔해로 볼 수 있다. 이혼을 하고서도 헤어진 남자에 대해서 이러쿵저러쿵 해대는 뒤꼬리가 긴 건 현대식 윤리관에서는 한 세대 떨어진 감이 있다.

둘째는 바람난 커플들이 서로의 배우자를 바꿔치기 하면서 새로운 가정으로 엮어지는 막장드라마가 유행일 뿐만 아니라 마치 불륜을 정당화시키고 시청자를 우롱하는 듯한 장면에다가 아내가 남편에 대한 복수를 차근차근 진행시켜 나가는 걸 은근히 지지하는 사회심리적인 현상을 거론한 점이다.

이혼 부부를 두고 그 시시비비를 단순화시킬 수는 없지만 이 소설에서는 등장 남녀가 다 상대를 비난함으로써 한쪽은 여자의 과오로 다른 한쪽은 남자의 잘못으로 비치는데 그 근본 원인은 이기주의적인 돈 판적 애욕의 추구임을 부인하기 어렵지 않을까.

돈 판이 굳이 꼭 남성이라는 이분법적 분류를 탈피하면 현대사회에서는 남녀가 다 이기적 사랑법이나 이타적인 사랑법이냐로 접근할 여지를 남겨줄 수 있다고 조기에 여성 돈 판도 얼마든지 가능할 것이다.

이론 돈 판적 사랑법과는 달리 여전히 전통적인 가부장제 윤리의식에 얽매여 여성은 자기희생, 남성은 군림하는 유형의 사랑 법 또한 우리 시대에 공존하고 있다. （2018년 한국소설 5월호 서평）

인문학적 통찰과 비평적 시야로

달리 읽고 새로이 보는 즐거움

허 만 욱

추억이라는 이름, 자아 정체성 회복 「추억이라는 이름」

신외숙 소설은 기독교 세계관을 바탕으로 인간의 심리를 내밀하게 그려내면서 상처받은 영혼을 위로하고 치유하는 서술구조를 보여준다. 「추억이라는 이름」에서도 조용하고 진지한 영혼에서 분출되는 기독교적 세계관으로 진정한 삶의 가치에 대하여 이야기하고 있다.

특히 작가가 주목하고 있는 것은 행복한 삶의 의미다. 아무런 자각과 사유 없이 일상적인 삶을 살아간다는 것은 무의미한 삶일 뿐이다. 가끔씩 추억을 떠올려 보기도 하고, 여행과 친구와의 만남을 통하여 삶을 뒤돌아보고 자기의 존재를 확인할 필요가 있다.

그러나 이러한 행복한 삶을 얻기 위해서는 자기 존재의 중요성 인식과 삶의 태도다. 나이가 들수록 지나온 삶의 여정을 반추해보게 되는 것은 거역할 수 없는 순리다.

그리고 그 반추의 기회를 마냥 기다리는 것이 아니라 직접 만들고 찾아 나서는 적극적이고 역동적인 태도에서 존재의 의미는 더욱 확고하고도 풍요롭게 다져진다. 주어진 삶에 감사하고 따라서 그 삶의 최선을 다하며 살아가는 모습은 분명 행복한 인생을 살아가는 사람이다.

그러나 그 치열한 경쟁과 복잡한 현실사회의 테두리에 익숙해 있는 현대인들에게 일상의 일탈은 결국 낯섦과 불안을 가져다줄 뿐이다. 민혜윤 '나'도 그랬다. 강남의 학원강사로 일하며 "매사에 승리냐 패배냐에 집착했고 다툼이 일 때마다 흑백논리에 사로잡혀 죽기살기로 싸우던 나는 그러다 서서히 기력이 소진되기 시작했다. 경쟁의식에 시달리느라 마음에 피멍이 든 때문이다. 더 이상 경쟁을 치러낼 자신도 없었고 만사가 귀찮았다."

현실도피를 택한 내가 내린 처방은 여행이었다. 하지만 낯선 도시와 길 위에서 문득 정신을 차리고 보면 꼴이 우스웠고 수중에 돈이 떨어지면서 지식수준도 떨어졌으며, 여행에서 기대했을 평강이나 희열은 더더욱 없었다.

오히려 진정한 사회인이 되고 싶었고 '무언가에 단단히 얽매이고 싶은 욕구에' 나는 문득 고향이 그리워진다. 고향은 유년의 추억이 고스란히 남아 있는 곳이며 그곳에서의 옛 기억이란 그것이 비록 고통스러운 것일지라도 시간이 지나고 나면 아련한 그리움으로 떠오르게 마련이다.

하물며 서울 토박이로 소싯적 한강다리를 건너본 적이 있었던 적이 싫을 정도로 한강 이남에서만 살면서 공립도 아닌 사립학교에 다니며 '가진 자로서의 특권의식을 발휘하고 싶어 안달'을 하고, 원하던 것은 무조건 다 해주시던 부모님 덕분에 절대 지고는 안 살아도 되었으며 이다음에 커서 여자 대통령이 되리라는 꿈으로 기개가 충천하던 나의 고향에서의 추억은 현재의 고단함과 실망과 상실감 등을 위무해 줄 수 있는 행복한 기억임에 틀림없다.

그런데 나는 어느덧 40을 넘어선 나이가 되었다. 절망이니 좌절이니 하는 단어는 10대나 20대에 어울린다고 생각하기 쉽다. 이런 생각에는 그 감정들이 어느 정도 정신적 사치를 포함한다는 선입견이 작용한다. 그러나 웅대했던 목표와 현실적 삶의 괴리를 이룰 때 생기는 절망과 좌절 외에도 살아온 날들의 아득함으로 유발되는 절망도 있다.

'인생의 반을 살아낸 나이'에서 느낄 수 있는 감정이 흡사 이와 같을 것이다. 감성이 시들어 무감각으로 변해 가면서 점점 삶의 의욕을 잃고 자아정체성에 시달리던 나는 세든 사람을 내보내고 흑석동 집에 들어와 30년 전 샘물처럼 솟아오르는 시원의 공간에 자리한 '지나간 세월의 흔적을 찾아' 나선다.

대학이 동네 대부분을 차지하고 있는 그곳 사거리는 전과 다름 없이 젊은이들이 차지하고 있었지만 지금은 대학 입구까지 버스가 다니고 포장마차와 행상 대신 고급 음식점과 수제품 옷가게들로 거리는 화려해졌으며 중고등학교가 있던 자리에는 위락시설처럼 꾸며져 고급스럽기 짝이 없는 웅장한 대학병원 건물이 들어서 있다.

그곳은 지난날 나와 같은 대학을 다니며 얼짱 몸짱으로 여학생들의 눈물바람을 일으키던 남동생의 학창시절과 춥고 배고프다는 주위의 말에 미련 없이 떨쳐버린 대학시절 나의 작가에 대한 꿈과 거칠 것 없는 장담으로 장래희망을 이야기하며 미아리를 쏘다녔던 초등학교 때 친구들과 그리고 내가 살던 골목길 끝 판잣집에 살던 반편이 부부와 부모와 마찬가지로 반편이어서 동네 아이들에게 놀림을 당하며 동네북이 되었던 그들 부부의 외딸 봉자라는 이름을 떠올리게 하는 곳이다.

모두가 세월의 변화 속에서도 '추억이라는 이름'으로 자리하고 있는 내 삶의 기억들이다. 그런데 나는 어릴 적부터 성공이란 단어에 무척 집착했다. 나는 초등학교 때부터 벌써 '인생은 성공을 위해 태어났고 성공을 위해 살아간다.'

그래서 어떻게 해야만 성공할 수 있을지 매일 머리를 싸매고 고민에 빠졌었다. 지고는 못 사는 내 성격도 성공을 이루기 위한 무의식의 기제였는지 모른다. '남을 제치고 정상의 고지에 우뚝 서 승리의 깃발을 날리는 게 성공'이었고 인생의 목적도 당연히 이런 성공에 있었다.

그러나 30여 년의 세월이 지난 지금, '어느 사이엔가 나는 포기에 익숙해져 있었다. 경쟁의식과 이분법 사고에 목숨 걸던 내가 더구나 지고는 못 살던 내가 포기라는 그물에 갇혀' 현실과 성공적 삶의 괴리에서 방황하며 헤매고 있는 것이다.

더욱이 겨우 판잣집에 살면서 내게 쥐어터지기만 했던 초등학교 동창 최문기가 내 모교 대학병원에 정형외과 전문의가 되어 나타났을 때, 대학교수가 되어 해박한 전문지식을 자랑하던 중학교 동창 윤기량을 텔레비전 뉴스에서 목격했을 때는 '뭔가 한참 뒤바뀐 느낌' '세월의 수레바퀴가 거꾸로 돌아도 한참 잘못 돈 것 같은' 혼란과 패배의식이 극대화된다.

성공은 고사하고 나는 여전히 고향에서의 과거를 서성이며 방황의 '역마차'에서 내리지 못하고 있었기 때문이다.

이제 나는 '인생의 반을 살아낸 나이에 남은 삶에 대해 결단을 촉구'한다. 수많은 기억들이 머릿속을 출몰하는 가운데 비로소 '내 인생의 역마차가 끝나던 날'에 하필이면 생각나는 말이 있었다.

"저는 사람들의 마음에 평안을 주는 삶을 살고 싶습니다. 병든 마음을 치유하고 회복하는 그 일에서 보람을 느끼고 행복을 창조해 나갈 작정입니다."

대학 때 참으로 별종이구나 싶을 마음으로 애프터에 응했던 남자가 한 말이었다. 인생의 목적은 성공하는 것이라는 나의 대답에 그는 행복에 있다고 했고, 행복은 성공에 부차적으로 따라오는 것이라는 내 말에 마음의 평안이 먼저라며 건넸던 말이다.

'낮고 낮은 사람들을 향해 구원의 손길을 내미는' 그는 항상 고지와 성공을 바라보는 나와는 너무 다른 사람이었기 때문에 나는 차갑게 이별을 밝혔었다.

결국 작가가 꿈꾸는 세상 만들기는 함께 사는 세상이며 남에게 위안과 평안을 주는 삶이다.

이 시간에도 사람들은 성공을 위해 전력투구한다. 그리고 많은 사람들이 성공을 하면 행복도 보장되리라고 믿는다. 그러나 성공한 사람들 모두가 행복한 것은 아니듯, 행복은 성공 다음에 뒤따라오는 것이 아니다.

인생 여정에서 성공은 원하는 것을 성취하는 것이지 그 목적지가 될 수 없다. 나 자신은 정말로 행복한 것이 중요하며, 이때에 비로소 성공했다고 할 수 있는 것이다..그리고 말할 나위도 없이 이 행복의 첫째 조건은 마음의 평안이다.

마음의 평안은 결코 객관적인 환경에 있지 않다. 우리들이 느끼고 있는 소외와 불안과 고통이 밖에서만 비롯되는 일이 아니라는 것이다. 아무리 조건이나 환경이 좋아도, 돈과 명예가 있어도 마음이 평안하지 못하면 결코 행복할 수 없기 때문이다.

마음이 평안한 사람은 세상의 모든 것들이 행복이다.

나는 대학병원이 마주 보이는 곳에 동생의 권유로 어린이 영어 교습과 글짓기 교실을 겸해 학원을 열었다. 학원 문을 닫고 언덕배기에 있는 집으로 올라갈 때 '동네 미치광이' 예전처럼 아이들의 놀림감이 되고 있던 낮에 학원으로 구걸을 왔던 여자가 다름 아닌 봉자임을 알아채고는 그 뒤를 쫓았다.

봉자는 골목 끝 나무 대문을 열고 그리스도 상이 보이는 건물 안으로 들어가 강대상 앞에 꿇어앉으며 울음을 토한다. 그때 누군가 봉자의 등을 두드리며 그녀를 위해 그리스도께 간절히 기도하는 이가 있었다.

바로 '사람들의 마음에 평안을 주는 삶을' 사는 그의 모습이다. 그러므로 진정한 성공의 삶을 살고 있는 그였다. 나는 오래 전부터 별종이라 여기던 그를 통해 깨닫는다.

"나는 경쟁에서 패한 게 아니다. 진정한 승리는 나중에 있다. 진짜 성공은 승리가 아닌 행복에 있다. 그것도 마음의 평안……."

(2012년 창조문학 서평)

작가의 말

　얼마 전, 국토의 정중앙이라고 불리는 강원도 ○○지역에 다녀
왔다.

　○○는 내가 삼십여 년 전, 공직생활 했던 곳으로 금강산이 마
주보이는 최전방 중부전선에 자리하고 있다. 당시만 해도 험지에
낙후된 지역이었는데 지금은 지방자치제로 어느 정도 이름이 나
있다.

　한 겨울, 소설 소재 감을 구한다는 핑계로 시외버스에 올랐다.
삼십년이라는 세월을 두고 떠나기에 앞서 나는 수많은 상념에 사
로잡혔다. 천지가 변해도 열 번은 더 변했을 그곳을 두고 온갖 상
상 드라마가 써졌다. 혹시나 옛날의 지인을 만나기라도 한다면?

　그런데 시외버스는 출발하자마자 전혀 엉뚱한 경로로 들어섰다.
강변도로를 달리던 시외버스는 홍천이 아닌 춘천도로로 접어들었
고 아늑한 시골풍경 대신 아파트 군단을 여럿 지났다. 예전에 지
나던 까마득한 절벽 길 대신 터널과 소양호 꼬부랑길을 한참 지나
예상보다 일찍 도착했다.

　새로운 도로가 생기면서 소양호에서 출발하던 쾌속선이 사라졌
고 대신 터널을 여럿 뚫어 경로를 단축시켰다. 34년 전에는 4시간
20분 걸리던 거리가 2시간대로 좁혀진 것이다. 세월은 거리를 단
축시키면서 많은 환경적 변화를 가져왔다. 버스가 ○○읍내로 진

입하면서 제일 먼저 눈에 띤 건 아파트 단지였다.

　세상에……!

　시골 벽촌이나 다름없는 곳에 아파트라니? 도대체 누가 산다고?

　버스에서 내리니 전혀 낯선 풍광이 나타났다. 옛날에는 좁았던 모래 흙길이 아스팔트로 변하면서 모든 길들이 단축돼 있었다. 시외버스 터미널을 중심으로 펼쳐진 읍내 거리는 군 주둔 지역답게 상권이 형성돼 있었는데 소도시의 모양을 그대로 본뜬 상가 건물과 구획된 거리 풍경이었다.

　거리를 둘러보는데 삼십여 년 전에 내가 다녔을 관공서 부근과 장터가 궁금했다. 관공서가 보이는 길을 따라가다 보면 내 소설에 등장했던 주요 장면들이 나온다. 그때 만났던 수많은 교사 공직자와 순박한 농민들을 대상으로 쓴 소설이 있다.

　단편 객지와 겨울 안개, 오드 아이, 객지의 밤, 꿈 34년 만에 만나다, 그리고 시나리오로 각색된 바 있는 과거와 현재가 있고 그밖에 수십 편의 에세이가 있다.

　발걸음을 옮기는데 모텔과 옷 수선점, 미용실과 음식점 커피전문점과 군인백화점이 보였다. 그런데 자세히 보니 폐점된 곳이 더 많았다. 자영업자의 몰락이 그곳을 제일 먼저 강타한 것이다.

　북풍이 거리를 휩쓸듯 지나갔다. 삭막하고 을씨년스러운 건 예나 지금이나 똑같았다. 읍내에서 도내 버스를 타고 내가 근무했던 ○○초등학교로 갔다. 마침 방학 중이라 그런지 학교에는 사람 그림자조차 없었다.

　학교 바로 옆에 있는 군부대만 그대로일 뿐 주변에 있던 음식점 여관 다방 점포 등이 하나도 보이지 않았다.

뿐만 아니라 버스 정류장 입구에 있던 미니슈퍼도 폐점된 채 세월의 먼지를 뒤집어쓰고 있었다.

동리의 대부분을 차지했던 농가도 군인 가족도 다 떠나버렸는지 온 동네가 쥐죽은 듯 조용했다. 내가 근무했던 초등학교는 신축된 산뜻한 모습으로 병설 유치원까지 갖추고 있었다. 쥐가 출몰하던 관사도 최신식 시설을 갖추고 있어 격세지감을 일으켰다.

오랜만에 보는 객지의 풍경을 스마트폰에 담느라 연신 셔터를 눌러댔다. 그러는 동안 거센 눈보라가 내 얼굴과 스마트폰으로 마구 달라붙었다. 눈길로 변한 버스정류장에서 면사무소가 있는 양지마을을 바라보니 세상이 온통 눈 속에 파묻혀 가는 것 같았다.

도내 버스를 타고 시외버스터미널에 당도했다. 옆을 지나며 자꾸 말을 붙이는 중년여자에게 물었다.

"옛날에는 여기 근처에 선착장이 있어서 곧바로 춘천으로 가지 않았나요?"

나는 뻔히 알고 있는 사실을 일부러 물었다.

"그렇죠, 아주 오래 전 이야기네요. 지금은 춘천까지 곧바로 가는 길이 뚫렸어요."

"옛날에 춘천에 사는 직원들이 소양강 댐에서 쾌속정 타고 곧바로 출근하곤 했었어요, 제가 삼십년 전에 ○○○에 있는 초등학교에 근무했었거든요. 세월이 지나 다 늙어 가지고 어떻게 변했나, 궁금해서 한번 찾아와 본 거예요."

그녀가 내 얼굴을 힐끗 쳐다보더니 말했다.

"아! 거기서 선생님 하셨구나. 그런데 별로 늙은 것 같지 않은데."

그 말에 웃음이 나왔다, 내 나이보다 적게 보는 것인가.

"그런데 변해도 엄청 변했네요. 하긴 삼십 년도 넘는 세월이 흘렀으니."

말해 놓고 나니 세월이 참 고맙다는 생각이 들었다. 세월은 용서와 망각이라는 단어를 선물처럼 주고 사라지는 신기루 같다. 꿈속에서 수도 없이 많이 와 보았던 거리다. 소설로 울궈 먹고 또 울궈 먹고 시나리오로 재생시켜 각색까지 했던 무대가 바로 이곳이 아니었던가.

자꾸만 웃음이 나왔다. 과거는 후회를 생각나게 하지만 감사라는 단어도 끝없이 떠오르게 한다. 하나님의 은총이 아니었던들 어떻게 지금까지 살아올 수가 있었을까.

에벤에셀. 여호와 이레, 되뇌면서 시외버스에 올랐다.

창밖으로 ○○거리가 눈발 속에 점점 사라지고 있었다. 시외버스가 춘천을 지날 때까지 눈발은 거세게 몰아쳤다. 그러다 경기도 입구에 들어서면서 신기하게 눈발이 잦아들기 시작했다. 그러더니 서울로 진입하면서 눈발은 완전히 그쳤고 현재라는 단어가 내 앞에 나타났다.

가만히 있어도 세월은 간다. 그런데 그 세월은 인생에게 반드시 성과에 대해서 묻는다. 나 역시 그 성과에 대해 늘 고민하며 살다 보니 나이 육십이 되었다. 이 나이까지 살게 될 거라곤 상상도 못 했다.

딸은 엄마의 운명을 닮는다는 말이 있다. 나는 그 말이 너무 싫어서 오로지 내 만족 나 자신만을 위해 살아왔다. 그 결과 선택한 게 소설이었다. 참으로 아이러니다. 등단 이후 20년이 넘는 세월 동안 오직 소설 하나만 바라보고 살았다.

이번에 내는 소설집 '멜로스릴러 드라마'는 내 19번째 저서이다.

등단 이후, 중 단편만 150편 가량 완성했는데 기(既) 발표작 중 11편을 모아 창작집으로 꾸며 보았다. 나는 세상에서 가장 행복한 사람은 예술가라고 생각한다.

남들은 생활을 위해 재능을 포기하고 살지만 예술가들은 자기가 하고 싶은 일을 통해 자아실현을 하기 때문이다. 그런 면에서 볼 때 나도 행복자라고 생각한다.

소설 같은 인생이다. 그리고 아직까지는 살만한 세상이다. 나는 이번에 책을 내면서 또다시 엄청난 꿈을 꾸었다. 내 소설을 읽고 공감대를 형성하는 독자가 많아지기를. 하나님께 감사하며 기도를 올린다.

이번에도 어려운 출판 환경에도 책을 내주신 도서출판 한글의 심혁창 아동문학가님께 깊은 감사를 드린다.

올 2019년도는 독자들 모두 멘탈 갑이 되어 삶속에 형통의 축복이 임하기를 기도드리며.

소설가 신외숙 배상.

멜로 스릴러 드라마

2019년 3월 10일 1판 1쇄 인쇄
2019년 3월 15일 1판 1쇄 발행
저   자 **신 외 숙**
발 행 자 **심 혁 창**
발 행 처 **도서출판 한글**
서울특별시 마포구 신촌로 270(아현동)
수창빌딩 903호 우 04116
☎ 02-363-0301 / FAX 362-8635
E-mail : simsazang@hanmail.net
창   업 1980. 2. 20.
이전신고 제2018-000182

ISBN 97889-7073-557-3-13810